Uli Kukol 7/87

Inge Viett

NIE WAR ICH FURCHTLOSER

Autobiographie

Edition Nautilus

Editorische Notiz: Inge Viett, geb. 1944, in Schleswig-Holstein als Pflegekind aufgewachsen, zog 1969 nach Westberlin, wurde Mitglied der »Bewegung 2. Juni«; 1972 und 1975 verhaftet, brach beide Male aus dem Gefängnis aus. Beteiligt u.a. an der Lorenz-Entführung 1975 und an der Gefangenenbefreiung 1978. 1981 Schuß auf einen Polizisten, der sie hartnäckig durch Paris verfolgte. 1982 Übersiedlung in die DDR. 1990 verhaftet und 1992 verurteilt, im Januar 1997 aus dem Gefängnis entlassen.
Von Inge Viett ist 1996 bei Edition Nautilus erschienen: *Einsprüche! Briefe aus dem Gefängnis.*
Titelbildgestaltung: Maja Bechert.

Edition Nautilus Verlag Lutz Schulenburg
Am Brink 10 · D-21029 Hamburg

2. Auflage 1997 · ISBN: 3-89401-270-6
Printed in Austria

Prolog

Im Zuschauerraum war Tumult entstanden und ich hörte die Leute immer wieder rufen: „13 Jahre sind zuviel! Freiheit für alle politischen Gefangenen! Freiheit für Inge!“ Natürlich ist es zuviel, aber das konnte ich in dem Moment noch nicht ermessen. Lebenslänglich hatte bis zu jenem Richterspruch vor mir gestanden und so erlöste Erleichterung meinen angehaltenen Atem. Lebenslänglich plus acht Jahre hatte die Bundesanwaltschaft gefordert, da sind 13 Jahre ein hartes, schreckliches Glück, aber eben doch ein Glück. Das Schlimmste hatte dem Schlimmen Platz gemacht. Eine Zeitstrafe enthält immer die Chance einer Zweidrittelstrafe.

Wie ich auch immer rechnen mag, es werden Jahre sein, die ich zu bewältigen habe in einer Ecke der Welt, die nicht für das Leben geschaffen ist und in der ich doch überleben will. Die ich, wann auch immer, geistig intakt, körperlich und emotional einigermaßen gesund verlassen will, um wieder in eine Mitte zu treten, um wieder frei entscheiden und handeln zu können. Bis zu diesem Tag aber werden mir „die Knöpfe, der Schmuck und die Farbe mit Besen von meinen Kleidern gekehrt ...“

Bis dahin werde ich die Welt draußen vielleicht nicht mehr empfinden können oder nur noch als fremden, mich nicht mehr betreffenden Vorgang. Bis dahin werde ich unzählige Kämpfe gegen den Verlust meiner inneren Freiheit verloren und gewonnen haben. Ich werde mein Buch bis dahin geschrieben haben. Wie ich aussehen werde, wenn ich aus den Mauern heraustrete, kann ich noch nicht wissen.

Das Charakteristische des Gefängnisses sind nicht allein die Gitter vor dem Fenster, nicht die Mauern, die uns umschließen, auch wenn dies für die Außenlebenden so scheinen mag, weil sie das Offensichtlichste sind. Sie sind nur die äußeren Markierungen der Gefangenschaft, zeigen ihre räumliche Dimension.

Das Wesen des Gefängnisses ist seine Verfügungsmacht über uns. Wir sind ihm unentrinnbar und in Permanenz unterworfen. Es hockt auf uns drauf, klebt immerzu hautnah wie eine Schmutzkruste auf unserem Körper, es enteignet uns bis auf die Knochen, tritt uns so nahe, wie es ihm beliebt, ignoriert uns, wie es ihm beliebt, kommt uns dumm und selbstgerecht, teilt uns Lebensnotwendiges in funktionalen Dosierungen zu. Es trachtet ununterbrochen danach, uns zu reglementieren und zu kontrollieren. Jedes Handeln an uns, jede nötige Hinwendung zu uns, gleich ob es ein Verbot oder eine Gestattung ist, ist eine vollzogene Vorschrift, eine Verfügung. Unser Leben wird in den lächerlichen Bahnen absurder Regeln und Formen von einem Tag zum nächsten geführt. Wir sind Häftlingsobjekte, die sicherheitsmäßig und verwaltungstechnisch handhabbar gemacht werden. Wir sind Nichtmenschen, unsere eigene Vernunft und Persönlichkeit stört und muß abgewürgt werden, wir haben zu akzeptieren, was auch immer an Unvernunft, Zumutung und Entmündigung daherkommt und sich Vorschrift nennt.

Das Gefängnis sieht Gehorsamkeit als Tugend und jeden Schimmer von Selbstbehauptung als Aufsässigkeit. Das Unmenschliche am Gefängnis ist nicht, daß wir aus der allgemeinen Gesellschaft herausgetrennt und in ein abgesondertes Terrain gesperrt werden, sondern daß wir in allem fremdbesetzt und unterworfen werden. Jeden Tag, jede Stunde. Unsere Existenz ist ein Überlebenskampf gegen den Kreislauf der Verblödung, gegen die schleichende soziale, emotionale und geistige Verkrüppelung.

Trotzdem haben wir ein Leben hier drinnen. Trotzdem suchen und finden wir immer wieder Lücken und Gelegenheiten, unseren Bedürfnissen Recht zu verschaffen. Der Selbsterhaltungstrieb ist mächtig, bricht Verbote und Regeln. Er bewegt sich in eigenen katakombischen Systemen.

Ich habe Erfahrung, weiß, was Gefängnis ist, es ist das dritte Mal, daß ich in Gefangenschaft gerate. Und doch ist es diesmal eine andere, eine endgültige Geschichte. 1972 und 1975 gab es nicht dieses Gefühl der Endgültigkeit zerronnener Freiheit, vergebener Chancen, nicht die Gewißheit des Zwangs, das Leben in dieser kargen, besetzten Enge für lange Jahre organisieren zu müssen. Damals gab es draußen und drinnen politische Zusammenhänge, Energien, Hoffnungen,

Romantik und revolutionäre Poesie, die unsere Kraft und Phantasie entfaltete, und die mir zweimal das Ausbrechen aus der Gefangenschaft ermöglichte.

Jetzt aber, in dieser Zeit laut und leise sterbender Alternativen, verlöschender Visionen, jetzt, da wir unsere Träume von einer anderen, besseren Welt, unsere Ideale „vergraben müssen so tief, daß die Hunde nicht herankommen, bis wir sie wieder ausgraben und einer neuen veränderten Realität aussetzen können", jetzt ist für mich die Gegenwart zur Überlebensstrategie unter dem schweren purpurnen Siegerteppich dieser Zeit geworden.

So beginne ich denn meine Geschichte niederzuschreiben, als Teil der Überlebensstrategie, obwohl ich mich manchmal frage: Wer wird, wenn ich mal entlassen werde, sich überhaupt noch dafür interessieren, was wir einmal wollten? Warum die DDR nötig und wichtig war? Aber egal, ich schreibe auch gegen meine eigene Verschüttung an.

Wenn es keinen Widerstand gibt, gibt es auch keine Geschichte, nur den steten Prozeß in den inneren Niedergang der Gesellschaft. Geschichte ist nicht das Handeln der Herrschenden, sie ist das Ergebnis miteinander und gegeneinander kämpfender Kräfte. Widerstand wird immer unterdrückt, kriminalisiert und verfolgt, denn er greift die Werte und Gesetze der Macht an. Aber ohne Widerstand gibt es keinen Fortschritt. Die Gesellschaft verrottet und verroht, sie geht geistig, moralisch, kulturell zugrunde, entfaltet Bösartigkeit und Größenwahn. Deutschland ist die Geschichte verlorener Revolutionen und niedergeschlagenen Widerstands. Wie eine undurchtrennbare Stahltrosse zieht sich die konservative chauvinistische Herrschaft durch die Jahrhunderte, jeder revolutionären Umwälzung widerstehend. Militarismus, Rassenwahn, zwei Weltkriege, die Eliminierung der DDR und das ungebrochene Streben nach Weltmacht bezeugen das.

Die Geschichte des Widerstands dagegen war und ist notwendig und beispielhaft, gleichzeitig auch fehlerhaft, kümmerlich und ewig in der Minderheit.

Wer zweifelt heute noch an der Legitimität der Bauernaufstände? War Thomas Müntzer nicht als Verbrecher gejagt und getötet worden, verraten und ausgeliefert von der Kirche? Auch seine herrschenden Zeitgenossen waren nicht in der Lage, seinen Kampf anders als mit Abscheu zu betrachten.

Auch der „Terrorismus“ in der Bundesrepublik und in den anderen westlichen Staaten war ein verzweifelter Aufstand gegen die destruktive und zukunftslose kapitalistische Realität. Ich war an dem Aufstand beteiligt und habe das Recht, darüber in der Weise zu reden, wie ich in der damaligen Zeit darüber gedacht und gefühlt habe. Müssen erst Generationen vergehen, bevor ein Stück authentische Gegengeschichte ertragen wird? Muß ich meine Geschichte „kritisch“ erzählen und kann nicht einfach erzählen, wie es war für mich, für uns? Ich muß die visionäre Hingabe, das tief überzeugte Lebensgefühl, mit dem wir den Guerillakampf geführt haben, mitteilen dürfen, ungeachtet der kühleren und kritischeren Einsicht meiner heutigen Erfahrung. Ungeachtet auch der Empörung in Kreisen, die kapitalistische Werte, Gesetze, Moral für universal und ihre Dominanz für verdient halten.

Ich muß eine Distanz überwinden, um mich zu erinnern und meine damalige Überzeugung, radikal handeln zu müssen, nachzuempfinden, aber sie ist nicht so groß wie meine Distanz zum kapitalistischen Lebenssinn. Der Prozeß meiner Geschichte hat seine Gründe und seine Berechtigung im politisch-sozialen Zeitgeschehen. Er ist gleichzeitig auch Ausdruck wilder Subjektivität. Er ist Teil einer Generationsgeschichte und doch individueller Ausdruck meiner eigenen Befreiung aus einem fremdbestimmten, untergeordneten und ungeliebten Dasein in einem unakzeptablen System.

Mein Leben taugt nicht als moralischer Fingerzeig. Meinen Niederlagen kann ich keine politischen Sentenzen abringen. Wer sich gegen den Kapitalismus erhebt, wird sich seine Vorbilder in der Geschichte suchen, wie ich es getan habe. Die Fehler werden immer die eigenen und nicht die der Vorbilder sein. Jede Zeit bringt ihren eigenen Widerstand und ihre eigenen Irrtümer hervor. Mein Buch ist keine

Mission. Ich schreibe, um hinter den Mauern lebendig zu bleiben.

Das Gefängnis ist nicht gerade der beste Ort, um unbekümmert über mich selbst und die Verhältnisse meiner Zeit zu reden. Das unbeirrbare Gefängnissystem übt unaufhörlichen Druck aus und untergräbt das Selbstbewußtsein mit seiner bürokratischen Gewalt. Es stiehlt mir die Zeit. Sein stählerner Rhythmus zerstückelt den Tag, läßt mir nur kleine Zeithäppchen für die Konzentration auf mich selbst. Es zwingt mir seine Logik auf. Der große Teil aller Tage vergeht in Abwehr und Streß gegen diese Maschine, diesen üblen unumstößlichen Apparat, in dem ich stecke, der mich Tag und Nacht belegt und bekämpft mit seinem gnadenlosen Funktionieren, der meine Bewegungen bremst, meine Schritte bemißt, meine Gedanken und Blicke verkürzt, mir die Lust auf den nächsten Tag raubt, der mit seinem Räderwerk aus Maßregeln, Verfügungen, Kontrollen, sinnentleerten Verordnungen und Bewachung Anerkennung erzwingt, kurz: der mich mit seiner autoritären Macht über mich als Gefangene erdrückt.

Schreiben braucht Freiheit, und die gibt es hier nicht. Das Wenige, was von mir bleibt, muß ich zusammenhalten und vor Bitterkeit und Wut schützen, um den Zusammenhang mit den mir verbundenen Menschen nicht zu verlieren. Ich muß die Vergangenheit schreibend lebendig halten, um nicht unterzugehen, weil nur aus ihr noch zu erfahren ist, welche Lebenskräfte durch revolutionäre Visionen und Handlungen erwachen können.

Im Gefängnis ist jeder Empörungsakt ein Akt des Lebens und der Poesie. Aber auch diese Glut der ersten Jahre verlischt an den kalten Steinen. Das Einerlei der Gefängniswelt rieselt wie Asche zwischen alle aufbäumenden und tiefgehenden Gefühle, macht die innere Bewegung eintönig, lau, sich verlierend, macht die Gedanken schwerfällig und zäh. Dies Einerlei legt sich wie eine graue Decke über alle Erinnerungen und saugt die Dimensionen aus ihnen heraus. Die nötigen Hilfsmittel, Informationen, Fakten, Daten, Zeitlichkeiten sind nicht frei zugänglich, sind zensurabhängig, werden gestattet oder nicht gestattet. Gedanken kann ich nicht äußern, nicht tauschen. Kommunikation ist ein Ausnahmezustand. Trotz dieser Hemmnisse will ich meine und unsere Geschichte niederschreiben. Es ist meine Verteidigung gegen die drohende Selbstauslöschung in den leeren Jahren der Gefangenschaft. Es ist auch die Verteidigung unserer Motive, aus denen heraus ich gekämpft habe. Sie zu behaupten, ist für die Zukunft der Menschen überlebenswichtig.

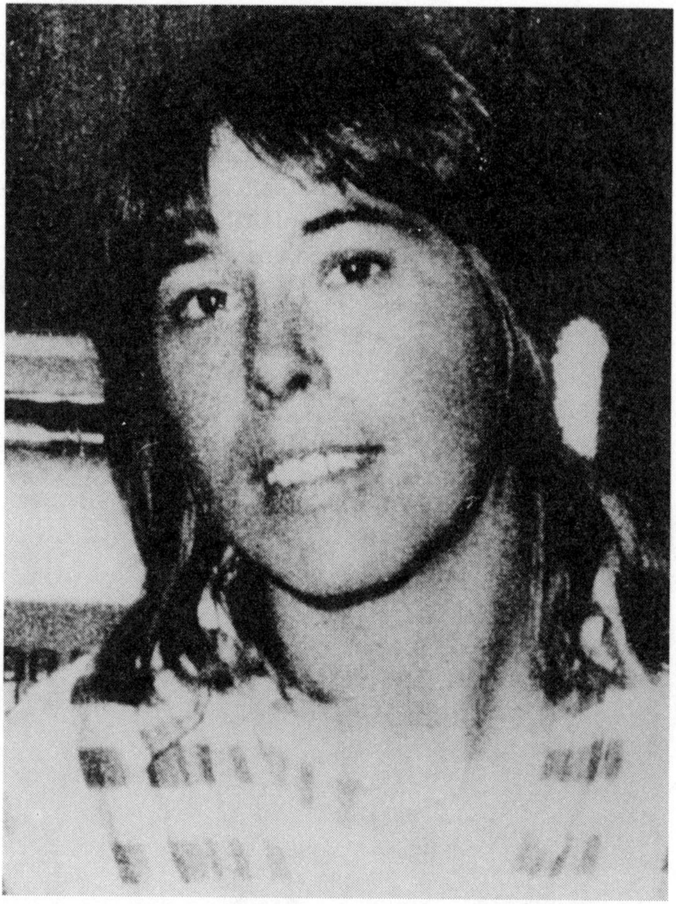

Inge Viett in den 70er Jahren (Foto: Presseagentur Sven Simon) …

… in den 70er Jahren (Fotos links oben und unten: dpa, rechts oben: Klaus Mehner) …

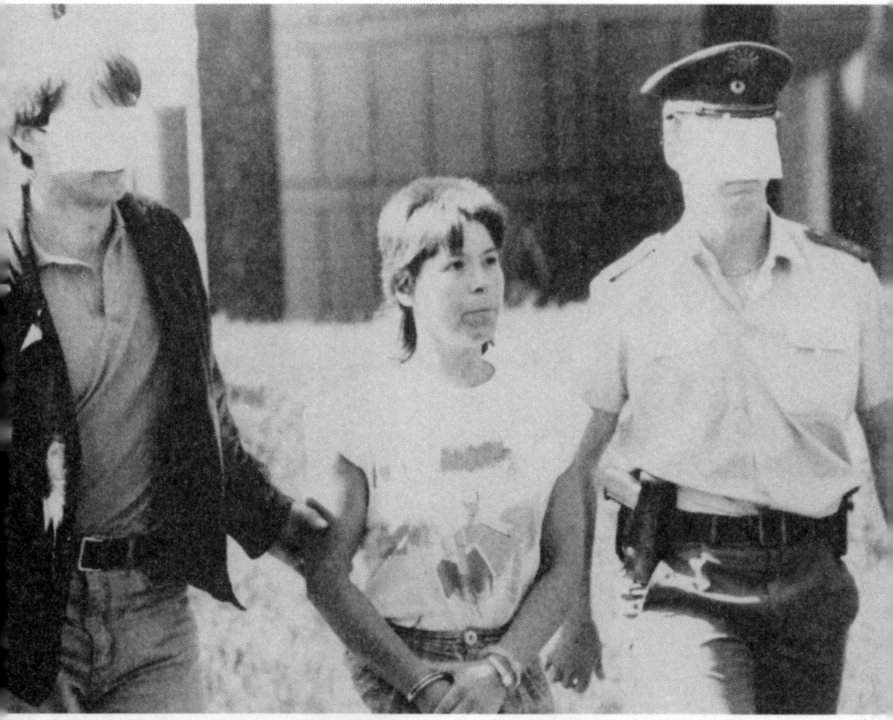

... oben: am 13.7.90 (Foto: dpa / Bernd Weißbrod) ...

... Mitte und rechts: im Sommer 1996 (Foto: Hanna Pitzke).

Kapitel I

Ich bin im Krieg geboren. Es war am 12. Januar 1944 und Europa ächzte unter der Herrschaft des deutschen Faschismus. Die Kriegswirtschaft hatte die unteren Bevölkerungsschichten in den Hunger getrieben, und auch ich wurde als halbverhungerter kleiner Wurm in die Bahn geworfen. Ungewollt und unentschieden, ob ich leben oder sterben sollte.

Die Umstände meiner Geburt und der ersten Lebensjahre waren mir bisher verborgen geblieben, und erst hier in der Abgeschlossenheit des Gefängnislebens erwachte mein Interesse daran, wie ich in die Welt gekommen war. Die Frage meiner Herkunft und der frühkindlichen Verhältnisse hatte mich nie sonderlich interessiert, weil es bisher für mich keine Lebenssituationen gab, in denen eine Aufklärung darüber wichtig gewesen wäre. Als Kind hatte ich nach Mutter und Vater gefragt, weil ihr Nichtvorhandensein mich in eine Außenseiterposition zu den anderen Kindern brachte. „Du bist ein Waisenkind", wurde mir beschieden. Es war eine Zuweisung meiner Rechte, Bedürfnisse und Erwartungen. Als Jugendliche wollte ich mit meiner Kindheit nichts mehr zu tun haben und sie vergessen. Als politische Aktivistin war sie ohne Bedeutung für mich, und in der DDR war es besser gewesen, nicht über sie nachzudenken, um Kollisionen zwischen meiner tatsächlichen und erfundenen Vergangenheit aus dem Wege zu gehen.

Selbst der Tag meiner Geburt war lange ungeklärt. Manche Dokumente sprechen vom zweiten, andere vom zwölften Januar. Ebenso beliebig wurde die Schreibweise meines Namens gehandhabt. Was Wunder, daß mich nichts an diese Daten band und ich sie oft und mühelos veränderte. Die meisten Menschen sorgen sich, daß ihr Name überlebt. Er ist ihre einzige Spur in die Vergangenheit und vielleicht in die Zukunft, er ist die Hoffnung, daß ein bißchen von ihnen bewiesen bleibt.

Von meinen Geburtstagen hat während der Kinderjahre niemand Notiz genommen. Als ich sechzehn wurde, erlebte ich die erste Aufmerksamkeit. Viel später dann legte ich meinen Geburtstag auf den 15. Januar fest. Den Todestag von Rosa Luxemburg.

Neugierig studierte ich die Ergebnisse amtlich-polizeilicher Nachforschungen und staunte über Akribie und Aufwand des Fahndungsapparates. In zwei Akten existiere ich als Fürsorgefall, in einer als normale Jugendliche mit Hang zur Renitenz, in allen weiteren als „terroristisches" Subjekt.

Wieviele Spuren, Markierungen, „Vorgänge" ich seit meiner Geburt bereits in die Welt gesetzt hatte, erfuhr ich nun aus den Akten. In dieser seit Jahrhunderten durchorganisierten Gesellschaft kommt kein Mensch mehr auf die Welt und geht durch sie hindurch, ohne in größter Ahnungslosigkeit seine Abdrücke zu hinterlassen. Institutionen bewachen ihn registrierend und dauerhaft. Selbst in verheerenden Kriegen und gesellschaftlichen Zusammenbrüchen geht alles im Großen und Ganzen seinen Gang. Die Bürokratie übersteht fast jedes Chaos und ihr Funktionieren wird als erstes wieder gesichert, sofern es in einzelnen Fällen, an einzelnen Orten doch gelitten haben sollte.

So hält sich die Gesellschaft zusammen, so verfolgen sich konkurrierende Kräfte. Und wer weiß besser als die Verfolgungsorgane der Justiz, wo diese ersten Spuren zu suchen und zu finden sind ...

Wer seines Feindes habhaft werden will, muß wissen, wer dieser Feind ist, will sich ein möglichst genaues Bild machen, immer in der Absicht, ihm nahezukommen, ihn zu fassen. Horst Herold, damaliger Chef des Bundeskriminalamtes, hat sich in den siebziger Jahren in seinem Amtssitz in Wiesbaden ein wahres Panoptikum seiner Staatsfeinde errichtet, in Lebensgröße und verschiedensten Variationen. Er lebte mit ihnen in seinem Bunker. So weit kann das gehen.

Bürokratisches aus meinen ersten Lebensjahren haben Beamte des BKA zusammengetragen: Geburtsurkunde, Vaterschaftsfeststellung, kurze Sachberichte von Fürsorgebehörden, die gerade von „Volkswohlfahrt der NSDAP" in „Jugendämter" umbenannt waren: Als Kleinkind wurde ich zusammen mit drei Schwestern in einer Bretterbude aus drei Wänden ohne Dach aufgefunden. Kinder und Mutter waren erbarmungswürdig zerlumpt, abgemagert, verlaust, krank, dem Tod näher als dem Leben. Der Mutter wurde das Sorgerecht entzogen, die Kinder ins Heim gebracht.

Ich weiß nichts von dieser Mutter, die sieben Kinder gebären mußte, die sie nicht ernähren, behüten und lieben konnte. Ich wüßte wohl gerne, wie sie ohne uns alle gelebt hat. Als ich zwanzig war, hörte ich vom Vormundschaftsgericht Bruchstücke aus ihrem Leben, die Ahnungen wecken von der Chancenlosigkeit ihres deklassierten Daseins. Damals wollte ich nichts hören, mich nicht verwickeln und berühren lassen davon, heute kann ich mir vorstellen, wie wir als Last in ihrem Bauch heranwuchsen, versehentlich und unerwünscht, verflucht vielleicht, aber unaufhaltsam. Sie wird uns aus der Gefangenschaft ihres Leibes herausgestoßen haben, hinein in die Gefangenschaft nachfolgender Zustände.

Heute finde ich es fast ein wenig traurig, daß sie nicht erfahren hat, welch ein rebellisches und ambitioniertes Herz sie in die Welt gesetzt hat. Vielleicht hätte ihr das Mut und neue Lebenschancen gegeben. Vielleicht hätte sie mich aber auch als „Kriminelle", als „Terroristin" abgelehnt, mich nicht begleiten wollen auf meinem Weg durch die Illegalität, ins Gefängnis, in die DDR. Sehr viele Mütter und Väter haben ihre Kinder durch alle Wahrheiten und Irrtümer begleitet. Manchmal haben sie sie verstanden, manchmal nicht, aber trotz aller Verfolgung, öffentlicher Verketzerung und Entstellungen nicht von ihnen gelassen. Genossinnen und Genossen, denen Verständnis und Liebe der Eltern für ihren radikalen Kampf erhalten blieb, waren nie völlig entwurzelt. Mein Leben entwickelte sich und verlief gänzlich ohne familiären Beistand und somit auch ohne einen elterlichen Plan, dem sich die Kinder dann zu verweigern suchen. Ich habe das Fehlen einer prägenden Autorität später als Vorteil erkannt. Obwohl ich zugeben will, daß mir als Kind diese bindende Autorität gefehlt hat und die innere Obdachlosigkeit mich spürbar einsam sein ließ. Natürlich hat mich auch die negative Autorität, der ich ausgeliefert war, geprägt, aber eben nicht bindend, sondern abstoßend. Ich habe schon sehr früh ganz bewußt immer die Distanz gesucht, das versteckte, potentiell Andere, und ich habe mich in der Einsamkeit geschützter, unschuldiger, immer noch besser gefühlt als in der Gemeinheit meiner Umgebung und ihrer Gewohnheiten.

Wenn in der Öffentlichkeit über meine Sozialisation gesprochen wird, werde ich immer wieder hartnäckig als Heimkind dargeboten. Vielleicht glaubt man, dann nichts weiter erklären zu müssen, als begänne hier die gerade Linie, die zum „Terrorismus" führt. Welch ein Unsinn und wie ignorant. Es verrät eigentlich nur das Zeugnis, welches die öffentliche Meinung ihrem System der Heimerziehung ausstellt.

Wir „Terroristen" sind aus allen Gesellschaftsschichten gekommen, jeder mit der eigenen sozialen und geistig-kulturellen Prägung. Was uns in die Radikalität trieb, war die soziale Kälte einer herzlosen Kriegsgeneration, die ihre beispiellosen Verbrechen leugnete oder verdrängte, die unfähig war, uns anderes als Besitzdenken und Anpassung zu lehren, die den Vietnamkrieg unterstützte, weil sie ohne Umschweife von der Vernichtungsstrategie gegen die „Jüdische Weltverschwörung" zur Vernichtungsstrategie gegen die „Bolschewistische Verschwörung" übergegangen war, eine Generation, die nichts dabei fand, daß ehemalige Massenmörder zu dekorierten Helden der Demokratie gekürt wurden. Unsere Weigerung, daran teilzunehmen, uns zurechtstutzen und kaufen zu lassen von dem Konsum-Klimbim und der Talmi-Moral, die im Kern nichts als Anpassung an ein verlogenes, unterworfenes Menschenbild und Menschendasein ist, unsere Abscheu vor dieser verschlagenen Elite-Gesellschaft, die aus Eigennutz, Profit- und Machtgelüsten oder aus traditioneller Beschränktheit letztendlich immer nur Zerstörung auf breiter Bahn zustande bringt, unsere Lust, diesem ganzen verkommenen Laden „vor den Koffer zu scheißen", hat uns zusammengebracht. Zuerst auf der Straße, in den Hörsälen, in politischen Aktivitäten voller Vielfalt, Phantasie, Übermut, Leidenschaft, Empörung und später dann in organisierter Härte. Jugendliche aus allen Bereichen, Studenten, Lehrlinge, Abenteurer, Desperados, Weiberräte und schwarze Bräute, hoffnungschöpfende

Entwurzelte aus dem Subproletariat, Philosophen und Professoren verbanden sich miteinander in der Hoffnung, diese vermoderte, lug- und trugreiche Gesellschaft zu revolutionieren.

Diese Hoffnung ist die Wurzel unseres „Terrorismus", nicht die Elternhäuser, die Sozialisation. Mütter und Väter können, wenn sie es denn wollen, nur verstehen oder sich abwenden, wenn die Kinder mit dieser Gesellschaft brechen. Ändern können sie es nicht und auch nicht aufhalten. Ihr Plan für die Zukunft ihrer Kinder wird bedeutungslos, was sie ihnen mitgegeben haben auch. Wenn es mehr war als die Aufhalsung verbrauchter Konventionen, wird es eingeordnet in den eigenen Entwurf einer zukünftigen Geschichte.

Ich bin kein Heimkind, aber ich habe drei frühe Kindheitsjahre in einem Kinderheim in Schleswig-Holstein verbracht, gerade so lange, bis die Schäden meiner Verwahrlosung geheilt waren. Meine ersten bewußten Erinnerungen sind aus diesen Jahren. Sie sind durchweg so fröhlich und positiv, daß ich später bei der Pflegefamilie oft versucht habe, meine Rückkehr ins Heim zu provozieren. Aber leider gelang es mir nicht.

Mit sechs Jahren brachte mich das Jugendamt in ein Dreihundert-Seelen-Dorf bei Eckernförde zu einem älteren Ehepaar, das bereits zwei eigene, erwachsene Söhne hatte und nacheinander vier Waisenkinder unter denselben Umständen wie mich und meine „Pflegeschwester" um die Kindheit gebracht hat.

Für meinen Eintritt in die Misere haben sie sich einen strahlenden Tag ausgesucht. Hellblauer, flimmernder März 1950, die Sonne mild und unschuldig, genau wie sie heute in den Gefängnishof scheint. Ohne Andeutungen, ohne Warnung scheint sie einfach warm vom Himmel herunter und beschönigt meine Ankunft.

Das schwarze, amtliche Auto rollt in den kleinen Hof und die beiden amtlichen Männer lassen mich aussteigen. Was ich zuerst sehe, entzückt mein Kinderherz: auf der einen Seite des Hofes ein farbenglühender Primelgarten, auf der anderen ein Gehege voller Hühner, Enten, Gänse, Puten,

Kaninchenställe. Mittendrin ein Misthaufen und eine randvolle Jauchegrube, in der Ecke ein winziger Tümpel. Wir stehen vor einer niedrigen, uralten Kate. Ihr Fachwerk ist von den Jahren gebeugt wie ein greiser Mensch, ihr Schilfdach durchmoost und vielfach geflickt. Alles wirkt auf mich verheißungsvoll. Ich kann noch nicht wissen, was sich hinter dieser Idylle entfalten wird.

Es bleibt keine Zeit für Regungen wie Angst oder Fragen, was jetzt mit mir geschehen wird. Aus dem Haus kommt eine große, dicke Frau zu uns gelaufen. Sie redet laut und aufgeregt auf alle gleichzeitig ein und beherrscht die befremdliche Szene. Die Männer vom Jugendamt zeigen mich vor, und die Frau schätzt mich mit ihren kleinen braunen, immer umherhuschenden Augen ab. Sie gefallen mir nicht, auch ihre Stimme nicht, sie ist überlaut und klingt seltsam in vielen Tonarten. Sie dringt mir unter die Haut und setzt sich dort fest wie ein immer bereites Erschrecken. Die Kraft ihrer Stimme entspricht ihrer Leibesfülle. In opernreifer Stimmlage und enormer Phonstärke ruft sie einen Mädchennamen in Richtung Bahngleise. Ich bin ganz sicher, ihre Rufe können es in der Reichweite mit den Glocken der Kirche aufnehmen. Ein Mädchen in meinem Alter kommt angelaufen, die Frau streicht mit ihren dicken Händen über meinen Kopf und sagt zu dem Mädchen: „Das ist Inge, jetzt brauchst du nicht mehr allein zu spielen."

Wir schauen uns neugierig an, erkennen uns aus der gemeinsamen Zeit im Kinderheim und freuen uns unbändig, einander nicht fremd zu sein. Wir fassen uns an den Händen und laufen zurück zum Bahndamm, um den heranzischenden Güterzug aus der Nähe vorbeidampfen zu sehen.

Für viele Jahre sollten wir nun nahezu alles miteinander teilen, den Strohsack, die emotionale Kargheit, die Mühlsteine der Schmach und Ohnmacht gegenüber allen Schändlichkeiten und täglichen Häßlichkeiten, das falsche, verächtliche Mitleid, das Ertragen von Erniedrigung und Mißbrauch, alle Not, mit der wir uns durchschlugen. Aber auch alle Spiele und kleinen Freuden, alle kleinen Geheimnisse und Entdeckungen, die wir, wie alle Kinder, überall zu finden wußten, wie immer die Umstände auch waren. Fortan galten wir als die Waisenkinder vom „Sloten Door“.

Wie ist dieses Milieu zu beschreiben, ohne es zu einer monströsen Ausnahmewelt zu machen? Generation auf Generation lebt so eine Dorfgemeinschaft in dumpfer Harmonie von Gegeneinander und Miteinander: schindet und schändet sich, verrät und verbündet sich, liebt und verflucht sich, feiert die Hochzeiten wie die Beerdigungen, schwängert die Mägde und prügelt die Knechte, ist unberechenbar in ihrem Haß gegeneinander und ebenso unberechenbar in ihrem Zusammenhalt untereinander. Die Töchter und Söhne ordnen ihr Leben nach der groben Welt der Mütter und Väter, und diese nach der ihrer Mütter und Väter.

Der Faschismus mußte in den städtischen Gebieten große propagandistische Schlachten entfalten, um das Proletariat der Aufklärung zu entziehen und auf seine Seite zu bringen, die dörflich-bäuerliche Verständniswelt hingegen war der faschistischen Ideologie sehr nah. Alles Fremde, Andersartige wurde mißtrauisch abgelehnt, war Ziel bösester Projektionen von Zwietracht, Schuld, Sünde. Alles Schwache wurde vernutzt, alleingelassen, beiseitegestoßen.

Der Faschismus verfeinerte diese Nichtmenschlichkeit zur Unmenschlichkeit und machte sie zu allgemeinen gesellschaftlichen Werten, nahm ihr den Makel der Niedrigkeit, Debilität und Unmoral und stattete sie mit dem Mythos von der starken Rasse aus.

Ich wuchs im Nachhall dieser Ideologie heran. „Heil Hitler“, wenn ein Besucher das Haus betrat, „Heil Hitler“, wenn er es wieder verließ. Das war normal.

Spurenlos durchzog der große Flüchtlingsstrom der ersten Nachkriegsjahre unser schleswig-holsteinisches Dorf. Niemand ist hier ansässig geworden, keine fremde Familie ertrug und durchbrach die geschlossene Verachtung der Dorfgemeinschaft gegen die „Hungerleider“. In meinen ersten beiden Schuljahren war das Dorf noch voll von Flüchtlingen und Ausgebombten, die administrativ hierher gelenkt wurden, damit sie Essen, Unterkunft und Arbeit fanden. Es kamen so viele Kinder in die Schule, daß ein zweiter Klassenraum eingerichtet werden mußte und der Unterricht in zwei Schichten stattfand. Schon wenige Jahre später war das Dorf wieder „gereinigt“ und die Alteingesessenen unter sich. Nur eine Mutter mit ihren zwei Kindern hatte mit zäher Ausdauer versucht, sich in dem Dorf festzukrallen. Sie hatte Arbeit und eine kleine Wohnung bei einem Bauern gefunden. Die Leute vergaßen nicht, daß sie die „Fremden“ waren, aber noch weniger verziehen sie ihnen, daß sie weit und breit die einzigen Katholiken waren. Die Kinder wurden vom Lehrer immer hochmütig nach Hause geschickt, wenn der Religionsunterricht begann. Die anderen Kinder überfielen sie natürlich mit ihrem Neid und ihren Hänseleien. Die beiden ertrugen alle Entwürdigungen mit äußerlichem Stoizismus, wehrten sich nicht, schlugen sich nicht, sprachen kaum, ließen den Haß abprallen und kümmerten sich nur um sich selbst.

Sie haben es viele Jahre ausgehalten. Ich frage mich, wie sie das ertragen konnten. Die Mutter war nur als Dienstmagd akzeptiert, gesellschaftlich waren sie Ausgestoßene und blieben bis zum letzten Tag das „Flüchtlingspack“.

Als sie plötzlich verschwunden waren, hat keiner nach ihnen gefragt, niemand hat sie vermißt. Nur ich. Darum ist meine Erinnerung so deutlich. Wenn ich im Winter mit den Zeitungen über die Höfe mußte, holte die ausgestoßene Frau mich in ihre Küche, hieß mich die Gummistiefel ausziehen und nahm mir die zerlumpten Fußlappen von den Füßen, um sie am warmen Herd anzuwärmen. Sie stellte mir eine Tasse heißen Pfefferminztee und eine halbe Semmel mit Butter auf den Küchentisch. Wenn ich alles verzehrt hatte und durchgewärmt war, umwickelte sie meine Füße wieder und sagte manchmal: „Ich weiß, wie weh der Frost tut.“ Ich zog dann die Gummistiefel an und machte mich auf den Rest meines Weges. Ihre Küche war eine Oase der Freundlichkeit und Wärme, über die ich nicht reden durfte.

In jahrhundertelang geschlossenen Gemeinschaften bleiben Legenden, heimliche Hexengeschichten und Aberglauben lebendige Gegenwart. Jedes Dorf hat seine eigene, halb verborgene Tradition dieser Art, und auch um unser Dorf und speziell um das Haus und die Familie, in der ich nun lebte, woben sich unglaubliche Erzählungen aus der Vergangenheit. Als Kind erschienen sie mir durchaus nicht unglaubwürdig, und so merkwürdig es ist, aus diesen mythisch-magischen Legenden bezog meine Pflegemutter ihre Macht im Dorf, die ihr der sozialen Stellung nach eigentlich nicht gebührte. Die soziale Hierarchie war fest und unverrückbar. Es gab sieben größere Bauernhöfe, davon waren einige im Dorf, andere weit verstreut außerhalb, so daß ich jeden Morgen vor der Schule weite Wege zu laufen hatte, um die Zeitungen abzuliefern. Der begütertste Hof war selbstverständlich die Bürgermeisterei, denn Geld und Politik sind wie siamesische Zwillinge und jeder chirurgische Versuch einer Trennung ist bisher gescheitert. Ein paar kleinere Höfe, eine Meierei, eine Schmiede, zwei kleine „Kolonialläden", eine Bäckerei, die Schule, einige Häuslerkaten und Familienhäuser, der Gasthof Ehlers als geselliger Mittelpunkt vervollständigten das Dorf. Die Kirche stand im Nachbardorf, und dies förderte nicht gerade das Bedürfnis oder das Pflichtgefühl der Leute zu einem häufigen Besuch heraus. Nur zu den kirchlichen Feiertagen, Beerdigungen und Hochzeiten marschierten feierliche schwarze Scharen an unserer Räucherkate vorbei in die nachbarliche Kirche.

Auf der unteren Stufe der sozialen Hierarchie standen die Häusler, die Knechte und die Mägde. Dies war auch unser Platz.

Für die Pflegemutter war das bedeutungslos. Ihre soziale Stellung in der Dorfgemeinschaft war von besonderer Eigenart und von besonderem Einfluß. Sie war nicht respektiert, aber von nahezu allen gefürchtet. Die Leute versuchten, ihr aus dem Wege zu gehen, aber das war nur schwer möglich, weil in ihrem Haus ein Netz kleiner Dienstleistungen geknüpft war. Das machte sie unentbehrlich und so war es besser, sich gut mit ihr zu stellen.

Die Frau war die lebendige Chronik vergangener und gegenwärtiger Lebensabläufe des Dorfes, der heimlichen und der öffentlichen. Es gab fast nichts, was sie nicht herausbekam. Sie war eingeweiht in alle Schliche und Gemeinheiten menschlichen und unmenschlichen Miteinanders und zog die Register, wie es ihr paßte, nicht selten ganz ohne besondere Vorteilsplanung, oft nur aus reiner Lust am Zwist. Daraus schien sie ihre Lebenskraft zu ziehen. Eine schillernde Kraft aus Schlauheit, Herzlichkeit und Offenheit, die sie wie eine Falle aufstellte, aus Abgebrühtheit und Rührseligkeit, aus Bösartigkeit und klingendem Lachen. Sie war eine Schurkin aus reinem diabolischen Vergnügen, mit der man sich besser nicht maß.

Schon ihr Äußeres war außerordentlich imposant und Abstand gebietend: eine starke, große Frau. Ihre Leibesfülle bremste nichts von ihrer Vitalität, die unerwartet in Aggressivität umschlagen konnte. Schweres hüftlanges, glänzend schwarzes Haar war im Nacken zu einem dicken Knoten zusammengebunden. Schwarzbraune umherhuschende Augen in einem vollen Gesicht, das ich schön hätte nennen mögen, wenn es eine Spur Liebe geborgen hätte. Herrschsucht und Verschlagenheit machten es unschön.

Es war nicht allein die Wirkung ihrer machtvollen Erscheinung, von der die Menschen in die Defensive gedrängt wurden, der tiefere Grund für ihren Einfluß war die Aura ihrer Ahnen. Unterschwellig und tabuisiert, war sie doch über drei Generationen hinweg spürbar gegenwärtig geblieben und machte die Frau irgendwie unangreifbar. Wer ihr dennoch etwas heimzahlen wollte, versuchte es anonym oder griff nach uns Kindern.

Es wurde erzählt, daß ihre Urgroßmutter eine bedeutende und angesehene Hexe gewesen sei, die das Dorf beherrscht und allen voran den Großbauern Scherereien bereitet hatte, um sich mit deren Macht zu messen.

Unsere alte Räucherkate war in der ersten Hälfte des vorigen Jahrhunderts erbaut worden. Es war das Haus der Urgroßmutter und stand am Eingang des weitläufigen Gemeindegebietes. Zwischen dem Haus und dem Dorf erstreckten sich noch einige Kilometer Wiesen und Felder. Mein Weg in die Schule war lang.

Jeder, der in das Dorf hinein oder aus ihm hinaus wollte, mußte an unserer Kate vorbei. Es gab nur diese Straße, um ins nächste Dorf, in die Stadt zu kommen. Zur Zeit der Ahnenmutter war hier ein Tor gewesen, an dem die Zölle bezahlt werden mußten und das am Abend geschlossen wurde. Darum waren wir auch immer noch „de Lüt vom sloten Door", zusammen mit Jakobsens und dem alten Ehepaar, das den kleinen Güterbahnhof bewirtschaftete.

Wenn die hexenhafte Ahnin einem Bauern nicht wohlgesonnen war, war es ihm unmöglich, ungeschoren das Dorf zu verlassen. Erstaunliches soll sich zugetragen haben: Die Pferde scheuten vor dem „Hexenhaus" und warfen den Wagen um, Kühe blieben stehen und waren durch nichts vom Fleck zu bewegen, Schweineherden stoben in alle Richtungen davon, Heuwagen gingen in Flammen auf, ja, die Menschen selbst erstarrten zu Salzsäulen.

Nur die Urgroßmutter schien in der Lage zu sein, diese unerklärlichen Zustände wieder zu beheben. Sie ließ sich von den Bauern bitten und forderte von ihnen bestimmte Zugeständnisse, erst dann redete sie auf geheimnisvolle Weise auf Tiere, Dinge und Elemente ein, bis sich alles regelte.

Ich glaube, es gab niemanden im Dorf, der diese Legende für reinen Aberglauben hielt. Gewiß hatte sie im Alltag keine Bedeutung mehr, dennoch umwob sie wie ein unvergänglicher atmosphärischer Nebel die alte Kate und die Frau. Seltsamerweise blieben wir Kinder und der Mann davon ausgeschlossen. Sie hatte ganz allein und, wie ich fand, unverdientermaßen Anteil an der geheimnisvollen Macht ihrer Urgroßmutter.

Der Pflegevater erzählte mir eines Abends diese Geschichte und er gebot mir, sie als Geheimnis zu hüten. Seit Tagen schon hatten wir frühmorgens das Haus verlassen, beladen mit großen Äxten, Sägen, Holz- und Metallkeilen, mit Pickel, Schaufel und Spaten. Nicht alles schleppten wir täglich hin und her, die schweren Werkzeuge bedeckten wir abends mit Buschwerk im Umfeld unseres Ausgrabeplatzes. Jedes Jahr im Herbst gingen wir während der Schulferien ins Holz, trugen herumliegendes Buschwerk zu großen Haufen, stapelten Meterholz und rodeten Stubben von meterdickem Umfang. Hatten wir genug zusammen, besorgte der

Pflegevater ein Fuhrwerk und wir brauchten noch einige Tage, bis wir alles zum Haus transportiert hatten. So versorgten wir uns für den Winter mit Brennholz und pflegten gleichzeitig den Wald. Für mich war dies eine wunderbare Zeit und ich sehnte sie immer herbei wie andere Kinder eine große Reise.

Mein Pflegevater war ein geplagter, von seiner Frau verhöhnter Mann. Ein in sich gekehrter, gutmütiger Mensch. Zwei Kriege und die Jahre mit dieser Frau hatten ihn schweigsam gemacht. Er kämpfte nicht mehr mit seiner boshaften, herrschsüchtigen Frau, die nicht sein konnte ohne gemeinen Zank. Da saß er dann, sog an seiner Pfeife und schaute scheinbar gleichgültig geradeaus. Innerlich brannte und blutete er von den Verletzungen, die sie ihm mit ihren vernichtenden Worten schlug. Wenn er es nicht mehr ertragen konnte, nahm er seine Mütze und ging hinaus, ohne auf die Verwünschungen, die sie ihm nachwarf, zu achten. Ich litt mit ihm, mich quälte seine Hilflosigkeit. Selten habe ich gesehen, daß er sich wehrte. Er warf dann seine Pfeife auf den Tisch und brüllte seine Wut heraus ohne die geringste Chance, die Gebirge der angestauten Erniedrigungen in ihm zu erschüttern. Das alte Haus schien zu beben, aber die Frau blieb unbeeindruckt. Nur Blitz und Donner konnten sie zum Schweigen bringen, nicht die Pein eines Menschen. Niemals hob er die Hand gegen sie. Er hatte mich gern, und wir waren unausgesprochen Verbündete, ohne uns in der Not helfen zu können. Er lebte in derselben furchtvollen Unterwerfung wie ich. Sein Widerstand war lange schon zermürbt, meiner dagegen sollte noch wachsen. Er konnte mir nicht helfen, mich nicht schützen, ich habe es auch nicht von ihm erwartet. Instinktiv fühlte ich, daß er nicht mehr schaffen konnte, als den Kern seiner Würde zu verteidigen. So führten wir unseren Kampf jeder für sich allein, litten umeinander, jeder für sich. Manchmal steckte er mir heimlich etwas zu, kleine Köstlichkeiten, die eine Bäuerin ihm in die Tasche gelegt hatte, wenn er bei einer Arbeit mit zugepackt hatte. Ein Stückchen Schokolade, eine saftige Birne, eine Scheibe Schinken. Er trug es mit sich herum, bis er Gelegenheit hatte, es mir zu geben. Dann war ich ganz fassungslos und zerbrach mir den Kinderkopf, was ich ihm Gutes tun konnte.

Ich liebte ihn wie einen richtigen Großvater, aber Vertraulichkeit und Wohlgefühl wurden wie etwas Fremdes oder Ungehöriges aus dem Haus getrieben, sobald die Frau davon etwas spürte. Darum sind auch die seltenen Gemeinsamkeiten wie kleine freundliche Inseln in meinem Gedächtnis haftengeblieben, die Stunden, die wir der erdrückenden Atmosphäre entreißen konnten. Zum Beispiel die Dämmerabende, wenn es zu früh war, das elektrische Licht zu verschwenden, und zu dunkel, noch eine Arbeit zu tun. Die Frau war im Dorf oder in der Stadt. Der Pflegevater genoß diese Stunden der Ruhe, saß in seinem Sessel und rauchte schweigend, halb schläfrig. Ich durfte auf seinem Schoß sitzen und ihm die Pfeife anzünden, wir berieten, ob wir das Dach decken müßten, das Gras mähen sollten, wieviele Kaninchen nach dem letzten Wurf im Stall sein mochten, ob die Kirschen bald reif wären. Dann dösten wir gemeinsam, bis es an der Dielentür zu klappern begann. Die Frau war gekommen. Wie mit einem Sprung aus dem Fenster verschwand die Vertrautheit. Unsere Sinne spreizten sich wie die Stachel eines erschrockenen Igels. Ich sauste aus der Stube, in der ich nichts zu suchen hatte.

Und da waren die Tage im Holz. Es trieb uns hinaus, kaum daß die Nacht zu schwinden begann. Gras, Moos und Erde waren noch mit Tau bedeckt, da waren wir schon im Wald und vergaßen das Haus, in dem die Frau zurückgeblieben war, auch meine Schwester, sie war zu zart für diese Arbeit.

Für meinen Pflegevater waren bereits sechzig Jahre Arbeitsleben als Feld- und Waldarbeiter vergangen. Er arbeitete langsam, aber stetig und verstand es noch, mit wuchtigen Schlägen des schweren Eisenhammers die Keile in die Stubben zu treiben. Ich reichte ihm die Werkzeuge, grub die Wurzeln frei, hielt ihm die Keile für den ersten Schlag, ohne Angst, er könnte einmal danebentreffen. Ich bewunderte, wie vertraut er mit dem Holz war, wie er wußte, wo es sich spalten ließ und wo es sich seinen Mühen widersetzen würde. Wenn ich müde wurde vom Graben, Sägen und

Hacken, sagte er bedächtig: „Geh, mein Deern, sieh dir den Wald an.“ Dann stromerte ich los, durch die Farnkräuter zum Fuchsbau, suchte Ameisenberge, erschreckte den Eichelhäher und mich selbst bei seinem Schrei, legte mich ins Moos und schätzte, wie nah wohl die Bäume dem Himmel seien, beobachtete die scheinbar planlosen Wege der Käfer und Insekten oder zählte die Jahresringe der gefällten Stämme. Kam ich zurück, die Schürzentaschen voller Bucheckern, Tannenzapfen und Brombeeren, legte er sein Werkzeug beiseite, wir aßen die Butterbrote, teilten den Kaffee, die Beeren, und ich erzählte, was ich gesehen hatte. Der Wald war ein befristetes, aber paradiesisches Asyl für mich.

Brach die Dämmerung herein, verstauten wir unsere Arbeitsgeräte, der Pflegevater zündete seine letzte Pfeife an und wir genossen die Ruhe und Müdigkeit, bis es dunkel war und wir zurück mußten.

An einem solchen Abend erzählte mir der Pflegevater die Legende von der Urgroßmutter.

Ich war verwundert und wollte wissen, wie die Herrin vom „Slooten Door“ ihre Künste entwickelt hatte, woher ihre Kraft gekommen war. (Schon als Kind war ich ganz spontan davon ausgegangen, daß man sich große, auch außergewöhnliche Fähigkeiten selbst erarbeiten könne.) Er wußte es nicht und sagte: „Sie war eben eine Hexe.“ Das stellte mich nicht zufrieden, denn ich konnte mir keine besenreitende Märchenfigur in dem Haus vorstellen, in dem es täglich so irdisch banal zuging und keine Spur von Sinnlichkeit auffindbar war. Ich nahm mir vor, die Frau nach dem Geheimnis der Urgroßmutter zu fragen. Ich wartete auf eine günstige Stunde, um es herauszukriegen. Günstig erschien mir die Zeit ihrer kleinen Krankheiten. So kalt sie mir gewöhnlich begegnete, so wehleidig, bedürftig, ungnädig gab sie sich, wenn sie krank wurde. Selbst mein Mitleid und Zutrauen forderte sie dann ein. In solchen Tagen war ich richtig glücklich, ich wünschte ihr oft viele langandauernde Krankheiten, aber ihre unverwüstliche Vitalität widersetzte sich meistens meinen heimlichen Wünschen. Einmal war sie beim Kirschenpflücken aus dem Baum gefallen, der Ast war gebrochen, an dem die Leiter aufgestellt war. Ich sah sie fallen, ihr schwerer Körper stürzte ins Gras und hüpfte noch einmal wie ein Ball auf und nieder. Nach erstem kurzen Schreck kam mir ein unbändiger Jubel in die Kehle, den ich kaum niederhalten konnte: Jetzt mußte sie für einige Wochen ins Krankenhaus in die Stadt, eine Zeit der Freiheit würde ins Haus ziehen ...

Meine Enttäuschung war groß, sie hatte sich überhaupt nicht verletzt. Die Leibesmasse hatte den Sturz gedämpft, und sie legte sich nur drei Tage ins Bett, um ihren Schrecken zu kurieren. Danach wurde der Kirschbaum umgesägt.

An einem solchen Tag fand ich meine Gelegenheit, und sie gab mir das Geheimnis preis: Wenn du alle sieben Bücher Moses vorwärts und rückwärts auswendig hersagen kannst, werden dir solche Kräfte wachsen, sagte sie mir. Mir schien das eine durchaus irdische Aufgabe zu sein, und ich begann sofort mit dem ersten Buch. Ich muß aber recht bald ermüdet sein in dem Meer von Mythen und Metaphern, denn ich verschob nach einigen Versuchen die ganze Sache auf später, eine Hexe zu werden, das hatte schließlich noch Zeit.

Die Bauern brachten das Fleisch ihrer Schweine zum Räuchern in unsere Kate, das war seit mehr als hundert Jahren so. Dann bogen sich die kräftigen Deckenbalken der Diele unter dem Gewicht der auf Stangen aufgereihten Würste, schweren Schinken und Speckstücke. Die Diele war der Mittelpunkt des Hauses. Hier wurde gekocht, gegessen, gearbeitet, hier stapelten sich das Holz und der Torf, standen die Fahrräder, der Handkarren, war der Schlafplatz für Katze und Hund. Für meine Schwester und mich war sie der ständige Aufenthaltsplatz. Nur im Winter, wenn es sehr kalt war, durften wir zu Essenszeiten die Stube betreten. Unser Schlafplatz war eine Kammer in der Diele, möbliert mit einem Hocker und dem mit vier Brettern eingekasteten Strohsack. Die Diele wurde vom Stubenofen und vom Kochherd beräuchert, das waren die einzigen Wärmequellen des Hauses.

Eine tägliche Tortur, an die es keine Gewöhnung gab, war das frühmorgendliche Anheizen des Feuers. Der schwere Rauch hüllte den Raum bis zum Fußboden ein, wir husteten unentwegt, rangen nach Luft und die Augen tränten. Es dauerte eine halbe Stunde, bis sich die dicken Rauchschwaden durch die Dielentür und den Seiteneingang ins Freie gewälzt hatten und das Feuer ordentlich brannte. Aber wehe, es war Westwind! Er drückte den Rauch wieder ins Haus und drang durch alle Ritzen. Dann hängten wir uns aus dem Fenster und husteten uns die Lungen wund. Feuchtes Holz oder ungeschicktes Anheizen verlängerten die Qual. Noch schlimmer, wenn ich das Feuer ausgehen ließ, das Nachlegen vielleicht vergessen hatte, dann sauste mir der Schürhaken auf den Rücken. So brachte die Frau mir das Aufpassen bei.

War das Feuer durchgebrannt, zog ein dünner bläulicher Dunst an der Decke entlang und verwandelte das rohe Fleisch langsam in Köstlichkeiten. Diesen Dauerrauch waren wir gewöhnt, er biß nicht mehr in den Augen, und wir nahmen ihn kaum noch als Geruch wahr. Den Räuchergeruch trugen wir überall hin, er haftete uns ebenso an wie dem Schinken. Das provozierte den Spott aller Kinder.

Durch das Jahrhundert hindurch hatte der stete Rauch eine zähe, glänzende Teerschicht über die Deckenplanken gebreitet. Bizarre Teerzapfen wuchsen zur Erde wie Stalaktiten in den Tropfsteinhöhlen. Im Sommer tropfte der Sott von ihnen herab und verfing sich in unseren Haaren und Kleidern. Der rohe Zementfußboden war klebrig schwarz und teerige Laufspuren führten in jede Kammer, auch quer durch die gute Stube bis ins Schlafzimmer der Erwachsenen. Von Zeit zu Zeit mußte ich einen Scheuertag einlegen und am Abend hatte ich endlich den ganzen Sott mit Hilfe von Schmierseife zur Dielentür hinausgetrieben.

Hatten die Bauern ihren Speck und die Schinken nicht lange und kräftig genug gesalzen, entwickelten sich ganz heimlich auch Maden. Wir merkten es erst, wenn sie auf unsere Köpfe herunterfielen. Man sollte meinen, daß unser Tisch ausreichend mit Wurst und Schinken bestellt war, zumal manch ein Bauer zu dem Räuchergeld auch ein Deputat gegeben hat, aber weiß Gott, wir Kinder sind mit Rübensirup und Zuckerbrot groß geworden. So mancher Schinken, manche Wurst ging auf Reisen nach Berlin und Köln, wo die

„richtigen“ Kinder der Familie lebten. Aber auch für die Herren vom Fürsorgeamt, die aus der Stadt kamen, stand immer eine fürstliche Portion edelster Landwaren bereit. Sie kamen etwa jedes halbe Jahr, meine Schwester und ich saßen in unseren Sonntagskleidern gut vorbereitet auf dem Sofa in der guten Stube und sagten ja auf die Frage, ob es uns gut gehe, und nein auf die Frage, ob wir irgendwelche Klagen hätten. Dann durften wir spielen, solange die amtlichen Männer im Haus waren und bewirtet wurden. Wer ahnt da nicht, wie die Dienstberichte aussahen. Ich konnte sie jetzt in den Akten nachlesen. Die Stube war für die Schwester und mich eine andere Welt. Sie war hell, warm, hatte Sofa und Sessel auf einem blanken Stragula-Teppich. Im Winter suchten wir nach Gelegenheiten, uns hineinzudrängen wie das Vieh in den warmen Stall. Wenn die Frau nicht im Haus war, holte uns der Pflegevater schon mal herein, öffnete die große Keksdose, die von Weihnachten zu Weihnachten mit Hirschhornplätzchen gefüllt war und ließ uns hineingreifen. Wir waren selig, setzten uns still in die Sessel und genossen die verschwörerische Stimmung.

Die Faszination der Stube lag auch in dem polierten Weltempfänger, damals noch so groß wie ein Möbelstück. Und natürlich in der „Bücherei“. Aufgereiht in einem Wandregal standen verschmutzte und vergilbte dicke Schwarten aus den Gefilden der Rührseligkeit, des Traum-Heldentums und der normierten Sittlichkeit für die Dörfler zum Ausleihen bereit. Auch ich machte heimlichen, aber intensiven Gebrauch von dem Stoff. Durch die Stubentür lauschten wir den „Capri-Fischern“ und den „Heimwehliedern“ von Freddy Quinn. Die Frau liebte es zu singen. Wenn sie nicht gerade schimpfte, trällerte oder flötete sie unentwegt.

Im Sommer waren alle Fenster und Türen geöffnet, damit auch in der hintersten Gartenecke das Radio zu hören war. 1953 im Juni donnerten täglich die Namen Eisenhower, Ollenhauer, Adenauer über die Gemüsebeete, vor denen ich hockte und Unkraut jätete. Ich war neun und verstand nichts. Die Leute im Dorf standen häufiger als sonst an ihren Gartenzäunen zusammen und nickten mit den Köpfen. Jacobsen, unser Nachbar, saß ganze Nachmittage lang mit der Frau in der Stube und trank Likör. Wenn er ging, war sein „Heil Hitler“ noch ein bißchen lauter als gewöhnlich.

Allein schon aus der dröhnenden Roheit der Namen dieser Männer war Unheil zu spüren. Immer wieder hörte ich den Namen Eisenhower und dachte an unseren Dorfschmied, den Eisenhauer, diesen unbeherrschten, brutalen Kerl, der den Lehrlingen in den Rücken schlug und den Pferden mit seinen schweren Holzschuhen in den weichen Bauch trat, wenn sie beim Beschlagen ihrer Hufe nicht stillstehen konnten. Aus der Ferne war das idyllische Klingen des amboßschlagenden Eisenhammers zu hören, näherte ich mich aber der Schmiede, dann mischten sich die Schreie der gequälten Pferde darunter, so daß ich mir am liebsten die Ohren zugestopft hätte.

In der Schule sprach der Lehrer am 17. Juni vom Abschütteln des „bolschewistischen Jochs“ und geriet in Selbstvergessenheit über die „endliche Zerschlagung des Jüdisch-Kommunistischen Gebildes“ östlich der Elbe. Er geriet dabei in eine Art Ekstase, die uns Kinder ganz furchtbar irritierte. Er steigerte sich in antisemitische Beschimpfungen und Klagen über den verlorenen Krieg hinein. Das Blut wich aus seinem Gesicht und er schrie über unsere Köpfe hinweg, als wollte er eine unsichtbare Masse von Menschen bewegen. Wir hielten den Atem an, saßen verstört und gedrückt in den Bänken. Plötzlich hielt er inne, wurde sich seiner wieder bewußt und rannte kreidebleich hinaus. An der Tür schrie er: „Pause“, und wir stürzten erleichtert in den Hof.

Der Gang und Geist des dörflichen Lebens war nicht weiter beeindruckt von der aggressiven Politik der politischen und militärischen Hasardeure der Adenauer-Ära. Unspektakulär, fast behutsam sickerte das „Wirtschaftswunder“ der fünfziger Jahre in die Bauernhöfe ein. Die alten Ungetüme der Landstraße, die Bulldozer, verschwanden und wurden ersetzt durch wendigere Traktoren, intelligentere Mäh- und Dreschmaschinen erleichterten die Erntearbeiten, Volkswagen und Motorräder mehrten sich. Unaufhaltsam endete die Pferdezeit. Ein Fuhrwerk nach dem anderen verschwand von der Straße, vergreiste und vermoderte in den Remisen. Die rumpeligen, eisenbereiften Deichselgespanne hatten ausgedient, jetzt gab es den gummibereiften Hänger für den Traktor. Bald hielten sich die Bauern nur noch ein, zwei Pferde, weil sie sich einen Bauernhof ohne Pferde noch nicht vorstellen konnten.

In der Wohnstube des Bürgermeisters flimmerte der erste Fernseher. Die Dorfjugend sang amerikanische Schlager, schwärmte für Elvis und begann Rock'n'Roll zu tanzen, die Mädchen trugen dreiviertellange Hosen à la USA. Die Alten sagten immer noch „Heil Hitler". Es regte auch niemanden auf, als im Nachbardorf wieder militärische Manöver stattfanden. Außer uns Kinder natürlich. Die Soldaten und ihre Kriegsgerüste waren für uns Objekt abenteuerlicher Bewunderung und unwiderstehlicher Anziehungskraft. Wenn möglich, schlichen wir zu ihren Tarnlagern und beglotzten sie.

Nein, unsere Begeisterung war nicht von selbst gekommen. Anekdoten über den „Eisernen Kanzler" Bismarck – zu seinem Denkmal pilgerten wir alljährlich einmal – und über den alten Fritz mit seinen wunderbar tüchtigen, treuen und mutigen Soldaten füllten die Geschichtsstunden und unsere Kinderköpfe. Kein Wort, nicht die geringste Aufklärung über die faschistischen Herrenjahre, nichts über den Greuel- und Plünderungsfeldzug der deutschen Armee durch Europa und Rußland. All dies war offiziell tabu. Ich kriegte es irgendwie mit als etwas Dunkles, Schicksalhaftes. Ein durch die Schuld der Juden und Kommunisten über Deutschland gekommenes Unglück, das man diesen eines Tages schon heimzahlen werde.

Gewiß, der Bildungsstoff auf dem Dorf war anspruchslos. Ich habe die Schule nach der neunten Klasse abgeschlossen mit den vier Grundrechenarten und der einfachen Zinsrechnung. Ich konnte lesen und fehlerfreie Aufsätze schreiben, wußte, wieviele Kontinente die Erde hat, und daß Schleswig-Holstein meerumschlungen ist von Ost- und Nordsee. Alles weitere habe ich mir später selbst oder hat das Leben mir beigebracht.

Diese unverantwortliche Unterlassung von geschichtlicher

und politischer Aufklärung und Vermittlung der jüngsten Geschichte, mit deren Auswirkungen wir ja zu leben, und wie wir noch sehen werden, auch zu kämpfen hatten, war in der BRD allgemein. In diesem Punkt war das Unwissen der Mädchen, mit denen ich später im Internat und auf der Schule war, ganz unterschiedslos zu meinem. Es herrschte vollkommene politisch-gesellschaftliche Unbewußtheit. Die Erziehung und Bildung hat uns bis in die siebziger Jahre hinein überhaupt keine Chance gegeben zum selbständigen Denken, zur kritisch-geistigen Entwicklung. Geschichte hatte einfach nicht stattgefunden bzw. nur in Jahreszahlen und bis zur Kaiserzeit. Geschichte, das waren die Daten der Reichsgründungen, Lebenszeiten der jeweiligen Herrscher und Generäle, von Kriegsbeginn und Kriegsende.

Klassenkampf, die Weimarer Republik, die sozialistische Revolution in einem Teil der Welt, die faschistische Variante des deutschen Kapitalismus, die Kolonisierung Afrikas, Asiens und Lateinamerikas durch den Westen ... Darüber erfuhren wir nichts!

Auf der Sport- und Gymnastikschule in Kiel, die ich von 1963–65 besuchte und die sich doch immerhin rühmte, einer Hochschule gleich zu sein, wurde nicht eine Stunde über Politik, Geschichte, Gesellschaft etc. diskutiert. Zeitgeschichte war Bürgerkunde und beschränkte sich auf die schematische Vermittlung des strukturellen Aufbaus der Demokratie.

Unser Weltbild mußte dunkel bleiben, es sollte dunkel bleiben. Es herrschte ein grauenvoll unpolitisches, ungeschichtliches Weltbild im Gros der Jugend, das sich erst mit der Studentenrevolte verändern konnte. Ohne diese unpolitische Erziehung und Bildung, die das Individuum von den gesellschaftlichen Vorgängen und Entscheidungen fernhielt, es von allen verhängnisvollen politischen Weichenstellungen ablenkte, hätten die Restauration und die Wiederbewaffnung wohl nicht gelingen können. Eine entpolitisierte Bevölkerung ist die Voraussetzung dafür gewesen.

Die Nachkommen der Kriegsgeneration sollten nicht nach Ursachen fragen und die Massen sollten schnell vergessen, was sie nach 1945 alles hatten ändern wollen. Sie hatten sich leicht betrügen lassen um ihre Hoffnungen und Einsichten, die aus der Not und Schuld der zwei Weltkriege geboren waren. Vergessen die großen Sozialisierungsprogramme für die Schlüsselindustrien und Finanzimperien, vergessen die überwältigende Mehrheit für fundamentale soziale Umwälzungen, vergessen der Wille, den Militaristen und Kapitalisten ein für allemal den Boden für ihre Kriegs- und Eroberungspolitik zu entziehen. Alles vergessen! Stattdessen duldeten sie die Räuber, Mörder und Kriegsverbrecher in ihrer Mitte und auch an der Spitze des Staates. Stattdessen Verdrängung, wieder Erziehung zur Anpassung, zum blinden Gehorsam, zum Schweigen, zum Wegsehen. Und wieder dieses barbarische Vergnügen, sich besser, tüchtiger, größer, wertvoller zu fühlen. Besser als die „armen Schwestern und Brüder in der Ostzone", besser als die von der boomenden Wirtschaft ins Land geholten türkischen und italienischen Menschen, „Arbeitskräfte", die ihnen nun den Müll fortschafften und die Straßen vor ihren Häusern kehrten. Die Deutschen waren wieder wer, es ging ihnen gut und die Politik überließen sie „denen da oben".

Diese Entpolitisierung und der schnell wachsende Wohlstand waren der Humus des Kalten Krieges. Auf diesem Boden bestand das alte Feindbild weiter, kam wieder die Denunziation humanistischer Ideen auf, entwickelten sich die atomaren Vernichtungsstrategien, die Overkill-Produktion, der Haß und Kampf gegen die DDR, denn dort war die für Krieg, Elend und Ausbeutung verantwortliche Klasse radikal und gnadenlos entmachtet und zur Rechenschaft gezogen worden.

Auf diesem Boden wurden die Rufe der Überlebenden aus faschistischen Zuchthäusern, KZs und Folterstätten: „Nie wieder Krieg! Nie wieder Faschismus! Nie wieder Militarismus!" zu Hetzparolen aus dem Osten stigmatisiert.

Als ich 1982 in die DDR emigrierte, las ich von Hermann Kant *Die Aula*. Ich las das Buch begeistert und neidvoll meiner eigenen verlorenen Kindheit und Jugend nachtrauernd. Das Buch erzählt von den geistigen und politischen Aktivitäten beim Aufbau der DDR. Spiegelt ihren Drang, aus der bürgerlichen Bildungsbeschränkung und -beschränktheit herauszukommen, sich neue kulturelle, geschichtliche und soziale Horizonte zu erobern, um zu einem neuen, umfassenden Weltbild zu kommen, den Stoff zu begreifen, aus dem die Menschengeschichte gemacht wird, um eine andere Geschichte zu gestalten als die bisherige Kriegs- und Ausbeutungsgeschichte. Im Geist dieser Inhalte, Probleme und Anstrengungen wuchs die Nachkriegsjugend der DDR heran, während wir im Westen dumpf und unpolitisch für die Bedürfnisse einer macht- und profitorientierten Klasse zurechtgestutzt wurden: arbeiten und leben, um zu kaufen, nichts fragen, nichts wissen, fleißig und zufrieden sein mit den zugewiesenen Bedürfnissen und Rechten.

Meine Schule war ein ehemaliges Bauernhaus mit einem großen Klassenraum für alle neun Klassen. Grobe Holzbänke, mit den Tischen verzimmert, standen in Reihen hintereinander. Zoten und Zeichen vieler Schülergenerationen waren in sie hineingeritzt. Die Holzdielen des Fußbodens waren schwarz geölt, in der Mitte des Raumes glühte im Winter ein mächtiger eiserner Ofen.

Die Schulstunden waren meine Freizeit, meine Schonzeit, meine Erholung, und ich fürchtete die Ferien. In der Schule hatte die Frau keinen Zugriff auf mich, hier holte ich mir einen Teil meines Selbstwertes zurück, den sie zu Hause mit zäher Energie aus mir herauszuprügeln versuchte. Sie wußte das und strengte sich an, meine Schulzeit auf das Obligatorische einzuschränken, nicht selten ging sie noch weiter. Ausflüge, Klassenfahrten, Sport- und Spielfeste, Nachmittagsspiele, alles, was Kinderfreundschaften wachsen läßt und zusammenhält, waren für meine Schwester und mich nur Träume. Manches erschlichen wir uns. Mit den Jahren hatten wir gelernt, geschickt zwischen unseren Erklärungs- und Lügengebäuden im Haus und in der Schule hin- und herzubalancieren.

Ich liebte die Schule, verschlang gierig den dürftigen Stoff, der bemessen war für ein Leben im Stall, auf dem Feld, in der Küche. Wer anderes für sein Kind plante, schickte es nach der vierten Klasse auf die Realschule in die Kreisstadt Eckernförde. Für mich war aber nichts anderes geplant.

Wir hatten auch in der Schule als minderbemittelte Waisenkinder so manches einzustecken. Kinder können unbarmherzig und gnadenlos sein, wenn sie sich selbst behaupten wollen. Unverblümt setzen sie von den Erwachsenen übernommene Geringschätzung und Verachtung gegenüber vermeintlich Schwächeren ein, um sich zu behaupten. Sie hatten es leicht mit uns. Allein unsere äußere Erscheinung forderte ihren Spott heraus. Bestimmt waren wir auch nicht sehr sauber. Ich kann mich nicht an viel Seife und Wasser erinnern. Ausgetretene Schuhe, Vorkriegsmodelle, abgelegte, verschlissene Kleider, die bereits von den Müttern der Dorfkinder abgetragen und dann an uns verschenkt worden waren, dicke braune, x-mal angestrickte und gestopfte lange Strümpfe, als andere Mädchen schon in Seidenstrümpfen stolzierten.

Wir hatten nicht mal die Hälfte aller Schulbücher, nur die kostenlosen. Ein paar Groschen für den *Schimmelreiter* von Storm zum Beispiel, das war nicht nötig, befand die Frau, den braucht ihr nicht. In der Schule stotterten wir Rechtfertigungen und bettelten. Das waren natürlich offene Flanken für Hohn und Verachtung, in die mitleidslos hineingestoßen wurde. Aber ich wußte mich zu wehren, wenn es sein mußte mit Prügeln, stärker aber noch, indem ich meine Überlegenheit im Unterricht nutzte.

Ich mußte für meine Schwester mitkämpfen. Sie war klein, zart und hatte keine Lust, in der Schule zu lernen. Sie verweigerte sich stoisch und nicht selten brannten dem Lehrer die Nerven durch bei ihrer stupiden Haltung. Dann prügelte er wild und rücksichtslos auf ihrem Kopf herum, bis ich wütend aus meiner Bank sprang und schrie: „Aber sie kann doch nichts dafür."

Sie war in jeder rabiaten Auseinandersetzung hoffnungslos unterlegen. Dabei war sie ein kleines gewitztes Mädchen, weder dumm noch ängstlich, sie fand nur keinen Sinn und keine Lust im abstrakten Lernen. Aus der siebten Klasse entlassen, wurde sie Dienstmagd im Nachbardorf. Achtzehnjährig heiratete sie einen Mann, der sein Leben als Müllarbeiter bestreiten mußte, wurde Mutter, dann verlor ich sie aus den Augen. Sie ist den vorgezeichneten Weg gegangen, der auch für mich bestimmt war.

Unser Verhältnis war eher ein symbiotisches als ein solidarisches. Unsere gemeinsame Kindheit bis zur Schulentlassung hat keine tiefe innere Bindung hinterlassen. Als unsere Wege sich trennten, habe ich sie nicht vermißt, und auch sie hat keine Anstrengungen gemacht, irgendwelche Gemeinsamkeiten aufrecht zu erhalten. Die unterschiedliche Zuwendung der Frau hat schon sehr früh eine feine Entfremdung zwischen uns entstehen lassen; nicht stark, da war kein Haß zwischen uns, wir waren viel zu sehr aufeinander angewiesen. Dadurch, daß die Frau sie bevorzugte und schonte, wurde eine tiefere Liebe zwischen uns verhindert. Es entwickelten sich in uns auch zwei sehr verschiedene Beziehungen zur Autorität: Ich wurde verschlossen und wandte mich ab, sie wurde anpassungsbedürftig und das mit Heiterkeit. Ich schützte sie, so gut ich konnte, in der Schule und auf der Straße, sie hielt, auf ihre Schonung bauend, für manches „Vergehen" von mir ihren Kopf hin. Bis zu unserem vierzehnten Lebensjahr haben wir auf einem Strohsack geschlafen, dann wurde es endgültig zu eng und sie bekam im Schlafzimmer der Erwachsenen ein eigenes Bett. Ab da wurde die Entfremdung deutlicher. Was sich zwei Halbwüchsige vor dem Einschlafen anvertrauen und teilen, das trug jetzt jede für sich. Auch unsere Tagesabläufe trennten sich immer weiter. Ich hatte das Haus, den Garten und das Viehzeug zu versorgen und war gleich nach der Schule in Fron genommen, während sie mit dem Fahrrad über die Dörfer trudelte und, zusammen mit der Frau oder allein, all die kleinen Angelegenheiten abwickelte, die bei uns im Haus zusammenliefen.

Die Räucherei, die Zeitungen, der Lesezirkel, der Theaterring im Herbst und Winter, die Waschsalon-Vermittlung sind mir noch in Erinnerung. Sicher gab es noch anderes. Ja, und da war die Leihbücherei aus zerfledderten und zerlesenen Büchern, die es eigentlich nicht verdient hatten, Bücher genannt zu werden. Ich mußte heimlich lesen, durfte mich nicht erwischen lassen. In der Kohlenkammer, unter den Kartoffeln, im Strohsack, im Stapelholz, im Gartengebüsch, im Hofgerümpel ... überall versteckte ich, was ich gerade las. Ich stahl mir die Zeit und freute mich über helle Mondnächte. Die Bücher lebten in mir mit ihren kleinen heilen oder abenteuerlichen Welten, nicht ich in ihnen. Legte ich das Buch aus der Hand, war ich keine Träumerin mehr, zu fest hatte die Realität mich im Griff.

Im August begannen die Kirschen zu reifen. In unserem Garten standen drei große, alte Kirschbäume, üppig behangen mit goldroten Früchten. Ich quälte mich durch die schier endlosen Sommerferien. Es war fünf Uhr früh, nicht gerade kalt, aber ich fröstelte, war unausgeschlafen und noch ohne Frühstück. Ich saß auf einem Hocker hinter dem Haus, in der Hand einen angeschlagenen Knüppel, vor mir eine rostige und halb zertrümmerte Tonne. So saß ich seit zwei Wochen und verscheuchte die Stare. Besonders in der Frühe fielen sie in großen Scharen wie die Heuschrecken über die reifenden Früchte her. Sie waren hungrig und zänkisch, machten einen Höllenlärm bei ihrer ersten Mahlzeit. Ich schlug einen wütenden Trommelwirbel auf die Tonne. Die Vögel erschraken und stoben davon. Es war ein Kampf, der sich steigerte, er ging den ganzen Tag. Die Stare gewöhnten sich an meine Schreckmethoden, sie wurden frecher und dickfelliger, blieben einfach sitzen und fraßen weiter oder erhoben sich nur kurz, kreisten einmal über der Krone und ließen sich wieder hineinfallen. Ich rannte unter den Baum, schrie und klatschte in die Hände, schmiß Steine und Stöcke zwischen die Äste, bis sie endlich vertrieben waren. Ich setzte mich wieder auf den Hocker und wartete auf den nächsten Schwarm, was nicht lange dauerte. Wenn ich aufmerksam war, begann ich mit dem Trommeln bereits beim Anflug der schwarzen Vogelwolke, so daß sie erschreckt abdrehte, bevor sie sich niederlassen konnte.

Ich haßte diese Arbeit. Von mir aus könnten die Vögel sich in die Bäume setzen und fressen soviel sie nur wollten, aber ihr Futterneid führte zu wilden, lauten Beißereien, die bis in die Wohnstube hinein zu hören waren. Dann trieb mich ein scharfer Ruf an die Tonne: „Deern, wo büst du, hörste nich de Spreen?“

Der Garten grenzte auf der einen Seite an die neue Chaussee Richtung Kreisstadt, auf der anderen Seite an die Straße ins Dorf. Direkt an der Gartenpforte war die Haltestelle für den Überlandbus. Kurz vor sieben sammelten sich ein paar Leute, die in die Stadt fahren wollten.

Ich versteckte mich hinter der Hauswand. Ich wollte nicht mehr gesehen und erst recht nicht gehört werden. Ich starrte in die Bäume und flehte, daß die Stare nicht gerade jetzt kamen. Jeden Morgen diese unsägliche Peinlichkeit, dieses Klappertheater vor allen Leuten, bis der Bus abfuhr. Wie oft schon hatte ich mich lächerlich machen müssen, wenn ich plötzlich und für die Leute unerklärlich wie eine Wilde zu trommeln und zu schreien begann, um dann abrupt abzubrechen, um nach wenigen Minuten mit dem Schauspiel erneut zu beginnen. Die Köpfe der Leute fuhren herum zu mir, sie schauten erst fragend, dann lachten sie amüsiert. „Was ist los mit dem Mädchen“, dachten die Leute. Die Blamage brannte heiß wie Feuer. Es war tägliches Spießrutenlaufen.

Heute nicht, dachte ich, und wenn sie zu Tausenden kommen. Sie kamen. Ich sah mit Entsetzen, wie sie alle drei Bäume besetzten. Wenn ihr nur still bleibt, flehte ich und schaute auf die offenen Stubenfenster, dann auf die Leute. Noch fünf Minuten, bis der Bus kommt. Die Vögel fingen an zu zanken, immer lauter und gieriger, als gäbe es nicht genug Kirschen. Die Steine und halbgefressenen Früchte fielen wie dicke Regentropfen herunter. Wieder und wieder plumpsten sie leise ins Gras. Die Situation wurde kritisch und da kam auch schon der Ruf: „Deeeerrn!“ Scharf und drohend. Ich drückte mich gegen die Hauswand, rührte mich nicht, kniff Augen und Ohren zu. Die Stare segelten von einem Baum zum andern, lachten, stritten und fraßen orgiastisch. Der Bus näherte sich, die Frau kam aus dem Haus gerannt, die Leute stiegen in den Bus, eine Hand klatschte in mein

Gesicht. „Was is denn hier los", schrie die Frau, „schall ick dir de Tonn över de Kopp haun?"

Ich griff nach dem Knüppel und stürzte an die Tonne. Ich trommelte und trommelte mir die Wut aus dem Bauch, Beule um Beule schlug ich hinein, schrie und schrie. Ich wollte mein Leben vertreiben, die Vögel waren mir egal.

Bald kamen die Dorfkinder vorbei. Auf die Fahrräder hatten sie ihre Handtücher und den Fußball geklemmt. „Ätsch, wir fahren an den Bistensee und baden", riefen sie. Ich streckte ihnen die Zunge heraus. „Na und?" Innerlich kochte ich vor Neid und Sehnsucht.

Mit vierzehn Jahren habe ich zum ersten Mal Bekanntschaft mit der Liebe gemacht und war ganz durcheinander geraten. Am Sonntagnachmittag hatte ich mich aus dem Haus geschlichen und war dreißig Kilometer zu Fuß gelaufen, um sie zu besuchen.

Verwundert holte die junge Frau mich herein, brachte mir eine Tasse Tee, ein paar Kekse und fragte, warum ich gekommen sei. Ich schwieg schüchtern, preßte verkrampft die spröden Hände zusammen und wußte nichts zu sagen. Jetzt war es mir schrecklich peinlich, hier auf dem Sofa zu sitzen. Schließlich fragte ich: „Kommen Sie diese Woche wieder in unsere Schule?" Die schöne junge Lehrerin fuhr einmal in der Woche mit dem Überlandbus auf die Dörfer und kümmerte sich einen Sommer lang um die „Leibeserziehung" der Mädchen und Jungen. Sie war in ihrer Freundlichkeit und Schönheit ganz und gar exotisch für unser Dorf. Alle Kinder waren verliebt, und auch der Lehrer und der Bürgermeister wurden albern wie Hähne in ihrer Anwesenheit. Schweigsam und verkrampft wie ich war, wußte die Lehrerin nichts mit mir anzufangen und schickte mich freundlich wieder nach Hause. Ich lief die vielen Kilometer wieder zurück. Ich fand keine Erklärungen für mein Tun, nicht für die Lehrerin, nicht für mich und erst recht nicht für die Frau, als ich zurückkam.

Meine Liebe war über Monate ein rechtes Martyrium zwischen Himmel und Hölle, blieb eingeschlossen und unausgesprochen, fand ihren Ausdruck nur in wunderlichem Verhalten und Schweigsamkeit. Ich stieg nachts aus dem Fenster meiner Kammer und strich durch den taunassen Garten, starrte die Sterne an, belauschte die Nacht, weinte, barmte und fragte, aber alles blieb, wie es war. Und wenn ich auch dachte, jetzt müßte ich auseinanderplatzen und alles aus mir herausfallen, geschah doch gar nichts. Ich schwänzte sogar die Schule, trieb träumend bis zum Abend durch die Felder und fand nicht rechtzeitig nach Hause. Die Frau belauerte mich, prügelte mich ratlos, aber das änderte nichts.

Es verging irgendwann, und ich kam wieder ins Gleichgewicht des alltäglichen Zustands.

Die Höfe von Hinrichsen, Feddersen und Johannson lagen weit außerhalb des Dorfes und zwischen ihnen war die Entfernung auch noch einmal beträchtlich. Gleich nach dem Mittagessen durfte ich mich auf den Weg machen und hatte Zeit bis zum Abendbrot. Das Zeitungsgeld mußte kassiert werden.

Die Haselnüsse waren fast reif, es war warm, in den Weizen- und Roggenfeldern leuchteten die Kornblumen. Ich war losgezogen, überglücklich, und konnte mich nicht schnell genug vom Haus entfernen. Nach fünfhundert Metern machte die Chaussee eine Biegung und ich war den Blicken der Frau entschwunden. Breitbeinig, die Fäuste in die Hüften gestemmt, hatte sie auf der Straße gestanden und mir nachgerufen: „Denk man nur nicht, du kannst herumtrödeln."

Selten hatte ich so ein Glück wie heute. Meistens mußte ich nach dem Essen den Abwasch machen, für das Viehzeug und den Garten sorgen.

Zuerst zu Feddersen, dachte ich, übers Moor und dann über die Bullenkoppel zu Johannson, zuletzt durch den Bach zu Hinrichsen. Das waren alles Abkürzungen und ich würde nur die halbe Zeit brauchen. Die andere Zeit wollte ich mich hinter einen Schlehenbusch legen und lesen. Unter dem Rock versteckt hatte ich heimlich ein Buch mit hinausgenommen. Ich legte es jetzt in die Zeitungstasche.

Ich beeilte mich, das Dorf zu erreichen und es schnell wieder hinter mir zu lassen. Um die Schmiede machte ich einen

Bogen, ich wollte die Pferde nicht schreien hören und ihre hängenden Köpfe nicht sehen.

Dann war ich auf dem Trampelpfad zum Moor. Er führte zunächst durch fette Wiesen, noch nicht gerade sumpfig, aber feucht genug für die Frösche und Störche, für hochgewachsene, farbenglühende Königskerzen. Schwarz war die Erde unter dem Gras. Ich ging diesen Weg nicht oft, zu unheimlich war das Moor, es gab uralte Geschichten. Nur wenn es lohnte, Zeit zu gewinnen, so wie heute, und nur wenn die Sonne hoch stand, weit genug von der Abenddämmerung entfernt, nahm ich diesen Weg. Am Tage faszinierte das Unheimliche. Niemand begegnete mir, ich war allein mit den alten Geschichten der Moorleichen, der im Moor versunkenen Menschen und Tiere, der verlockenden Irrlichter, der tanzenden Nebelschwaden im Nachtwind. Ich dachte an die Mahnungen der Leute, niemals den getretenen Weg zu verlassen, so trocken auch alles zu sein scheint. Harmlos wirkte das Moor um mich herum. Die Erde war jetzt trocken, torfig dunkelbraun und warm. Ich lief barfuß, trug die Schuhe in der Hand, die Zeitungstasche baumelte an der Seite. Eigentlich wollte ich schnurstracks das Moor durchqueren und den Hof erreichen, aber ich begann zu tändeln, zu schweifen. Die Geräusche der Stille und des Sommers verführten zum Lauschen, zum Vergessen, ich schaute den Lerchen nach, bis die Sonne Funken vor meine Augen zauberte. Ich suchte den Himmel ab nach den kleinen, trillernden schwarzen Punkten, die herunterfielen und wieder aufstiegen ins flimmernde Blau, und versuchte übermütig den jubilierenden Lerchengesang nachzuträllern.

Die Zeitungstasche lag unter einer Birke, die hier ohne Furcht kräftig wurzelte und wuchs. Ich setzte mich und suchte mit den Blicken Nähe und Ferne ab. Dort hinten war gestochener Torf gestapelt, Hagebuttensträucher leuchteten. Samtbraune, wunderschöne Reetkolben reckten sich aus dem trockenen Gras und ich dachte: dort muß es sumpfig sein. Hummeln brummten umher, wenn sie sich niederließen, schwankten die Blüten. Es war kein Wind, nur Wärme, und die Luft roch nach Holz, Erde und Braake. Eine Blindschleiche ringelte sich in der Sonne. Ich streckte ganz langsam die Hand nach ihr aus, das Tier huschte nicht davon, es ringelte sich über meine Finger, ich ließ es die Arme hinauf- und hinabgleiten. Die Schlangenhaut glänzte, zusammengerollt paßte die kleine Blindschleiche genau in meine Hand, ich war zärtlich. Ich ließ sie in meine Brusttasche gleiten, dort rollte sie sich ein und schlief. Auf dem Rückweg wollte ich das Tier genau hier wieder in die Sonne setzen.

Der Moorboden verschluckt jeden Schritt. Ich hatte Feddersen nicht kommen hören, da stand er plötzlich vor mir, der Moorbauer, und sagte: „Na, mein Deern, wat deist du denn hier?" Ich war nicht sehr erschrocken, aber Schönheit und Frieden um mich herum verschwanden. Als ich ihn sah, wurde die Welt düster. Ich kannte ihn und wußte, was nun kam. Deshalb hatte ich auch zuerst auf seinen Hof gewollt, weil ich hoffte, zu dieser Zeit würde er auf dem Feld sein und die Bäuerin auf dem Hof. Ich wollte ihm immer entkommen. Nun hatte ich Pech und traf ihn ausgerechnet hier, wo kein Mensch weit und breit ihn aufhalten würde. An seinen Gummistiefeln haftete trockene Kuhscheiße, die Hosen steckten in Stiefelschäften, sein Hemd und sein Gesicht waren verschwitzt. Er setzte sich neben mich und legte ohne Umstände die Hand auf meinen Schenkel. Ich machte einen Versuch, mich zu entwinden, zog die Schuhe an, wollte aufstehen.

„Nu blief man noch", sagte Feddersen und zog mich wieder herunter. „Büst doch schon fast erwachsen." Ich müßte weiter, versuchte ich es noch einmal, ich kämpfte mit der Angst.

„Na, na, jetzt sparste dir doch einen Weg." Er war aufgestanden, erregt packte er mich am Arm, zog mich vom Weg fort ins höhere Gras und drückte mich hinunter. Er war nicht sehr gewaltsam, aber ich konnte mir keinen Moment vorstellen, ihm entfliehen zu können. Das hatte ich einmal versucht, und dabei war mein Kleid zerrissen und die Beine zerkratzt von seinen Schlägen. Zuhause hatte ich eine Geschichte erfunden, einen Schäferhund, der mich hatte beißen wollen. Nie hätte mir jemand die Wahrheit geglaubt. Ich ließ es geschehen, drehte den Kopf zur Seite, als er sich auf mich legte. Sein Atem roch nach kaltem Tabak und altem Essen. Ganz steif lag ich da und wartete, daß er fertig würde.

„Beweg dich doch mal“, schnaufte Feddersen. Ich versuchte es, kam mir lächerlich und albern dabei vor, dachte, wenn das jemand sehen würde, er mit den heruntergelassenen Hosen und ich wie ein Brett darunter. Ich überlegte, wo ich mich waschen könnte. Nach dem Waschen wäre es nicht mehr so schlimm und ich könnte es schneller vergessen. Plötzlich spürte ich Feuchtigkeit unter meinem Kopf und an den Schultern.

„Wir versinken“, flüsterte ich zu Tode erschrocken. „Wir sind im Moor.“

Ich hörte es glucksen, fühlte, wie der Boden unter mir weich wurde, das Moor nach mir griff, sah die Grashalme sich neigen und dunkel werden. Schwankte die Erde? Der Himmel wurde düster, aber das war nur Feddersens Mütze, die mir ins Gesicht fiel.

„Ach wat“, hörte ich ihn sagen, aber wir sprangen beide mit einem Ruck auf die Beine und rannten zum Weg zurück. Ich war zuerst da und schaute, wo er blieb. Er hatte seine Hose nicht schnell genug hochziehen können und war gestürzt, rappelte sich gerade wieder auf und stolperte heran.

Ich starrte zur Stelle hin, wo wir gelegen hatten, nichts war zu sehen, alles sah aus wie vorher, hatte ich geträumt?

„Du bist ja nicht bei Trost“, knurrte Feddersen. „Spielst wohl verrückt?“ Ich schüttelte den Kopf und zeigte ihm die nassen Schultern. „Hm, na ja“, er konnte seinen Schrecken nicht verbergen, denn er kannte sein Moor, traute ihm allerhand zu.

Dann gab er mir das Geld, fünfzig Pfennig für mich extra und sagte: „Daß du man keinem was erzählst.“ Ich schüttelte den Kopf, nahm meine Tasche und machte mich auf den Rückweg. Dann faßte ich ganz schnell in meine Hemdtasche, wollte die kleine Schlange herausholen. Sie war tot. Feddersen hatte sie zerdrückt. Einen Moment lang vergaß ich meine Scham. Sie wurde weggeschwemmt von den Tränen um das kleine tote Tier in meiner Hand.

Nun wollte ich doch zuerst durch den Bach. Durch die Wiesen lief ich dem Dorf entgegen, nahm den Feldweg, der die Häuser umgeht und zu Hinrichsens Hof führt. Ich wollte niemandem begegnen, von keinem befragt werden und mied die Straße. Der Feldweg endete auf der Weide. Ich lief querfeldein weiter, bis ich am Bach stand. Er war nicht sehr breit, auch nicht tief, zu flach gar, um die Farbe des Himmels zu spiegeln. Bevor ich hineinstieg, prüfte ich nach allen Richtungen, ob ich allein war. Dann schlüpfte ich schnell aus Schuhen und Unterwäsche, stopfte alles in die Zeitungstasche, knotete den Rock über der Brust zusammen und ließ mich ins sandbraune Wasser gleiten. Es reichte mir bis zu den Hüften. Ich wusch mich sorgfältig, fast rituell, als könnte ich das Geschehene von mir spülen wie Staub. Dann nahm ich die Tasche hoch über den Kopf und watete durch die sanfte Strömung ans andere Ufer, legte mich ins Gras, bis die Haut trocken war. Ich fühlte mich etwas besser, aber tief in mir drin wurmten die Wut, Ekel, eine ätzende Scham und diese unerklärlichen Schuldgefühle. Wann war endlich Schluß mit alledem? Die letzten paar hundert Meter zum Hof rannte ich fast, betrat schwitzend, mit rotem Gesicht, die große Küche mit dem riesigen Herd und den ebenso riesigen Kellen, Schüsseln und Kochtöpfen. Mir graute bei dem Gedanken, daß ich in wenigen Jahren hier oder anderswo stehen sollte, um diese Ungetüme zu scheuern, zu heben, zu rühren und zu waschen. Unglücklich stand ich da, eine lichtlose Zukunft vor Augen inmitten einer widerlichen Gegenwart.

Frau Hinrichsen nahm mir freundlich die Zeitung ab. „Nu schlag man keine Wurzeln, mein Deern." Sie gab mir das Zeitungsgeld, einen Groschen extra für mich, aber den mußte ich zuhause auf den Tisch legen, weil die Bäuerin immer einen Groschen mehr gab und die Frau das wußte. Dann drückte sie mir noch einen backfrischen Kanten Brot in die Hand, dick mit Butter und Zucker bestrichen. „Nimm nur, hast ja noch einen langen Weg."

Ich bedankte mich schüchtern und schlang ihn hinunter, kaum daß ich die Küchentür hinter mir geschlossen hatte. Schnell verließ ich den Hof, erleichtert, daß der Hund an die

Kette gelegt war und die Knechte mir nicht über den Weg liefen.

Ein Drittel des Weges noch und meine Pflicht war getan, nur noch zu Johannson. Die letzten Stunden bis zum Abend würden mir gehören. Ich beeilte mich, machte lange Schritte. Der Weg war staubig, hart und zerfurcht von Treckerspuren. Sperlingsschwärme stoben aus dem getrockneten, strohigen Pferdemist in der Wegmitte. Sie schimpften mir nach aus den Schlehenbüschen und ließen sich wieder nieder. Aber meine Sinne waren versperrt, die Stimmung wollte nicht wiederkommen, der Klumpen aus Scham und Ekel wog schwer und ich dachte auch an die fünfzig Pfennig von Feddersen. Wo sollte ich die verstecken? Vielleicht lieber auf dem Rückweg zum Hansbäcker bringen? Drei Stücke Kuchen würde ich dafür kriegen, zwei würde ich essen, eins für die Schwester mitnehmen.

Den Weg weiter wären es noch fast zwei Kilometer bis zu Johannson. Wenn ich über die Bullenkoppel ging, die jetzt vor mir lag, war es ganz nah. Das Gehöft war schon am anderen Ende der Koppel zu sehen, vielleicht zweihundert Meter entfernt, aber dazwischen waren die Jungbullen, etwa dreißig. Noch lagen sie ruhig wiederkäuend im Schatten der Weidenbäume, so weit weg wie die Strecke, die ich laufen mußte, um das Gatter auf der anderen Seite ungeschoren zu erreichen. Wenn ich Glück hätte, käme ich vielleicht bis zur Mitte der Koppel, bis die Tiere aufmerksam würden, dann würde ich den Rest spielend schaffen. Ich zögerte, wog ab, ob Mut und Schnelligkeit ausreichten und das Risiko sich lohnte. Letztes Mal war ich beim Rennen in einer Brombeerranke hängengeblieben und zu Boden gestolpert. Nur der Zufall hatte mich vor der heranstürmenden kampflustigen Bullenherde gerettet, laut bellend war Johannsons Hund mir entgegengesprungen, kam auf die Koppel gerannt und hatte den Übermut der Bullen auf sich gelenkt.

Sehr vorsichtig kroch ich unter dem Elektrozaun hindurch, hielt mich nahe am Knick, der mit Haselnußsträuchern und Brombeeren bewachsen war. Aber dafür hatte ich jetzt keine Augen, ich beobachtete die Bullen.

Dreiviertel der Strecke hatte ich überwunden, da stand das erste Tier auf, starrte zu mir herüber. Die Ohren bewegten sich aufgeregt, es begann zu traben, und noch bevor alle anderen sich erhoben hatten, galoppierten die ersten schon los. Ich spurtete. Nur noch fünfzig Meter und ich hatte das Gatter erreicht. Diesmal schaffte ich es lässig, sprang auf das Tor und hinüber. Die Bullen stürmten heran, den Schwanz hoch erhoben, die Erde flog unter ihren Hufen davon. Sie rempelten vor dem Gatter herum, scharrten erregt den Boden auf und blökten. Ich lachte triumphierend und lief auf den Hof.

Das Gehöft schaute mir schläfrig entgegen, die Ställe waren leer und gähnten offen in den Tag hinein. Die Gemäuer, das Dach, die morschen Leiterwagen im zerfallenen Schuppen, alles wirkte vom Dasein ermüdet. Nur aus dem Misthaufen schienen Reste von Leben zu dampfen.

Johannsons Söhne waren im Krieg geblieben, Töchter gab es nicht. Zusammen mit den alten Leuten verging nun der Hof.

Ich trat in den Hausflur, das Geld lag abgezählt auf der Kommode. Ich strich es ein, legte die Zeitung ab und verließ den Hof, ohne eine Menschenseele gesehen zu haben.

Die Jungbullen waren noch unruhig, so nahm ich die Straße. Auf halbem Weg zum Dorf stieg ich über ein Gatter. Das Gras war hoch, der zweite Schnitt würde bald reif sein. Ich streckte mich aus, schaute durch die tanzenden Mücken in den Himmel. Dachte an Feddersen und seinesgleichen, an die Frau, an die Arbeit morgen, übermorgen, alle Tage. Ich sehnte mich fort und wußte doch nicht, wohin und wonach ich mich sehnte, ich kannte nichts anderes. Mein Dasein war ein Gefängnis, ich war eingesperrt und begann, die Wände nach einem Ausgang abzutasten. Ich könnte weglaufen, das hatte ich schon einmal versucht, aber der Hunger hatte mich noch in derselben Nacht zurückgetrieben. Kläglich war mein Mut gewesen, erniedrigend das Zurückschleichen und die Strafe. Ich wußte auch diesmal noch nicht wohin.

Ich nahm das Buch aus der Tasche und verlor mich in den Kämpfen der Vogelfreien am Grand Canyon.

Diese Bücher trieben mich aus dem sprachlosen Alltag in die Imagination. In der Schule erregten meine Aufsätze Anstoß, sie waren stark von diesem Stoff beeinflußt. Manchmal las der Lehrer sie erstaunt vor, unsicher, ob er sie als gutes Beispiel empfehlen sollte oder nicht. Alle waren befremdet von diesen Worten und Geschichten, die so ganz aus ihrer Welt herausfielen. Sie schwiegen und sahen mich argwöhnisch an. Ich war geniert. Zu Hause versteckte ich die Aufsätze, kleine kitschige Geschichten von verlorenen Indianerkindern, von Freundschaften bis in den Tod, von Liebe, Treue, Wahrheit und dergleichen. Es kam vor, daß die Frau meine Hefte durchsuchte, immer auf der Suche nach Beweisen meiner Aufsässigkeit, und immer fand sie welche. Ungehörig, aufsässig, nichtsnutzig, verstolzt nannte sie mich und schlug mir die Hefte um die Ohren: Was ich mir nur einbilde, ob ich wohl was Besseres sei, die Flausen würde sie mir schon austreiben, zeigen, wo mein Platz sei, und sie trieb mich in den Hühnerstall, in die Küche oder zum Holzsägen in den Hof.

Sie war eifersüchtig, spürte, aber gestattete nicht, daß ich nach anderen Dingen suchte, als ihr eigenes Leben hergegeben hatte. Wie anders war dieser aufmerksame Haß zu erklären, mit dem die Frau all mein Suchen und Träumen als Ungehörigkeit, als Verderbtheit verfolgte und unter Strafe stellte, mir unentwegt predigte, daß Gehorsam und Demut angemessene Ausdrücke meiner Nichtigkeit seien und Essen, Trinken und Schlafen mir gerade noch zustünden, daß aus mir sowieso nichts werden würde und daß ich Gott danken könne, wenn überhaupt ein Bauer aus dem Dorf so ein Früchtchen mit Rosinen im Kopf auf den Hof nähme, und so fort ...

Meine Gedanken und Gefühle gingen ganz andere Wege. Sie rebellierten mächtig, aber unklar gegen dumpfe Grenzen, stemmten sich gegen den Sumpf und die alltäglichen Widerwärtigkeiten. Ich kapselte mich ein, lebte in permanenter innerer Verteidigung und Distanzierung zur Außenwelt, sprach immer weniger, weil ich mich weigerte, die Worte der Frau und der Leute im Dorf zu benutzen. Aber andere kannte ich nicht, und so verstummte ich fast, wurde störrisch. Dann begann ich zurückzuschlagen, wenn ich geschlagen wurde, und machte dabei die Erfahrung, daß es gar nicht so schwer ist, sich zu wehren, daß es ein gutes Gefühl macht, daß es befreit und die Ohnmacht zerbricht.

Als ich mich das erste Mal einer Bestrafung widersetzte, war der Bann aus Angst und Gehorsam gebrochen. Diese Entdeckung hatte nicht nur mich überrascht, sondern auch die Frau. Ich hatte mich eindeutig und siegreich gewehrt, ohne Furcht und Zittern. Das war im letzten Schuljahr und sie versuchte noch bis zu meiner Schulentlassung hin, ihre Macht über mich wieder zu festigen. Das wurde für uns beide gefährlich, denn sie kämpfte mit ihrem vollen Register von der Verachtung bis zur Brutalität, und ich mit wilder Entschlossenheit, keinen Schlag, keine Demütigung mehr hinzunehmen.

Mit fünfzehn, nach Beendigung der Volksschule, lief ich sofort davon. Ich wollte mich auf keinen Fall mit dem für mich geplanten Lebenszuschnitt abfinden.

Am Konfirmationstag besuchte der Pastor alle seine Konfirmanden im Hause der Familie. Er kam auch zu uns. Der Pastor war für das Leben im Dorf nicht sehr bedeutsam, aber er war doch eine Respektsperson. Er redete lange zu mir. Mir war so feierlich und fromm zumute, daß ich kein Wort herausbrachte und bei seinen Fragen nach meinen Zukunftsvorstellungen immer nur mit dem Kopf nickte oder ihn schüttelte. Die Frau saß dabei, etwas abgerückt vom Tisch, um dem Pastor das Gefühl zu geben, er spräche mit mir allein. Sie hörte zu, und wenn ich zu ihr hinschaute, drohten ihre Augen.

Das Gespräch gab mir das Gefühl, erwachsen zu sein, denn so lange und so ernsthaft hatte sich noch nie ein Mensch mit mir unterhalten. Der Pastor sprach wie alle Pastoren viel von Dankbarkeit, Vertrauen auf Gott und die Zukunft, von der ewigen Barmherzigkeit und der Hilfe Gottes ... Ich nahm seine Worte ernster, als er ahnen konnte. Schon wenige Tage nach der Konfirmation lief ich zu ihm und schüttete meinen ganzen Schrecken vor einem Leben als Bauernmagd über ihn aus und wollte um nichts in der Welt wieder ins Dorf zurück.

Mir ist in meiner Kindheit eigentlich nichts Spektakuläres, Traumatisches widerfahren wie Millionen Kindern, die im Krieg, im täglichen Hunger, auf der Straße oder im täglichen Kampf aufwachsen und deren Überleben jeden Tag neu entschieden wird. Es war die Unausweichlichkeit täglicher Erniedrigungen, die Zusammenballung von Lieblosigkeit und Mißachtung, der beliebige fremde Zugriff auf meinen Körper und meine Seele, die schamlose Verrohung. Es war die geistige und emotionale Verkümmerung in den menschlichen Beziehungen, die meinen ersten Lebensabschnitt bestimmten. Die Anstrengung, das auszuhalten, hatte gar keinen Raum mehr gelassen für bewußtes Verlangen nach Zuwendung.

Was ich aus der Kindheit mitgenommen habe, ist das Bild goldener Weizenfelder, der Duft frischgemähter Wiesen, der Geruch des Waldbodens zu allen Jahreszeiten, das Summen und Tanzen der Insekten in flimmernder Sonne, die Geräusche des Regens in einem tropfenden Wald.

Kapitel II

Arnis ist ein kleiner stiller Ort aus alten und immer schmuck gehaltenen Fischerhäusern. Es ist die kleinste Stadt Deutschlands, zumindest Westdeutschlands, und liegt in Angeln an der nördlichen Schlei, dort wo sie in die Kieler Bucht mündet.

Direkt am Flußufer liegt das Hauptgebäude des „Jugendaufbauwerks". Vierzig Mädchen aus allen Teilen Schleswig-Holsteins konnten hier zwölf Monate in einer Art Grundausbildung für „frauentypische" Berufe verbringen. Hauswirtschaft und Kinderpflege. Hierher hatte mich die Hilfe meines barmherzigen Pastors gebracht, es war die Tür zu einem glücklicheren Weiterkommen.

Es war ein ganz herrliches Jahr für mich, fast paradiesisch. Ich veränderte mich sehr schnell. Total verschüchtert war ich dort angekommen, innerlich zerrüttet und verödet kriegte ich den Mund nicht auf, konnte keinem ins Gesicht sehen, ohne rot zu werden. Jetzt wurde ich ausgelassen, übermütig, hatte keine Alpträume mehr, ich blühte auf, schlug über die Stränge und war immer vorneweg.

Die Heimleiterin war eine besondere alte Dame. Das Verhältnis der Mädchen zu ihr schwankte zwischen Verehrung und furchtsamem Respekt. Ihre Autorität war absolut, aber sie schmerzte nicht und reizte nicht zum Widersetzen. Sie hatte die schöne Gabe, uns Mädchen unserer Persönlichkeit entsprechend anzufassen, Lob, Tadel, Belehrungen im richtigen Verhältnis zur Person und zur Sache anzubringen.

Wer zu ihr mußte, um sich eine moralische Abreibung zu holen, kam halb stolz, halb reuig, aber immer etwas klüger wieder heraus. Sie hatte merkwürdige Methoden, die normalerweise jede Jugendliche zu Spott und Schabernack hätte verleiten müssen. Es war aber nicht so. Zum Beispiel fiel ihr in jeder Situation entweder ein Spruch oder ein Lied mit der entsprechenden moralischen Sentenz ein. Sie sang es dann mit einer dünnen Tremolostimme und zwinkerte dabei mit den Augen. Das war uns irgendwie peinlich, aber wir ließen nichts auf sie kommen und hörten ihren erzieherischen Predigten mit Andacht zu.

Sie gehörte zu den wenigen Menschen, die ihre Autorität ohne diese Beimischung von Machtbewußtsein und Straflust anwenden. Das sind ja diese zwei Arten von Autorität, die uns begegnen und die wir selbst auch ausüben können: Die willkürliche, durch Funktion, Position und Hierarchie verliehene, die ausgeborgte Rüstung, starr und bedrohlich, in der sich alles verstecken kann, die dumme kleine Krämerei oder der niedrige, aber vermessene und rücksichtslose Charakter; oder die andere, die unwillkürliche Autorität, die aus der eigenen Würde, Wärme und Kompetenz herausstrahlt und die auf Vermittlung und Mitteilung ihrer größeren Weisheit aus ist, während erstere auf Herrschaft und Vorteil, Furcht und Gehorsam zielt.

Sie kümmerte sich etwas intensiver um mich. Nicht so sehr, daß ich mir eines besonderen Platzes bei ihr sicher gewesen wäre. Wenn alle Mädchen im Heim waren, wurde ich beachtet und behandelt wie jedes andere Mädchen. In den Ferien aber war das anders, ich blieb allein im Heim zurück, wenn die Mädchen nach Hause fuhren. Dann gab sie mir ein wenig Familienatmosphäre, lud mich zum Essen in ihre Privaträume, hörte mit mir Musik und nahm mich manchmal mit in die Stadt zur Erledigung ihrer persönlichen Angelegenheiten. Sie verstand es ganz wunderbar, ein Verhältnis herzustellen, in dem ich mich nicht als Belästigung, sondern aufgehoben fühlte, und in dem sie selbst stets die Respektsperson mit ausgewogener Nähe und Distanz blieb.

Sie hat sich noch bis zu ihrem Tod um meinen weiteren Lebensweg gesorgt, aber sie starb früh. Das war der erste Tod, der mich als Verlust berührte. Auch jetzt noch, wenn ich an sie denke, kommt dieses schmerzende Gefühl, ihr nicht genug gedankt, nicht genug von ihr erfahren zu haben. Sie war so um die fünfzig Jahre alt und das Jugendaufbauwerk war eine alteingesessene Bildungseinrichtung, es muß bereits im Faschismus funktioniert haben. Was wird sie damals gemacht haben? Ich habe es bedauert, daß ich noch so unreif und dumm war, als sie mir begegnete. Welchen tiefen Eindruck sie auf mich als fünfzehnjähriges Mädchen gemacht hatte und wie wichtig sie mir war, habe ich erst später gewußt.

Seit meinem ersten großen Liebesleid wollte ich Sportlehrerin werden. So schön, angesehen und begehrenswert wie die schöne, angesehene und begehrenswerte Gymnastiklehrerin aus der Stadt hatte ich werden wollen. Ein fast aussichtsloses Begehren bei meiner Schulbildung und meinem sozialen, finanziellen Hintergrund, aber dieser Wunsch saß so fest in mir drin, daß ich jedes Kopfschütteln, alle Einwände und Ablehnungen nur kurzfristig akzeptierte. Das Jugendamt war für mich zuständig, es hielt einen „ordentlichen" Frauenberuf für das Allerbeste und schickte mich nach Schleswig zur Kinderpflegerinnen-Schule.

Das war gräßlich. Ich war viel zu jung und unentwickelt, hatte meine eigene Kindheit noch nicht überwunden. Ich war nicht reif für Erziehungsaufgaben, und das ist wohl kein sechzehnjähriger Mensch. In dem Alter können wir nur aufnehmen und weitergeben, was die ausbildende Generation uns erzählt und vormacht, wir haben keine eigenen Erkenntnisse, können nicht kritisch abwägen, wir sind der Vergangenheit, dem Konservatismus ausgeliefert.

Kinder sind kleine autonome Menschen, stärker und freier als eine vom unterdrückten Leben verbogene Pubertierende. Davon hatte mir in der Schule niemand etwas gesagt, und wenn ich an die verdrucksten, reaktionären Bildungs- und Erziehungsinhalte Anfang der sechziger Jahre denke, hat davon wohl auch niemand etwas wissen wollen: Ein Kind ist Objekt der Erziehung und hat zu folgen, Punkt.

Die Kinder machten mir angst in ihrer Freiheit und Frechheit, ich wußte nichts von ihnen, weil ich noch nichts von mir und den Menschen wußte. Was ich in der Ausbildung lernte, reichte nur für eine autoritäre Anwendung, aber die paßte nicht, ich fand damit keinen Zugang zu den Kindern.

Ich versagte. Niemand anderes als ich selbst bemerkte es, denn alles, was in der Ausbildung von mir gefordert wurde, zeigte ich mühelos vor.

Ich war in einem Internat für Töchter aus dem Bildungsbürgertum untergebracht. Es herrschten traditionelle konservative und pedantische Sitten. Das war nicht meine Klasse, nicht meine Welt, und ich fiel mit meiner sozialen Herkunft und meinem Bildungsmangel aus dem Rahmen. Eine fremde, unfreie Umgebung, in der ich keine Freundschaft finden konnte.

Das war wohl zuviel, mein heimliches Versagen, die innere Isolation und Bindungslosigkeit ... Ich geriet in eine erste große Krise, mit der ich nicht fertig wurde, zu schwach war noch mein Selbstbewußtsein, zu ziellos und zufällig meine Existenz. Da versuchte ich ein bißchen zu sterben. Nur halb, ich wollte nicht wirklich fort, nur raus aus dem einsamen Zustand. Es war ein Hilferuf.

Irgendwie ist diese Ausbildung vorübergegangen, einschließlich ihres zweiten Teils, dem „Anerkennungsjahr". Ich hatte es bei einer großbürgerlichen Familie in Hamburg zu absolvieren. Es war die absolute Krönung dieser nichtsnutzigen, altmodischen Berufsausbildung. Für ganze 90 Mark im Monat hatte ich zwei Kinder, eine Villa mit großem Garten, eine nicht berufstätige Ehefrau und den unangefochtenen Patriarchen des Hauses, den Herrn Dipl. Ing., zu versorgen und zu bedienen. Einen Mann von ödem autoritären Charakter und Verhalten. „Alter Herr" einer Schlagenden Verbindung, mit Schmissen im Gesicht, der seinen „Füchsen", seiner Frau, seinen Kindern und mir absoluten Gehorsam und Unterordnung abverlangte und dies für den ihm selbstverständlich gebührenden Respekt hielt. Am Wochenende nahm er sein Frühstück im Wintergarten ein. Hatte sein Frühstücksei nicht die bevorzugte Konsistenz, warf er es einfach in den Garten und strafte uns für den Rest des Tages mit eisigem Schweigen. War das Essen nicht nach seinem Geschmack, streute er Verachtung und Vorwurf über die Familie. Seine Schuhe und Reitstiefel mußten jeden Morgen frisch gewichst vor seiner Schlafzimmertür stehen. Von seiner Frau persönlich gebracht. Als seine Bedienstete war ich nicht würdig, seine Herrenstiefel zu berühren. Überhaupt sprach er mich kaum an, seine Forderungen und Anweisungen vermittelte er über seine Frau.

Ein Mann zum Abgewöhnen! Er war genau der Prototyp des Mannes, der den Geist der fünfziger und sechziger Jahre in Westdeutschland prägte, dem wir Ende des sechsten Jahrzehnts die Grenzen seiner Macht über uns zeigen und ihn vom hohlen, aber hohen Thron stoßen wollten: autoritäres, verstümmeltes Gemüt mit einem geistigen Horizont, der allein auf berufliches und wirtschaftliches Fortkommen gerichtet war, obrigkeitshörig, heuchlerisch bürgerliche Wohlanständigkeit zur Schau tragend. Jedes in Besäufnis endende Fest mit seinen „Schlagenden Brüdern" stieß die Fenster auf zur vulgären Wahrheit: Machtbesessenheit, Zügellosigkeit, Unterwerfungsbegierden, jämmerliche innere Würdelosigkeit.

Seine Frau hatte sich in der Bequemlichkeit einer gutsituierten Bürgersfrau und dem heimlichen Abscheu vor dem Ehemann eingerichtet. Ich hielt das Jahr aus, weil ich den Berufsabschluß für die Chance einer Sportausbildung brauchte.

Dieses Jahr in Hamburg brachte mir aber auch einiges an Freuden und Genüssen, die ich freilich nur heimlich wahrnehmen konnte und die mir das Gefühl leiser Verruchtheit und Großstadtreife gaben. An meinen freien Tagen zog es mich unwiderstehlich nach St. Pauli. Meistens in den Star-Club, der seinen Beatles-Ruhm zwar schon hinter sich hatte, aber immer noch der berüchtigtste und aufregendste Beat-Schuppen in Hamburg war. Für „anständige" Leute eine verpönte Brutstätte jugendlicher Entgleisung und Verdorbenheit. Sie fürchteten sich vor der Unruhe und Spontaneität in dieser Musik.

Vor den Verführungen und Fallstricken der Großstadt wollte vor allem meine „Erzieherin" mich bewahren, und so schickte sie mir für jedes freie Wochenende eine Fahrkarte von Hamburg nach Schleswig, damit ich sie besuchte. Sie sorgte sich aber auch um meinen jugendlichen Körper, was mir viel besser gefiel, ihr aber moralische Qualen und Furcht vor Hölle und Verdammnis bereitete.

Sie war mehr als doppelt so alt wie ich, hatte noch nie einen Menschen geliebt, ausgenommen die Mutter. Ihre streng konservative, gottesfürchtige, ja frömmelnde Erziehung verdammte sie zu einer lustfeindlichen, verkrampften, tief protestantischen Lebenshaltung und hatte sie zu einer einsamen Frau gemacht. Jeder vermeintliche Verstoß gegen Konventionen bereitete ihr Pein. Scheinbar bedürfnis- und begierdelos führte sie ihr stilles angepaßtes Leben mit 36 Jahren fast schon wie abgeschlossen.

Aber all dies konnte die Explosion nicht verhindern, die ihr gleichmäßig leeres Leben auseinandertrieb, als ich – siebzehnjährig – da hineintrat. Alle inneren Dämme brachen und hervor stürzte eine zeitlebens gegängelte und vergewaltigte Frauennatur, die ihr Recht auf Liebe und Lust forderte. Aber sie hatte nie gelernt zu genießen und tat alles, um ihre Liebe in einen gesellschaftlich und für sich selbst akzeptierten „legalen" Rahmen zu bringen, sie betrog und beruhigte sich selbst über ihr wahres Bedürfnis nach einer uneingeschränkten Liebesbeziehung zu mir. Sie übernahm die Vormundschaft für mich, spielte die Mutter, die Samariterin, kleidete und versorgte mich, vertrat mich bei allen Institutionen. Es gab wohl keine Stunde am Tag, in der ich nicht in ihren Gedanken war. Sie nahm Besitz von mir. Ein Drama bahnte sich an.

Ich liebte sie von ganzem Herzen, aber ich war gerade aufgewacht, war auf dem Sprung, die Welt zu erobern, wollte alles wissen und erfahren, gründlich, genau. Ich wollte alles genießen und mich nicht einschließen lassen in ihre wahnsinnige, enge, gespaltene Welt. Ich konnte nicht einsehen, was an unserem Verhältnis unmoralisch sein, warum ich mich schuldig fühlen und was ich als „Sünde" geißeln sollte. Sie lebte in ständiger Furcht vor der Entdeckung unseres Verhältnisses, strafte und verbot es sich selbst. Aber zu lange war ihre Gefühls- und Sinneswelt eingekerkert gewesen, sie wollte sich nicht mehr bezähmen und wurde ständig von neuem überwältigt. War nicht ein Liebesverhältnis die schönste und poetischste Weise, diese Dinge zu erleben? Ich konnte ihre Selbstquälerei nicht verstehen. Ja, ihre Angst vor der Außenwelt verstand ich wohl. Die gesellschaftlich-moralischen Zwänge waren Mitte der sechziger Jahre noch erdrückend. Für Menschen, die den genormten Lebensformen nicht entsprechen wollten oder konnten, waren sie zerstörerisch. Ich verzweifelte, weil sie diese Zwänge völlig verinnerlicht hatte, sich selbst als „Abnormität" zum inneren Krüppel machte und alle Anstrengungen unternahm, auch mich so zuzurichten. Sie führte einen zwiespältigen, erfolglosen Kampf gegen ihre Liebe, gegen sich selbst und am Ende auch gegen mich. Sie „opferte" sich auf für mich und machte mich so zu ihrer Schuldnerin, zu ihrer Gefangenen. Sie ebnete mir den Weg auf die Sportschule, stellte die Gleise für die Erfüllung meines Kindertraums. Sie überwachte alle meine Sorgen, sie entmündigte mich und forderte jede Minute meiner freien Zeit für sich. Sie kleidete mich nach ihrem Geschmack, was nicht gerade dem entsprach, was mir gefiel. Sie kochte meine Lieblingsspeisen, und blieb ich dem Essen fern, brach die Welt zusammen. Sie las mir die Wünsche von den Lippen ab, ich war in ihren Gedanken, in ihren Träumen. Ihr Leben drehte sich nur noch um mich. Es war völlig aus der Bahn und schleuderte zwischen Himmel und Hölle. Ich liebte sie sehr, ich war auch dankbar, aber ich war ein junges Mädchen, das gerade zu leben begonnen hatte, ich war ein eigener Mensch mit eigenen Träumen, ich brach aus.

Der Trennungsprozeß war lang, schmerzlich und voller unwürdiger Kämpfe. Sie wollte, konnte nicht loslassen, geriet in unbezähmbare Eifersucht, verlor in aller Öffentlichkeit ihre immer gehütete Contenance, machte mir Vorwürfe der Undankbarkeit, kam ins Internat und peinigte mich vor allen Mädchen mit schrecklichen Szenen. Ich entglitt ihr unaufhaltsam, befreundete mich mit einem schwarzen GI. Halb, weil ich mir einbildete, ich sei in ihn verliebt, halb aus Trotz gegen die rassistische Haltung aus Verboten und guten Ratschlägen, die mir von allen Seiten entgegenschlug. Er war ein schöner und sensibler Bursche, aber ganz und gar in die amerikanische Fahne und Vermessenheit gewickelt. Stolz, Teil der US-Armee zu sein, völlig unberührt von den Kämpfen der schwarzen Bürgerrechtsbewegung und der Black Panther, die das weiße Amerika beunruhigten.

Ich brachte ihn mit in die Kleinstadt, in die Wohnung meiner Freundin. Ich wollte ihn vorstellen. Auch wieder halb aus

Vertrauen, halb aus Trotz. Es wurde eine Katastrophe der Peinlichkeiten. Sie konnte ihre Eifersucht und ihre Abscheu nicht beherrschen, sie war tief rassistisch, und ich schämte mich in Grund und Boden, den Freund dieser Würdelosigkeit ausgesetzt zu haben.

Er wurde alsbald nach Vietnam eingezogen und zweifelte nicht an der guten Sache Amerikas. Beinahe hätte ich ihn geheiratet. Ein guter Stern hat uns davor bewahrt; es wäre gewiß für ihn und für mich ein Unglück geworden.

Irgendwann hat sie sich losgerissen von mir. Sie schaffte es nur, indem sie mich zu einem schlechten, verdorbenen, undankbaren Subjekt stilisierte, welches ihre Hingabe und Aufopferung nicht verdient hatte.

Ein Traum, der konkret wird, hört auf, ein Traum zu sein. Das ist eine bittere Weisheit, die schon manche Völker nach durchstandener Revolution erfahren mußten. Aber auch viele Menschen mit ihren persönlichen Lebensträumen, die sich auf dem Wege der Realisierung entzaubert, verfärbt, ihre Bedeutung und Wichtigkeit verändert haben, nicht selten auch ganz verlorengingen. So ist es auch mir ergangen. Viele Anstrengungen, Umwege und Umstände hatte es gekostet, bis ich tatsächlich die Aufnahme für ein Sport- und Gymnastikstudium erreicht hatte. Fast scheiterte es daran, daß ich nicht schwimmen konnte. Ich war in meiner Kindheit niemals baden gewesen. Irgendwie brachte ich es doch fertig, eine Viertelstunde über Wasser zu bleiben, und das reichte für die Aufnahmeprüfung. Nach sechs Semestern, kurz vor dem Abschluß, verließ ich die Schule. Es tat mir nicht einmal wirklich leid. Die Wichtigkeit meines Kinder- und Jugendtraums war vollständig verflogen. Verpufft in den täglichen Mühen und der Entmystifizierung einer Zukunft als Gymnastiklehrerin.

Als ich 1963 in der schleswig-holsteinischen Landeshauptstadt mit dem Studium begann, ging die anmaßende, stockstarre Adenauer-Ära ihrem Ende entgegen. Ludwig Erhard, der Wirtschaftswunderheld, wurde Bundeskanzler. Die Wirtschaft boomte und expandierte, Bildung, Erziehung und Kultur erstickten im Muff und der Enge autoritärer, überkommener Inhalte und Strukturen. Die Verhältnisse wurden zu eng.

J.F. Kennedy wurde von seinen Gegenspielern erschossen und die westdeutsche Nation schluchzte auf in kollektiver Rührung. Kennedy, der noch zwei Monate zuvor an der Berliner Mauer radebrechte: „Ich bin ein Berliner", wurde betrauert wie ein Heiland, auf dessen Verkündigungen und gesalbte Phrasen niemand verzichten zu können glaubte. Und niemanden interessierte, was er wirklich war: der Kalte Krieger, der Roll-Back-Stratege, der Kommandant des Überfalls auf das revolutionäre Kuba, der Weichensteller und Motor für den mörderischen Krieg in Vietnam.

Ich saß mit den Eltern einer Freundin in der Stube, als die Nachricht von der Ermordung kam. Sie waren fassungslos, die Mutter sagte tränenerstickt: „Mein Gott, was soll nun werden?" Sie hatten ebensowenig Ahnung, was in der Welt vor sich ging, wie ich. Mir war diese Rührseligkeit peinlich, was sollte schon werden, ein Neuer würde kommen.

Ein leiser Wind begann durch die tief entpolitisierte Nachkriegsgeneration zu wehen und brachte neue Fahnen zum Flattern: die Ostermärsche gegen die atomare Aufrüstung und Notstandsgesetze waren die ersten Zeichen der Auflehnung gegen die herrschende Politik. Sie waren der anschwellende Sammel- und Bezugspunkt für alle kritischen Geister und Humanisten, die auch nachhaltigste Diffamierung, Verfolgung und Ausgrenzung in der härtesten McCarthy-Ära nicht zum Verstummen gebracht hatten. Sie wurden mehr und mehr Bezugspunkt einer politisch wach werdenden, aus der Reihe tretenden, sich vom Konsumleben abwendenden Jugend, die ihr Recht auf ein selbstbestimmtes Leben zu fordern begann.

Zwei Linien des Protestes begannen sich durch die erstarrte Gesellschaft Bahn zu brechen: die politische Aktivierung der gebildeten Schichten, und die Verweigerung, der Ausstieg aus den etablierten Normen, die Hippie-Bewegung. Ende der Sechziger liefen die Linien dann zeitweilig als kulturrevolutionärer Aufstand zusammen.

Mein schulisches Umfeld in Kiel war unberührt von politischen Vorgängen, vollkommen unpolitisch. Ich interessierte mich für die Beatles, für französische Chansons und Ballett. Ich las antike Literatur und fand mich außerordentlich kultiviert. Zeitungen las ich nicht. Der Geist an der Schule war konservativ, mit einem traditionellen, noch vom Faschismus geprägten Frauenbild. Bei „würdigen" Anlässen – Jubiläen von Institutionen, Honoratioren oder ähnlichen Feierlichkeiten – gehörten die tänzerischen Vorführungen unserer Schule zum unerläßlichen kulturellen Programm. Die Kriterien für die Auswahl der Mädchen waren ganz simpel: blond, groß, schlank, feminines Äußeres und schön. Frauen sollten für die „verdienten" Männer eine Augenweide, ein Genuß, ein ästhetisches Vergnügen sein.

Manchmal wurden wir auch von den Kieler Burschenschaften gebraucht. Sie bestellten dann bei der Schulleitung en gros: „40 Tischdamen aus gutem Hause". Ich geriet trotzdem einmal mit hinein und redete wohl nicht mehr als fünf Sätze über den Abend verteilt mit meinem Tischherrn. Es ging grotesk steif und verkrampft zu, bis die Burschen total besoffen waren. Wir Mädchen waren Beiwerk in den schwachsinnigen Ritualen einer Männerwelt, die Militarismus, Hierarchie, bis zur Lächerlichkeit blinden Gehorsam als Grundtugenden des deutschen Volkes vergötterte. Da wurden die Hacken zusammengeknallt, auf Befehl bis zum Umfallen gesoffen, zackige Sprüche auf Ehre und Vaterland gebrüllt, die jüngeren Burschen hatten die älteren zu bedienen, da wurde das Wort erteilt und entzogen, wenn sie tanzen wollten, reichten sie uns den Arm und sagten: „Gnädiges Fräulein, darf ich bitten." Wir tanzten den ganzen Abend Walzer, Foxtrott und viel Polonaise.

Ich war nicht bewußt renitent, aber meine persönliche Situation war komplizierter als bei den anderen Mädchen und paßte deshalb nicht in die streng und kleinlich geregelte Schulordnung. Ich mußte nächtliche Krankenhausarbeit und täglichen Unterricht bzw. Training vereinbaren. Meine Eß-, Schlaf-, Dusch- und Reinigungszeiten kollidierten mit den allgemein angeordneten. Das gab Reibereien, und ich war wieder in ständiger Verteidigung, versuchte mich gegen kleinliche Schurigeleien zu behaupten. Dann verlor ich die Lust zum Weitermachen, vor allem auch weil mich die Lerninhalte langweilten. Sie waren geistig öd und eng, nur auf den Körper und die unmittelbare Berufsausbildung ausgerichtet. Ich ging und fühlte mich befreit.

Ich war das Studium los, hatte aber eine Menge Darlehensschulden zurückzuzahlen und wollte auch die möglichst schnell los werden. Hamburg lockte. Und Casimir.

„Komm her", sagte sie, „wir finden was für dich, du kannst erstmal bei mir wohnen." Casimir war meine beste Freundin. Ich hatte sie in den „Ika-Stuben" kennengelernt, der halbgeheimen, flimmrigen, prickelnden Bar für „Frau sucht Frau". Mitte der sechziger Jahre war das noch ein recht exklusiver, subgesellschaftlicher Ort. Eigentlich wollten wir uns ineinander verlieben, weil wir uns so gut verstanden, aber das klappte nicht, und es wurde eine Freundschaft, die für mich bis heute nicht gebrochen ist. Wir verloren uns manchmal aus den Augen, denn unsere Wege gingen auseinander, aber wo immer und wie immer wir uns wiedertrafen, fühlten wir uns erneut verbunden. Ohne einen Vorwurf an mich hat sie sechs Monate lang in Berlin im Gefängnis gesessen. Ich trug bei meiner Verhaftung 1975 ihren Paß bei mir, den ich in der Illegalität benutzt hatte. Wir trafen uns im Gefängnis wieder und dort sah ich sie auch zum letzten Mal. Seither drückt mich ein kleiner schwarzer Punkt, wenn ich an sie denke. Ein Schuldgefühl, weil ich sie und unsere Freundschaft im Knast vernachlässigt, zweitrangig behandelt habe. Aus „politischen Gründen". Wir hatten täglich nur eine halbe Stunde Hofgang, und sie war immer zu kurz, mich beidem zu widmen, der Politik mit den Genossinnen und der Freundschaft mit Casimir. Leider gehörte sie nicht zur Bewegung, und ich konnte sie auch nicht aus Freundschaft mit hineinziehen.

Sie holte mich mit ihrer abenteuerlichen VW-Ruine aus Kiel ab. Alles, was ich besaß, paßte in den Kofferraum. Wir fuhren zu ihren Eltern. Als ihr Vater mit seiner Schildkröte um den Block zog, hatten wir Zeit, ungesehen in ihr Zimmer zu schlüpfen. Er hatte was gegen die Freundinnen seiner Tochter.

Schon nach wenigen Tagen hatte ich im vornehmen Altona ein eigenes Zimmer. Mir gefiel der Kontrast zu dem Milieu, in dem ich mich anschickte zu arbeiten. Es gab mir das Gefühl, zwei verschiedene Welten zu bewohnen und keiner wirklich anzugehören.

Schnell zu Geld kommen? Das hieß: St. Pauli. Wir berieten, ob es zu gefährlich für mich sei. „Ach was, du kommst schon nicht unter die Räder, du mit deinen Ballettkünsten kannst doch strippen!" war Casimirs Meinung.

„Komm, wir sehen uns die Bar mal von innen an", sagte ich.

Casimir bestellte zwei große Whisky und zwei Schinkenbrote. Gerd und Erika standen hinter dem Tresen und sahen uns interessiert an. Gerd war so dick wie ein Faß und Erika so schön wie Marylin Monroe. „Seid ihr ein Paar?" fragte er. Casimir hörte auf, sich den Schinken in den Mund zu stopfen. Sie hatte diese Art zu essen, sich erst den Mund vollzufüllen, bis die Backentaschen prall waren wie beim Hamster nach der Vorratsbeschaffung, dann begann sie in Ruhe zu kauen. Jetzt grinste sie mich an, kaute zu Ende, nahm einen großen Schluck Whisky und sagte: „Ja, sind wir."

Erika führte mich in die Garderobe. Da hingen Berge von Tüll und Glimmer. Ich probierte ein paar fummelige Sachen an und fand etwas Akzeptables. Wir scherzten herum, als würden wir uns schon lange kennen. Gerd legte verschiedene Platten auf und ich entschied mich für James Brown. Dem Whisky waren einige Cognacs gefolgt, wir waren ausgelassen. Gerd machte mir ein paar Bühnentanzschritte vor, er war ungeheuer musikalisch und tanzte ganz großartig, weiß Gott, warum er so dick geworden war. Was ich probierte, gehörte wohl mehr in den Ballettsaal, aber alle waren begeistert. „Du kannst morgen anfangen, die paar Ausziehgriffe lernst du ganz von allein."

Ich bekam einen Schreck, morgen schon? Bis jetzt war es noch Spiel gewesen. Ich wollte Bedenkzeit. Casimir riet mir:

„Fang morgen an, oder sag gleich nein."

Zwei Monate lang strippte ich in Gerds Bar, zusammen mit sechs weiteren Frauen. Es ist keine Zeit, über die ich geniert schweigen müßte. Die Frauen sind der Rohstoff, die Basis für alle „Vergnügungsmilieus" auf der Welt. Sie haben an dem „Vergnügen" ebenso wenig Anteil wie die Arbeiter an dem Reichtum, den sie schaffen. Nirgendwo ist das ökonomische Abhängigkeitsverhältnis der Frauen so ungetarnt, das Warenverhältnis in der Geschlechterbeziehung so nackt, die Liebe und Lust so illusionär wie in den Vergnügungsghettos der Städte. Eingerichtet, betrieben und kontrolliert von und für Männer. Die Frauen schaffen, produzieren für sie. Erwerben ihre materielle Existenz durch unmittelbaren und bewußten Verkauf ihrer Körperlichkeit. „Das älteste Gewerbe der Welt", zwinkert das Patriarchat und meint damit seine Welt, in der die jahrhundertealte Unterdrückung und Ausbeutung der Frau als anthropologische Gegebenheit gerechtfertigt wird.

Ich war das Provinzhäschen, die anderen Frauen waren erfahrene Nachtbar-Arbeiterinnen, schon jahrelang im harten Geschäft mit ihrem Körper. Sie behüteten mich, weihten mich ein in Tricks und Schliche, brachten mir die Kunst des Trinkens ohne zu trinken bei. Sie nahmen mir zudringliche Fälle ab und waren zur Stelle, wenn einer zu frech wurde.

Da war Johnny, der Transvestit, über seine Jugend bereits hinaus, herzlich und verborgen hinter einer Barrikade überspannter, flotter Sprüche. Jeden Morgen um vier Uhr kam sein Freund in die Bar, um ihn abzuholen. Ein stockbiederer, stiller Mann mit bäuerlichem Habitus. Oder Betti, eine Hausfrau mit platinblondem, recht schütterem Haar, Sommersprossen im runden, konturenlosen Gesicht, wahrhaftig keine Schönheit, aber sie verstand es am besten, den Männern das Geld abzunehmen, und sie war immer unauffällig in meiner Nähe, wenn ein Typ mich zu stark bedrängte. Und da war Johanna, die große starke Frau mit der Stimme Zarah Leanders. Johanna war die Attraktion auf der Bühne. Sie sang beim Strippen. Sie hatte nur ein Lied im Programm und ein paar spärliche Handbewegungen, mit denen sie ihren

Körper entkleidete, vor dem ein Rubens vor Ehrfurcht erstarrt wäre. Sie stand dann fast nackt, mit dem Rücken zum Publikum auf der Bühne, die Beine leicht zu einem festen Stand gespreizt, die runden strammen Arme in die runden strammen Hüften gestemmt, und wiegte ganz leicht und andeutungsweise ihren gewaltigen, festen Körper im Takt des Novak-Liedes. Dann sang sie mit verruchter Stimme: „Aber der Novak läßt mich nicht verkommen, aber der Novak läßt mich nicht verkommen." Das war ungeheuer beeindruckend. Sie strahlte etwas von einer Überfrau aus, und die Männer näherten sich ihr mit größtem Respekt. Johanna war verschlossen, ihr Leben war offensichtlich so tragisch, wie ihre Stimme zu singen vermochte. Sie hat sich das Leben genommen. Der Novak hatte sie verkommen lassen.

Manchmal kam Casimir in die Bar, aß Schinkenbrot, trank Whisky und lachte über meinen naiven Striptease aus der Ballettschule. Aber das war eben meine Nummer. Manchmal brachte sie einen Haufen Freundinnen und schwule Freunde mit, so kurz vor Feierabend, und wir zogen anschließend zu Ediths Kneipe in die Hein-Hoyer-Straße. Edith hatte bis zehn Uhr vormittags geöffnet und kümmerte sich um alle, die ihre Arbeitsschicht hinter sich hatten und nicht gleich heimwollten. Ich habe einen guten Teil meines gerade verdienten Geldes gleich bei ihr wieder in Umlauf gebracht.

Nur zwei Monate lang war St. Pauli meine Arbeitsstätte. Das Geld rann mir durch die Hände wie warmes Wasser. Es war mir nicht gelungen, auch nur einen Pfennig auf die Kieler Bank zu überweisen, um meine Studienschulden wieder loszuwerden.

Das Milieu hatte seine anfängliche Exotik verloren. Ich war schnell zur Insiderin geworden. Seine inneren Gesetze, seine zwangsläufige Amoralität, seine Abhängigkeiten und Gnadenlosigkeit begannen mich zu berühren und abzustoßen.

In einer dramatischen Nacht, als der gutmütige dicke Gerd, halb wahnsinnig vor Eifersucht und bewaffnet mit einem riesigen Fleischerhaken, seine schöne schreiende Erika über die Kleine Freiheit trieb in der Absicht, sie zu zerfleischen, verließ ich die Bar, die Straße, das Milieu. Daß es mich festhalten könnte, ich mich in ihm verlieren könnte, hatte ich nie befürchtet.

Ich zog zu Ute und wußte nicht recht, warum. Verliebt war ich nicht, aber wir waren so ein schönes Paar, und die Augen der Frauen folgten uns, wenn wir ins Halbdunkel der Ika-Stuben eintraten. Und wir tanzten so hinreißend nach „Only you".

Ute war so verliebt. Sie führte mich an den Elbstrand und machte Pläne. Sie träumte immer nur von einem glücklichen Leben zu zweit, in einer schönen Wohnung, mit einem schönen Auto und einer geregelten Arbeit. Ein kleines, vorzeigbares, von aller Welt akzeptiertes Glück, das war doch nicht zu viel verlangt. Ute litt unter den Blicken der Allgemeinheit, aber sie litt trotzig und dachte nicht daran, sich unsichtbar zu machen. Im Gegenteil, sie kultivierte ihr Äußeres zu einem unwiderstehlichen Blickfang: gekleidet wie ein Junge und nur in Schwarz, mit einem feingeschnittenen Mädchengesicht, beherrscht von einem strahlenden graugrünen Augenpaar, so groß, tief und still wie Bergseen vor dem Sturm, umrandet von einem magischen Lidstrich. Der schwarze Bubikopf war geschnitten wie der von Mephisto. Ihre Erscheinung verlangte einen zweiten Blick, und wer ihn gab, teilte Neugier oder Urteil mit. Die Neugier genoß sie, das Urteil fürchtete sie. Sie wollte anders und doch wie alle sein. Ablehnung verkrampfte sie und machte sie einsam. Wo wir zusammen auftraten, war alles klar: ein lesbisches Paar. Und da mußten wir dann durch.

Mit mir wollte sie ihre Träume vom Glück zu zweit verwirklichen. Gerade aus dem wüsten St. Pauli kommend, ließ ich mich auf sie ein. Wir zogen nach Wiesbaden, dort hatten wir Arbeit und Wohnung gefunden. Bald verlief unser Leben, wie sie es gewünscht hatte: schöne Wohnung mit schönen Möbeln und allen Modeallüren, ein rasant schönes Auto.

Am Abend des Lohntages befreiten wir den Küchentisch von allen Gegenständen und breiteten alle finanziellen Forderungen, Mahnungen, Bescheide, Rechnungen etc. aus.

Dann legten wir die nötigen Geldscheine für die Raten drauf und niemals reichten sie aus, es war immer ein ungleicher Kampf. Was wir verdienten, reichte nicht aus, unser kleines spießiges Leben zu finanzieren, das mir sehr bald schon vorkam wie die Runden eines Ochsen, der mit verbundenen Augen im Kreis herumgeführt wird, gefesselt an einen langen Stab, der seine Lebenskraft in fremde Energie verwandelt.

Der Arbeitstag steuerte vom Öffnen der Augen in der Frühe auf nichts als den Feierabend zu. Sein Sinn war allein die 40 Mark brutto, die ich am Abend als graphische Hilfskraft verdient hatte. Dazwischen lagen Stunden toten Lebens. Die Arbeit hatte nichts mit mir zu tun, die Arbeitskollegen hatten noch weniger mit mir zu tun. Sie tauschten Blicke, verstummten, wenn ich aus der Dunkelkammer in ihren Arbeitsraum trat, sie machten anzügliche Witze und führten zweideutige Reden über Menschen, die „andersrum“ sind, sie konkurrierten, weil ich alles schnell und mit links erledigte. Ute ertrug es, tat, als hörte und sähe sie nichts, suchte immer nach dem Einlaß in die „Gewöhnlichkeit“ aller. Ich verachtete diese Gewöhnlichkeit, sie quälte mich, stieß mich ab. Ich wollte draußen bleiben und forderte die Unverschämtheit auf, sich deutlich zu zeigen, um sie angreifen zu können.

Am Wochenende unternahmen wir den Sisyphus-Versuch, das Leben doch noch einzuholen. Morgens lange schlafen, abends das kleine Vergnügen: sich sehen lassen in der Szene, auftrumpfen, bißchen angeben, flirten, trinken, tanzen oder Kino. Am Montag wieder von vorn. Am Lohntag dann Zahltag für dieses kleine Leben.

„Warum machen wir das?“ fragte ich Ute.

„Warum machen wir was, was meinst du?“

„Na, so leben, für was leben wir so? Für das bißchen Wochenende, von dem am Montag schon nichts mehr wichtig ist? Welchen Sinn macht unser Tag für Tag? Was verbindet uns mit dem blöden Betrieb außer dem Monatslohn? Dir macht die Arbeit keinen Spaß und mir auch nicht. Was verbindet uns mit den Leuten da, warum sollen wir in ihrer Intrigenwelt Figuren sein?“

Ute ist verunsichert. „Was willst du nur, es ist doch überall so. Nie bist du zufrieden, was suchst du eigentlich, wir haben doch einigermaßen unser Auskommen, alles andere kann uns doch egal sein."

„Aber ich will nicht für's Auskommen leben! Ich weiß auch nicht, was ich suche, ich fühle mich an einer unsichtbaren Kette ins Leere getrieben. Ich kündige. Ich gehe nach Afrika in die Entwicklungshilfe, das ist jedenfalls was Nützliches."

Sie verstand mich nicht und begann mit vielerlei Methoden gegen den Verlust ihrer stabilen kleinen Welt zu kämpfen. Es nützte nichts, wir trennten uns.

Aus meiner Nützlichkeit in Afrika oder Indien indes wurde auch nichts. Für den Entwicklungsdienst fehlten mir die nötigen Berufs- und Sprachkenntnisse.

Es folgten ratlose Jahre ohne Bindung, mein Bezug war der gerade gegenwärtige Tag und Job. Personen und Orte hatten keine Bedeutung. Ich versuchte herauszufinden, was ich konnte, was ich wollte und welchen Sinn alles hatte. Ich suchte, aber ich suchte wie eine Blinde, die im Dunkeln eine schwarze Katze sucht, von deren Vorhandensein sie nicht mal überzeugt ist. Für mein täglich Brot zog ich von einer Arbeit zur nächsten und probierte allerlei aus: Reiseleiterin, Cutterin, Hausmädchen, Bardame u.a. Ich strengte mich jedesmal wieder an, mich anzupassen, guten Willens zu sein, die Abfertigungen, das Schein und Sein auszuhalten, die Unterordnung zu ertragen, die vorgesetzte Autorität zu akzeptieren, wie hohl auch immer sie war.

Während die Elite und ihre Öffentlichkeit sich mit Wirtschaftswachstum, NATO und militärischer Überlegenheit beschäftigte, lief ich ziellos durch die Straßen der Städte und Orte mit den Büchern von Sartre und Camus in der Tasche. Meine Einsamkeit und Ratlosigkeit nannte ich nun Existenzialismus und füllte mit diesem Kunstgriff ein bißchen Sinn in meine Leere.

Ich verschlang heißhungrig eine nichtbegriffene Philosophie, die mich aufrief, die Verantwortung in meinem endlichen Dasein wahrzunehmen, Engagementmöglichkeiten zu erkennen und zu ergreifen, Existenzentscheidungen zu treffen. Aber wie, wo, was? Ich lasse die Idee nie nur als Vorstellung bestehen, sondern nehme sie immer konkret, will alles konkret machen. Nichts verstehe ich besser als den Satz von Karl Marx, der mir damals freilich noch nicht bekannt war: Die Philosophen haben die Welt verschieden interpretiert, es kommt aber darauf an, sie zu verändern! Aber mein Bildungs- und Erfahrungshorizont war noch niedrig und dürftig. Ich wußte nur, was mit Verantwortung nicht gemeint ist: im Konformismus aufzugehen, der üblichen Anpassung zuzustimmen, sich im Tanz mit den herrschenden Verhältnissen zu drehen oder sich drehen zu lassen.

Kapitel III

In der Gesellschaft knisterte es schon ein paar Jahre, bevor die Magnetwellen einer rebellischen Generation auch mich endlich aus meiner selbstbezogenen Trübnis zogen. Die heftigen Bewegungen der Jugend in den Großstädten und an den Universitäten gelangten nicht als Erschütterungen in die Provinz – und das war in den Sechzigern noch die ganze BRD mit Ausnahme der drei, vier größten Städte –, sondern als Nachrichten. Die Zeitungen waren täglich voll von explosiven Ereignissen in Berlin. Täglich wußten sie Ungeheuerliches und Ungebührliches aus der Frontstadt zu berichten: Pudding-Attentat auf den amerikanischen Präsidenten, Kaufhausbrand aus Protest gegen den Vietnamkrieg, Kommuneleben, Straßenschlachten ... Eine militante Radikalität hatte die Jugend erfaßt. Jetzt wurde alles angegriffen und in Frage gestellt, was die etablierte Nachkriegsgesellschaft uns an Inhalten, Werten und Strukturen aufgezwungen hatte. Jetzt wurden die vermoderten, repressiven Bildungs- und Erziehungsinhalte ans Licht gezerrt, die verrottete herrschende Moral entlarvt, jetzt wurde die Verdrängung der Komplizenschaft mit den Verbrechen des Faschismus angeklagt und die Autoritäten für unfähig erklärt.

„Unter den Talaren, Muff von tausend Jahren", skandierten die Studenten gegen die Professorenschaft. „Macht kaputt, was euch kaputt macht", wurde von den Militanten auf die Häuserwände gesprüht.

Jetzt wurde der Kapitalismus fundamental in Frage gestellt, seine Ausbeutungsstrategien sichtbar gemacht, seine Klassenjustiz bekämpft. Jetzt wurde gegen die Springer-Presse als Organisationszentrum der Massenverdummung und Massenmanipulation, der Hetze gegen oppositionelle, widerständische Kräfte und des Antikommunismus in kollektivem Ansturm mit Feuer und Stein angerannt.

Jetzt wurde die alte Elite und die Fortsetzung ihrer alten Interessen angegriffen. Jetzt ging es um die Veränderung dieser Verhältnisse, in denen der Mensch eine Ware ist, ein Objekt fremden Profits, es ging um die Niederhaltung und

Ausbeutung der armen Länder durch die reichen kapitalistischen Staaten, um die bedingungslose Solidarität mit den Befreiungsbewegungen in Afrika, Lateinamerika und Asien. Auf Demonstrationen, auf Versammlungen schallte es wieder und wieder aus zigtausend Kehlen: Solidarität mit dem Vietcong! Sieg im Volkskrieg! Nieder mit dem Imperialismus! Es lebe die Revolution! Ja, es ging jetzt um alles, es ging um Revolution!

Und so dachten nicht nur wir, die Nachkriegsgeneration der BRD, so dachte die Jugend fast aller kapitalistischer Staaten in der Welt. Überall standen sie auf und rebellierten gegen den Krieg, gegen Unterdrückung, Bevormundung, Ausbeutung der Schwachen durch die Starken, der Armen durch die Reichen. Wir sahen uns als eine weltweite revolutionäre Bewegung mit der großen Chance, dem Imperialismus die Zukunft abzuschneiden.

Zunächst habe ich kaum eine Ahnung von politischen Zusammenhängen, aber der Aufruhr zieht mich an. Aus ihm ist der Ruf nach freien Beziehungen zueinander und zu anderen Völkern zu hören, nach Widerstand gegen Unterdrückung, nach Gerechtigkeit, Solidarität und Selbstbestimmung. Das ist, wonach ich schon lange suche. Seit Jahren bin ich ziellos und zufällig herumgestolpert, wollte einerseits noch auf verschiedenen Wegen und Weisen mein Glück machen, wanderte andererseits mit den Fragen nach Sinn und Ziel ständig am Abgrund der Empfindung von Sinnlosigkeit und Leere. Ich habe ganz andere Wünsche als Geld, Konsum, Karriere und was damit an Akzeptanz, Ansehen, Macht und Autorität verbunden ist. Meine Wünsche sind nicht ausgereift, sie sind stumm und versteckt in Abneigung gegen die Hierarchie, gegen die Anpassung und Einordnung in ihre Lebensvorgaben, die mich erdrückten und mich immer nur mit erdrückten Menschen zusammenbrachten. Darum hatte ich es nirgendwo lange ausgehalten, weder in den sogenannten geordneten Arbeits- und Lebensverhältnissen noch im Halbdunkel des Submilieus. Ich bin immer auf der Suche nach dem anderen, das ich nicht kenne und auch nicht definieren kann. Ich habe auf der Welt nur mich, ich muß also selbst dahinterkommen, ich muß es selber finden.

Ich bin auf der Insel Sylt und habe einen Job. Am Tage bin ich Putzfrau und Zimmermädchen für einen Sarotti-Konzernboß und seine Partygesellschaft, am Abend bin ich selber auf der Jagd nach irgendeinem Clou, einer Idee für etwas Neues, einer neuen Liebe, einem neuen Job. Ich bin Teil und gleichzeitig abgestoßen von dem offenen und heimlichen Jagen und Treiben, das auf dieser Insel herrscht. Alles ist triebhaft und beziehungslos, das Geld, die Geschäfte, die Frauen und Männer, die Unverbindlichkeit, die Illusionen, die Begegnungen in den Bars, am Strand, in den Luxus-Boutiquen, das Vergnügen, die Ausschweifung. Es gibt nur Verhältnisse auf Abruf, geschäftliche wie persönliche. Ich suche unglücklich nach einem Ausweg aus meiner Situation und folge der Einladung von jungen Leuten aus Berlin-Kreuzberg.

Fast alle Straßen in Kreuzberg endeten an der Mauer. Die Geschäftswelt hat 1961, nach der Errichtung der Mauer, ihre Fabrikräume und Verkaufsläden dem Verfall überlassen, da Kreuzberg für sie ein unrentables totes Randgebiet war. Für wenig Miete waren sie nun von Studenten, Künstlern, Hippies, Türken, Wohngemeinschaften und aller Art Alternativlern bezogen worden. Zwischendrin kleine Tante-Emma-Läden, bunte Türkengeschäfte und alte Leute, die im neuen Milieu ausharrten. In unserer Nachbarschaft gab es Ernas Kneipe, ein schlichtes, schnörkelloses Rudiment einer ehemaligen Arbeiterkneipe, das von den Farben und Tönen der neuen Szene drumherum völlig unberührt geblieben ist. Erna hatte immer ein Herz und Zeit für uns, versorgte uns auch tief in der Nacht noch mit Essen und Trost, war stiller Kummerkasten für unsere Liebesprobleme. Sie gab keine Ratschläge, sie wußte längst, daß das Leben und wir uns nicht um ihre Ratschläge scheren würden. Ihr Gesicht war wie eine Ruine, die schon Jahrhunderte überdauert hat. Erna schenkte den Korn ein und sagte: „Komm, Mädel, das geht vorbei.“ Sie wußte, wovon sie sprach.

Die Fabriketagen und Ladenwohnungen kamen unserem Bedürfnis nach gemeinsamen Wohn- und Lebensformen viel mehr entgegen als die traditionellen Wohnungen. Große Flächen, kaum strukturiert, animierten zur unkonventionellen, künstlerischen oder rein zweckbestimmten Gestaltung. Wir konnten immer wieder neue Provisorien errichten, Werkstätten, Ateliers oder Versammlungsräume oder auch alles zusammen, was wir eben gerade benötigten. Es war die Zeit, in der wir uns nicht einrichten wollten, wir waren in Bewegung, im Aufbruch, die Wohnungen entsprachen uns.

Ich zog in eine Frauenwohnung und in einen schillernden Haufen aus Szene-Künstlern, Studenten, Aktivisten der Frauen- und Schwulenbewegung, Indienreisenden, Drogenfreaks ... Unsere Ladenwohnung war ein ganz unverbindlicher kommunikativer Ort in der Eisenbahnstraße. Niemand kam hierher mit einem Anspruch an gemeinsames Handeln. Hier trafen Frau und Mann sich, um über die neusten aufregenden Ereignisse aus der „Politszene" zu sprechen, guten Shit zu rauchen, die neusten Platten zu hören, chinesischen Tee zu trinken, vielleicht einen gemeinsamen LSD-Trip zu unternehmen, oder auch nur um ein bißchen anzugeben, „in" zu sein, wenn es um Andy Warhol oder Kommune I oder Che Guevara oder Ravi Shankar ging. Hier wurden keine Fragen der Zeit gestellt oder zu beantworten versucht, sondern die neuen Spielformen, die sie hervorbrachte, genossen. Manchmal ernsthaft, selten verpflichtend, meistens eher unverbindlich und lustvoll waren die Diskussionen, Parties und Sessions. Es war eigentlich ein amüsanter Kreis, nach allen Seiten offen, manchmal schauten auch die Anarchos herein, um bei einem kreisenden Joint Berichte von der letzten Straßenschlacht zu geben.

Es war eine Kultur-, Homo-, Künstlerbohème mit ihren Anhängseln. Und alle schwammen im Strom der Zeitthemen: sexuelle Befreiung, kollektive Lebensformen, Verwerfung der autoritären, etablierten Strukturen und Inhalte.

Magdalena Montezuma, Rosa von Praunheim, Werner Schroeter gaben dem Haufen ein avantgardistisches Flair. Die ersten Drehversuche zur „Bettwurst" machte Praunheim in unserer Ladenwohnung. Er rauschte oft mit einer Truppe ausgeflippter, exaltierter Schauspieler und Fans herein. Ich war für Berliner Verhältnisse noch reichlich provinziell und empfand diese Exaltiertheit weit ungewöhnlicher als die anderen.

An Rosa von Praunheim hat mir imponiert, wie radikal und direkt er Tabus benannte und brach, sexuelle Klischees entkleidete und immer das aussprechen konnte, was wir anderen nicht über die Lippen brachten. Er hatte den Takt und die Gabe, dabei weder obszön noch verletzend zu sein.

Da war ein Gespräch mit Alexandra und Alexander. Sie waren bereits einige Jahre verheiratet miteinander, hatten aber nicht mehr so richtig Lust aufeinander. Sie liebten sich und hielten sich für emanzipiert und sexuell unbefangen. Wir diskutierten alle das Problem, hier und da kamen Ratschläge, bis Rosa von Praunheim ganz ruhig und selbstverständlich fragte: „Alexandra, hast du denn schon mal versucht, deinen Mann zu ficken? Du kannst dir doch von Beate Uhse einen Schwanz holen. Vielleicht gefällt es euch beiden in der umgekehrten Situation viel besser." Alexandra war erst verblüfft, schaute dann ihren Mann nachdenklich an und sagte: „Alex, die Idee gefällt mir ausgezeichnet."

Von Praunheim gehörte in dem Kreis zu den wenigen mit ernsthafter Lust an revolutionären Plänen und Aktivitäten. Nicht in dem Sinne, daß er die gesamtgesellschaftlichen Verhältnisse umzustürzen gedachte, wie es zu der Zeit die revolutionäre Linke noch forderte. Er wollte die Homosexualität aus ihrem aufgezwungenen Schmuddelghetto befreien, sie ins Licht der gesellschaftlichen Normalität bringen, wollte die Schwulen aus dem Netz von Heuchelei, Schund, Schande und Unterdrückung ziehen, das die Gesellschaft seit ewigen Zeiten über sie geworfen hat. Er war sehr klar, radikal und hierin wirklich avantgardistisch. Seine ersten Filme fand ich schrecklich manieriert, was ja in seiner Absicht liegt, aber seine persönliche Direktheit und Schnörkellosigkeit, die hartnäckige Benennung des „Unaussprechlichen", haben mir gefallen.

Allgemein aber hatte dort kaum jemand einen Plan, einen Drang nach Verantwortung, welche über das persönliche

Wohlbefinden hinausführte. Das aufgeregte Treiben der militant-politischen Bewegung strahlte zwar Faszination aus, aber wir genossen doch mehr den dramatischen Klang der Dinge als die Dinge selbst.

Ich tanzte auf allen Hochzeiten gleichzeitig, mit der Begeisterung einer aus Naivität und Trübheit Erwachenden, die unter äußerst lustvollen Umständen ihre Unschuld verliert.

Die konkreten revolutionären Aktivitäten der Revolte-Bewegung spielten für mich zunächst nur eine mittelbare Rolle. Ich nahm sie wahr als Quelle der neuen Ideen und der Faszination, in der ich herumflippte. Die RAF hatte sich gegründet, der Springer-Konzern war noch Angriffsziel, der Vietnamkrieg zentrales Thema, der Kampf gegen Polizei und Justiz wurde härter, „der Blues" organisierte sich im Untergrund zur „Bewegung 2. Juni". Ich beteiligte mich an Demonstrationen, Vorlesungen, Versammlungen und Happenings in der Uni, machte überall ein bißchen mit, war aber genauso vergnügt und unverbindlich auf Festivals, im „Zodiac" und später dann im „Park", in Lesben- und Schwulenkneipen zu finden. Ich tat, was mir gerade wichtig war und Spaß machte.

Die Diskussion: „Revolutionäre Gewalt, ja oder nein" forderte von mir noch keine Antwort. Die Aktionen der Bewegung 2. Juni und der RAF waren zwar in aller Munde, aber wir diskutierten sie eher wie einen interessanten off-limit-Film. Zur Parteinahme fühlte ich mich noch nicht gedrängt. Außerdem war mein alter Ordnungs- und Orientierungsrahmen – Arbeit, Wohnung, Berufsziel – noch intakt, auch wenn er sich schon etwas schief und drückend um die neuen Inhalte und freigewordenen Bedürfnisse von hierarchiefreiem, selbstbestimmtem Leben bog.

Ich war immerhin schon fünfundzwanzig Jahre alt, war in fast allen menschlichen Gefilden herumvagabundiert und hatte ein dichtes Bündel unreflektierter Erfahrungen angehäuft, die ich nicht in Bewußtheit und Souveränität hatte umsetzen können. Sie hatten mich nur von einer Lohnarbeit zur nächsten weitergetrieben, von einem Ort, einem Menschen, einem Erlebnis zum nächsten, ohne daß sich meine Zusammenhanglosigkeit mit den Verhältnissen um mich herum aufgehoben hätte, ohne daß ich mich irgendwo zuhause gefühlt hätte, ohne daß ich überhaupt die Schranken meiner politischen und sozialen Unaufgeklärtheit erkennen konnte und ohne daß mir ein für mich bedeutsamer Sinn für meine Existenz klar geworden wäre. Die letzten Jahre hatten sich nur um diese Frage gedreht. Sie steckte in jedem neuen Versuch. Hier in Berlin kam ich der Antwort mit allem, was ich erfaßte, anfaßte und unternahm, näher. Das machte meine Begeisterung aus, mit der ich alle Informationen in mich hineinstopfte, ich spürte, daß dies die Hefe für meine ewig nebligen Träume und Ahnungen von einem grundsätzlich sinnvollen Menschsein war. Hier löste sich meine innere Isoliertheit auf und ich entdeckte, daß mein Zustand der Zustand meiner Generation war und daß es dafür Gründe gab.

Shit und Marihuana gehörten zu unserem Alltag. Ich habe sie nicht wahllos, nicht im Übermaß und nicht in Abhängigkeit genossen. Sie waren eine starke Hilfe, meine angestauten Verkrampfungen, Verschließungen und Verstellungen erkennen und über Bord kippen zu können. Überhaupt haben sie mich viel sensibler gemacht für Ängste, Schwächen, psychische und soziale Defizite bei mir und bei anderen. Mit LSD habe ich sehr bewußt hantiert und einige Male eine 24-Stunden-Reise unternommen. Ein LSD-Rausch ist ja immer etwas Unberechenbares, eben eine Reise in unbekannte Regionen sowohl des Bewußtseins und Unterbewußtseins als auch der Psyche und der Phantasie, dazu diese übersensibilisierte Wahrnehmungsfähigkeit der Sinne.

Als ich politisch organisiert zu arbeiten begann, rauchte ich immer seltener. Aber auch später in der Guerilla ließen wir hin und wieder den Joint kreisen, wenn wir spürten, daß der Streß uns die Zähne zusammenpressen wollte und die Kommunikation zu beherrschen drohte. Das war zum gemeinsamen Relaxen. Die damalige Parole aus der Frühzeit des „Blues“, zu lesen an unzähligen Berliner Häuserwänden: „High sein, frei sein, Terror muß dabei sein“, entsprach längst nicht mehr der politischen Entwicklung und Atmosphäre, als ich in der aktiven militanten Bewegung angekommen war. Ihre ziellose Uferlosigkeit war einem verbindlichen Konzept des bewaffneten Kampfes gewichen.

Kapitel IV

Ich war zurück von einer mehrmonatigen Reise nach Nordafrika. Als Individual-Touristinnen mit Hippie-Allüren waren wir mit unserem alten VW-Bus losgefahren. Waltraud und ich. Eigentlich wollten wir unsere Beziehung ins Lot bringen. Zurück kam ich völlig verwandelt. Erbittert, empört und nicht mehr bereit, auch nur ein Jota auf die verlogenen Rechtfertigungen der Eliteländer zu ihrem fortdauernden Parasitentum an den armgehaltenen Ländern zu geben. Die Reise hatte ein fundamentales Ergebnis. Sie drängte mich entschieden zum politisch-sozialen Engagement.

Arm und reich war für mich keine neue Erfahrung, auch nicht Erniedrigung und Ausbeutung, aber wir werden im Westen groß mit der Vorstellung, daß dies ein individuelles Schicksal der Tüchtigen oder eben der Untüchtigen ist. Alle offiziellen Informationen, Belehrungen und Erklärungen verstellen den Blick für die furchtbare, verbrecherische Systematik in der Abhängigkeit der Armen von den Reichen. Was ich auf dieser und späteren Reisen in die benachteiligten, vom Kolonialismus ausgeplünderten Regionen der Welt sah, waren keine Menschen- und Völkerschicksale von göttlicher Vorsehung, das waren Ergebnisse einer jahrhundertealten räuberischen Besitz- und Machtgier der „zivilisierten" westlichen Welt. Von hier kamen Gold und Silber, Edelmetalle und Edelsteine, Früchte und Gewürze, Pelze und Stoffe, Holz und Öl, Kaffee und Tee, die billigen Arbeitskräfte, die Kunstschätze unserer Museen. Von hier stammt die Grundlage, der Rohstoff unseres Luxus.

In den Gassen stieg ich über Bettler und Krüppelheere und fand vor Entsetzen den Weg nicht mehr. Vor den Toren der Stadt schier endlose Plantagen der europäischen und amerikanischen Konzerne, riesige Parks und Villen, vermauert und gesichert gegen die „Lumpenmenschen" in ihren Karton- und Sackhütten. Hungrig und aggressiv verfolgten mich die Kinderscharen. Unablässig bettelten sie nach irgendetwas Brauchbarem. Entschlossen und bereit, mich zu zerreißen. Weiß sein, heißt reich sein, heißt gnädig sein oder herrisch, heißt leben oder nicht leben lassen, das heißt die Chance auf Essen. Sie haben keine andere Wahl, als sich zu erniedrigen, zu rauben oder gar zu töten, um zu überleben.

Als ich später Fanon las, habe ich sofort verstanden. Unsere Zuneigung und Solidarität zur „Dritten Welt" war damals gewiß auch sehr romantisch, aber sie war gerecht, notwendig, beispielgebend und hoffnungsvoll. Wir gaben den Befreiungsbewegungen jedes moralische Recht, die weißen Okkupanten und Kolonisatoren aus ihren Ländern zu werfen und deren einheimische Satrapen zum Teufel zu jagen. Mit leidenschaftlicher Anteilnahme haben wir uns „Die Schlacht um Algier" angesehen; der Sieg des Vietcong, der Fall von Saigon und der Sieg der Sandinisten waren Höhepunkte in meinem Guerilla-Dasein.

Immer wieder zog ich blank, wenn ich zurückkam nach Europa. In diesen gierigen Schlund, diesen Moloch, der nicht aufhören kann, andere Länder und Völker auszusaugen und sich ihre Kräfte einzuverleiben, um ihnen anschließend seine Ausdünstungen zu verkaufen. Gibt es einen widerlicheren Beweis für die moralische Verkommenheit der westlichen Staaten als die Tatsache, daß sie die Gebirge ihres unverdaulichen Mülls, ihre Gift- und Strahlungsabfälle für eine Handvoll Dollar in die Dritte Welt kippen, dorthin, wo ihr obszöner und sinnloser Überfluß Armut und Elend produziert?

Zurück von meiner ersten Reise, warf ich den ganzen Kreuzberger Mummenschanz aus meiner Wohnung. Die Schnörkel- und Trödlermöbel, den überflüssigen Szene-Konsum-Kitsch. Er belästigte mich jetzt, ich wollte Klarheit, Eindeutigkeit, Einfachheit.

Ich mied die Kaufhäuser, die Luxusstraßen. Sie ekelten mich. Der Überfluß ist obszön.

Als Rudi Dutschke Ostern 1968 angeschossen wurde, war das für die Mehrheit der Außerparlamentarischen Opposition kein Fanal zum organisierten Widerstand, sondern ein Schlag, unter dem sie mehr und mehr zu schrumpfen und sich zu krümmen begann. Nachdem ihre Wut und Empörung noch einmal in einem großen kollektiven, militanten Angriff auf den Springer-Konzern explodiert war, begann der schleichende Rückzug der akademischen Mehrheit der Revolte, vorsichtig und klug geleitet von Repressionen und Integrationsangeboten der Großen Koalition und dann der sozialliberalen Regierung.

Der „lange Marsch durch die Institutionen" war die Parole des Rückzugs. An ihr zerschellte die Einheit des Aufstandes. Er segmentierte zu Gruppen, Grüppchen, kleinen Parteien, Komitees, Fraktionen, Initiativen, alle auf der Suche nach der wahren Ideologie, der richtigen Praxis. Die Trennung verlief an den Fragen: Recht auf Widerstand gegen den Staat, staatliches Gewaltmonopol, an der Umsetzung einer revolutionären Theorie in revolutionäre Praxis usw.

Mit dem Mordanschlag auf Rudi Dutschke versickerte bei der studentischen Mehrheit die Radikalität der Parole des SDS: Den Kampf in die Metropolen tragen. Ein anderer Teil aber wollte die revolutionären Ideen und Möglichkeiten nicht aus den Händen lassen und sammelte sich um die RAF und die Bewegung 2. Juni, die als illegale Organisationen mit bewaffneten Aktionen die Radikalisierung der Widersprüche betrieben.

Gerade in Berlin war der Befürworter und Sympathisant revolutionärer Gewalt der nichtakademische Teil der Jugendrevolte. Diesen Jugendlichen standen nicht die Hörsäle der Universitäten als Rückzugsgebiet bereit. Sie hätten nur wieder zurückgehen können in die alten Verhältnisse, aus denen sie vor einigen Jahren ausgebrochen waren, weil sie nicht mehr erträglich waren. Sie hatten in den Jahren rebellischer politischer Aktivitäten soviel Selbstbestimmung ausprobiert, daß sie dazu nicht mehr bereit waren. Noch war der Traum von einer solidarischen ausbeutungsfreien Gesellschaft wert, erkämpft zu werden. Noch war er bei vielen stark genug, dafür etwas zu wagen, zu geben. Zu diesem Teil der Bewegung gehörte auch ich, in ihm entwickelte ich die Konsequenz: vom Protest zum Widerstand, von der Spontaneität zur Verbindlichkeit.

Die Vietnam-Demonstration wogt hin und her. Wir sind eingekesselt und haben uns in einer Berliner Hundertschaft verkeilt. Der Kudamm ist mal wieder zum Massenkampfplatz geworden. Im Café Kranzler haben sich die Bürger in den ersten Stock verzogen und drängen sich auf die Fensterplätze, um bei Kaffee, Sahnetorte und Cognac die hin- und herwallenden Angriffe und Rückzüge beider Seiten zu verfolgen. Bei früheren Demonstrationen ist ihnen schon mal die Wasserkanone in die Schlagsahne geraten, und die prügelnden Polizisten konnten im Eifer des Gefechts nicht unterscheiden, was sind Gäste, was schutzsuchende Demonstranten. Seitdem ist der untere Teil des Kranzler verschlossen, und wir können uns nicht mehr hineinflüchten, wenn die Bedrängnis zu groß wird.

Ich sehe, wie Silvia von zwei hitzigen Bullen mit dem Knüppel traktiert wird, und will eingreifen. Sie ist körperlich ein Wicht, hat aber den Mut einer Riesin und ist in die direkte Auseinandersetzung gestürzt. Ich bin viel ängstlicher, vor allem die Hundestaffeln machen mir angst. Die bissigen, abgerichteten Tiere sind der Inbegriff dressierten Hasses und Angreifens. Ich suche nach einem Wurfgeschoß, finde einen Pflasterstein und hole kräftig aus. Da springt mich ein Mann von hinten an und reißt mich zu Boden. Es ist ein Zivilpolizist, der sich unter uns gemischt hat und die Reihen verunsichert. Mit vielen anderen werde ich ruckzuck auf einen Lastwagen geworfen und außerhalb der Stadt, in den Kasernen der Bereitschaftspolizei, bis zum nächsten Morgen festgehalten.

Dies war beileibe nicht meine erste Demonstration gewesen, auch nicht die erste Straßenschlacht, aber diesmal ist so etwas wie ein tiefer Bruch geschehen, der mich entschiedener und aggressiver gemacht hat. In der Nacht in der Kaserne, eingesperrt, übermüdet, ungewaschen, verschrammt und in Kleidern auf der Pritsche liegend, ist mir die Spielerei vergangen. Von den tumben uniformierten Männern wie Dreck herumgestoßen und angepöbelt, von deren Vorgesetzten behandelt wie ungezogene Kinder, denen nur eine Tracht Prügel fehlt, wo dummes Zureden nicht hilft, nehme ich zum ersten Mal ein ganz persönliches Gefühl von Fronten wahr. Der Staat steht mir als personifizierte Autorität gegenüber und zwar in seiner hohlsten und bedingungslosesten Gestalt, dem Polizeibeamten. Ich kann plötzlich nicht mehr wegrennen und hinter der nächsten Ecke lachen. Ich bin gefangen, sie können mir nahetreten, wie und wann sie wollen. Am nächsten Morgen brüllen sie uns von der Pritsche und bringen uns nacheinander zur Vernehmung.

Diese Festnahme ist an sich kein Drama. Aber ich bin das erste Mal ganz konkret in den Fängen des Staates. Darauf bin ich nicht vorbereitet, auch nicht auf die eventuellen Folgen. Manche von uns werden am nächsten Tag wieder freigelassen, andere kommen in den Knast. Die Aussicht darauf hat mir in der Nacht meine bisherige Abstinenz von politischer und persönlicher Verantwortung deutlich gemacht, und es ärgert mich, daß ich in dieser Situation Angst habe – einfach weil ich bisher unbekümmert im Reich der Konsequenzlosigkeit gelebt habe und nun überrascht dasitze.

Vor der Kaserne steht ein bunter, übernächtigter Haufen freigelassener Demo-Teilnehmer herum. Wir beraten, wie wir wieder in die Stadt kommen sollen. Öffentliche Verkehrsmittel gibt es in dieser Einöde nicht. Unsere Kampfeslust war in der Nacht zu einem Häuflein Kleinmut geschrumpft, jetzt in der Gemeinsamkeit wird sie wieder wach. Die Polizei will uns nicht telefonieren lassen, eine Genossin besteht auf Kontakt mit ihrem Anwalt und ruft die „Rote Hilfe" an. „Wir organisieren ein paar Autos", versprechen die. „Wir holen euch ab." Gemeinsam setzen wir uns in Bewegung und gehen ihnen auf der Landstraße entgegen. Ein Joint geht rum, eine Gruppe singt die Internationale, eine andere „Macht kaputt, was euch kaputt macht" von Ton Steine Scherben. Ich singe in der letzten mit.

Ich hatte in Berlin noch einmal versucht, mein Leben in Berufsbahnen zu bringen, und arbeitete seit einem Jahr in einer Filmkopierfabrik als Praktikantin – eine Voraussetzung, um später eine Ausbildung im Film-Metier zu beginnen. Aber nun wird mir die Politik wichtiger als mein Beruf und nimmt

haben keine Angst, wir sind dem System entschlüpft, wir wissen Bescheid ...

Ich bin viel mit Verena unterwegs. Sie erzählt mir, wie sie beim Sprühen einer Parole festgenommen wurde: „Nieder mit ...“, weiter war sie nicht gekommen. Eine ganze Nacht lang drangsalierte der Staatsschutz sie mit seiner Neugier, was sie denn habe sprühen wollen. Verena schwieg. Am Morgen wurde sie rausgelassen, denn aus „Nieder mit“ ließ sich kein politischer Straftatbestand machen.

„Was wolltest du denn schreiben?“ fragte ich. Sie lacht mich verschmitzt an: „Nieder mit den Milchpreisen.“

Wir schleichen im Dunkeln durch die Stadt und bepflastern sie mit geheimnisvollen Aufklebern: „Die schwarze Braut kommt“. Am Morgen sind die Schaufenster der Braut- und Pornoläden verwüstet. Die Bürger schütteln die Köpfe. Solche schöönen Brautkleider!

Wir stürmen die „Mißwahlen“ in den Kaufhäusern. Sie waren zur Verkaufssteigerung von Grundig-Geräten und anderem Konsummüll Sitte geworden. Wir halten revolutionäre Reden über die sexuelle Ausbeutung und Entwertung der Frau und sind wieder davon, bevor die Polizei anrückt.

Wir klauen organisiert in den Tempeln der Konsumkonzerne und schicken davon Pakete an die Gefangenen im Knast.

Wir haben weder Angst noch Respekt vor der Staatsgewalt oder sonstigen Autoritäten. Wir haben unser eigenes Gesetz und das heißt: Widerstand gegen die Welt des Profits und Solidarität mit den Ausgebeuteten, Entrechteten und Verfolgten überall!

Ich ziehe in die Kommune „Liebenwalder Straße“. Wir sind ein anarchischer Haufen Frauen und Männer. Beseelt von der Idee, dem Kommunismus den Weg zu bereiten, im Kampf gegen die alten kapitalistischen Mächte. Die „Liebenwalder“ ist das Zentrum der „Schwarzen Hilfe“. Tag und Nacht brodeln im Hinterhof geheime und nichtgeheime Aktivitäten für die Weltrevolution im allgemeinen und für die Gefangenen in den Berliner Knästen und Heimen im besonderen.

Wir sind die größten Romantiker und hängen an der Idee, daß ein Mensch, der nichts mehr zu verlieren hat, sich erheben und seine Würde erkämpfen wird. Wir halten die an den Rand gedrängten, kriminalisierten und ausgebooteten Menschen für mobilisierbar. Es gibt keine Kriminellen, sagen wir, sie sind alle Opfer des Profitsystems. Randgruppenstrategie! Das Subproletariat revolutionieren, bevor die Herrschenden es gegen die Revolution mobilisieren! Die Revolution scheint uns eine unzweifelhafte Perspektive. Nur eine Frage der Zeit, eine Frage der Intensität unserer revolutionären Entschlossenheit.

Die Rote Hilfe betrachtete uns als ihre kleine anarchistische Schmuddelschwester, ähnlich wie die Bewegung 2. Juni die ungeliebte, verwilderte Verwandte der RAF war.

Die Rote Hilfe war studentisch-marxistisch, legte Wert auf ideologische Korrektheit und Theorie. Wir in der Schwarzen Hilfe kriegten uns nicht über revolutionäre Vorbilder und politische Linien in die Haare. Alle waren berechtigt: Rosa Luxemburg, Thomas Müntzer, Schinderhannes, Robin Hood, Durruti, Bakunin, Malcolm X, Mariguella, Fidel Castro, Che Guevara, Ho Tschi Min, Mao Tse Tung. Wir wurden allgemein Anarchisten genannt, aber das ist eigentlich falsch. Ich erinnere mich nur an einen, der sich mit anarchistischer Theorie beschäftigte, und das war der verkrachte, heruntergekommene Harald Sommerfeld, der nach seiner ersten Verhaftung zum Verfassungsschutz überlief.

Wir suchten nach revolutionären Vorbildern, nicht nach geschlossenen Weltbildern. Meine Vorstellung von der Zukunft hatte keine feste gesellschaftliche Gestalt.

Es schellt an der Wohnungstür. Verena tritt lachend in den Korridor. Sie hat zwei fremde Typen mitgebracht und sagt schlicht: „Das sind Bommi und Knolle von der Bewegung 2. Juni. Sie wollen mal mit dir reden.“ Ich bin überrascht, aber keineswegs überrumpelt oder erschrocken. Interessiert und mit etwas Respekt betrachte ich die beiden Jungs. Sie sehen aus wie zwei freakige Studenten. Das also sind die

Untergrundkämpfer, die Stadtguerilleros, die „rücksichtslosen Killer“ aus der *Bildzeitung*. Bisher habe ich nur Flugblätter, die auf konspirativen Wegen zu mir gelangt waren, für die Bewegung verteilt. Das ist nicht ohne Risiko, darum haben wir sie mit Vorliebe bei Massenveranstaltungen von oben heruntergeworfen, um dann gleich in der Menge zu verschwinden.

Bommi und Knolle ziehen ihre langen Ledermäntel aus und legen ohne Scheu ihre Waffen ab, um es sich bequem zu machen.

„Wir haben dich schon länger im Auge“, sagt Bommi. „Du bist sehr aktiv und radikal engagiert. Hast du dir schon mal überlegt, näher mit uns zusammenzuarbeiten?“

Nein, habe ich nicht. Die legale Arbeit und die situative Militanz hat mich bis jetzt völlig ausgefüllt. Ich unterstütze den bewaffneten Kampf ganz selbstverständlich, zweifle überhaupt nicht an seiner Legitimität und Notwendigkeit, aber, meine Güte, ich selbst bewaffnet kämpfen? Bis zu dieser Konsequenz bin ich noch nicht gekommen.

Bommi, ganz der Revolutionär aus dem Untergrund, gibt sich lässig, cool. Ist doch alles klar, nur der bewaffnete Kampf kann uns von der kapitalistischen Geschichte befreien, jede andere Haltung ist unglaubwürdig, hat keine revolutionäre Perspektive ...

Verena mischt sich kaum in die Diskussion ein und mir wird klar, daß sie schon lange weiß, was sie will. Ich wundere mich, wie vollkommen sie ihre Kontakte vor mir verbergen konnte, und plötzlich entdecke ich hinter dem verschmitzten Mädchengesicht eine entschlossene junge Frau.

Die Sache ist ganz einfach für mich: Wie viele Male hab ich gerufen: „Nieder mit dem Imperialismus“? Wie viele Flugblätter geschrieben zur Unterstützung des Vietcong, der afrikanischen und lateinamerikanischen Befreiungsbewegungen? Wie begeistert verschlinge ich die Bücher und das Wissen über die Siege und Niederlagen in der historischen Befreiungsgeschichte? ... Jetzt will ich mich auch einreihen, jetzt will ich auch alles geben.

Meine Entscheidung ist ganz und gar moralisch und

romantisch. Wir kommen schnell zum Organisatorisch-Praktischen und reden über den konspirativen Aufbau kleiner selbständiger Zellen. Sie sollen relativ unabhängig voneinander und von den Illegalen auf politisch-soziale Konflikte reagieren können, in denen auch die linke Basis engagiert ist. Unsere ideale Vorstellung ist, mit einer gemeinsamen politischen Stoßrichtung dezentralisiert anzugreifen, die allgemein hohe, aber diffuse Militanzbereitschaft zu organisieren und politisch effektiver zu machen.

Wir haben große Pläne von einer großen revolutionären Bewegung. „Unser technisches Wissen stellen wir euch natürlich zur Verfügung: wie ein Auto geknackt, Sprengstoff hergestellt, Geld beschafft wird, Dokumente gefälscht, Waffen bedient werden etc., aber organisieren und beschaffen müßt ihr die Dinge im wesentlichen selber. Wir können euch nicht ausrüsten und außerdem ist dies auch der praktische Prozeß zur Entwicklung eurer Fähigkeiten und eurer Autonomie ..." So die Genossen. Sie raten uns, als erstes die ökonomische Versorgung in Angriff zu nehmen, was sehr einleuchtend ist und nichts anderes heißt als: Ihr müßt zuerst eine Bank überfallen.

Ich setze mich vorsichtig von der Liebenwalder Kommune ab. Der Verfassungsschutz ging dort ein und aus, und die Kommandos der politischen Polizei traten uns beliebig oft die Türen und Schränke ein. Wolfgang und Ingeborg aus der Schwarzen Hilfe waren verschwunden. Abgetaucht. Es war ein offenes Geheimnis, daß sie in die Illegalität zur RAF gegangen waren. Aber niemand wußte Genaues. Der Verfassungsschutz versuchte immer wieder, über die Liebenwalder Kommune ihre Spuren aufzunehmen.

Ich zog wieder in die Eisenbahnstraße in meine Wohnung, wo auch Lupus, der Grübler, der an sich und der Welt Verzweifelnde, der Intellektuelle, mein „Man-müßte-was-machen-Freund" wohnte.

Hier gründeten wir eine Zelle der Bewegung 2. Juni. Wir waren erst vier, sehr bald sieben Genossen. Leider wußten die meisten nicht genau, was sie taten und wollten. Es war ohne Zweifel auch für mich ein Abenteuer, aber ich hatte mich für dieses Abenteuer entschieden. Ebenso Verena. Widerstand ist immer ein Abenteuer, egal wo er endet. Er treibt uns vom Gewohnten in unbekannte Regionen, in gefahrenbesetzte Gebiete, in eine Terra incognita.

Eine Bank zu überfallen, ist nicht einfach. Schon gar nicht, wenn alle Beteiligten keine Ahnung haben, wie sie sich in so einer Situation verhalten werden. Politisches Motiv hin, ideeller Anspruch her, man muß da rein mit der Waffe in der Hand und das Geld fordern, und man muß da wieder raus und sich in Sicherheit bringen, ohne daß irgendeinem Menschen was dabei passiert. Das also war unsere Aufgabe. Wir hatten schreckliche Angst und ich weiß nicht mehr, wie viele Anläufe wir brauchten, bis der erste Überfall glückte.

Den ersten Versuch machten Lupus, Harald und ich. Wir kannten gerade nur die Technik und Funktion unserer Waffen. Es waren alte Schießprügel und keiner hatte ernsthaft den Gedanken, damit schießen zu wollen. Bär erzählte mir später, sie wären das erste Mal mit einer alten Machete in die Bank gestürmt, und als die Leute lachten, haben sie mit einem Hieb das Telefon am Bankschalter in zwei Hälften geteilt, um ihre Wirksamkeit zu beweisen.

Wir zogen morgens los mit dem Gefühl, dem jüngsten Tag entgegenzugehen, und sahen aus wie einem Film der Marx Brothers entsprungen. Lupus in seinem langen, zerknitterten Mantel, unter dem ein altes Gewehr verborgen war, mit einer Pudelmütze zum Runterziehen auf seinen blonden Locken, in der Hand eine Plastiktüte für das Geld, sah aus wie Harpo, und Harald wie Beppo mit seinem Cowboytuch um den Hals, dem Hütl und der Sonnenbrille. So stiegen sie aus dem Auto und lungerten einige Minuten verunsichert vor dem Bankeingang herum. Ich saß am Steuer und dachte: Mein Gott, sie sehen unmöglich aus und werden schon auffallen, noch bevor sie drinnen sind. Aber niemand beachtete sie, die Leute unterwegs waren mit anderen Dingen beschäftigt. Dann kamen sie zurück, Lupus mit einem absurden Blick im käsigen Gesicht: „Nein, so gehe ich da nicht rein, unsere Verkleidung ist lächerlich." Wir fuhren betreten ab. Wieder nicht geschafft. Wieder nicht die Angst bewältigt.

Als es dann endlich geklappt hatte, wirkte es wie ein Befreiungsakt.

Wir hatten im Januar 1972 alle die Nachrichten über das Massaker der britischen Armee in Londonderry gehört, das als „Blutsonntag" in die Geschichte des Befreiungskampfes der IRA einging.

Wenige Tage später kam Bommi zu uns. Er knallte den *Stern* mit den Fotos des Massakers auf den Tisch: „Da müssen wir was machen, das verlangt die Solidarität unseres proletarischen Internationalismus." Das große Wort erfüllte das Zimmer und erfaßte mich wie der Sturm. Hitzig empört wären wir am liebsten sofort in den britischen Sektor gefahren, um dort die britischen Einrichtungen anzuzünden. Die Illegalen rieten uns zu einem gezielten Angriff auf das britische Offizierskasino. Wir überlegten den Inhalt des Flugblattes zu dieser Solidaritätsaktion. Es sollte deutlich machen, daß Berlin und die BRD kein Ruheraum für eine Besatzer-Armee sein durfte, die in Nordirland den Widerstand gegen eben diese Besatzerpolitik niedermetzelte. Und es sollte ausdrücken, daß wir gegen einen gemeinsamen Feind kämpften: den Imperialismus.

Bommi brachte am nächsten Abend den Techniker der Bewegung 2. Juni mit. Es war sehr aufregend. Heinz stellte als Lehrstück für uns eine Bombe aus Materialien her, die allesamt im Kaufhaus zu finden waren. In der Badewanne gab er uns kleine Kostproben von der Explosivkraft unserer zusammengemixten Haushaltsmittel. Wir waren begeistert und sahen das Offizierskasino in alle Richtungen fliegen.

Es war das erste und letzte Mal, daß ich mit Heinz zusammentraf. Er wurde einige Monate später verhaftet. Sein nachfolgender Verrat war so erbärmlich, so schmerzlich für die Genossen und für ihn selbst, daß die Erinnerung an ihn einfach vergraben und sein Name nur selten erwähnt wurde. Heinz war sehr beliebt und geachtet gewesen, sein Zusammenbruch im Gefängnis bereitete den Genossen stillschweigende Qualen und tiefe Verunsicherung, die mit dem Wegbrechen eines Teils der illegalen Strukturen durch seine Aussagen nichts zu tun hatte.

Das britische Offizierskasino war menschenleer, als tief in der Nacht die Bombe dort plaziert werden sollte. Das war Harald Sommerfelds Aufgabe, aber er machte etwas ganz anderes. Er legte sie vor die Tür des Yachtclubs, der sich auf dem gleichen Gelände befand, und er „vergaß" absichtlich oder unabsichtlich, die Zeitzündung einzuschalten, so daß die Bombe nicht zur vorgesehenen Zeit, zwei Uhr nachts, explodierte. Stattdessen entdeckte sie der Bootsbauer am nächsten Morgen, spannte sie in den Schraubstock, um sie zu untersuchen, und fand den Tod, als sie dabei explodierte.

Es ist mir später nie ganz klar geworden, ob Sommerfeld zu dieser Zeit schon als Agent-Provocateur für den Verfassungsschutz gearbeitet hat, da eine weitere Bombe, die er in dieser Zeit gelegt hatte, nicht funktionierte, aber angeblich auch nicht aufgefunden wurde. Auf jeden Fall wurde gleich nach seiner Verhaftung deutlich, daß er wie ein haltloses Treibgut in den Netzen des Verfassungsschutzes landete.

Der Tod des Bootsbauers im britischen Yachtclub konnte uns nicht aufhalten. Ich war bestürzt, ja. Aber ich fühlte mich nicht verantwortlich. Es berührte mich eher in einer Weise, wie es einen Menschen berührt, in dessen Bekanntenkreis jemand einen tödlichen Unfall verursacht hat.

In den nächsten Tagen stellten wir alle Aktivitäten ein und beobachteten Fahndung und Ermittlungen. Die Zeitungen machten es sehr scharf auf, die Polizei sprach von Mord. Ich hatte nicht wirklich das Gefühl, diese Sache beträfe meine Person. Mich störte nur, daß mit dieser unglücklichen Bombe ein höllisches Klima angeheizt war, was wir durchaus nicht im Sinn gehabt und auch nicht vorausgesehen hatten. Es sollte eine Solidaritätsaktion werden und die britische Besatzung in Nordirland thematisieren, keine Diskussion um unschuldige Opfer und blinde Gewalt, wie es jetzt geschehen war.

Bommi war vorbeigekommen. Er wollte prüfen, wie wir die unvorhergesehene Wendung verkrafteten, und rationalisierte unser Unbehagen weg: „Ein Unglück", sagte er, „und außerdem: die Opfer in Londonderry waren alle Zivilisten, wo bleibt da der Aufschrei des Establishments?"

Wenige Monate später, im Mai, war ich im Knast. Die Art meiner Verhaftung zeigt noch einmal die närrische Unbeschwertheit, mit der ich damals alle meine militanten Aktionen vornahm. Der Zeitungsbericht sah etwa so aus: In Bad Neuenahr hat die Polizei vier junge Leute, drei Männer und eine Frau, vorläufig festgenommen. Sie werden verdächtigt, im Zusammenhang mit den jüngsten Bombenanschlägen der RAF zu stehen. Die Polizei fand die Verdächtigen schlafend in ihrem PKW vor. Bei einer Kontrolle ihres Kofferraums wurden Materialien zur Herstellung von Explosivstoffen entdeckt.

Was für eine Ernüchterung! Welch ein jäher Absturz aus meinem himmelstürmenden, alles überrennenden Zustand von gestern in diese kahle, kalte Verschlossenheit. Vier weiße Wände, eine Metallpritsche, ein schmaler Spind, Tisch, Stuhl, ein blindes Fenster, das den Schatten der Gitter und sonst nichts sehen läßt.

Diese winzige Kammer steht mir nur noch zu, in einer sturen Maschine, die mich bewegt und mir befiehlt, ohne nach mir zu fragen. Keine Wut, keine Empörung, keine Verzweiflung wird daran etwas ändern. Die ersten Tage in der Zelle fasse ich keinen klaren Gedanken, laufe nur hin und her, von der Tür zur Wand und wieder zurück, den ganzen Tag. So wie die im Zoo eingesperrten Tiere unentwegt den Zaun ihres Käfigs ablaufen, weil die Natur sie zum Laufen geboren hat.

Ich stemme mich mit aller Macht gegen dieses Riesenwort: Aus! Alles aus! Es ist drauf und dran, mich von Kopf bis Fuß zu besetzen und die Zelle bis in die Winkel mit deprimierendem Druck aufzuladen. Ich kämpfe gegen dieses schmerzliche Gefühl, alles falsch gemacht und schon verloren zu haben, noch bevor es angefangen hat. Und ich drücke dieses niederträchtig hochkommende „Ist doch alles sinnlos“ nieder. So verharre ich mehrere Tage in Ohnmacht. Dann fange ich mich wieder, werde ruhiger und befasse mich mit den praktischen Notwendigkeiten in meiner neuen, durch und durch unglücklichen Lage. Der Schock ist überwunden, ich beginne, das Gefängnis als den Ort zu betrachten, von dem aus ich nun auf andere Weise zu kämpfen habe.

Nach Überwindung der ersten Phase der Mutlosigkeit und Enttäuschung kehrt meine Lust und alte Energie zurück, um nun den Knastkampf von innen aufzunehmen. Ich begreife das Gefängnis als Schule der Revolution. Ich bin nicht allein, in der ganzen Bundesrepublik sitzen politische Gefangene. In der ganzen Welt habe ich Geschwister!

1972 hat es noch eine starke, sehr aktive Gefangenenbewegung gegeben. Sie schaffte Solidarität, Zusammengehörigkeit und Orientierungshilfe. In vielen Städten gab es Rote und Schwarze Hilfen, das „Komitee gegen Isolationsfolter“ hatte sich gegründet, es gab Häftlingskollektive, Gefangenenräte, und jeder politisch interessierte Häftling wurde betreut und unterstützt. Die Gefangenenbewegung stellte uns engagierte Rechtsanwälte an die Seite, schickte uns Zeitungen, Bücher, Geld, sorgte für Besuche, Briefkontakte, informierte über die politischen Prozesse und organisierte die öffentliche Diskussion über die Verhältnisse in den Gefängnissen.

Sehr bald bekomme ich Besuch vom Verfassungsschutz. Der Rühe vom Berliner Staatsschutz ist reihum zu uns ins Gefängnis gekommen, um „Gespräche“ zu führen. Ich denke, daß dies damals für den Verfassungsschutz eine Routinearbeit war: alle Gefangenen, die in links-militante Aktivitäten verwickelt waren oder auch nur Berührung damit hatten, aufzusuchen, abzutasten und möglichst anzuwerben. Oft waren sie sehr erfolgreich und ich bin nicht sicher, ob dies ein Zufall war, oder Ausdruck einer erschreckend hohen Dunkelziffer von IM in der linken Bewegung. Jedenfalls standen fortan Harald Sommerfeld und Ulrich Schmücker im Dienst des Verfassungsschutzes. Ulrich Schmücker wurde zwei Jahre später als Agent des Verfassungsschutzes erschossen. Er starb offensichtlich an einer Kugel, mit der die sogenannten Verfassungsschützer Billard gespielt hatten und die ihnen dann vom Tisch gerollt war.

Mein Freund Lupus wollte sich im Gefängnis erhängen, was ihm, Gott sei's gedankt, nicht gelang. Er verzweifelte an seinem Pessimismus und seiner Zerrissenheit. Selbst die revolutionäre Möglichkeit war für ihn nur eine Unmöglichkeit unter allen anderen. Er quälte sich dann doch noch recht und schlecht durch seinen Prozeß und die Knastzeit. Ich glaube, er hat nie aufgehört, seine Lage als absurd zu bestaunen. Später hat Lupus ein Schiff gebaut und ich habe den Verdacht, es sollte die Arche Noah sein.

Die USA verschärften ihre Aggression gegen Vietnam, ungeachtet und zum Trotz der weltweiten Proteste. Durch die systematische, barbarische Bombardierung ziviler Ziele und die Verminung nordvietnamesischer Häfen wollten sie das Land in die Steinzeit zurückzwingen. Die RAF griff daraufhin die militärischen US-Einrichtungen in Heidelberg mit Autobomben an. Es folgten weitere Anschläge aus dem Untergrund auf Polizeihauptquartiere, auf einen Richter des Bundesgerichtshofs, auf den Springer-Konzern. Der bewaffnete Kampf war in der Offensive, aber schon zwei Monate später waren mehr Guerilla-Kämpfer im Gefängnis als noch im Untergrund.

Die Bombenoffensive der RAF hatte die Diskussionen um den legitimen Widerstand gegen den Vietnamkrieg und um die revolutionäre Gewalt allgemein in alle politischen Schichten getrieben. Die gnadenlose Repression von Staat und Justiz schuf zwei Lager, die zu gegenseitiger Vernichtung aufriefen. Wir waren entschlossen, den Staat als Instrument des Kapitalismus mit allen Mitteln zu bekämpfen; der Staat war bereit, sich jedes Recht herauszunehmen oder zurechtzuschustern, um den militanten und intellektuellen Widerstand draußen und drinnen zu vernichten. Ein perfides Instrument war die auf wissenschaftlicher Basis ausgeklügelte Total-Isolation der politischen Gefangenen: die „weiße Folter“. Die liberalen Intellektuellen wurden mit rigorosen moralischen Forderungen in das eine oder andere politische Lager getrieben. Es war die Zeit schärfster Polarisierungen: für oder gegen das System, entweder Mensch oder Schwein.

Im Juni 1972 begannen wir unseren ersten bundesweiten Hungerstreik für bessere Haftbedingungen. Wir hungerten sechs Wochen lang, ohne daß eine unserer Forderungen erfüllt wurde. Aber außerhalb des Gefängnisses hatte sich die Solidarität mit unserem Kampf ausgebreitet. Die selbstgerechte, unnachgiebige Haltung des Staates, seine Lügen und Heimlichkeiten, die er über sein Handeln und seine Programme gegen den Widerstand deckte, seine Unfähigkeit, sich anders als durch Verschärfung und Repressalien zu äußern, schaffte bis tief in die liberalen Schichten empörte Kritik und Abwehr gegen eine heraufziehende polizeistaatliche Entwicklung unter der Parole „Wehrhafte Demokratie". Die radikale Linke entwickelte eine gehörige Wut, die sich in vielen Anschlägen gegen Justiz und Polizei Luft machte.

An Ulrike Meinhof wurde die „weiße Folter" erprobt. Sie kam nach Köln-Ossendorf in den „Toten Trakt": einen unbelegten, von der übrigen Anstalt abgetrennten Trakt. Sie war akustisch und visuell von allem abgeschnitten. Die Wände ihrer Zelle und sämtliche Einrichtungsgegenstände waren weiß gestrichen, das undurchsichtige Fenster ließ sich nur einen Spalt breit öffnen, Neonbeleuchtung brannte Tag und Nacht, die Zelle war permanent unterkühlt. Ulrike schrieb, was mit ihr geschah in der Isolation: „Das Gefühl, es explodiert dir der Kopf ... das Gefühl, das Gehirn schrumpelt einem allmählich zusammen wie Backobst. Das Gefühl, man stünde ununterbrochen unter Strom, man würde ferngesteuert, das Gefühl, die Assoziationen würden einem weggehackt ... die Zelle fährt, man wacht auf, macht die Augen auf und die Zelle fährt. Man kann das Gefühl des Fahrens nicht absetzen ... das Gefühl, man verstummt, man kann die Bedeutung von Worten nicht mehr identifizieren, nur noch raten ... Kopfschmerzen, Flashs – Satzbau, Grammatik, Syntax – nicht mehr zu kontrollieren ... Das Gefühl, innerlich auszubrennen, ... rasende Aggressivität, für die es kein Ventil gibt. Das ist das Schlimmste. Klares Bewußtsein, daß man keine Überlebenschance hat; völliges Scheitern, das zu vermitteln; Besuche hinterlassen nichts. Eine halbe Stunde danach kann man nur noch mechanisch rekonstruieren, ob der Besuch heute oder vorige Woche war ..."

Die erste kollektive Aktion aus der Gefangenschaft heraus brachte meinen Kampfeswillen in Höchstform. Im Gefängnis ist man zuerst mit sich selbst eingesperrt und so beschäftigte ich mich mit mir. Ich studierte interessiert, wie die Gewohnheit zu essen, der Appetit, dann der Hunger mit dem Willen gebändigt werden können. „Nun essen Sie doch", drängten mich die Beamtinnen täglich. Ich hatte mit ihnen nichts auszustehen, sie waren freundlich, fast mütterlich zu mir, ohne Interesse, den Anweisungen gegen mich noch persönliche Unfreundlichkeiten oder Schikanen hinzuzufügen. Es ging in diesem Fall aber nicht um meine persönliche Situation und ich glaube, gerade dies machte mich besonders stark.

Das freiwillige Verweigern von Nahrung bringt einen anderen Hunger hervor als der unfreiwillige Nahrungsentzug. Nichts essen zu können, weil es nichts gibt, stelle ich mir als körperliches Schmerzgefühl vor. Während des Hungerstreiks aber wirkt der Hunger wie eine Art Obsession, die es im Kopf zu besiegen gilt. In den ersten zwei, drei Tagen knurrt mir der Magen, dann beginnen meine Gedanken unaufhörlich um das „Essenwollen" zu kreisen. Ich kann es nicht abstellen und es wird so schlimm, daß ich mich auf nichts anderes mehr konzentrieren kann und nur noch damit beschäftigt bin, die Gedanken ans Essen niederzuhalten. Im zwanghaften Rhythmus kehren sich alle Vorgänge im Kopf zu dem einen Wunsch hin: essen. Körperlich fühle ich nichts besonderes. So ist es also, denke ich, die Idee, essen zu müssen, besetzt deinen Kopf und will dich verrückt oder eben schwach machen. Sind meine Wünsche und Vorstellungen, für die wir streiken, nicht meine eigenen und nicht überzeugend stark, dann besiege ich die Obsession in meinem Kopf nicht und mein Wille, nicht zu essen, widersteht dem naturhaften Trieb nur kurze Zeit. In dieser Phase mußte ich mich täglich neu entscheiden, was ich wollte: essen oder zusammen weiterkämpfen. Jeder Tag brachte mich ein Stück über den Berg und trainierte mich im Umgang mit den Hungergedanken. Nach einiger Zeit hatte ich sie bezwungen, konnte wieder konzentriert lesen, schreiben und über anderes nachdenken.

Der erste Hungerstreik war für mich der längste. Später habe ich noch an zwei weiteren Streiks teilgenommen. Die

Erfahrungen in dieser Kampfform waren vor allem Konfrontationen mit mir selbst. Ich habe im Knast nicht nur mit Hungerstreik gekämpft, er war eine Waffe, um bundesweit starken Druck für Verbesserungen und politische Forderungen auszuüben. Und es war für viele Genossinnen und Genossen, die in Isolation saßen, auch die einzige Waffe, die sie anwenden konnten.

In Berlin – wohin ich vier Monate nach meiner Verhaftung gebracht wurde – gab es andere Möglichkeiten, gemeinsam etwas durchzusetzen oder sich zu widersetzen, was allerdings nicht selten brutal mit den Rollkommandos endete. Die waren in Berlin immer schnell zur Stelle.

Verena war bereits verhaftet und im Lehrter Gefängnis – eine Folge des Verrats von Sommerfeld und Schmücker. Nach vier Monaten Karthäuser Gefängnis in Koblenz wurde auch ich in den Lehrter Knast geschubt.

Mein Fenster (es ist eigentlich nur ein halbes) ist hoch oben, nur mit einem daran befestigten, langen Gestänge zu öffnen. Ich muß den Stuhl auf das Bett stellen, um auf die schmale Fensterbank zu kommen. Immerhin, ich kann darauf sitzen. Das ist verboten.

Die wenigen Möbelstücke sind aus grauem Stahl, verbeult, angerostet, quietschen immerzu. Das alte, abgelaufene Parkett klappert unter meinen Schritten, das zerklüftete kleine Waschbecken, das offene Klosett, beides scheint mir den Jahrhundertwechsel schon erlebt zu haben. Die Wände sind unten dumpf grün und oben sanitärgelb gestrichen. Wer hat in diesem Jahrhundert-Knast schon alles gedarbt und gelitten? Die Wände, soviele Male schon überstrichen, halten unzählige Namen, Worte der Verzweiflung, der Empörung, der Verlassenheit in ihren Schichten verborgen. Auch jetzt sind sie voll von verewigter Trostlosigkeit.

Die Zelle in Koblenz war geräumiger und allgemein frischer gewesen. Ich werde mich gewöhnen. Ich gebe diesen sieben Quadratmetern meine Aura. Als erstes klappe ich das Bett an die Wand und verhänge das häßliche Metallgestrüpp mit den leuchtenden Farben meiner Stola. Das ist verboten.

Die Matratzen lege ich auf den Boden. Das ist verboten. Den Schrank rücke ich an einen praktischeren Platz, das ist verboten. Und den Tisch schiebe ich unters Fenster. Das ist alles verboten. Die Zelle ist heruntergekommen und immer staubig. Vielleicht sind es die trockenen, endlosen Stunden und Tage, die ich herunterwürge. Aber ich habe auf der Reise von Gefängnis zu Gefängnis die Nächte in noch schlimmeren Löchern zugebracht. Löchern, in denen ich mich nicht schlafen legen mochte und am liebsten unberührt in der Mitte des Raumes stehengeblieben wäre, bis zum nächsten Morgen.

Hier in der Lehrter bin ich nicht allein. Das läßt vieles besser ertragen. Wenige Meter von mir entfernt liegen Verena, Ingrid, Monika, Irene, Kathi, Brigitte, Gitte und viele Frauen, die mit uns sympathisieren. Ich komme nicht mit ihnen zusammen, aber es gibt in diesen alten Knästen so manche Möglichkeit, miteinander zu kommunizieren.

Mit Gitte kann ich von Fenster zu Fenster reden, sie liegt schräg unter mir. Obwohl sie mir sympathisch ist, versuche ich oft, mich ihren Gesprächen zu entziehen. Gitte will mich politisieren. Sie läßt mir eine Unmenge RAF-Infos zukommen, die mich auf unangenehme Weise erregen. Ich will nicht, daß sie mich für blöd hält, und lese sie auch alle, aber es macht mir keinen Spaß, sie zu lesen. Ich finde sie ungeheuerlich sezierend, mitleidslos. Sie stoßen mich ab, egal wie richtig sie sind. Es geht um die Aufdeckung und Eliminierung bürgerlicher Prägung und Verhaltensweisen in uns, die uns im Prozeß der Emanzipation und Kollektivierung aufhalten. Aber da lese ich Kritiken, die wie Züchtigungen auf mich wirken, und Selbstkritiken wie verzweifelte Unterwerfungen. Ich kann diese Radikalität nicht mehr von Gnadenlosigkeit unterscheiden. Die Worte verletzen wie scharfe Rasiermesser. Ich verschließe mich dagegen, und wenn Gitte mich ans Fenster ruft und fragt: „Wie findest du das?“, sage ich: „Hm, na ja ...“

Ich kann ihr das nicht erklären, warum sich alles in mir gegen diese Form des Umgangs miteinander wehrt, eine Form, die jeden Inhalt erschlägt. Ich sage ihr nicht, wie lieblos und zersetzend ich das finde und auch nicht, wie intellektualistisch das alles ist, was sie „Proletarisierung des Bewußtseins“ nennen. Einerseits fühle ich mich politisch noch sehr unreif. Darum komme ich mit dem Zwiespalt nicht zurecht. Vieles, was in den Infopapieren steht, empfinde ich als richtig, aber es ist alles verrückt überspitzt, die Forderung nach gleichem Denken, gleicher Wertung von Erfahrungen, das Nonplusultra in jedem Moment der Erkenntnis, das hinterher die Selbstkritik so schwer macht. Es ist immer die neue Ausschließlichkeit in den Gedanken der RAF-Genossen, die mich einschüchtert und die ich nicht mag. Sie beklemmt mich. Ich will aber das, was ich richtig finde, auch mögen. Dieses Verhältnis zur RAF habe ich niemals abwerfen können. Ich fand vieles richtig, aber ich mochte sie nicht.

Mit Bär habe ich später darüber geredet. Er hatte genau dasselbe Problem. Die RAF hat darin einfach nur Konkurrenz gesehen. Das fanden wir nun wieder so typisch für ihre Unantastbarkeit, daß uns jede Lust auf Diskussionen und Klärung mit ihr verging. Wir lassen sie sein, und sie lassen uns sein, entschieden wir. Bis in die Mitte der siebziger Jahre erlaubten die politischen Bedingungen für den bewaffneten Kampf diese Lösung. Wir hatten in Berlin stabile logistische Strukturen mit einem ausladenden Unterstützerkreis und mit einem breiten Sympathisantenfeld auch eine politische Basis. Die RAF hatte dies in Westdeutschland in den Strukturen, die sich im Kampf gegen die Isolationsfolter herausgebildet hatten.

Unsere Berliner Regionalität und die Ausdehnung der RAF in die BRD waren kein Zufall, sondern drückten unsere zwei politischen Linien aus. „In Berlin wird keine Politik entschieden, was versteckt ihr euch in der politischen Provinz“, hatte uns die RAF oft vorgeworfen. „Hier haben die Kämpfe begonnen, hier ist unsere Basis, hier kennen wir uns aus“, haben wir geantwortet.

Wir müssen auf dem Niveau des Gegners angreifen, sagte die RAF, und wir fanden: auf dem Niveau der fortschrittlichen Teile der Massen. Massentick und Opportunismus war das für die RAF. Die Wahrheit braucht keine Vermittlung, sie agitiert immer, sagte sie. Die Schweine aus der Elite anzugreifen, das versteht jeder ... Für die RAF war die Sache mit der Wahrheit einfach: z.B. den Arbeitgeberpräsidenten Schleyer zu entführen, den dicksten Magnaten des Kapitalismus, mit der faschistischen Vergangenheit, in dessen Kriegs- und Nachkriegskarriere sich der Charakter und die Moral des Nachkriegs-Westdeutschland spiegelte, also diesen Mann zu entführen, war einfach richtig und mußte jedem Arbeiter und jedem fortschrittlichen Menschen einleuchten. Was sie beiseite ließen: eine Bevölkerung, die einem Hitler, einem Goebbels, einem Himmler zugejubelt hatte, die ungerührt der millionenfachen Verschleppung und Ermordung ihrer jüdischen Mitbürger zugesehen, die sich nicht aufgelehnt hatte gegen die zigtausend Todesurteile der Volksgerichte, nicht gegen den Krieg und die Versklavung ihrer Nachbarvölker, eine Bevölkerung mit einer Intellektuellenschicht, die emigriert war, anstatt den Widerstand zu organisieren, eine Bevölkerung, der es dreißig Jahre nach diesen Verbrechen besser ging als jemals zuvor, deren Gedächtnis unter dem Wohlstand begraben wurde, mit einer Jugend, die ihre Freiräume ertrotzen durfte, eine mit der sozialliberalen Schmidt-Regierung verwobene liberale Intelligenzia und eine im Polizeigriff steckende schwache radikale Linke ... Diese Bevölkerung würde sich in größter Mehrheit auf die Seite des Staates schlagen und der kleine Rest würde stumm, entsetzt und überfordert der Konfrontation zusehen.

Arbeitgeberpräsident hin, faschistische Vergangenheit her, sagten die fortschrittlichen Arbeiter und die Linken, dafür vier Leibwächter erschießen und ein Flugzeug mit zweihundert Geiseln nehmen ... soviele Tote für die Freiheit der politischen Gefangenen ... Soviel Gewalt nahmen sie nur vom Staat hin, nicht von Rebellen. In einer revolutionären Situation wird darüber anders gedacht, aber die gab es nicht. Wir hatten angefangen zu kämpfen, um sie zu schaffen. Wir hatten es mit einer Art Bewußtsein zu tun, in dem die Leute in der BRD lieber in einer nach dem Nazi-Verantwortlichen genannten Hanns-Martin-Schleyer-Halle ihren Vergnügungen nachgingen, als in der Karriere desselben etwas Empörendes zu sehen.

Jeder Angriff muß eine Machtprobe sein, sagte die RAF. Das ist einfach verrückt bei der Schwäche der revolutionären Bewegung, sagten wir. Es ist anmaßend und aussichtslos.

So schätzte die RAF unsere politischen Vorstellungen zur Entwicklung einer revolutionären Bewegung und unsere bewaffneten Aktionen gering und bedeutungslos, und wir, die Bewegung 2. Juni, sahen ihren dramatischen Machtproben mit dem Staat kopfschüttelnd, den Show-Down erwartend, zu. So sah es also zwischen den zwei Untergrundorganisationen aus. Wir haben selten politisch miteinander diskutiert und wenn, dann haben wir uns nicht verstanden und nicht angenähert. Es gab aber auch keine Feindschaft zwischen uns, auch kein heimliches Gegeneinanderarbeiten. Wo die Situation es erforderte, haben wir uns gegenseitige Hilfe gegeben. Das war klar.

Kapitel V

Nach fünfzehn Monaten Gefängnis in Koblenz und Berlin spielte mir das Glück eine Chance zur Wiedererlangung meiner Freiheit zu. Entschlossen nutzte ich sie. An die Wand meiner Zelle hatte ich den Spruch geschrieben: Die Pflicht eines jeden Gefangenen ist die Flucht. Ich hatte also kein Geheimnis aus meinem Credo gemacht.

Unsere Haftbedingungen in Berlin waren nicht vergleichbar mit der mörderischen Perfektion der Isolationshaft von Stammheim und Ossendorf, aber sie waren nicht rosig. Ich hatte gemeinsamen Hofgang mit anderen gefangenen Frauen und zwei Fernsehstunden pro Woche. Mit den politischen Gefangenen konnte ich nicht zusammenkommen. Es waren außer Verena, die wie ich zur Bewegung 2. Juni gehörte, noch Monika, Irene, Katja, Brigitte und Ingrid von der RAF in Gefangenschaft. Katja und Ingrid haben ihre Gefängniszelle todkrank verlassen und starben kurz darauf, Verena wurde befreit und einige Jahre später wieder gefaßt, Monika saß 17 Jahre, zwei Jahre länger, als ihr Urteil es verlangte. Sie hat sich niemals gebeugt, dafür hat der Staat sie zahlen lassen. Irene, die jüngste Genossin, wurde regulär entlassen.

Wir politischen Gefangenen waren voneinander getrennt, aber es gab einmal in der Woche zwei Gemeinschaftsstunden, die ich mit ein paar Mädchen aus der Drogen- und Treberszene im Fernsehraum verbringen durfte. Auch jetzt, hier in Zweibrücken, teile ich das Gefängnisleben mit vielen Frauen und Mädchen, die keine andere als die Drogenwelt mehr kennen und wollen. Sie sind einem gnadenlosen Beschaffungskreislauf unterworfen, dem keine Bindung, keine innere Hemmung, kein soziales, moralisches Tabu lange standhält. Im täglichen Zwang zur Prostitution oder Kriminalität unter härtester Konkurrenz bleiben unweigerlich ihre sozialen, moralischen und geistigen Fähigkeiten auf der Strecke, vom erschütternden körperlichen Verfall ganz zu schweigen. Die Gefängnisse sind heute voll von Verlorenen, weil eine verfehlte Drogenpolitik sie mit ihrer Sucht an die Kriminalität kettet, an die Alternative Knast oder Tod. Anfang der siebziger Jahre hatte das Drogenproblem noch nicht diese zerstörerische Dimension der Brutalität und Entsolidarisierung. Die Drogen waren Teil einer Suche nach Bewußtseinserweiterung und Selbstfindung.

Es ist Wochenende und ich bin mit einer kleinen Gruppe im Fernsehraum eingeschlossen. Ilona zieht mich in eine Ecke und streckt mir ihre Fäuste entgegen: „Rate mal, was ich hier habe?“ Sie kann meine Antwort nicht abwarten und öffnet ihre Hände. Sie lacht übermütig, als mir fast die Augen aus dem Kopf fallen. In ihrer Hand liegt eine mit Diamantsplittern besetzte Feile! Der Traum aller Gefangenen. Jetzt ist es kein Traum, kein Kino, sondern festes, solides Material. Ohne ein Wort der Ankündigung hat sie das Ding irgendwie hereingeschafft.

„Was machen wir jetzt damit?“

„Na, was wohl, wir sägen uns raus und fangen gleich damit an.“

Zunächst wollen wir zu viert aussteigen, Ilona, Birgit und Gisela. Gisela ist aus dem Heim Eichenhof, sie gehört zu der Mädchengruppe, die mit Ulrike Meinhof den Film „Bambule“ gemacht hat. Sie hat in wenigen Wochen ihren Prozeß zu erwarten, weil sie ihren Vater im Affekt erschlagen hat. Sie und ihre Mutter waren jahrelang seinen sadistischen Quälereien ausgesetzt gewesen, bis sie in einem verzweifelten Akt den Torturen ein Ende setzte. Nach Lage der Dinge ist ein Freispruch abzusehen, darum beraten wir nochmal, und sie entschließt sich dann zu bleiben. Das war richtig so. Sie wurde tatsächlich freigesprochen.

Ilona und Birgit sind aus der Drogenszene. Es ist klar, daß sich jede allein durchschlagen muß, falls wir auf die Straße gelangen würden. Ich habe keinen Draht zum Untergrund, bin als legale Aktivistin verhaftet worden, aber legale Genossen werde ich auf keinen Fall aufsuchen können, da wären die Verfolger schneller dran, als ich durchatmen könnte. Noch habe ich keine Ahnung, wohin ich gehen soll, wenn ich rauskomme. Ich muß mich auf meine Intuition und mein Glück verlassen. Irgendwie werde ich schon den Kontakt zu den Illegalen der Bewegung 2. Juni knüpfen können, denn dahin will ich.

Der Fernsehraum hat hohe alte Fenster, sie führen direkt auf die Lehrter Straße. Wir sind im ersten Stock, es ist Sommer. Gewöhnlich sitzen wir sowieso im Fenster und so hocke ich mich auf die Fensterbank und beginne zu sägen.

Die Feile hält nicht, was sie verspricht. Sehr schnell zerbricht sie in zwei Teile, meine Finger bluten. Kurz vor zehn zerrinnt unsere Hoffnung, wir haben nicht einmal ein Drittel des Eisenstabes durchgesägt und stellen am Ende außerdem fest, daß wir am falschen Stab gesägt haben. Erst jetzt sehen wir, daß die oberen Enden der Gitter nicht eingemauert, sondern nur an die Hauswand herangebogen sind. Wir hätten also nur das untere Ende des obersten Stabes durchsägen müssen. Stattdessen haben wir an einem Stab begonnen, den wir an beiden Enden aus der Verstrebung trennen müssen. Wir haben es verpatzt, aber es ist zu spät, wir werden den Raum erst eine Woche später wieder betreten können, und die Chance, daß die angesägte Stelle nicht entdeckt wird, ist äußerst gering. Trotzdem, wir tarnen sie so gut es geht mit einer Masse aus Asche und Brot. Die zwei Teile des Werkzeugs verstecke ich an verschiedenen Orten.

Das Glück bleibt auf meiner Seite, nichts wird entdeckt und wir beginnen die Woche darauf erneut. Inzwischen hatte ich mir zwanzig Mark beschafft und in meine Kleidung eingenäht. Ich nehme ein Halstuch mit in den Fernsehraum, um draußen meine Haare verbergen zu können. Sie sind lang und blond, vielleicht auffällig. Die Sägerei geht diesmal besser voran, weil ich die Feile am Ende umwickelt habe. So werden die Finger nicht wund. Trotzdem bin ich kurz vor zehn erst zur Hälfte durch, die Feile ist abgenutzt und wir sehen unsere Freiheit schon wieder unerreichbar werden. Da setze ich mich ins Oberlicht, halte mich am Fensterrahmen fest und stemme mich mit beiden Füßen gegen den oberen, freien Teil des Gitterstabes. Zentimeter für Zentimeter biege ich ihn zur Seite. Ich traue meinen Augen kaum, probiere den Kopf, die Schultern durchzustecken, es geht! Wir jubeln! „Los, gleich sind wir frei!“ Wir reißen die Fenstervorhänge herunter und knoten sie um die Gitter. Die Köpfe der Frauen fliegen vom Fernseher zu uns herum, sie starren fasziniert, hier läuft ein realer Film, kein Kino. Niemand kommt auf die Idee, zur Klingel zu laufen. Ich steige zuerst aus und kann schon nicht mehr zurück, als eine Polizeistreife heranfährt. Wir hatten keine Zeit gehabt herauszufinden, in welchen Abständen sie ihre Runden macht. Alles ist Hals über Kopf gegangen. Jetzt klebe ich draußen am Gitter, bewege mich nicht, halte den Atem an und schicke Stoßgebete in den Himmel. Mehr kann ich nicht tun.

Sie fahren gemütlich vorbei, heben nicht die Köpfe. Ich lasse mich am Gitter hinuntergleiten und springe von dort auf die Straße, ohne mir weh zu tun. Kein Auto, kein Polizist, überhaupt kein Mensch ist zu sehen. Ich renne davon und schaffe es im Dauerlauf bis zum Tiergarten. Ein Taxi fährt heran. „Ins Zentrum, bitte."

Sollte ich dem Glück oder dem Schicksal heute zürnen, daß mir damals die Flucht aus der Gefangenschaft gelang und mich geradewegs in den Untergrund führte? Nein, wie komme ich dazu. Es verhalf mir nur zu dem, was ich selber wollte.

An der Gedächtniskirche lasse ich mich absetzen. Es ist kurz nach zehn Uhr und im Gefängnis macht sich wohl gerade Fassungslosigkeit über unseren Ausbruch breit. Die Suche würde jetzt beginnen. Frauen brechen selten aus, sie sind das Dulden, Warten und Hoffen gewöhnt. Manchmal versuchen sie den Rahmen ihrer Rolle zu dehnen, schaffen vielleicht, ihn zu sprengen, wenn ihre Kraft reicht. Das Lebensgefängnis brechen sie auf, manchmal, und entkommen ihm mühevoll. Dieses eherne Gefängnis aber, aus Stahl, Schlüsseln und Beton, diese Konzentration von Menschenmacht über Menschsein oder -nichtsein, dieses stille, ausgelieferte Leben hinter Mauern, diese rohe kahle Ecke, in die die Herrschenden alle kehren, die ihrem System der Lebensordnung nicht gewachsen sind, und auch die, denen sie selbst nicht gewachsen sind, diese absolute Gewalt überwältigt die Frauen mit einer hoffnungslosen Endgültigkeit, die keinen weiterführenden Gedanken an Überwindung lebendig werden läßt.

Als das Taxi bezahlt ist, habe ich noch ein paar Mark in der Tasche und suche in verschiedenen linken Kneipen nach vertrauten und vertrauenswürdigen Gesichtern, finde aber nur saufende und geschwätzige Sorglosigkeit. Dann sehe ich einen stadtbekannten linken Anwalt, der politische Gefangene verteidigt. Er ist schon allerhand öffentlichen Angriffen ausgesetzt und Lieblingsfeind des Staats- und Verfassungsschutzes. Er kennt mich nicht, und ich habe wenig Hoffnung, daß er mir helfen wird, denn er muß jederzeit mit einer Provokation rechnen. Ich habe kaum eine andere Wahl und will es versuchen. Mir ist schon recht mulmig, ich muß von der Straße, die Suche nach mir hat begonnen, und die linken Kneipen sind nicht gerade der sicherste Aufenthalt für eine geflohene politische Gefangene. In einem günstigen Moment spreche ich ihn an, zwei, drei Sätze, mein Name, meine Situation. Er reagiert wie befürchtet, sieht mich kühl an: „Ich kenne Sie nicht. “

„Dann schweigen Sie wenigstens über diese Begegnung“, antworte ich enttäuscht und gehe rasch hinaus.

Als ich einige Jahre später wieder gefangen war, ließ er mir ausrichten, daß es ihm leid täte, so reagiert zu haben. Ich hatte ihm nichts nachzutragen: Er hat sich vernünftig verhalten, auch wenn mir eine spontane Zuwendung in dem Moment lieber gewesen wäre. Ich hätte eine Provokation gegen ihn sein können.

Die Straße wird mir langsam ungemütlich. Jede Streife kann schon mein Foto haben. Wieder und wieder grabe ich mein Gedächtnis um: wer von meinen GenossInnen und FreundInnen ist dem Staatsschutz noch nicht bekannt, ist noch nicht in meinem Zusammenhang registriert und wer würde die nötige Übersicht, Ruhe und Solidarität aufbringen, wenn ich vor der Tür stehe? Ich durchstreife alle Begegnungen seit 69. Keine scheint mir sicher.

Dann weiß ich es. Vorsichtig bewege ich mich durch die Stadt. Mitternacht ist bereits heran, als ich die Wohnung erreiche. Ich bete, daß jemand zu Hause ist, und klingle. Die Tür geht auf, ich schlüpfe hinein und fühle mich plötzlich sicher wie im leichten Rausch. Es ist eine Frauenwohngemeinschaft. Die Frauen erkennen mich, machen Essen, kochen Tee, schneiden und färben mir die Haare, geben mir etwas zum Anziehen und freuen sich mit mir über meine wiedergewonnene Freiheit. Ihre Solidarität ist selbstverständlich und furchtlos.

Ich fühle mich völlig sicher und entspannt bei ihnen, trotzdem verlasse ich sie nach einigen Tagen wieder, um jedes Risiko für sie auszuschließen. Vorher aber kann ich mich mit ihrer Hilfe an legale Genossen herantasten, von denen ich hoffe, daß sie dem Untergrund signalisieren können, wo ich zu finden bin.

Wenig später erzählten mir die GenossInnen, daß sie sofort begonnen hatten, nach mir zu suchen, als sie im Rundfunk die Nachricht von meinem Ausbruch hörten. Und tatsächlich, sie waren weit schneller und effektiver als die Verfolger.

1973 hatte die Bewegung 2. Juni noch eine breite Sympathie und Unterstützung in der linken Berliner Szene. Es existierte in den nichtakademischen Teilen der schon ermatteten Revolte noch ein „Bewegungs“bild, in dem die Illegalen der organisierte Guerilla-Kern der ineinanderfließenden sozialrevolutionären legalen Gruppen waren. Nachdem die Studentenelite den „Marsch durch die Institutionen“ angetreten und der revolutionären Gewalt eine Absage erteilt hatte, bekannte diese restliche bunte, politische Bewegung sich zum Guerilla-Kampf und sah die Untergrund-Organisation als Teil von sich, hat sie praktisch und politisch gefördert und verteidigt. Das Netz der Kommunikation zwischen legal und illegal operierenden Aktivisten war zuverlässig und produktiv.

Es dauerte nur wenige Tage, da saß ich bereits mit zwei illegalen Genossen im Auto, eine schwarze, blinde Brille auf den Augen, und wurde kreuz und quer durch die Stadt in eine konspirative Wohnung gefahren. Sie waren umsichtig, schließlich kannten wir einander noch nicht besonders gut.

„Du bist ja auch so eine praktische Braut, ich hatte gedacht, mit dir würde endlich mal ein theoretischer Kopf in die Bewegung 2. Juni kommen“, sagte Rasha nach einigen Tagen halb amüsiert und halb enttäuscht zu mir.

„Wie kommst du darauf“, fragte ich, „schließlich habt ihr mich unter meiner alten VW-Kiste hervorgezerrt und nicht aus dem Hörsaal der FU.“ Bär hatte mir erzählt, sie hätten mich in Kreuzberg so oft beim Reparieren meines alten VW-Busses und meines uralten Motorrads gesehen.

Ich hatte vor meiner Verhaftung Bommi und Knolle kennengelernt. Sie waren beide ausgestiegen und hatten sich bereits von der Bewegung abgesetzt. Eine Auseinandersetzung mit dem Staat auf Leben und Tod hatten sie sich nicht vorgestellt. Sie hatten Räuber und Gendarm gespielt, wollten easy-life, high und frei sein, umgeben von ihren Fans. Wir wollten die Revolution und sagten zu ihrem Abgang: Emanzipation ohne Revolution geht nicht, Revolution ohne Emanzipation ist Konterrevolution.

Wir waren unerbittlich überzeugt, daß wir alles schaffen könnten, wenn wir es wirklich wollten. Die Gerechtigkeit war auf unserer Seite, sie gab uns jede Freiheit zu tun, was richtig und notwendig war, die alte Gesellschaft zu stürzen. So dachten und so handelten wir. Zu allem entschlossene illegale Verschwörer. Aus unserem Programm schäumte die Romantik. Es war wunderbar. Es entsprach und entsprang unseren Wünschen. Es war ein Luftschiff ohne Anker.

Niemand wußte so recht, wer das eigentlich geschrieben hatte. Es war Anfang der Siebziger plötzlich in der Bewegung wie ein niedergeschriebener kollektiver Traum:

„1. Die Bewegung versteht sich als Anfang einer Organisation verschiedener autonomer Gruppen der Stadtguerilla.

2. Die Bewegung ist bemüht, dauernd revolutionäre Praxis zu treiben. Nur so kann sie den Anspruch erheben, revolutionär zu sein. Sie versteht sich als antiautoritär, allerdings dürfen niemals der strategische Plan, theoretische und praktische Prinzipien und eine Guerilla-spezifische Disziplin fehlen.

3. Die Bewegung zählt sich nur insoweit zur Avantgarde, als sie ‚zu den ersten zählt, die die Waffen ergreifen‘. Sie wird nicht dadurch zur Avantgarde, daß sie sich einfach so

nennt. Das Gewehr allein und der Vollzug revolutionärer Aktionen genügen nicht, den Anspruch zu rechtfertigen. Die Bewegung muß zur Aktion übergehen, eine überzeugende revolutionäre Praxis treiben, sich den Massen durch Kontinuität und *vermittelte Aktionen verständlich machen.* Sie muß zeigen, daß allein die Aktion die Avantgarde schafft und daß jede Avantgarde überflüssig geworden ist, wenn die Aktionen vom Volk aufgegriffen und vermasst sind.

4. Im Zeitalter des entwickelten Imperialismus bedurfte es keiner neuen Analysen, daß die Hauptaufgabe nicht der Aufbau einer Partei ist, sondern die Auslösung der revolutionären Aktion, die Schaffung einer Organisation der bewaffneten, revolutionären Gegengewalt des Volkes gegen die organisierte Gewalt des Staatsapparates.

5. Die ersten Aufgaben der Bewegung bestehen darin, sich systematisch den von ihr geleiteten Aktionen zu widmen, wenn diese auch noch begrenzt sind.

6. Entscheidend für die Arbeit der Organisation ist die Fähigkeit der Gruppen und Initiativen. Kein Kommando und keine Koordinationsstelle, kein Zentralkomitee und keine Vollversammlung besitzt das Recht, die Autorität, die Initiative einer Gruppe zu verhindern, die darauf gerichtet ist, eine revolutionäre Aktion auszulösen. Wir gehen jedoch davon aus, daß jede Gruppe durch das Schaffen eines reichen theoretischen Fundaments in der Lage ist, nur solche Aktionen auszulösen, die geeignet sind, dem Volk zu dienen.

7. Die militärische Linie der Bewegung 2. Juni ist nicht von der politischen Linie zu trennen und ist ihr nicht untergeordnet. Wir betrachten beide Linien als untrennbar verbunden. Sie sind zwei Seiten derselben revolutionären Sache. Die Linie der Bewegung 2. Juni ist einheitlich politisch-militärisch. Sie ist revolutionär. Die legal arbeitenden Genossen arbeiten an der Basis, in den Stadtteilen, Betrieben, Basisgruppen, in den Schulen und Universitäten und sind bemüht, an der Vereinheitlichung der städtischen Massenfront mitzuwirken.

8. Die Genossen der Bewegung betrachten ihre Arbeit in der Massenfront, in der Logistik und in den bewaffneten

taktischen Einheiten als Vollzeitarbeit. Im Zuge der zunehmenden Faschisierung der westlichen Industrienationen, im Zeichen der Prometheus- und Notstandspläne, im Zeichen der Handgranaten- und verschärften Ausländergesetze, angesichts der Militarisierung der Klassenkämpfe seitens des Kapitals und der verstärkten imperialistischen Bemühungen des Monopolkapitals besteht die Arbeit der Bewegung 2. Juni darin, durch Aufzeigen revolutionärer Interventionsmethoden zur Lösung des Grundwiderspruchs in den kapitalistischen Ländern beizutragen. Dazu gehört die direkte Unterstützung von Massenkämpfen, gehört die Propagierung von Kampfmethoden nationaler und internationaler Lohnabhängigenmassen, gehört die Aufklärung über Möglichkeiten neuer Kampfmethoden. Deshalb hängt der Erfolg der revolutionären Praxis der Bewegung von der dauernden, direkten und persönlichen Teilnahme der Mitglieder des Kommandos ab.

9. Die Bewegung 2. Juni ist nicht der bewaffnete Arm einer Partei oder einer Organisation. Die bewaffneten taktischen Einheiten der Bewegung sind die selbständigen politisch-militärischen Kommandos der Organisation. Zur ständigen Arbeit der legal arbeitenden Genossen der Bewegung, die noch nicht in den Untergrund gezwungen worden sind, gehört es jedoch, innerhalb der Organisationen, in denen sie wirken, die Schaffung revolutionärer Milizen zu propagieren und zu initiieren. Wir unterscheiden nicht zwischen ‚legal‘ und ‚illegal‘. Erfolg bringen nur Aktionen, die die Herrschenden ‚illegal‘ nennen. Eine erfolgreiche legale Aktion der Basis wird illegalisiert. Wer das nicht in Kauf nimmt, kann nicht revolutionär genannt werden.

10. Die Bewegung 2. Juni ist keineswegs dem ‚romantischen Mythos‘ der Untergrundarbeit verfallen. Die Kader der Bewegung schätzen ihre Arbeit und ihr Risiko realistisch ein. Sie sind sich klar darüber, zusammen mit anderen Guerilla-Organisationen, wie z.B. der RAF, als Vorhut zur Schaffung einer Armee des Volkes zu hochgradigen Staatsfeinden erklärt zu werden. Daß der revolutionäre Tod im Zuge der verschärften Klassenauseinandersetzungen zunehmen

wird, ist uns klar. Der Terror, der sich jetzt gegen die Kader der Stadtguerilla wendet, ist nur die Vorbereitung auf bestehende Klassenkämpfe. Der Krieg gegen Staat und Kapital wird ein langwieriger Krieg werden. Und gerade das Studium der deutschen Arbeiterbewegung zeigt uns überdeutlich, daß wir das Kriegführen *lernen* müssen. Das Kriegführen aber lernen wir nur in der Praxis, Praxis heißt für uns: Schaffung militanter legaler Gruppen, Schaffung von Milizen, Schaffung von Stadtguerilla – bis zur Armee des Volkes.

Der Kampf gegen Staat und Kapital ist kein Kampf gegen Charaktermasken. Es ist ein Kampf gegen die 1,3% der Bevölkerung, die über 74% des Produktionsvermögens verfügen, samt ihren Handlangern in Uniform und Zivil. Unser Ziel ist nicht die Schaffung einer ‚Diktatur des Proletariats', sondern das Zerschlagen der Herrschaft der Schweine über die Menschen, ist das Zerschlagen der Herrschaft des Kapitals, der Parteien, des Staates.

Das Ziel ist die Errichtung einer Rätedemokratie.

Das Regime der Schweine wird nicht durch Formeln beseitigt, sondern durch den revolutionären Kampf. Dieser Kampf kann nicht national geführt und gewonnen werden, er ist international. Die Bewegung arbeitet mit allen sozialistischen Guerilla-Gruppen der Welt zusammen, ja, dieses Programm lehnt sich an das unserer brasilianischen Freunde der MLB an. Die Bewegung 2. Juni ist Teil einer weltweiten sozialistischen Offensive, sie kämpft Schulter an Schulter mit der IRA, den Weathermen, der Gauche Proletarienne, den Roten Brigaden und allen anderen Guerilla-Organisationen.

Die revolutionäre Guerilla aufbauen!

Der organisierten Gewalt des Staatsapparates die organisierte revolutionäre Gewalt entgegensetzen!

Sieg im Volkskrieg!

Alle Macht dem Volk!

Bewegung 2. Juni"

„Wie groß ist unsere Organisation?" wollte ich wissen.

„Schau dich im Kreis um, du siehst die Illegalen der Bewegung 2. Juni."

Ich war überrascht. Was hatte ich mir vorgestellt, eine kleine Volksarmee? Sie trösteten mich: Entscheidend ist die legale politische Bewegung. „Wir können immer nur der Katalysator sein für eine militante, revolutionäre Politik."

„Was hast du für Pläne, was sind deine Vorstellungen für die weitere Entwicklung, was denkst du, wie wir den Zerfall der revolutionären Perspektive bei den Linken aufhalten können?" wollten sie von mir wissen.

„Ich weiß es nicht. Aber ich möchte die gefangenen Genossinnen und Genossen befreien, darüber denke ich nach."

„Das ist doch keine politische Strategie!"

Nein. Aber eine Gefangenen-Befreiung enthält den ganzen Sinn unseres Kampfes und sie trifft das System an seinem brutalsten Ort. Außerdem werden alle fortschrittlichen Menschen das verstehen und die ganze linke Bewegung wird dahinterstehen, wenn wir es klug und unwiderstehlich machen. Und schließlich: Die Gefangenen-Bewegung und der Kampf gegen die Haftbedingungen hat schon begonnen, das Verhältnis Staat gegen die politischen Gefangenen spitzt sich immer schärfer zu.

Es standen ganz andere Entscheidungen an. Werner wollte, daß wir nach Westdeutschland gingen und dort in Orientierung an die „Roten Brigaden" und „Gauche Proletarienne" militante Zellen in den Großbetrieben aufbauten. Werner kritisierte unentwegt unsere Verbindungslosigkeit zur Arbeiterschaft: Wir können keinen bewaffneten Klassenkampf an der Arbeiterklasse vorbei entwickeln und führen. Eine revolutionäre Strategie kann sich nicht ohne die größte unterprivilegierte soziale Schicht der Lohnabhängigen entfalten. Und außerdem ist Berlin zu eng für eine langfristige Perspektive im Untergrund. Die linke Basis ist zu beliebig, zu heterogen und auf Dauer unzuverlässig. Ohne Verbindung zur Arbeiterklasse werden wir verkümmern, prophezeite Werner. Bär und ich wollten auf keinen Fall nach Westdeutschland. Wir klebten an Berlin und waren nicht bereit und auch nicht fähig, ein neues revolutionäres Konzept auf einem vollkommen ungesicherten Boden zu entwickeln und praktisch zu beginnen. Wir vertraten die Position, daß die faschistische Ideologie, der fortentwickelte Antikommunismus und die Sozialdemokratische Partei jedes revolutionäre Bedürfnis der Arbeiterklasse ausgelöscht hat. „Mit wem sollen wir uns da verbünden, wer wird uns unterstützen?“ fragten wir. „Die DKP wird die Militanz in den betrieblichen Konflikten ebenfalls denunzieren, mit ihr können wir nicht rechnen, weil sie immer um ihre labile Stellung in den Gewerkschaften fürchten wird. Ihr könnt die Verhältnisse hier in der BRD nicht mit Italien und Frankreich vergleichen, wo es immer eine starke kommunistische Bewegung und darum eine stark politisierte Arbeiterschaft gegeben hat.“ Außerdem fanden wir, daß unsere Möglichkeiten in Berlin überhaupt noch nicht ausgeschöpft waren. Ich persönlich fand sogar, daß wir noch gar nicht richtig angefangen hatten. Das stimmte nicht. Die anderen hatten schon einige Jahre Untergrundkampf und manche Schläge hinter sich. Trugen die Erinnerung an ihre Toten mit sich herum, hatten unzählige Male die Strukturen neu aufgebaut, waren im Gefängnis gewesen und hatten wieder angefangen. Zwar hatten wir noch eine starke Basis, aber der politische Zerfall, die Regression war überall spürbar. Von all dem war ich noch ziemlich unberührt. Im Gefängnis hatten sich Lust und Entschlossenheit angestaut, die jetzt auf Entfaltung drängten.

Fritz wollte wieder ganz bei Null anfangen: anonym als Arbeiter unter Arbeitern die Welt und Gesinnung der deutschen Proletarier studieren. Es war der edle Versuch, dem Widerspruch zu entkommen: als Intellektueller keine sinnliche Erfahrung und Verbindung mit dem Objekt seiner revolutionären Liebe zu haben. Das mußte er nachholen. Rasha wollte, daß wir enger mit den Palästinensern zusammenarbeiteten, uns stärker internationalisierten.

Wir wurden uns nicht einig, die Diskussionen lähmten uns für Monate. Dann entschieden wir, daß jeder mit dem beginnen sollte, was er für notwendig hielt. Trennung ohne Streit, mit der Möglichkeit, wieder zusammenzugehen. So gingen Werner und Karl Heinz nach Westdeutschland, Fritz als Arbeiter in ein Stahlwerk und Rasha kam eines Abends nicht mehr nach Hause. Sie war verhaftet worden – eine

Auswirkung von Heinz Brockmanns Verrat. Das war ein schwerer Verlust, mit Rasha hatte der Gegner uns eine wichtige Genossin entrissen.

Wir zwei, Bär und ich, blieben als letzte Illegale der Bewegung 2. Juni in Berlin. Meine Entscheidung war ganz einfach und unpolitisch gewesen, ich fühlte mich in Berlin zuhause. Hier war ich frei geworden und kannte mich in den Verhältnissen der Stadt aus. Dazu war Bär mir von allen Genossen der liebste.

Ich wußte keine Antwort auf die Unsicherheiten und Fragen nach der Perspektive, fand sie auch nicht in den Diskussionen. Aber das machte mich keineswegs unsicher. Das Überblickbare, das Nächstliegende war meine Sache, in seiner aufmerksamen, geschickten Bewältigung würde sich jede weitere Möglichkeit zeigen. Theorien und weiträumige Konzeptionen zu entwickeln, gehörte nicht zu meinen Fähigkeiten.

Ich genoß mein neues Leben im Untergrund. Ich hatte ein stolzes, starkes Gefühl der totalen Hingabe an eine Sache, für die seit Jahrhunderten die besten Menschen ihre Kraft und ihr Leben hingegeben hatten: für die Befreiung des Menschen, für eine Gesellschaft ohne Klassen. Dieses Ziel war wie eine nebelhafte, ferne Sonne und doch eine kraftvolle, magnetische Zukunft. Die Revolution war noch nicht wirklich denkbar, aber der revolutionäre Kampf für dieses Ziel war jetzt machbar. Es war nicht meine Aufgabe und nicht mein Bedürfnis darüber nachzudenken, ob es jemals erreichbar sein würde. Mich erfüllte und befriedigte meine existenzielle Entscheidung, dafür zu kämpfen. Mit dieser Entscheidung hatte der übermächtige Imperialismus mit all seinen Instrumenten zur Niederhaltung von Rebellen seine Macht über mich verloren: die Verlockung, Verführung, die Verleumdung, Polizei, Gesetze, Gefängnis, Tod. Seine Vernunft und Logik erreichten mich nicht mehr. Ich war draußen, ich war etwas Neues, Eigenes. Nie in meinem Leben war ich sicherer und furchtloser als in dieser Zeit im Untergrund, dem Ort, der ein neues, anderes Sein außerhalb der häßlichen Welt gestattete. Nie war ich freier, nie war ich gebundener an meine eigene Verantwortung als in dem Zustand völliger Abnabelung von der staatlichen Autorität und von gesellschaftlichen Vorgaben. Kein Gesetz, keine äußere Gewalt bestimmte mehr mein Verhältnis zur Welt, zu meinen Mitmenschen, zum Leben, zum Tod.

Wir hatten unsere eigenen Gesetze. Sie gründeten auf dem Recht, der kapitalistischen Geschichte von Habgier, Egoismus und Zerstörung Widerstand zu leisten. Es war mehr als ein Recht, es war eine moralische Notwendigkeit.

Ich war ein Teil des ewigen Kampfes, der überall dort, wo die Unterdrückung nicht mehr ertragen wird, seine revolutionäre Spur hinterläßt. Die Spur der Gegengeschichte. An sie hatte ich mein Leben mit Haut und Haar angekoppelt, nur ihr war ich verpflichtet und verantwortlich. Gegenüber dem herrschenden System aber war ich vogelfrei. Frei wie ein Vogel, frei von Angst vor Verfolgung, vor der Zukunft und vorm Sterben. Die Toten der Revolution lassen ihre Kraft und Liebe den Weiterkämpfenden.

Bär war mir ähnlich, wir verstanden uns. Er war mein Bruder. So liebte und vertraute ich ihm. Nach der Zersplitterung begannen wir in Berlin, die Organisation neu aufzubauen: die Logistik festigen und ausweiten, die Kontakte zu den sozialrevolutionären Basisgruppen nicht abreißen lassen, prüfen, wer von den engeren Sympathisanten reif für den illegalen Kampf ist. Dabei hatten wir bereits das nächste Ziel vor Augen: die Befreiung der Gefangenen.

Es war nicht das Problem, Genossen zu finden, die am bewaffneten Kampf teilnehmen wollten, unsere Sorge war herauszufinden, wer ein Hitzkopf, ein Schwätzer, ein Provokateur, ein Abenteurer war und wer sich wirklich ernsthaft entschieden hatte und die Tragweite seiner Entscheidung kannte. Bär hatte genug bittere Erfahrungen mit Knolle, Bommi, Brockmann und einigen mehr gemacht, und ich hatte die meinen mit Schmücker, Sommerfeld und meinem zusammengefallenen Freund Lupus. Als die Verfolgung der Polizeiorgane zunehmend härter geworden war und die erste bewaffnete Auseinandersetzung mit der Erschießung Georg von Rauchs endete, erforderte der Kampf aus der

Illegalität eine höhere Disziplin und Konspiration. Die anfänglich fließende Kommunikation zwischen den legalen Basisgruppen und den Illegalen mußte eingeschränkt werden, wir wurden zwangsläufig auch funktionaler auf die Bedürfnisse des Untergrunds konzentriert. Das schränkte unweigerlich auch die individuellen Bedürfnisse der Einzelnen ein und anonymisierte das Handeln auch außen. Bommi und Knolle konnten das nicht ertragen und zogen sich in eine andere, individuelle Welt zurück. Sie nahmen Abschied von ihren Ideen, die Gesellschaft zu verändern. Rückzüge muß eine Gruppe tolerieren und auch möglich machen. Was wir Bommi aber übel nahmen und als Verrat ansahen, war seine Denunziation und Entstellung aus dem „Innenleben der Guerilla", ohne die es ihm anscheinend unmöglich war, seinen Rückzug zu erklären oder zu rechtfertigen.

Auch Brockmann ist an den Bedingungen der Illegalität und dann der Haft gescheitert. Er hat sein Wissen aus dem Untergrund vollständig den Fahndungsbehörden preisgegeben. Schmücker und Sommerfeld haben sich im Gefängnis vom Verfassungsschutz anheuern lassen, und Lupus ist in der Haft an seinen Selbstzweifeln zerbrochen und hat sich still aus allem zurückgezogen.

Aus diesen Erfahrungen heraus haben wir sehr genau auf die Gründe für die Entscheidung, in die Illegalität zu gehen, gesehen. Manche wollten der polizeilichen Verfolgung und Scherereien mit der Justiz aus dem Weg gehen, aber das war keine ausreichende Grundlage, weil nicht die freie innere Bereitschaft, sondern der äußere Druck sie trieb. Der Untergrund war kein Asyl und kein Exil, sondern die Front.

Da drängte sich Hochstein an uns heran und bettelte um Einlaß. Er wurde wirklich gesucht und hatte einiges zu erwarten, wenn er gefaßt würde. Wir wollten nicht unsolidarisch sein und diskutierten einige Male mit ihm, um zu sehen, was er wollte. Dann zogen wir unsere Hände weg von diesem heruntergekommenen Burschen. Er hatte den Charakter eines potentiellen Verräters: großspurig, labil, ohne Selbstdisziplin, selbstmitleidig. Sein Verhalten nach der Verhaftung hat uns leider ganz und gar bestätigt.

Und da war die Wolfsburger Kommune. Eine abenteuerliche Truppe, durchsetzt von Provokateuren und Aufschneidern, der fruchtbare Boden für Spitzel des Staatsschutzes. Wir kappten schnell alle Drähte, als sie uns unbedingt ihre Schlagkraft beweisen wollte.

Nach der Liquidierung des V-Mannes Schmücker wurde die Gruppe verhaftet und aus dem Verfahren entwickelte sich der skandalöse, fünfzehnjährige „Schmückerprozeß", der ein Beispiel der Zusammenarbeit von Justiz und Staatsschutz wurde.

Wir waren mit unseren Kontakten sehr vorsichtig und genau. Dann trafen wir auf Benjamin, diesen hanseatischen Jüngling aus der Hausbesetzerszene. Er war bis zu den Haarspitzen angereichert mit anarchistischer Romantik, intelligent, eigensinnig, phantasievoll und wild entschlossen, Stadtguerillero zu werden. Er gefiel uns gleich, aber seine Jugend machte uns unschlüssig. Sie würde ihn verleiten, sich beweisen zu wollen. Benjamin war trotzdem ein Gewinn für die Organisation. Es kamen noch Till und Rübe zu uns. Rübe wurde schon sehr bald zu unserem Sozialfall, so daß wir ihn in Rente schicken mußten. Rübe, dieses Relikt aus der Haschrebellenzeit, strapazierte monatelang unsere Geduld. Wir waren in einer atemlosen Phase, jede Stunde war energiegeladen, berechnet und in unserem Tagesplan festgelegt. Es gab keine Zeit und keine Lust zum bräsigen Dasitzen, um Szeneklatsch auszutauschen oder den Joint herumgehen zu lassen. Aber das war Rübes größte Lust. Er lebte halb illegal, in der Szene umherschweifend, wohnte mal hier, mal dort und wußte nicht recht, ob er polizeilich gesucht wurde oder nicht. Er machte sich aber auch nicht ernsthaft die Mühe, das herauszufinden, weil es ihm so gut gefiel, uns mit den neusten Intimitäten aus der Berliner Linken auf dem Laufenden zu halten. Rübe war politisch und sozial heimatlos. „Der Blues" war seine Familie gewesen. Er wollte die alten Zeiten festhalten und ignorierte mit erstaunlicher Dickfelligkeit, daß aus dem Blues eine bewaffnete Untergrundorganisation geworden war. Bär war für ihn das letzte Familienmitglied, und er nutzte jede Gelegenheit, mit ihm die gute alte Haschrebellenzeit auferstehen zu lassen. Bär kaute verlegen und ungeduldig an seinen Fingernägeln, wenn Rübe nicht aufhörte, Anekdoten herunterzuschnurren. Dabei knabberte er an seinen Obelix-Bartspitzen und wiederholte sich wie ein vergeßlicher Rentner. Er stand nur auf, wenn er pinkeln mußte, selbst zum Kaffeekochen war er nicht zu gebrauchen. Wir versuchten ihn in die handwerkliche Arbeit zu integrieren. Unmöglich. Er war zu gar nichts zu gebrauchen, unpraktisch, unselbständig, faul und ohne Lust, etwas zu begreifen. Auf Kritik reagierte er senil oder infantil. Er raubte uns die Zeit, die Nerven und klammerte sich an uns. Bis wir den Mut aufbrachten und sagten: „Rübe, das geht nicht, wir können dich nicht durchschleppen. Sieh zu, wie du dich wieder legalisierst, wenn nötig den Knast absitzt. Wenn du bei uns bleibst, wird's schlimmer für dich und für uns." Wir haben ihm dann eine Zeitlang Rente gezahlt und er grollte uns noch lange wie ein ungerecht Verstoßener.

Wir knüpften unermüdlich das Netz illegaler und legaler Strukturen wieder zusammen, verdichteten und vergrößerten es, feilten an der Perfektionierung unserer konspirativen Arbeits- und Lebensabläufe. Als Studenten mieteten wir einfache Wohnungen in gut überschaubaren Gegenden, abseits von den Zentren politischer Aktivitäten. Mit unauffälligen, komplett gedoubelten Autos bewegten wir uns durch die Stadt, besorgten Garagen, Werkstätten, eine Druckerei, fälschten oder druckten Dokumente verschiedener Nationen, sicherten die illegale medizinische Betreuung, beschafften Geld und Waffen.

Wenn Bär und ich zu einem Treffen mit legalen Unterstützern gingen, sicherten und überwachten wir die Treffpunkte. Zuvor mußten die Leute komplizierte Absetzbewegungen von ihren eigenen Wohnungen machen, um eventuelle Verfolger abzuschütteln.

Im Tegeler Forst und im Grunewald hatte ich das Schießen gelernt. Eine kleine, handliche 9 mm-Beretta mit Geschichte lag nachts unter meinem Kopfkissen und steckte, wenn ich die Straße betrat, in meinem Gürtel. Sie war einst silberglänzend gewesen. Die Zeit hatte Rostnarben in die Oberfläche des Stahls gegraben, ganz so wie die Spuren des Lebens in die Haut eines reifen Menschen. Mir gefiel die alte, tadellos funktionierende Waffe. Ihr war der Partisanenkampf in naßkalten Wäldern und Bergen anzusehen, und sie vermittelte eine geschichtliche Kontinuität von den Kämpfen der jugoslawischen Widerstandsbewegung gegen die deutschen Faschisten zu meinem Kampf gegen dieselben Grundübel, denselben Geist, der dreißig Jahre zuvor schrankenlos und entfesselt über die Völker hergefallen war. Vielleicht hatte sie bereits einer Partisanin Schutz und Sicherheit gegeben. Sie war für eine Frauenhand vortrefflich geeignet. Ich pflegte sie wie ein kostbares Erbstück.

Mit Tender, Ali und Paul organisierten wir die erste größere Aktion. Sie war nicht sehr gefährlich, aber umfangreich in der Vorbereitung und Ausführung. Vor allem kam es auf das gute Zusammenspiel aller Beteiligten an, und das war wichtig für das gegenseitige Kennenlernen in Ausnahmesituationen. Wir überfielen einen Waffenladen, um uns Gewehre und andere Langwaffen zu verschaffen. Das war kein Drei-Minuten-Überfall auf eine Bank. Als Kunden und Geschäftsleute betraten wir nacheinander den Laden und „besetzten" ihn. Als kein anderer Kunde mehr anwesend war, hängten wir schnell ein Schild in die Tür: „Wegen Warenannahme vorübergehend geschlossen". Dann legten wir den Angestellten Handfesseln an und luden die Gewehre in Seesäcke.

Mit seinem glatt gescheitelten Haar und dem dünnen Oberlippenbärtchen sah Tender aus wie ein Ganove aus den dreißiger Jahren. Ali und Bär hatten Tirolerhütchen ausprobiert, und Paul sollte sich als seriöser Jäger eine bestimmte Waffe vorführen lassen. Das Aufschließen des Waffenschranks war für uns das Zeichen. Paul blockierte. Mitten in der Aktion der Angstaussetzer. Wir fummelten alle irgendwo im Laden herum, bereit zum Sprung, aber Paul glotzte einfach vor sich hin. Die Situation spitzte sich gefährlich zu. Da ergriff Bär die Initiative und übernahm Pauls Rolle.

Solche Erfahrungen in der Aktion müssen ausgewertet werden. Ein Blackout kann ein Desaster für die ganze Gruppe werden. Paul war ein Aufschneider, das war das Problem. Großmäulig und unfähig, seine Kräfte und Ängste ehrlich einzuschätzen. Er brachte es auch fertig, sich in einer Szene-Kneipe die ganze Nacht lang festzusaufen, anschließend in der U-Bahn in tiefen Schlaf zu fallen, sich die Tasche mit Dokumenten und seiner Waffe stehlen zu lassen. Das versetzte uns tagelang in höchste Alarmbereitschaft. Paul war der Mann für Eskapaden. Ihm fiel es am schwersten, sich von seinen früheren Gewohnheiten zu trennen, und die waren sehr stark mit Kneipen, Schwätzen und Saufen verbunden.

Zwei Präzisionsgewehre hatten wir den „Roten Brigaden" versprochen. Bär und ich fuhren nach Mailand zum verabredeten Treffpunkt. Früher hatte Rasha die Diskussionen mit den italienischen Genossen geführt. Sie sprach italienisch. Es war unser erstes Treffen und wurde leider zu einer kleinen Blamage für uns. Niemand von den Genossen sprach deutsch, englisch nur bruchstückhaft, es reichte nicht für ein Gespräch. Mit großem Aufwand – verbundene Augen, lange Irrfahrt durch die Stadt – hatten wir uns endlich in einer konspirativen Wohnung zusammengefunden, aber es kam keine Diskussion zustande, und ich verfluchte noch auf der Rückfahrt den Größenwahn der Babylonier mit ihrem Turmbau. Hinzu kam, daß eines der Gewehre nicht mehr funktionierte, obwohl wir sie vorher getestet hatten. Das war peinlich.

Um die lange Reise mit der Zitterpartie an den Grenzen nicht fast umsonst gemacht zu haben, beschlossen wir, drei schöne Tage in Rom zu verbringen. Ganz urlaubsmäßig und entspannt trödelten wir durch die lebendige römische Gegenwart und durch die antiken Gemäuer ewiger Vergangenheit. Einen Tag verbrachten wir im Kolosseum, schlenderten durch die staubigen cäsarischen Ruinen, dösten zwischen den Steinbögen in der heißen Sonne des Südens und ließen das Alte auf uns sinken. Tief unter uns die Arena der Gladiatoren. Wir stellten uns vor, wie die armen verlorenen Schweine dort unten im Jubel des Mobs von ausgehungerten Löwen gejagt und gerissen wurden.

Hat der Mensch sich in den nachfolgenden Jahrhunderten

zivilisiert? Seine archaischen Instinkte und Triebe rational beherrschen gelernt, fragten wir uns. Nein. Denn wie sonst sind die entsetzlichen Verbrechen der Faschisten zu verstehen? Die Euthanasie, Hiroshima, die Entmenschlichung im Vietnamkrieg, die Overkill-Rüstung? Die archaischen Instinkte werden heute wie früher zum Nutzen der Machtbehauptung mobilisiert. Nur die Begründungen für ihre Entfaltung haben sich verändert. Aber das wird nicht immer so bleiben. Nicht ewig. Ist die Herrschaft des Geldes erst abgeschafft, kann sich auch die Vernunft humanitär entwickeln.

Auf der Rückfahrt fahren wir über Essen und besuchen Fritz. Wir haben ihn mehr als ein halbes Jahr nicht gesehen und sind ganz erschrocken, wie wir ihn vorfinden. Zusammengeschrumpft, einsam und schweigsam. Sein Zimmer ist dürftig. Gerade so wie unsere Wohnungen, die wir für einige Wochen mieten, nur zur Vorbereitung einer bestimmten Operation. „Manchmal gehe ich zu einem koreanischen Kumpel. Er arbeitet in derselben Halle wie ich und wohnt ganz in der Nähe. Wir spielen Backgammon. Für mehr reicht unsere Verständigung nicht", erzählt Fritz. Er ist sozial vollkommen isoliert, dieser kommunikationsfreudige und kommunikationsbedürftige Mensch. Wir wollen ihn am liebsten wieder mit nach Berlin nehmen. „Nein", sagt Fritz, „die Arbeiter bringen es doch fast ein ganzes Leben lang." Ich weiß nicht, welchen Schwur er wem geleistet hat, ein Jahr lang in der Presserei durchzuhalten. Als Ungelernter machte er zusammen mit den türkischen, marokkanischen und koreanischen Arbeitern die schwerste und dreckigste Maloche.

Fritz hat eine tiefe innere Zuverlässigkeit und gleich hinter seiner Lust an unkonventionellen Formen steht eine zähe, aber freie Disziplin. Das ist Moral. Fritz hat mit dem Bild des schrillen Kommune-I-Bürgerschrecks wenig gemein. Sein scharfer, aber auch feiner Witz ist selten nur auf Effekte und kulturellen Nonsens aus. Es ist seine Methode, Sachverhalte auf eine Weise zu erhellen, die weitere Erklärungen überflüssig macht. Ich habe mich manchmal vor seinem intellektuellen Witz gefürchtet, der so bedächtig daherkommt und so punktgenau treffen kann. Fritz hatte eine Menge Erfahrung mit Leuten und durchschaute jede Pose, jedes Spiel, war frei von großen Gebärden und großen Worten, dabei liebenswert gutmütig. Ich selbst war noch recht am Anfang mit mir und war schnell zu ertappen. Aber Fritz benötigte und benutzte nicht die Schwächen anderer für sein Wohlbefinden.

Er erzählt uns von seiner Arbeit: „Gespräche gibt's höchstens in der Pause. Als kurze trockene Sätze. In der Halle ist es viel zu laut. Wir müssen schreien. Aber sie wollen die RAF an die Wand stellen, wenn sie was zu sagen hätten. Kurzer Prozeß! Sagen die Arbeiter. Verhungern lassen im Knast! Die meisten sind für faschistische Lösungen. Sie haben keine Ahnung, worum es uns geht, wollen es auch nicht wissen. Sie haben von nichts mehr eine Idee. Außer von der Kohle."

„Warum hältst du das aus?" frage ich. „Du mußt es nicht, du bist privilegiert, du weißt Bescheid und bist frei, wenn du willst."

Fritz will einfach herausfinden, was an der Arbeiterklasse noch dran ist, was von ihr noch zu erwarten ist.

Wir sprechen mit ihm über Berlin, wie gut wir wieder organisiert sind, erzählen ihm von der bevorstehenden Befreiungsoperation, wir wollen ihm wieder Lust machen, ihn locken. Aber er schüttelt den Kopf und bleibt dort ein ganzes Jahr lang. Er gibt uns so wenige Chancen wie sich selbst. Erst nach der Befreiungsaktion kommt er zurück. Ein halbes Jahr später wird er von der Verhaftungswelle erfaßt und kommt zum dritten Mal ins Gefängnis.

Günther Guillaume wird als Agent der DDR an der Seite des Bundeskanzlers entdeckt. Willy Brandt tritt daraufhin zurück und reicht die Regierungsgeschäfte an Helmut Schmidt weiter. Mit Schmidt übernimmt ein rechter Sozialdemokrat und ehemaliger Offizier unter Hitler die Staatsführung. Er leitet einen noch härteren Polizeikurs gegen die Opposition auf der Straße, die sich im Antiatomprotest zusammenfindet. Gegen die Guerilla und die politischen Gefangenen verficht er einen Vernichtungskurs. Schmidt ist der Ebert der siebziger Jahre, obgleich keine Revolution die sozial-liberale Regierung der Bundesrepublik bedroht. Aber die innenpolitische Auseinandersetzung ist geprägt von der polizeilichen, justiziellen, elektronischen, ideologischen und psychologischen Aufrüstung gegen den bewaffneten Kampf, gegen sein legales Spektrum und gegen alle, die öffentlich die Isolationsfolter zum kritischen Thema machen und sich für die politischen Gefangenen engagieren.

Die Bewegung 2. Juni hat sich reorganisiert und ist wieder schlagkräftig geworden. Hat eine stabile Logistik, ein Netz von Unterstützern und eine ausreichende Anzahl entschlossener, militanter Aktivistinnen und Aktivisten. Wir sind in der Lage und willens, mit einer Gefangenenbefreiung in die Auseinandersetzungen einzugreifen.

Wir werden einen Mann aus der politischen Elite entführen, ihn ein paar Tage ins Volksgefängnis stecken und Gefangene für seine Freilassung fordern. Mit größter Begeisterung und in voller Überzeugung seines Gelingens arbeiten wir an der Realisierung des Plans.

Das „Volksgefängnis“ muß an einem Ort sein, wo Bewegung und Aufenthalt von jungen Leuten ganz normal sind und wo es üblich ist, daß ständig irgendwelcher Krimskrams hin- und hergetragen wird. In einer legeren, betriebsamen Gegend. Wir beschließen, einen Second-Hand-Laden in Kreuzberg einzurichten. So richtig legal, mit Gewerbeschein und allem Drum und Dran. Nach langem, sorgfältigen Suchen haben wir genau das Richtige gefunden. Einen leeren Laden, wie für uns geschaffen, mit einer großen Wohnung dabei und einem mehrräumigen Keller darunter. Der günstigste Kellerraum liegt hinter dem Laden direkt unter der Wohnküche. Wir halbieren ihn mit einer Mauer und bauen den hinteren Teil zu einer schalldichten Zelle aus. In der Küche durchstemmen wir die Decke und machen einen Zugang direkt in den schalldichten Raum. Der Eingang darf von der Küche aus nicht bemerkt werden und wir passen die Verschlußluke genau in das Muster des Küchenteppichs ein und stellen einen fünfarmigen Blumenständer drauf. Damit wir ihn beim Herauf- und Hinuntersteigen nicht immer hin- und herstellen müssen, nageln wir ihn wie ein Geweih auf der Luke fest.

Durch den offiziellen Eingang kann nun jederzeit eine Kontrolle des Kellers stattfinden. Alle Räume sind leer und unverdächtig.

Das „Volksgefängnis“ entsteht, ohne daß wir schon wissen, wer hier eines Tages von uns bewacht werden wird. Erst wollten wir alle materiell-technischen Voraussetzungen schaffen und dann festlegen, wem wir „die Ehre geben“.

Paula ist legal und dem Verfassungsschutz noch unbekannt. Sie übernimmt und führt den Second-Hand-Laden. Die Sache läuft ausgezeichnet.

Seit mehreren Wochen sind die Gefangenen wieder im Hungerstreik gegen die Isolationsfolter. Es ist der dritte, und die einzige Antwort des Staates ist die brutale Methode der Zwangsernährung.

Die Situation ist zugespitzt und eskaliert mit dem Tod von Holger Meins. Er ist unter der kaltblütigen Aufsicht der

Justiz und des Gefängnisarztes verhungert. Das letzte Foto von ihm zeigt einen bis auf das Skelett abgemagerten toten Mann. In Buchenwald, Auschwitz, Ravensbrück, Sachsenhausen und den anderen KZs sahen die Toten so aus.

Eine ungeheure Wut, eine ungeheure Ohnmacht setzt uns unter Druck. Wir wollen zurückschlagen und überlegen fieberhaft, wo und wen wir aus dem Stand heraus angreifen können. Sie sollen spüren, daß die Vernichtung unserer Gefangenen sie etwas kosten wird.

Das Volksgefängnis ist fertig, wir werden uns den höchsten Richter Berlins greifen und hineinstecken.

Die Aktion geht anders aus. Der Präsident des Berliner Kammergerichts, von Drenkmann, wird beim Entführungsversuch erschossen. Die Bewegung 2. Juni übernimmt die Verantwortung und beginnt ihre Erklärung mit:

„Wer Gewalt sät, wird Gewalt ernten

Als Petra Schelm ermordet wurde, haben wir gesagt: Rache für Petra, als Georg von Rauch ermordet wurde, haben wir wieder gesagt: Rache für Georg; und wir sagten es auch bei allen weiteren Morden: Tommy Weißbecker, McLoyd, Jürgen Jendrian, Günther Routhier, Richard Epple, und allen „Verstorbenen" der deutschen Knäste. Sie alle wurden in gemeinschaftlicher Verantwortung von Justiz, Staatsanwaltschaft, Verfassungsschutz und Polizei erschossen und erschlagen. Wir waren nie in der Lage, eine Antwort auf diese gesetzlich geschützten Verbrechen zu geben. Unsere Parolen blieben in Wahrheit nur Ohnmacht. – In allen Knästen der Bundesrepublik werden Häftlinge mißhandelt und gequält. Hier mehr, dort weniger. Nur die gröbsten „Übergriffe" werden bekannt: Mannheim, Klingelpütz, Hamburger Glocke, Isolierstation Tegel. Manch einer stirbt im Gefängnis und keiner weiß warum.

Gestern ist der Revolutionär Holger Meins dem Justizmord zum Opfer gefallen. Er war mit 42 anderen Häftlingen im Hungerstreik. Sie kämpfen für die Aufhebung der Folter durch Isolation und für die Aufhebung der Sonderbehandlung an politischen Gefangenen. Nach 58 Tagen ist Holger Meins verhungert. (...)"

Zum Jahreswechsel treffen wir alle zur ausführlichen Diskussion für mehrere Tage zusammen. Ein Sympathisant hat uns seine Wohnung zur Verfügung gestellt. Wir sind neun Personen und haben uns vorgenommen, eine richtig ausgelassene Silvesternacht zu feiern, quasi zur Einleitung der Endphase unseres Gefangenen-Befreiungsplanes.

Die Entscheidung ist auf den Vorsitzenden der Berliner CDU, Peter Lorenz, gefallen. Ihn werden wir entführen.

Warum gerade ihn? In Berlin läuft der Wahlkampf. Peter Lorenz ist der Spitzenkandidat der Opposition. Uns ist natürlich klar, daß die Entscheidung für den Austausch der Gefangenen gegen die Geisel nicht im Berliner Senat, sondern in Bonn, in Schmidts Krisenstab getroffen wird. Eine einfache Psychologie überzeugt uns: Die SPD als Regierungspartei in Bonn wie in Berlin kann es sich moralisch nicht erlauben, den einzigen und aussichtsreichen Oppositionskonkurrenten von der Guerilla erschießen und damit die CDU die Wahl gewinnen zu lassen. Peter Lorenz ist keine zentrale Figur aus den Reihen der Anti-Aufstandsstrategen, auch keine mächtige politische oder wirtschaftliche Größe. Er ist nur ein rechtskonservativer regionaler Spitzenpolitiker, der seinen Austauschwert allein in der gegenwärtigen spezifischen Konstellation der Berliner politischen Verhältnisse hat. Wir zweifeln keinen Moment daran, daß die Regierung ihn austauschen wird.

Am Silvesternachmittag beginnen die Männer unter viel Trara zu kochen und den Abend vorzubereiten. Bär ist ein wunderbarer Koch. Alles ist geklärt und besprochen, der zukünftige Verhandlungsmodus mit der Regierung festgelegt. Wir wollen keinerlei Geheimverhandlungen führen, sondern die Veröffentlichung aller Kontakte und Absprachen durch das Fernsehen zur Bedingung machen. Wir benötigen nur noch wenige Wochen, um die Informationen zu Peter Lorenz' Gewohnheiten zu präzisieren, dann können wir angreifen.

Gegen Mitternacht sind wir bereits in rauschender Stimmung. Bär und Benjamin füllen Schwarzpulver in eine gerade leergetrunkene Whiskyflasche. Sie wollen sie um 24 Uhr auf dem verlassenen Fabrikgelände unserem Haus gegenüber hochgehen lassen und nehmen sich vor, die hübschen türkischen Mädchen vor der Haustür zu küssen – wie zwei Schulbuben. Ali hat sich Kanonenkracher, aufgereiht auf einen Munitionsgürtel, um die Hüften gelegt. Immer ein bißchen Django und Draufgänger, zündet er im Übermut einen Kracher an, denkt, er kann die Lunte gleich wieder abklemmen. Aber sie glimmt durch seine Finger hindurch und der erste Kanonenschlag geht an seinem Körper los. Ali erstarrt zur Salzsäule und wir wissen nicht, ob wir vor Schadenfreude lachen oder in Katastrophenstimmung geraten sollen, als in schneller Folge ein Kracher nach dem anderen an seinem Körper explodiert. Bei jedem neuen Knall macht er einen stocksteifen Satz in die Luft, genau zehnmal. Dann ist es still. Wie durch ein Wunder ist nur sein T-Shirt zerfetzt und auf seiner Haut sind ein paar schwarze Rußspuren. „Na, Django, wie war's?“ fragt Susan spöttisch. Aber es kommt nur ein Stottern von seinen bleichen Lippen. Seine Stimme und seine Fassung haben ihn verlassen. Seine Knie schlottern bedenklich. Ich gehe schnell auf den Flur und prüfe, ob die Nachbarn sich wundern, schließlich hat es sich wie eine Gewehrsalve angehört. Aber alles ist normal. Hans greift sich die abgesägte silberne Doppelflinte, um sie auf dem Fabrikgelände abzufeuern. Er hat schon schwer einen sitzen und steckt sich „die silberne Braut“ unter den Mantel. Tender schaut, daß alles im Rahmen bleibt, ruft zur revolutionären Ordnung. Paula und Paul sind verliebt, zwischendurch rauchen wir einen Joint und um 24 Uhr sind wir alle auf der Straße, um nach allen Regeln anarchistischer Kunst das neue Jahr einzuweihen. Wir sind ja im tiefsten Kreuzberg und auf der Straße ist ein tolles internationales Treiben. Unser Salutschießen mischt sich in die wilde Knallerei des Silvesterfeuerwerks.

Wir sahen alle ein bißchen aus wie ausgewrungene Wäsche. Das besagte aber nichts, denn wir fühlten uns ausgezeichnet. Nur der Schlaf war in den letzten Wochen zu kurz gekommen. Die Nächte und Tage bestimmten unseren Rhythmus nicht mehr, wir brauchten jede Stunde. Die Vorbereitungen stürmten auf den Tag ihrer Bestimmung zu: die Befreiung der Genossinnen und Genossen aus dem Knast.

Benjamin kotzte vor die Wohnungstür und klappte zusammen, noch ehe wir in der Wohnung waren. Dabei rutschte ihm die schwere Werkzeugtasche von der Schulter und schlug auf den Fußboden. Der Lärm polterte alle vier Treppen hinunter und wieder hinauf ohne jeden Respekt vor der frühen Morgenstunde. Es war vier Uhr. Wir hatten die ganze Nacht gebraucht, um das letzte Fahrzeug zu holen und für die Entführung vorzubereiten. Benjamin war völlig fertig, sein Kreislauf war zusammengebrochen. Ich hielt den Atem an und lauschte, ob sich im Haus Unruhe über den Lärm erhob. Alles blieb still. Alex kam aus der Wohnung und wir zogen Benjamin hinein. Alex wischte schnell das Treppenhaus sauber und ich kochte Tee. Benjamin schlief ein, bevor noch das Wasser kochte.

Ich besprach mit Alex, wie die Nacht gelaufen war. Morgen war der letzte Tag vor der Aktion. Wir wollten lange schlafen, am Nachmittag noch einmal die Standorte aller Fahrzeuge überprüfen und unserem Arzt die letzten Informationen für seinen Bereitschaftsdienst bringen. Am Abend wollten wir dann alle zusammen essen und die Aktion zum letzten Mal minutiös durchsprechen.

Während in der SPD- und CDU-Zentrale sich die Büros füllen und in der letzteren das Eintreffen ihres Vorsitzenden Peter Lorenz erwartet wird, beginnt unsere Aktion.

Anna, Alex und Benjamin fahren in einem unauffälligen Fiat zu Peter Lorenz' Haus. Anna sitzt am Steuer.

Hans und Paul holen den Laster und fahren ihn zur verabredeten Straßenecke des Aktionsortes. An dieser Ecke steht bereits die schwere Maschine, mit der Hans dem entführten Mercedes vorausfahren wird, um per Funk eventuelle Straßensperren oder sonstige unvorhersehbare Hindernisse mitzuteilen.

Tender und Ali fahren ein weiteres Auto an den Aktionsort, wir werden es nutzen, sofern es uns nicht gelingen sollte, den Mercedes zu erobern, oder dieser fahruntüchtig werden sollte. Tender bleibt am Steuer. Ali begibt sich an seine Arbeit als Straßenfeger.

Anna stellt sich außer Sichtweite des Hauses von Peter Lorenz, genau in die erste Seitenstraße, in die er einbiegen wird. Sie wartet auf das Signal von Karla, die die Abfahrt von Peter Lorenz kontrolliert und nach dem Signal sofort zum Laden zurückkehren wird.

Als das Signal kommt, startet Anna den Wagen und nach weniger als drei Minuten passiert sie der Mercedes. Alex und Benjamin sind nicht zu sehen, sie liegen flach auf dem Rücksitz. Der Mercedes fährt schnell, sie setzt sich hinter ihn. Eine einzelne Frau am Steuer, ganz harmlos. Sie betet, daß der Funkkontakt zwischen ihnen und dem Laster klappen möge. Wenn das Timing daneben geht, können wir alle wieder nach Hause fahren und von vorn anfangen, denkt sie. In vorsichtigem Abstand nähern sie sich der verabredeten Stelle. Sie biegen in den Querwatenweg ein und Anna sieht schon von weitem das Orange des Straßenfegers leuchten. Auf seinen Besenstiel gestützt, sieht er ihnen interessiert entgegen, dann fegt er weiter.

Sie haben genau ausgetestet, an welcher Hausnummer der Mercedes sein muß, wenn Hans und Paul den Laster so vorziehen, daß kein Ausweichen mehr möglich, aber auch ein Zusammenprall höchst unwahrscheinlich ist. Schließlich ist der Chauffeur kein Anfänger. Im richtigen Moment geben wir das Kommando, und das schwere Fahrzeug setzt sich in Bewegung.

Dann sehen neun Augenpaare, wie ein respektabler Laster einer schwarzen Regierungslimousine respektlos und unversehens die Vorfahrt nimmt und den Mercedes abrupt zum Bremsen veranlaßt.

Alles, was in diesem Moment und an diesem Ort gleichzeitig abläuft, ist scheinbar begründet durch eine kleine Verkehrsirritation. In Wirklichkeit aber ist alles vorausberechnet, provoziert und gesteuert und erfüllt als abgestimmtes Ensemble unseren Plan: Während der Mercedes scharf abbremsen muß und vor dem Laster zum Stehen kommt, setzt Anna aus nicht allzu heftiger Fahrt ihren Fiat mit einem leichten Bums auf den stehenden schwarzen Wagen und legt scheinbar im Schock den Kopf auf das Lenkrad. Alex und Benjamin sind nicht zu sehen. Der Fahrer schaut verdutzt nach hinten, steigt verärgert aus, schaut unschlüssig zur Frau im Fiat und geht um den Mercedes herum, um sich den Schaden zu besehen.

Im gleichen Moment ist der Straßenfeger von gegenüber herangeschlendert: „Ist was passiert?"

Der Fahrer beugt sich zur Stoßstange herunter, Ali, der Straßenfeger, zieht ein über den Besenstiel gestülptes, weich umwickeltes Bleirohr herunter und schlägt den Mann mit einem trockenen Schlag nieder.

Anna ist ausgestiegen und auf den Mercedes zugegangen, Sekunden später kommen auch Benjamin und Alex heraus.

Während der Fahrer zu Boden geht, werden die Türen des Mercedes aufgerissen. Ali sieht noch, wie sich der Fahrer wieder erheben will, aber dann unsere Waffen sieht, die Situation erkennt und sich schnell wieder hinlegt. Ein vernünftiger Mann. Mit großem Vergnügen haben wir später seine tapferen Interviews gelesen.

Im Wagen beginnt ein Kampf. Peter Lorenz wehrt sich. Er ist ein großer, kräftiger Kerl und will sich nicht abfinden. Anna und Benjamin sind hinten hineingesprungen und klappen blitzschnell die Rückenlehne nach hinten, so daß der Mann auf den Rücken zu liegen kommt. Er strampelt, stößt mit den Füßen und tritt dabei die Windschutzscheibe heraus. Alex setzt sich auf seine Knie. Noch während der Rangelei rast Ali mit zerbrochener Frontscheibe los. Der Laster hatte wieder zurückgesetzt.

Das Motorrad fährt wie ein Tentakel der Vorsicht vorneweg, als Nachhut folgt der Wagen mit Paul und Tender.

Peter Lorenz hört nicht auf zu strampeln und zu zetern: „Sie haben kein Recht ... was wollen Sie ... was fällt Ihnen ein ..."

„Sei still, Alter", unterbricht Benjamin ihn. „Du hast jetzt Pause, wir haben lange genug auf dich gewartet."

Aber er gibt keine Ruhe und irgendwer sagt: „Hör auf zu toben, denk mal an Drenkmann.“

Das scheint ihn zur Besinnung zu bringen. Er stellt seinen Widerstand ein. Anna erklärt ihm kurz und bündig, es würde ihm überhaupt nichts passieren, wenn er sich ihren Anordnungen fügt. Sie seien nicht daran interessiert, ihm was zuleide zu tun, er sei lediglich ein politisches Faustpfand. Sie bereitet ihn während der rasenden Fahrt darauf vor, daß er an der nächsten Station eine Beruhigungsspritze bekäme und daß es unklug wäre, wenn er die Umsteigeaktion durch erneuten Widerstand erschweren würde. Und sie fügt hinzu, daß sie entschlossen seien durchzuführen, was sie sich vorgenommen hätten.

Peter Lorenz entscheidet sich für ein bemessen kooperatives Verhalten, seine erste Panik ist vorbei.

Die VW-Pritsche, auf der sich ein schönes antikes Möbelstück befindet, in dem ein schläfriger, politisch gesehen ebenso antiker CDU-Vorsitzender seiner weiteren Bestimmung entgegenfürchtet, gelangt ohne Zwischenfälle zu unserem Kreuzberger Second-Hand-Laden. Die Genossen hatten sich professionelle Möbelträgerriemen besorgt. Die Kommode war nicht besonders groß, aber sehr schwer. Da sie das Gewicht eines großen Mannes aushalten mußte, hatten wir ein Möbelstück aus Eiche genommen. Beim Herunterlassen von der Ladefläche treten den Männern die Adern aus der Stirn und um ein Haar wäre Peter Lorenz herausgefallen.

Endlich ist er im Haus und wir hängen ein Schild ins Fenster: Wegen Warenannahme vorübergehend geschlossen.

Wir holen den Mann aus der Kommode und hieven ihn durch die Luke in den Keller hinunter. Wir sind vorsichtig, wir wollen ihn keinen unnötigen Schmerzen aussetzen. Unten führen wir ihn in seine Zelle, nehmen ihm die Augenbinde und die Handfesseln ab. Bevor er sich schlafen legt, machen wir das erste Foto mit der Aufschrift: Peter Lorenz, Gefangener der Bewegung 2. Juni.

Der Auftakt der Operation ist wunderbar gelaufen. Wir sind unerhört glücklich. „Schön auf dem Boden bleiben“, sagen wir ein ums andere Mal. „Der schwierige Teil beginnt erst jetzt."

Peter Lorenz ist in einer sauberen kleinen Zelle untergebracht, mit einer frischbezogenen Liege, einem Tisch, Stuhl und einer chemischen Toilette. Ihm wird keine brutale Gewalt angetan, er wird nicht beschimpft und geschlagen. Gemessen an dem bedrohlichen Einbruch in sein vor wenigen Stunden noch ruhiges Bürgerleben ist seine Situation relativ manierlich. Diese Wahrnehmung dringt langsam in sein etwas träges Bewußtsein, als wir ihn allein lassen, und mit einer gewissen Erleichterung gibt er der Betäubungsspritze ermüdet nach.

Abgesehen vom taktischen Verhalten gegenüber dem Gefangenen ist eine taktvolle Behandlung für uns selbstverständlich. Darüber hinaus aber haben wir über unser Verhalten als einen wichtigen Teil der Operation sehr aufmerksam diskutiert.

Die Politiker sitzen ja ihren für „das Volk" projizierten und propagierten Bildern auch selber auf. Peter Lorenz wird also eine verschwommen wüste, brutalisierte und dümmliche Vorstellung von „Terroristen" haben, die ihm hauptsächlich Furcht und Mißtrauen eingeben wird, war unsere richtige Annahme. Die reale Begegnung mit uns muß diese Vorstellung erstmal auflösen und Platz freimachen für eine eigene Einschätzung. Es ist wichtig, daß wir in unseren Verhandlungen mit der Regierung für ihn berechenbar und glaubwürdig sind. Seine Seite, die staatlichen Entscheidungsträger, die Polizei, kennt er sehr gut. Er geht in der Entscheidungsfrage, Austausch oder nicht, von ihrem Widerstand, ihrer harten Linie aus, die er selbst, wäre ein anderer in seiner jetzigen Lage, auch vertreten hätte. Aber nun ist er eben betroffen und unser Interesse ist es, diese harte Linie zu brechen. Er soll Gemeinsamkeiten mit uns erkennen und anerkennen. Vor allem muß er die Überzeugung und das Vertrauen entwickeln, daß wir sein Leben retten wollen und dazu auch fähig sind.

Peter Lorenz ist ein rationaler Mann. Er hat eine Polizeiaktion zu seiner Rettung als völlig untauglich erkannt und daher auch keine Versuche gemacht, unsere Schritte zu unterlaufen. Er ist in höchst vernünftiger Weise kooperativ, in der Gewißheit, daß allein aus der Front seiner eigenen Leute Irrationales drohen könnte.

Anna und Alex schreiben die erste Mitteilung an die Regierung. Benjamin und Paul sitzen im Keller vor der Zelle und bewachen den Gefangenen. Sie tragen ihre Waffen sichtbar, damit Peter Lorenz von vornherein und jederzeit die Situation vollkommen klar erkennt. Normalerweise tragen wir nur Waffen, wenn wir uns außerhalb der Wohnung bewegen. Paula und Susan sind die Kuriere und versorgen die Truppe. Tender, Ali und Hans sind gleich nach dem ersten Akt nach Hause gefahren und gehen ihren legalen Aktivitäten nach. Ihre Aufgabe ist es, die von uns geforderte „Waffenruhe“ der Polizei zu überprüfen.

Die erste Mitteilung ist die wichtigste. Sie muß unser Selbstbewußtsein und unseren vollen Überblick über die Situation zweifelsfrei deutlich machen. Die Regierung soll sofort ihren Mangel an Spielraum erkennen, durch einen genau berechneten, knappen Zeitplan. Wir wollen, daß der Krisenstab in keinem Moment Herr der Situation wird und uns seinen Verzögerungsrhythmus aufzwingt. Wir wollen ihm nicht durch einen Fehler unsererseits eine Gelegenheit zum Gegenangriff geben. Er soll vom ersten Moment an kapitulieren und den Austausch unter unserer Leitung durchführen.

Wir schreiben und legen ein Bild von Peter Lorenz dazu:

„Mitteilung:

Heute morgen haben bewaffnete Frauen und Männer der Bewegung 2. Juni den Parteivorsitzenden der Berliner CDU, deren Spitzenkandidaten für die Abgeordnetenhauswahlen am 2. März, Peter Lorenz, gefangen genommen.

Die Entführung mußte bewaffnet durchgeführt werden, da Lorenz sich auf solchen Fall vorbereitet hatte: Sein Chauffeur und Leibwächter war mit einer Schußwaffe ausgerüstet.

Peter Lorenz ist Gefangener der Bewegung 2. Juni. Als

solcher wird er nicht gefoltert oder unmenschlich behandelt; im Gegensatz zu den über 60.000 Gefangenen in den Zuchthäusern der BRD und Berlin. Als unser Gefangener wird es ihm besser gehen als den Häftlingen in den Staatsknästen, allerdings wird ihm auch nicht der Komfort seiner Zehlendorfer Villa zugute kommen.

Peter Lorenz wird verhört werden. Er wird über seine Verbindungen zur Wirtschaft, zu den Bossen der faschistischen Regierungen erzählen müssen.

Lorenz ist von uns entführt worden, weil er als Vertreter der Reaktionäre und Bonzen verantwortlich ist für Akkordhetze und Bespitzelung am Arbeitsplatz, für den Aufbau von Werkschutz und Anti-Guerillagruppen, für Berufsverbote, das neue Demonstrationsrecht, Verteidigereinschränkung und für die Aufrechterhaltung des § 218.

Als CDU-Chef hat er sich zum Propagandisten des Zionismus, der aggressiven Eroberungspolitik des Staates Israel in Palästina gemacht, und nimmt durch Besuche und Geldspenden an der Verfolgung des palästinensischen Volkes bei.

Genauso hat er Anteil am blutigen Militärputsch durch Pinochet und Konsorten in Chile. Seine Partei ist es, die die Junta durch Geldspenden die Repression ausführen läßt, die jede freiheitliche Gesinnung erbarmungslos verfolgt und blutig niederschlägt, Tausende von Chilenen in KZs foltert und ihre Macht durch tägliche Blutbäder aufrechterhält.

Unsere Forderungen:

1. Sofortige Freilassung, d.h. Annullierung der Urteile der Gefangenen, die bei Demonstrationen anläßlich der Ermordung des Revolutionärs Holger Meins in Berlin verhaftet und verurteilt wurden. Diese Forderung ist innerhalb von 24 Stunden zu erfüllen.

2. Sofortige Freilassung von
Verena Becker
Gabriele Kröcher-Tiedemann
Horst Mahler
Rolf Pohle
Ina Siepmann
Rolf Heissler.

Die in Westdeutschland gefangen gehaltenen Genossen Kröcher, Pohle und Heissler sind binnen 48 Stunden nach West-Berlin einzufliegen.

Eine Boeing 707 hat in West-Berlin vollgetankt und mit vier Personen Besatzung bereitzustehen. Die obengenannten Genossen werden bis zu ihrem Reiseziel von einer Person des öffentlichen Lebens begleitet. Die Person ist der Pfarrer und Bürgermeister a.D. Heinrich Albertz. Außerdem sind den sechs Genossen jeweils 20.000,- DM auszuhändigen.

Diese Forderungen sind binnen 72 Stunden zu erfüllen.

3. Veröffentlichung dieser Mitteilung in folgenden Tageszeitungen: BZ, Tagesspiegel, Abend, Hamburger Morgenpost, Weserkurier, Hannoversche Allgemeine Zeitung, Frankfurter Rundschau, Süddeutsche Zeitung, Kölner Stadtanzeiger, NRZ, FAZ. Die Anzeigen sind von der CDU zu bezahlen.

Während der gesamten Zeit seiner Gefangenschaft fordern wir absolute Waffenruhe von seiten der Polizei. Keine Präsenz auf den Straßen, keine Kontrollen, keine Hausdurchsuchungen, keine Festnahmen, keine Fahndungsfotos, keine Fahndungsersuchen an die Bevölkerung.

Bei Nichterfüllung oder auch nur dem Versuch der Täuschung ist die Unversehrtheit des Gefangenen bedroht!

Alle Forderungen sind gleich wichtig!

Wir wollen keine Geheimverhandlungen –

Dem Volk soll nichts verborgen bleiben.

Nachrichten des Staatsapparates an uns und Ablauf der Freilassung der genannten Genossen müssen über Funk und Fernsehen abgewickelt werden. Bei präziser Erfüllung aller Forderungen ist die Unversehrtheit und Freilassung des Gefangenen Lorenz garantiert. Andernfalls ist eine Konsequenz wie im Falle des obersten Richters G.v. Drenkmann unvermeidbar.

An die Genossen im Knast:

Wir würden gern mehr Genossen von euch herausholen, sind aber bei unserer jetzigen Stärke nicht dazu in der Lage.

An die Bevölkerung Berlins:

Die Organe des Staates werden in den nächsten Tagen

eine Hetzkampagne gegen uns führen, sie werden versuchen, euch in die Fahndung nach uns einzubeziehen. Leistet keine Unterstützung, laßt die Polizei, die Bonzen und die Presse unter sich.

Freiheit für alle Gefangenen!

Bewegung 2. Juni“

Unsere Mitteilung schicken wir an die DPA.

Pfarrer Albertz ist als ehemaliger Bürgermeister Berlins für die Auswüchse der Polizei und die Todesschüsse auf Benno Ohnesorg am 2. Juni 1967 bei der Anti-Schah-Demonstration verantwortlich gewesen. Wir respektieren ihn dennoch als integre und couragierte Persönlichkeit. Er würde einen Hinterhalt gegen die befreiten Gefangenen nicht zulassen. Darum haben wir ihn gewählt. Der Regierung trauen wir jeden schmutzigen Trick zu, es liegt nur an uns, ihr dazu keine Gelegenheit zu lassen.

Aus Sicherheitsgründen haben wir allein zu Ina Kontakt im Knast aufgenommen und ihr die Leitung des weiteren Ablaufs nach der Zusammenführung der Genossen übergeben.

Peter Lorenz ist spätabends aufgewacht. Auf Wunsch bringen wir ihm Wasch- und Rasierzeug. Seine Zelle ist hinter dem Maschendraht rundherum mit einem Vorhang zugenäht, damit er sich nicht unentwegt beobachtet fühlt.

In der Küche, im Wohnzimmer, im Keller, überall laufen Fernseher und Radios, sie sind unsere Boten, unsere Verbindung zum Krisenstab. Eine Verbindung, an der die gesamte Bevölkerung teilnimmt.

Alex kocht etwas zur Nacht. Alle sind hungrig, auch der Gefangene ißt und trinkt. Sein Appetit sagt uns, daß er seine innere Balance wiedererlangt hat. Auf seine besorgte Frage, ob wir seiner Familie ein Lebenszeichen von ihm gegeben haben, informieren wir ihn über unsere erste Mitteilung und daß wir jetzt auf den Gegenzug der Regierung warten.

Während er schlief, haben wir seine Kleidung repariert. Sie hatte bei der Gefangennahme arg gelitten. Bei konservativen Charakteren baut die innere Stabilität zu einem guten Teil auf ihrer äußeren Erscheinung auf. Wir waren nicht an einem mental desolaten Peter Lorenz interessiert, sondern an einem aktiv mitdenkenden.

In seiner Brieftasche fand sich, was wohl in der Brieftasche der meisten dem Kapital dienenden Politiker zu finden ist: ein Scheck über 10.000 DM von einem Wirtschaftsunternehmen, als „kleine Spende". Er hatte auch zwei in höchster finanzieller Not geschriebene Briefe von Frau Busch bei sich. Auf den ersten hatte er nicht reagiert, was die Frau zu einem noch dringlicheren zweiten veranlaßt hatte. Nun wollte er ihn gerade seiner Sekretärin zur Abfertigung übergeben. Frau Busch war CDU-Mitglied. So war Peter Lorenz die „letzte Rettung", nachdem sie alle Institutionen und Ämter für sozial-ökonomisch Gestolperte mit Bittgängen abgelaufen hatte.

Kurzerhand schickten wir die 700 DM Barschaft aus Peter Lorenz' Brieftasche an Frau Busch und badeten vergnügt in unserer Robin Hood-Mentalität. Seither nannte die RAF uns nur noch „die Buschs".

Aus weißen Kissenbezügen haben wir Kapuzen genäht, damit der Gefangene weder Konturen noch Größe der einzelnen Personen unterscheiden kann. Aber sie sehen so gespensterhaft und nach Ku-Klux-Klan aus, daß wir doch den Bankräuberlook – Pudelmütze mit Augenschlitzen – vorziehen, dazu einheitliche Blaumänner. Wir wechseln uns mit der Wache ab.

Am Freitag, dem Tag nach der Entführung, kommen Tender, Hans und Ali. Unser Second-Hand-Laden ist geöffnet, eine Menge Leute kommen und gehen wie gewöhnlich. Die Genossen berichten über Hausdurchsuchungen in der linken Szene und von Straßensperren. Die Polizei hält sich also nicht an die geforderte Waffenruhe. Wir sind empört.

Die Jungs sind furchtbar neugierig und wollen unbedingt den Gefangenen sehen. „Er ist doch kein Exot", sagt Anna.

„Ach komm, wir wollen ein bißchen mit ihm diskutieren."

Währenddessen diskutiert in Bonn auch der Krisenstab

unter Vorsitz von Bundeskanzler Helmut Schmidt, mit dem Ergebnis – offiziell zumindest –, die Forderungen der Entführer zu erfüllen. In der Nacht zum Sonnabend kommt über Rundfunk die erste an uns gerichtete Nachricht von der Regierung. „Schaut, schaut, die Herren Krisenpolitiker lassen die Polizei für sich sprechen. Hoffentlich ist das kein schlechtes Zeichen."

„Ach was, das ist Ziererei für die Öffentlichkeit, sie wollen uns nicht politisch aufwerten, wir sind doch Banditen und Erpresser."

Die Antwort entspricht unserer Erwartung: Sie erfüllen ohne Zögern die erste und leichteste Forderung, um Zeit zu gewinnen und uns in Sicherheit zu wiegen. Am nächsten Morgen um 10 Uhr sehen wir zwei junge Männer aus dem Tor des Moabiter Knastes treten und davonrennen. Sie versuchen, sich vor der Pressemeute in Sicherheit zu bringen. Die beiden waren auf der Demonstration gegen Holgers Tod zu 14 bzw. 7 Monaten Haft verurteilt worden.

Im zweiten Teil der Erklärung versucht die Polizei, mit uns in Kommunikation zu treten, uns zu bewegen, unseren straffen Zeitplan aufzuweichen, indem sie Probleme aufwirft. Wir analysieren jeden Satz und schreiben die zweite Mitteilung. Im ersten Punkt beschweren wir uns über die laufenden Fahndungsmaßnahmen und machen klar, daß wir sie als Nichterfüllung unserer Forderungen betrachten. Dann liefern wir das gewünschte erneute Lebenszeichen von Peter Lorenz.

In der dritten Mitteilung machen wir noch einmal scharf deutlich, daß wir auf Vorschläge von ihrer Seite nicht eingehen werden, da wir ihnen nur Finalschüsse und Lösungen wie in Fürstenfeldbruck zutrauen. Und daß einzig unsere Forderungen und das Ultimatum gelten. Die Polizei verlangt von uns die Bekanntgabe des Flugziels und Modalitäten der Freilassung von Peter Lorenz. Sie beklagt den knappen Zeitplan und will direkteren Kontakt zu uns. Natürlich, das hätten sie gern. Wir verweigern alles. Im Schöneberger Rathaus tagt der Krisenstab. Die Alliierten werden einbezogen, sie müssen das Flugzeug bereitstellen.

Im Keller bespricht Peter Lorenz ein Tonband für Pfarrer Albertz und bittet ihn, darauf hinzuwirken, daß für den Abflug der befreiten Genossen keine ähnliche Katastrophe vorbereitet wird wie in München 1972. Er versichert, daß er uns bezüglich seiner Freilassung vertraut.

Sonntag. In Berlin wird gewählt. Die CDU wird stärkste Partei. In aller Form beglückwünschen wir den Gefangenen.

Der Frankfurter Flughafen wird für die Zusammenführung der aus verschiedenen Knästen kommenden Gefangenen vorbereitet. Was haben sie vor? Abhörgeräte werden sie auf jeden Fall dort einbauen, wo die Gefangenen sich aufhalten werden. Wir verfolgen ihre Ankunft im Fernsehen und sind sicher: Noch haben die Regierung und die Polizei sich nicht ergeben, sie suchen noch nach einer Möglichkeit, die Befreiung zu zerschlagen. Unentwegt fragen sie uns nach dem Zielland und versuchen, den Abflug hinauszuschieben. Sie warten auf einen Fehler von uns, eine Schwäche. Verena, Ina und Pfarrer Albertz werden mit einer französischen „Mystère“ von West-Berlin nach Frankfurt geflogen. Die Zusammenführung und der Abflug konnten wegen des Alliierten-Status nicht in Berlin stattfinden, darum die Verlegung auf den Frankfurter Flughafen.

Während Klaus Schütz am Abend zum zweiten Mal an diesem Tag nach Bonn zum Krisenstab fliegt, sitzen wir vergnügt und gespannt im Keller beim Abendbrot vorm Fernsehgerät. Die Luft ist schwer vom Rauchen und wir öffnen die Luke. Wie aus einem Schornstein ziehen Qualm und Bratengeruch nach oben und verteilen sich in der Küche und im Laden. Auch der Gefangene ist in aufgeräumter Stimmung, der Wahlsieg, die beginnende Endphase seines unfreiwilligen Abenteuers ... Er sitzt mit Alex über das Schachbrett gebeugt. Anna dreht das Radio lauter. Die Polizei spricht uns an und meldet, sie könne das Ultimatum nicht einhalten. Wir sehen keine Gründe dafür, alle Gefangenen sind bereits in Frankfurt. „Hinhaltetaktik“, knurrt Benjamin. „Das nutzt ihnen jetzt auch nichts mehr.“ Wenige Stunden später verliest Ina eine Erklärung der Genossen. Sie beschuldigt die Behörden, durch Verzögerungstaktik die Abflugzeit nicht einhalten zu wollen. Genau dies haben wir vermutet. Wir machen eine letzte, bündige Mitteilung:

„Mitteilung Nr. 5

1. Wir nennen kein Reiseziel. Der Pilot wird die Anweisung in der Luft erhalten.

2. Das Ultimatum wird um eine Stunde verlängert, das heißt, daß in der Tagesschau um 10 Uhr das Einsteigen der fünf Genossen und Heinrich Albertz übertragen wird.

3. Die Boeing 707 muß mit vier Mann Besatzung starten.

4. Die 120.000 DM sind den Genossen auszuhändigen.

5. Heinrich Albertz ist keine Geisel.

6. Peter Lorenz und wir warten auf den unverzüglichen Abflug der fünf Genossen und Heinrich Albertz.

Bewegung 2. Juni"

Es ist Montag 10 Uhr. Die Boeing hebt ab, und nicht nur im Keller der Kreuzberger Schenkendorff-Straße wird gejubelt. Das ist so gewiß wie das Zähneknirschen im Krisenstab und im Polizeiapparat.

Die Maschine landet um 19.40 Uhr in der südjemenitischen Hauptstadt Aden und am Dienstag um 18 Uhr ist Pfarrer Albertz mit der Erklärung der Befreiten zurück. In ihr bedanken sie sich für seine Mission und für die Handlungsweise der Regierung. In ihr steckt auch der Code, der uns signalisiert: Wir sind in Sicherheit.

In den ersten Tagen seiner Gefangenschaft haben wir mit Lorenz diskutiert. Distinguiert verteidigt er seine provinzielle Weltsicht. Er ist unfähig, Kausalitäten und globale Zusammenhänge zu erkennen. Wo wir sie ihm vorhalten, schweigt er verwirrt und ratlos. Seine Welt hat eine zweifellose Richtigkeit. Die sechs Tage in den Händen der Guerilla verunsichern ihn zwar, denn hier wird er als Schuldiger, als Täter angesehen. Das ist ihm noch in den ersten Interviews mit der Staatspresse anzumerken, wo er sagt, wir wären ihm weder verrückt noch fanatisch, sondern intelligent und gelassen erschienen. Aber schon sehr bald nach seiner Gefangenschaft ist er wieder auf der demagogischen und bornierten Höhe der herrschenden Politiker.

Am Wahltag haben wir den Fernseher so gestellt, daß Lorenz alle Hochrechnungen und zwischendurch die Meldungen zur Operation verfolgen kann. Frank und frei hält er unser Mißtrauen gegenüber den öffentlichen Äußerungen des Krisenstabs für angebracht. Er muß es wissen. Und er hofft, bei Gott, inständig mit uns, daß wir die Oberhand behalten. Er ist kein Held. Wozu auch? Der Staat, für den er steht, ist keinen Märtyrertod wert.

Der Sektkorken knallt, als der Code von Heinrich Albertz im SFB übermittelt wird. Eigentlich wollen wir Peter Lorenz erst am nächsten Morgen im Berufsverkehr hinausfahren, aber wir entschließen uns, ihn noch in derselben Nacht freizulassen. Die Sache ist abgeschlossen, er soll so schnell wie möglich nach Hause. Außerdem nerven uns die ständig nach Kontakten und Lebenszeichen rufenden Bullen. Das nächste Lebenszeichen wird er selbst sein. Wir besprechen den Abschluß der Aktion mit ihm und können auf seine volle Kooperation bauen.

Anna und Alex fahren ihn hinaus. Mit zugeklebten Augen, einem tief ins Gesicht gezogenen Hut und einer großen Sonnenbrille führen sie ihn locker aus dem Haus ins Auto und fahren fort. Die nächtliche Stadt ist ruhig, die Straßen sind mäßig befahren. Kein einziger Streifenwagen ist unterwegs. Sie halten absolute Ruhe. Die Tour geht durch die Außenbezirke. Nach einigen zeit- und richtungsverwirrenden Manövern wird er in einem Stadtpark nahe einer Telefonzelle abgesetzt. Man verabschiedet sich. Im Händedruck vereint sich der seltsame Dank von beiden Seiten.

Bär und ich flogen nach Beirut. Mit ausgezeichneten Pässen. Dies war aber auch die einzige Sicherheit. Bär konnte außer seinem Berliner Deutsch keine andere Sprache, ich noch ein sehr dürftiges Englisch. Beide waren wir noch nie im Nahen Osten gewesen, und wir machten uns auf den Weg dorthin mit nichts als einem vagen Namen im Kopf. Wir zogen los wie die Pfadfinder, um im revolutionären Mekka Kontakte zu knüpfen und Verhandlungen zu führen mit dem Ziel, die im Jemen gelandeten Genossen wiederzufinden. Es war der Name eines offiziellen Vertreters der PLO und es könnte mit unseren Anliegen schwierig werden, denn Arafat hatte dem Westen bereits öffentlich versichert, „terroristische Aktionen" unterbinden zu wollen. Der glückliche Verlauf der Aufnahme der Gefangenen im Jemen allerdings machte uns ziemlich sicher, daß der revolutionäre militante Teil der PLO so einen Verrat Arafats nicht zulassen würde. Selbst in der Fatah war der revolutionäre Flügel noch stärker als derjenige, der nach Befriedung strebte. Wir verließen uns auf unser Glück und unser intuitives Vermögen, im richtigen Moment die richtigen Sachen zu sagen und zu tun.

Der Flug war nicht planmäßig verlaufen, wir landeten tief in der Nacht im Libanon und überließen uns einem durchtriebenen Taxifahrer, der uns versprach, ein ordentliches Hotel für uns zu finden. Später stellten wir fest, daß er uns für die Fahrt durch die Nacht glatt den zehnfachen Preis abgenommen hatte.

Die europäischen Hotels liegen im Westteil, im europäisch-christlichen Teil der Stadt, selbstverständlich am Meer. Wir waren Europäer, also brachte er uns dorthin. Von unserem Zimmer konnten wir auf das herrliche Mittelmeer blicken. In einem sanften Bogen waren seine hellen Strände vor das bunte, sich um das Wasser krümmende Beirut gemalt. Auf der Promenade, die wie ein steinerner Burggraben an den Hotels vorbeizieht, sahen wir nur selten verschleierte Frauen. Sie war die Domäne der Europäer und der reichen, europäisch ausgerichteten Araber.

Nach unserem ersten orientalischen Frühstück, Joghurt mit schwarzen Oliven, Toast, Konfitüre und schwarzem Tee, machten wir uns auf die Suche nach unserem Mann im arabischen Teil Beiruts.

Es bedurfte keines besonderen Hinweises wie etwa in Berlin: Sie verlassen jetzt den christlichen Sektor. Wir überschritten eine unsichtbare soziale und kulturelle Grenze. Die Grenze zwischen reich und arm, zwischen Okzident und Orient. Die Banken und Glaspaläste blieben hinter uns, die Geschäfte verloren ihre glänzende Vornehmheit, wurden kleiner, bescheidener, bunter und lebhafter. Die Straßen waren nicht mehr gepflastert, sie waren jetzt staubig, eng, und die Rinne in der Mitte ersetzte notdürftig die Kanalisation. Die Kinder liefen barfuß und spielten mit Holzgewehren. Die Frauen trugen keine Hosen mehr. Die Häuser standen eng beieinander, kaum eins, das nicht mit revolutionären Parolen an den Wänden Auskunft darüber gab, daß hier die arabisch-moslemische Bevölkerung den Befreiungskampf der Palästinenser unterstützte. Vor der arabischen Universität herrschte ein festivalähnliches Treiben. Das Gebäude war von oben bis unten mit Parolen vollgeschrieben, eine Kulisse revolutionärer Aufklärung und Mobilisierung. Jeeps mit aufgepflanztem Maschinengewehr fuhren durch die Straßen. Ein Hochgefühl aus Zusammengehörigkeit und Internationalismus bemächtigte sich unser. Am liebsten hätten wir die Arme ausgebreitet und überschwenglich gerufen: „Brüder und Schwestern, auch wir sind Revolutionäre."

Aber dann sagte Bär: „Du, die Leute sehen uns an, als wollten sie uns gleich steinigen." Uns wurde plötzlich ungemütlich und die Euphorie wechselte schlagartig in Verunsicherung. Wir bewegten uns durch eine Gasse finsterer, zorniger Augen von Frauen und Männern, die Kinder legten ihre Holzgewehre auf uns an und riefen „Yankee, Yankee".

„Mein Gott, Bär, sie denken vielleicht, wir sind imperialistische Agenten."

Das hatten wir nicht bedacht. Als westliche Ausländer identifizierten uns die arabischen Menschen als Vertreter einer Welt, die Ursache ihres Elends, ihres würdelosen und niedergehaltenen Lebens ist, als Gegner ihres Befreiungskampfes, als Vertreter einer erdrückend dominanten, chauvinistischen Welt, die ihnen immer nur übel mitgespielt hat. Uns traf die ganze Wucht ihres tiefen Mißtrauens gegen das Abendland und sie ließen uns keinen Moment aus ihren Augen.

Aus schneller Fahrt stoppte ein Jeep neben uns. Guerilleros in Kampfanzügen sprangen aus dem staubumhüllten Jeep und umringten uns. Wer wir seien und was wir hier zu suchen hätten, wollten sie wissen. „Hoffentlich gibt's hier sowas wie eine revolutionäre Ordnung", dachte ich schnell und sagte, daß wir den „Roten Halbmond" suchten. Sie durchsuchten uns nach Waffen. Halb als Befehl, halb als Einladung drängten sie uns in den Jeep und brachten uns in rasender Fahrt zum Büro des Roten Halbmond.

Völlig frustriert und unzufrieden reisten wir Wochen später wieder zurück nach Europa. Nichts hatten wir herausgefunden über die im Jemen gelandeten Genossen. Weder hatten wir erfahren, ob sie überhaupt noch im Jemen waren, noch wie wir eine Verbindung zu ihnen herstellen konnten. Bär und ich hatten das Gefühl, auf diplomatischer Ebene versagt zu haben. Die Palästinenser hatten uns vier Wochen lang ins Leere laufen lassen. Mit allergrößter Gastfreundschaft und Herzlichkeit natürlich. Sie hatten uns unzählige Male mit Versprechungen vertröstet und hingehalten, bis wir zur Überzeugung gelangten, daß sie uns keine Informationen geben wollten. Wir bekamen die ersten Auswirkungen von Arafats Bestrebungen zu spüren, die internationalen Aktivitäten zu blockieren. Warum aber diskutieren sie das nicht mit uns? Wir gingen in Abu Hassans Hauptquartier ein und aus. Er versicherte uns jedesmal seiner Unterstützung. Sie kam aber nicht. Wir redeten mit Abu Iyad, er versicherte uns seiner vollen brüderlichen Unterstützung, aber sie blieb aus. Wir hielten Meetings über Meetings ab, tranken Unmengen Mokka und süßen Tee, besichtigten die sozialen Einrichtungen und Arbeitsstätten der PLO in den Lagern, die Krankenhäuser des Roten Halbmonds – die gewünschten Informationen bekamen wir nicht. Allerdings boten sie uns eine militärische Ausbildung in einem ihrer Camps nahe der syrischen Grenze an. Entnervt flogen wir nach Berlin zurück. Wir wollten es einige Monate später noch einmal versuchen und dies mit der Ausbildung verbinden.

Beim zweiten Anlauf wollten wir mit der PFLP Kontakt aufnehmen. Zur Ausbildung nahmen wir den langen Hans mit nach Beirut. Hans war ein legaler Genosse und schon lange in der Bewegung aktiv. Bär und ich hatten übereinstimmend ein ungeklärtes Gefühl zu ihm: Ich verdächtigte ihn undeutlich eines eitlen Verbalradikalismus und konnte es nicht klären, da er sich bei Unklarheiten geschickt in seine legale Existenz zurückzog. Ich argwöhnte, daß er diese als Bastion gegen unsere Forderung nach größerer Verbindlichkeit nutzte. Grundsätzlich strebten wir ja nach einer möglichst guten Einheit zwischen legaler und illegaler Arbeit. Optimal war es, wenn die Genossen in der legalen Basisarbeit verankert, noch nicht im Fahndungsraster des Staatsschutzes gespeichert waren und gleichzeitig in der illegalen Organisation mitarbeiteten. Hans war in dieser Position, aber es schien uns, als spiele er die Ebenen gegeneinander aus, um sich vor grundsätzlichen Entscheidungen zu drücken und hier wie da aus Eitelkeit mitzutanzen. Darum beschlossen wir, ihn mit zur Ausbildung in den Libanon zu nehmen. Dort wären wir in einer für uns alle neuen Situation unter gleichen Bedingungen. Gute Voraussetzungen also, um zu einem klaren Verhältnis miteinander zu kommen.

Es war unsere erste militärische Ausbildung und wir waren ganz heiß darauf. Mit einem Jeep wurden wir von Beirut in die Berge gebracht. Heiß brodelten auch die politischen und militärischen Interessen um die Vorherrschaft im Libanon. Der Bürgerkrieg warf seine Schatten voraus, es fielen die ersten Schüsse. Die rote Erde des Libanon glühte rissig und trocken. Wir durchquerten auf unserer Fahrt die großen palästinensischen Flüchtlingslager. Ein dichtes Bild aus Verelendung, Hoffnungslosigkeit und revolutionärem Kampfgeist, aus Trostlosigkeit und trostspendender revolutionärer Leidenschaft. Kein Dorf, in dem nicht die Fahne der palästinensischen Befreiungsfront wehte, keine Hauswand ohne revolutionäre Parole. Wie lächerlich war hier die westliche Demagogie von den palästinensischen „Terroristen“.

Ein altes Haus diente uns als spartanisches Quartier. Abu Mahmud hatte das Kommando über unsere kleine Gruppe. Mir schien, er war ein alter ausgedienter Kämpfer, der auf diesem gemütlichen Außenposten noch seine Funktion hatte. Chalil und Bassem waren unsere Ausbilder. Es fing gut an und wir gingen mit großer Lust und noch größerer Guerillaromantik in die Kampfausbildung. Aber dann war in wenigen Tagen schon alles vorbei. Unsere Pläne nahmen eine ganz andere Wendung. Am Morgen waren wir zum Schießtraining und Handgranatenwerfen losgefahren. Zunächst übten wir mit Attrappen, dann mit scharfen. Es waren Stielhandgranaten, bei denen man die Abzugsleine mit einem daran befestigten Ring über den Daumen der Wurfhand streifen mußte, so daß die Sicherungsleine beim Abwurf in der Hand blieb, während die entsicherte Granate davonflog.

Hans, wie so oft etwas unschlüssig und unsicher, holte zaghaft zum Wurf aus, ohne den Stiel der Waffe fest mit der Hand zu umschließen. Sie rutschte ihm durch die Finger und fiel hinter ihm zu Boden. Die Granate war entsichert, die Abreißleine hing an seinem Daumen. Wir anderen standen immer in einem Sicherheitsabstand zum Werfenden und starrten entsetzt auf den versteinerten Hans. Die Granate zischte ihrer Detonation entgegen. Ich schrie seinen Namen, er rührte sich nicht und wir warfen uns zu Boden. Noch im Fallen sehe ich den Körper von Chalil wie einen abgeschossenen Pfeil auf Hans zufliegen. Mit einem mächtigen Sprung hatte er sich auf ihn geworfen und zusammen stürzten sie zu Boden. Als sie den Boden berührten, explodierte die Granate. Wir sprangen auf die Beine und rannten zu den Verletzten. Noch im Laufen riß sich Bassem das Hemd herunter, und während wir noch hilflos nach Fassung rangen, war er bereits bei Hans und verband ihn zuerst. Chalil war schwer verletzt. Er hatte die Splitterladung mit seinem Körper abgefangen, unter dem er Hans geborgen hatte. Ganz ruhig lag er da, bei klarem Bewußtsein, und befahl Bassem, sich zuerst um Hans zu kümmern, dem nur zwei kleine Splitter ins Bein gedrungen waren. Chalil hatte ihm zweifellos das Leben gerettet, unter Nichtachtung seines eigenen.

Beide waren viele Wochen im Krankenhaus. Chalil hat überlebt. Dieses Ereignis hat auf Bär und mich einen tiefen Eindruck gemacht. Der bedingungslose Einsatz der palästinensischen Genossen, wie ein Reflex für das Leben eines anderen Genossen einzustehen, hatte uns ihre hohe revolutionäre Moral vor Augen geführt und uns schlagartig empfinden lassen, wie weit wir von der Realität des Krieges, den wir in der BRD dem Staat erklärt hatten, entfernt waren. Für die palästinensischen Fedajin war er tägliche Wirklichkeit. Für uns war das militärische Training eine romantische Ausnahmesituation und so standen wir hilflos und erschrocken da, ungeübt, unfähig, die Sekunden zwischen Leben und Tod für uns zu nutzen.

Hans beendete seinen Flirt mit dem Guerillakampf. Wir brachten einen wehleidigen Genossen zurück nach Berlin, der uns schon im Hospital des Roten Halbmond mit seinen Metropolen-Ansprüchen in bodenlose Peinlichkeiten gestürzt hatte. Er vergaß einfach, wo er war und wer wir waren. Nur seine leidende Person war ihm noch wichtig. Er verhielt sich, als wäre er ein Normalbürger im Berliner Klinikum.

Das Hospital war überfüllt mit verwundeten Fedajin. Während wir auf Hans' Transportfähigkeit warteten, war der Bürgerkrieg eskaliert. In Beirut kämpften die Falangisten (Kataeb) gegen die Linksfront unter Dschumblat. Verschiedene palästinensische Guerillaverbände kämpften ebenfalls gegen die Falange, welche die politisch-ökonomische Vorherrschaft der Christen verteidigte. Der Westen hat vom Bürgerkrieg im Libanon immer als Religionskonflikt gesprochen. Nicht weil er es nicht besser wußte, sondern um den sozialen Grundkonflikt zwischen der besitzlosen muslimischen Bevölkerung und der besitzenden christlichen Minderheit zu vertuschen.

Bär und ich mußten durch die Feuerlinien, wenn wir ins Hospital wollten. Ohne Schutz durch palästinensische

Genossen konnten wir uns nicht mehr in der Stadt bewegen. Entführungen standen als Kampfmittel auf der Tagesordnung. Das Hospital glich einem Lazarett gleich hinter der Front. Jedes Bett wurde gebraucht und der gute Hans wollte seines immer noch nicht verlassen. Seine Verwundung war unbedeutend im Vergleich zu denen der Verletzten aus dem Straßenkampf. Dann hatten wir ihn endlich im Flugzeug und waren erleichtert, ihn in Berlin wieder in seine Welt entlassen zu können.

Kapitel VIII

Wenn das ganze praktische Streben und auch das theoretische Gesichtsfeld nur auf die Durchführung einer wichtigen Aktion und nicht auf ein gesamtstrategisches, politisches Konzept gerichtet ist, entsteht, wenn diese glücklich durchgeführt wurde, ein Vakuum. Ein „Was nun? Wie weiter?" So erging es mir nach der Befreiungsaktion. Meine Vorstellung, wie wir die bewaffnete Politik weiterentwickeln sollten, war völlig nebelhaft. Werner war bei seinem Versuch, in Westdeutschland etwas aufzubauen, kaltblütig erschossen worden, Karl Heinz kam schwerverletzt in Gefangenschaft. Fritz war ausgebrannt nach Berlin zurückgekommen und konnte keine innovativen Impulse geben. Eine Diskussion über Neubestimmung und Perspektive stand wieder dringend an. Wir wollten sie aber aufschieben, bis wir die Genossen aus dem Jemen zurückgeholt hatten. Nach dem Abflauen des Bürgerkriegs im Libanon wollten wir es noch einmal versuchen. Bis dahin hielten wir es für das Vernünftigste, unsere zukünftige ökonomische Lage zu sichern. So kamen die zwei berühmt-berüchtigten Schokokuß-Banküberfälle ins Berliner Abendprogramm. In zwei Gruppen, an zwei aufeinanderfolgenden Tagen, beraubten wir zwei Banken und boten den anwesenden Kunden zur Entspannung mitgebrachte Schokoküsse an. In einem Flugblatt hinterließen wir die Gründe unserer Enteignungsaktion:

„KONJUNKTURPROGRAMM
der Bewegung 2. Juni

Wo alle sagen, daß der Rubel wieder rollen muß, damit die Schornsteine wieder rauchen, will auch unsere Bewegung, im Rahmen ihrer bescheidenen Möglichkeiten – schließlich sitzen wir alle im gleichen Latrinendampfer – einen Beitrag leisten. Hoffentlich gehts gut, also:
Her mit der Kohle!!!
Revolutionäre Negerküsse von der Stadtguerilla der
Bewegung 2. Juni!"

Dem Polizeiapparat und den herrschenden Organen gefiel diese Art der „Gemeinmachung“ zwischen Volk und Terroristen ganz und gar nicht. Mit Hochdruck wurde an unserer Ergreifung gearbeitet.

Die Verhaftungswelle begann mit Till. Er wurde mitten im Zentrum Berlins von Fahndern erkannt und nach kurzer Verfolgung festgenommen. Dann folgten Ronni und Gerald. Bei der Anmietung einer Garage hatten sie irgendeinen Fehler gemacht. Danach kam der große Schlag: Biene, die erst wenige Monate bei uns war, Ralph, Andreas und ich. Wenige Wochen später Fritz, Gabi und die als „Unterstützer“ verhafteten Genossinnen und Genossen.

Schräg gegenüber unserer Werkstatt ist eine Bushaltestelle. Sie ist im allgemeinen nicht stark frequentiert. Durch das Ladenfenster kann ich hinüberschauen und denke flüchtig: Heute warten da ziemlich oft Leute auf den Bus. Gestern auch schon. Unsere Autos stellen wir immer in der Nebenstraße ab und gehen zu Fuß zur Werkstatt. Als ich gestern mit Bär im Golf davongefahren war, hatten wir das unklare Gefühl, „was dran zu haben“. Wir starteten durch und machten ausgiebige Testmanöver, bis wir sicher waren: niemand verfolgt uns. Am Ende neigten wir zu der Annahme, daß nichts gewesen war.

Bevor wir heute die Werkstatt betraten, hatten wir aufmerksam, aber doch eher routinemäßig die Umgebung abgecheckt. Alles ruhig. Alles normal. Nur eben die Haltestelle, sie ist fast ununterbrochen von Pärchen besetzt.

Die Werkstatt ist unser logistisches Zentrum. Wir wollen Dokumente drucken und bereiten die Rotaprint-Maschine vor. Biene kocht in der Küche Kaffee. Unsere Waffen haben wir in die Regale gelegt.

Plötzlich splittert mit ohrenbetäubendem Knall die große Schaufensterscheibe, etwas kracht gegen die Ladentür, aus mehreren Lautsprechern hören wir: „Hier ist die Polizei, Sie sind umstellt, kommen Sie mit erhobenen Händen heraus oder wir stürmen die Räume!“

Wir sind total überrumpelt, in den ersten Sekunden wie

festgenagelt. Dann stürze ich zu meiner Waffe, stecke sie mir in den Gürtel. Ein Impuls aus dem Gefühl heraus, es sei nicht „standesgemäß“, unbewaffnet verhaftet zu werden. Biene ruft uns entsetzt zu: „Nicht schießen, bitte, nicht schießen!“ Vollkommen kopflos renne ich noch an die Hintertür, reiße sie auf und schlage sie schnell wieder zu, als sich die Mündung einer MP auf mich richtet. Natürlich, was hatte ich erwartet? Ein Wunder, daß der Bursche nicht sofort geschossen hat, wie bei Elisabeth und Rolf.

Ich schaue aus dem Küchenfenster in den Hinterhof. Eine ganze Kampfeinheit ist dort versammelt. „Keine blödsinnige Schießerei“, sagt Ralph. „Wir haben keine Chance, hier rauszukommen.“ Davon habe ich mich gerade überzeugt. Aber freiwillig hinausgehen wollen wir auch nicht.

Während die Türen und Fenster bersten und die Maschinenpistolen sich auf uns richten, umarmen wir uns, nehmen Abschied. Ab diesem Moment muß jeder für sich stehen, jetzt kommt eine lange Gefangenschaft, ein langes Alleinsein, ein langer einsamer Kampf, um nicht verlorenzugehen.

Nach drei Monaten Absonderung in einer Zelle auf dem Krankenrevier werde ich wieder in meine alte Zelle gelegt. Die Wärterinnen können ihren hämischen Triumph nicht verbergen, als sie mich hinführen: „Wir haben sie extra zwei Jahre für Sie freigehalten.“ Wie schön. Auch ich habe meinen Triumph: Kaum bin ich allein in meiner noch etwas mehr heruntergekommenen Kiste, schaue ich in das kleine Versteck, und siehe da, ich finde wieder, was ich vor meinem Ausbruch 1973 dort versteckt hatte: eine Hälfte des zerbrochenen Engelshaars. Letztendlich konnte ich dieses reizvolle kleine Werkzeug nicht mehr produktiv verwenden, weil eine konventionelle Flucht mit Gitterdurchsägen nicht mehr durchführbar war. Es gab jetzt ein intensives Kontrollsystem. Aber ich hatte trotzdem das Gefühl, nur in einer provisorischen Lage zu sein, nicht endgültig gefangen zu sein.

Wer ins Gefängnis kommt, hängt seine ganze Hoffnung an die Justiz, an einen guten Rechtsanwalt, einen glimpflichen

Prozeß. Als politische Gefangene wissen wir, daß wir von dieser Seite nichts zu erwarten haben. Einmal verhaftet, besteht nur die seltene Chance der Selbstbefreiung, der Befreiung durch Genossen oder eben die Endgültigkeit ewiger Jahre. Mit meinem Engelshaar im Versteck kam diese Stimmung der Endgültigkeit gar nicht erst auf.

Das Regime im Lehrter Knast hatte sich kaum verändert, aber die große Anzahl an politischen Frauen hatte feine Spuren in die Rigidität des Systems geschliffen. Im permanenten Kampf um mehr Selbstbestimmung, mehr Kommunikation hatte der Apparat mit der Zeit Ermüdungserscheinungen gezeigt. In manchen Punkten hatte er sich stillschweigend ergeben. 1973 gab es noch ständige Auseinandersetzungen mit nachfolgenden Sanktionen um die „Ordnung und Sicherheit" in der Zelle. Wir räumten und stellten das Mobiliar nach unsren Bedürfnissen, sie räumten es wieder an die festgelegten Plätze, teilten Drohungen und Strafen aus. Wir nahmen sie hin und räumten danach wieder um. Sie reagierten wieder mit Repressionen, wir ignorierten wiederum. So ging es monatelang, dann gaben sie es auf. 1975 war es Normalzustand, daß wir die Möbel nach Belieben stellten, die Matratzen kommunemäßig auf dem Boden lagen und die Spione zugeklebt waren.

Die Abschottung der politischen Gefangenen voneinander war formell zwar nicht aufgehoben, aber praktisch auch nicht mehr streng und kleinlich durchgeführt. Überall gab es still nutzbare Lücken zur Kommunikation. Jede offen organisierte gemeinsame Aktion allerdings wurde schnell und rücksichtslos von den Rollkommandos zerschlagen. Ausgenommen die Hungerstreiks, da waren sie machtlos.

Monika entdeckte dieses Loch im alten Lehrter Knast. Ein kleines, aber ausreichendes Oberlicht ohne Gitter im Vorraum der Gefangenen-Bibliothek. Es war schon ganz blind geworden von den endlosen Jahren, in denen es scheinbar keine andere Funktion gehabt hatte, als von einer zur Freiheit entschlossenen Gefangenen entdeckt zu werden.

Mit Moni durfte ich täglich eine halbe Stunde Hofgang

machen und einmal in der Woche Tischtennis spielen. Der Weg zum Freizeitraum führte an der Bibliothek vorbei.

„Wir brauchen also drei verschiedene Schlüssel, um an dieses Fenster zu gelangen", begannen wir unsere Planung. „Für die Zelle, für den Gang zur Bibliothek und für die Bibliothek selbst." Das sah recht schwierig aus. Eine unbemerkte Flucht, die auch außerhalb der Mauern das Entkommen sicherte, konnte nur in der Nacht versucht werden.

Die Sozialarbeiterin hatte alle drei Schlüssel am Bund. Sie beaufsichtigte von Zeit zu Zeit die Tischtennisstunden. Manchmal spielte sie mit und legte ihre Schlüssel auf den Tisch.

Es dauerte viele Wochen, bis uns die Abdrücke aller drei Exemplare geglückt waren. Sie waren nicht besonders gut, aber ich wollte es mit ihnen versuchen. Der Lehrter Knast hatte noch die dicken, massiven Holztüren mit einer Essensklappe, die von außen mit einem Vierkantschlüssel verriegelt wurde. Diesen Vierkant besaßen wir und Monis Essenklappe hatte den Vorzug, daß sie etwas klemmte und auch im entriegelten Zustand vollkommen geschlossen wirkte. Von hier also sollte unsere Flucht ihren Ausgang nehmen. Durch die Klappe greifend würde Moni ihre Zelle aufschließen können, dann zu mir kommen, wir würden Biene und Gabi holen, uns zur Bibliothek durchschließen, durch das Fenster aufs Dach steigen, von dort auf die eisernen Reiter der Mauer, an denen wir unser Seil aus zusammengeknoteten Bettlaken befestigen würden, um auf die Straße hinunterzuklettern. Dort würde ein Wagen stehen und uns aufnehmen. Der Plan war genial einfach ... falls es uns gelingen würde, an die Schlüssel zu kommen.

Susan hatte von draußen den Kontakt zu mir hergestellt. Geduldig und über komplizierte Wege schmuggelte sie mir Materialien zum Anfertigen der Muster für die Schlüssel herein: ein winziges Taschenmesser, Komponentenkleber, der bei richtiger Mischung hart wird wie Stein, und eine kleine Pistole.

Die Abdrücke waren unvollständig, teilweise verrutscht.

Ganz vorsichtig besserte ich sie, so gut es ging, nach und übertrug ihre Maße auf Papier. Von dort auf mein Frühstücksbrett aus Holz. Ich verschnitzte fünf Frühstücksbretter, bis ich drei tadellose Holzschlüssel zustandegebracht hatte. Bei nächstmöglicher Gelegenheit probierte ich sie aus. Sie paßten, waren aber wie erwartet nicht stabil genug, um die schwere Schließvorrichtung zu bewegen. Von den Holzmustern machte ich noch einmal präzise und tiefe Abdrücke, die ich mit Komponentenkleber ausgoß. Ich wollte Kunststoffschlüssel herstellen. Es gelang nicht richtig, die Konsistenz stimmte nicht, und ich konnte das Experiment nicht wiederholen. Einmal weil das Material nicht reichte, zum anderen weil sich bei der Arbeit ein scharfer chemischer Geruch ausgebreitet hatte, der durch die Tür in den Gang kroch. Ich war drauf und dran, alles zu vernichten, da ich befürchtete, eine Kontrolle zu provozieren. Aber wie überall sind auch im Gefängnis die Dienstaktivitäten in der Nacht träge und auf das Nötigste beschränkt. Niemand kam und nahm Anstoß an dem ungewöhnlichen Gestank. Alle Arbeiten machte ich in der Nacht. Von meinem Fenster aus hatte ich einen ausgezeichneten Blick auf alle Kontrollbewegungen der Beamtinnen. Um 22 Uhr wurde das Licht gelöscht. Aus Margarine hatte ich eine Kerze gebastelt. Sie brannte schwach, ihr Lichtschein drang nicht verräterisch durchs Fenster nach draußen. Nur der Zellenschlüssel war hart geworden und wirkte vielversprechend. Mit Sandpapier schliff ich ihn perfekt, und als er nahezu fertig war, glitt er mir aus der Hand. Er zerschellte wie Glas auf dem Boden meiner Zelle. Es hätte auch mein Herz sein können, so enttäuscht war ich. Man muß sich vorstellen, welcher Aufwand und welches Risiko hinter jedem geschmuggelten Stück Material steckte. Wege, Gelegenheiten und Möglichkeiten sind nicht beliebig wiederholbar, oft nur einmalige Chance oder Ergebnis monatelang gezogener Fäden. Ich konnte es einfach nicht fassen und starrte auf meine zersplitterte Arbeit. Beim Zusammenkehren der Splitter stellte ich fest, daß der Schlüsselbart unversehrt geblieben war. Es war also noch nicht alles zu spät. Unverdrossen sann ich über eine Möglichkeit nach, dem Schlüsselbart einen Hals, einen Griff anzupassen. Meine Augen griffen sich jeden Gegenstand in der Zelle und schüttelten ihn durch meine Phantasie wie durch ein Sieb, damit seine Nutzbarkeit hängenbliebe. Es war dann der Bügel meines Handspiegels. Jeweils links und rechts schliff ich eine kleine Rille in den Bart und schob ihn auf die zwei Bügelenden. Das machte einen ausreichend stabilen Eindruck, und zufrieden legte ich mich schlafen. Ein paar Tage trug ich mein Schlüsselskelett mit mir herum, dann fand ich Gelegenheit, es an Bienes Tür auszuprobieren. Es funktionierte! Ich schloß die Zellentür auf. Sekundenlang starrte ich in Bienes ungläubige Augen.

Unser Fluchtplan nahm jetzt kräftige Konturen an. Den passenden Zellenschlüssel und die zwei Holzmuster schaffte ich raus zu Susan. Sie feilte aus Rohlingen echte Nachschlüssel. Wie Ameisen wanderten heimlich alle Dinge aus dem Knast heraus und wieder hinein zu mir. Nichts durfte bei den häufigen Zellendurchsuchungen gefunden werden, kein Gegenstand Verdacht erregen. „Wieso brauchen Sie so oft ein neues Frühstücksbrett?“ wurde ich gefragt. „Weil Sie mir immer die alten geben, die schon brechen, wenn ich die Stulle rauflege“, sagte ich.

Die praktischen Vorarbeiten für unsere Flucht brauchten ein halbes Jahr. Die Vorbereitungen von draußen hatte Susan in der Hand. Es mußten mehrere Wohnungen, ein großes Fluchtauto, Dokumente, Waffen beschafft werden. Susan war nach der Verhaftungswelle als einzige durchgekommen. Sie war der Felsen von Gibraltar. Ich setzte alles Vertrauen der Welt in sie. Zusammen arbeiteten wir an einem imaginären Tunnel, sie von draußen, ich von drinnen. Der Durchbruch war die Nacht unserer Flucht.

Biene hatte sich im Gefängnis eine Zahnprothese anfertigen lassen. Durch eine Verkettung unglücklicher Zufälle und Umstände wurde ihre Fertigstellung einfach immer wieder hinausgezögert. Wiederholt verschoben wir unsere Flucht, die Zähne sollten unbedingt mit raus, weil Zahnprobleme in der Illegalität mit Risiken verbunden sind. Am Ende kamen sie doch nicht mit, und draußen gab es einen Wettlauf mit den Bullen, wer sie zuerst in die Hände bekam. Wir haben sie nicht mehr gekriegt.

Ausgerechnet in der Fluchtnacht lief die Gefängnismaschine nicht ihren normalen Gang. Kurz nach 22 Uhr gab ich das Signal. Die Beamtinnen hatten ihre Kontrollrunden beendet und verließen den Gefangenentrakt. Alles ging zunächst nach unseren Plänen. Es funktionierte ganz phantastisch: Moni griff durch die heimlich entriegelte Essensklappe und schloß sich selbst raus. Sie öffnete meine Tür und wir holten Gabi und Biene aus der Zelle.

Von den draußen gefeilten Schlüsseln hatte am Ende nur der Zellenschlüssel gepaßt. Er war zwar der wichtigste, aber es hatte sich eine entscheidende Änderung unseres Planes ergeben: Wir waren gezwungen, auf die Beamtinnen zu warten, um ihnen die anderen zwei Schlüssel abzunehmen.

Zu viert auf dem Flur, bewaffnet mit umwickelten Stuhlbeinen und einer kleinen Pistole, fühlten wir uns einigermaßen stark und durchsetzungsfähig. Das zum Seil verknotete Bettlaken hatte ich mir wie eine Bergsteigerin um die Schulter gelegt. Außerdem hatten wir noch Klebeband und Schnüre zum Fesseln der beiden Wärterinnen dabei. Bis zur nächsten Kontrollrunde versteckten wir uns in der Besenkammer, die gerade vier Personen aufnehmen konnte.

Aber es passierte nichts. Es vergingen mehr als zwei Stunden, noch niemand war gekommen. Die Luft wurde schlecht, wir mußten hinaus aus der engen Kammer. Das Warten war ätzend und steigerte unsere Unsicherheit. Was war hier los? Ging unser so lange und so weit vorbereiteter Ausbruch jetzt doch noch schief? Der Zeitplan war schon geplatzt. Wir konnten uns nicht vorstellen, daß Susan sich immer noch mit einem gestohlenen Mercedes vor dem Knast aufhalten könnte.

Nach drei Stunden war immer noch niemand gekommen. Wir waren jetzt völlig überzeugt, daß unsere Aktion entdeckt worden war und daß eine Falle aufgebaut wurde. Wir hörten draußen schwere Autotüren schlagen und waren sicher, da ist ein Mannschaftswagen gekommen und gleich stürmen sie die Station. Wir waren fast gelähmt und konnten uns kaum entscheiden, was tun: zurück in die Zelle oder draußen auf den Sturm warten. Trotzig blieben wir dann draußen, offensichtlich war eh schon alles zu spät. Zur Unschuld konnten wir nicht mehr zurück. Aber niemand kam gestürmt. Nach drei entsetzlich gespannten Stunden hörten wir das verhaltene Gelächter der beiden Frauen die lange Gerade des Flurs herunterkommen. Wie eine Mädchenräuberbande warteten wir hinter der Ecke am Knick des Ganges auf sie.

Sie fürchteten sich sehr vor unseren Stuhlbeinen und flehten: „Nicht schlagen, nicht auf den Kopf schlagen." Mir war das peinlich. Was hielten die von uns? Wir dachten überhaupt nicht daran, sie zu schlagen, wir sind doch nicht wie ihre Schläger aus den Rollkommandos. Weil sie aber wissen, was sie uns täglich antun mit ihrer Befehlsgewalt über uns, ihrer Respektlosigkeit gegenüber unserer Persönlichkeit, mit ihrer Nichtachtung unserer Würde, weil sie wissen, wie sie ihre Macht mit kleineren und größeren Schikanen immerfort gegen uns einsetzen, uns mundtot und ohnmächtig machen, weil sie das genau wissen, empfinden sie diesen Moment, der dieses Verhältnis plötzlich und unerwartet umkehrt, als einen Moment der Wahrheit und flehen um Gnade. Sie können sich nur vorstellen, daß wir genauso handeln werden wie sie: tendenziell sadistisch, rachedurstig.

Bewußt hatten wir zwei Beamtinnen ausgesucht, die den Bedürfnissen und Problemen der Gefangenen bemerkenswert abweisend, kleinlich und ignorant gegenüberstanden und die ungerührt jede repressive Maßnahme für angemessen hielten. Jetzt fürchteten sie sich vor Rache.

„Hören Sie auf, wir wollen Sie nicht schlagen, wir wollen nur die Schlüssel und daß Sie jetzt unseren Anweisungen folgen." Widerstandslos ließen sie sich in die Bibliothek führen, wo wir ihnen Hände und Füße zusammenbanden.

Ich steige zuerst durchs Fenster aufs Dach und taste mich hinunter zu den stählernen Reitern auf der Zinne der Mauer. Wir werden uns zu Fuß durch die Nacht davonmachen müssen, denke ich, aber als mein Blick die Straße erreicht, sehe ich im Halbschatten der Laterne einen silbernen Mercedes stehen. Susan! Sie hat es irgendwie ausgehalten. Später sagte sie uns: „Es waren die letzten Minuten, kurz danach hätte ich aufgegeben.“ Wenn die Zeit der Streifenkontrolle herankam, war sie davongefahren und hatte sich hernach wieder hingestellt.

Schnell befestige ich das Seil an den Reitern und als ich alle drei Schatten der Genossinnen auf dem Dach sehe, lasse ich mich hinunter. Eine glückliche Landung jenseits der Mauer und ich renne zum Wagen. Susan drückt mir ein Gewehr in die Hand und startet. Moni, Gabi, Biene kommen genauso glücklich runter und sausen heran. „Die Reifentöter, hinten stehen zwei Kisten Reifentöter, schmeißt sie auf die Straße“, ruft Susan aufgeregt. „Verteilt sie über die ganze Breite!“

Dann rasen wir davon. Niemand folgt uns, niemand hat uns gesehen. Wir sind alle total aus dem Häuschen und meine größte Bewunderung gilt Susan.

Die Wohnung ist mit allem Komfort eingerichtet, wir nehmen sie wie einen Palast in Beschlag. Auch an den Polizeifunk hat Susan gedacht und wir verfolgen mit Vergnügen das Chaos vor dem Lehrter Knast. Ein Streifenwagen nach dem anderen war in den Reifentötern hängengeblieben. Die Fahndung kam erst zu einem System, nachdem wir schon ausschweifend gebadet, gegessen, getrunken hatten.

Am nächsten Tag verschaffte Susan sich einen Eindruck über den Fahndungsaufwand in der Stadt. Unser Übermut ernüchterte schnell zu allergrößter Vorsicht und Aufmerksamkeit. Die Stadt war voller Streifenwagen. Sie fuhren mit aufgepflanzten lebensgroßen Bildern von uns durch die Straßen und forderten die Bevölkerung zur Denunziation auf. Polizisten gingen in bestimmten Vierteln von Haus zu Haus, die Zeitungen machten uns zu entsprungenen Monstern.

Nach drei Tagen mußten wir die Wohnung wechseln. Moni drängte bald auf einen Kontakt mit Illegalen und ließ sich nicht abhalten, ihn selbst wahrzunehmen. Sie wurde mitten auf dem Kudamm von Fahndern erkannt und überwältigt.

Monika gehörte zu den ersten in Gefangenschaft geratenen RAF-Aktivistinnen. Sie hatte bereits fünf Jahre Knast hinter sich und war eine unbeugsame Kämpferin. Es war sehr schmerzhaft, daß gerade sie nach wenigen Tagen in Freiheit wieder in dieses Gefängnisloch zurückgeschafft wurde, aus dem wir uns soeben mühselig befreit hatten. Die Umstände, die heiße Situation ließen uns keine Zeit für Tränen und Trauer.

Um unsere Wohnung herum sind Hausdurchsuchungen. Wir schlafen nur noch abwechselnd, eine ist immer auf Wache. Wir sind bei einem ETA-Genossen, er versorgt uns und beobachtet die Gegend. In seiner Toilette hat er die Mauer durchbrochen und mit den losen Ziegelsteinen das Loch wieder zugestellt. Der Durchbruch führt auf ein Garagendach und von dort in eine völlig andere Straße. Hier steht sein Auto bereit. Unsere Chancen sind gut, falls ein Kommando unsere Wohnung stürmt.

Am frühen Morgen steht ein junges Paar im Hinterhof unter unseren Fenstern und macht Fotos. Sie posiert verkrampft und ungeschickt in jeder Ecke, das Objektiv sucht die Fenster ab. Ich stehe hinter den Vorhängen und registriere alles. Es ist klar. Dies ist nicht die Stunde für Fotografen, dies ist die Stunde der Fahnder. Wir sind ganz sicher, hier wird ein Wohnungssturm vorbereitet. Wir verschwinden mit unseren wenigen Habseligkeiten durch das Mauerloch.

Einige Stunden später stürmen sie die Treppe herauf. Eduardo ist bereits wieder zurück und erwartet unerschrokken das Krachen der splitternden Wohnungstür.

Später gab er unter Gelächter zum besten, daß sie an seiner Tür vorbei ins nächste Stockwerk gestürmt sind und dort einem harmlosen Bürger die Wohnung demoliert haben.

Währenddessen waren wir bereits in Sicherheit. Eduardo hatte uns mit seinem uralten, klappernden, mit Gemüse beladenen Auto an den sirenenheulenden Polizeiwannen vorbeichauffiert. Mit seinem herrlichen Tenor schmetterte er gegen das Tatü-Tata der Sirenen und gegen das Klappern unserer Zähne: Venceremos Venceremos ... und ... Guantanamera Guantanamera ...

Eine unvergeßliche Fahrt durch Berlin, bedeckt mit Mohrrüben, Spinat und Rhabarber, beruhigt durch Eduardos kühnen revolutionären Gesang.

Kapitel IX

Es dauerte nicht mehr lange, bis Gabi, Juliane und ich aus Berlin hinausschlüpfen und nach Bagdad fliegen konnten.

Jetzt endlich gab es ein Wiedersehen mit den 1975 befreiten Genossen. Nicht mit allen. Rolf Pohle hatte sich von der Gruppe und allen bewaffneten Aktivitäten verabschiedet. Rolf Heissler und Verena hatten sich zwischenzeitlich der RAF angeschlossen, und Rolf hatte kein Bedürfnis, mit uns zusammenzutreffen. Mit Rasha und Gabriele flogen wir in den Südjemen und verbrachten ein Vierteljahr in der Abgeschiedenheit eines palästinensischen Ausbildungscamps.

Eigentlich wollten wir unsere Identität vor den palästinensischen Genossen geheimhalten, aber sie zeigten uns gleich nach der Ankunft lachend ein deutsches Wochenmagazin mit unseren Fotos und der ausführlichen Ausbruchsstory. Die Zeitschrift hatte schneller als wir den Weg von Europa in diese Einöde gefunden. Immerhin hatte sie uns mit dem Bericht gleich den gehörigen Respekt verschafft.

Wir bekommen arabische Namen. Das ist so üblich. Ich heiße Intissar. Alle arabischen Namen haben eine Bedeutung und ich möchte wissen, was Intissar heißt. Es bedeutet: der Sieg, der lateinische Name dafür ist Viktoria. Das ist eine Verheißung und ich bin stolz.

Europa ist weit und aus der Ferne noch häßlicher in seiner destruktiven Lebensart. Die Einsamkeit unseres Ortes, die Hitze, die einzigartige Fremde des arabischen Lebens, ein streng geplantes Ausbildungsregime halten uns fasziniert in Atem.

Um zehn Uhr ist die Sonne so hoch und glühend, daß wir es draußen kaum mehr aushalten. Also beginnen wir bereits um fünf Uhr, wenn es noch dunkel und die Luft frisch ist. Eine Frühe, in der das Aufstehen besonders schmerzt. Aber unbarmherzig weckt uns die letzte Wache. Auf dem Herd brodelt ein großer Kessel Tee. Verschlafen greifen wir uns ein Glas und gehen hinaus. Stumm sitzen wir alle irgendwo herum, die Nacht noch im Kopf, und schlürfen den heißen, süßen Tee. Wir genießen die stille Kühle der Stunde wie ein frisches Bad.

Dann laufen die Männer los und wir Frauen haben Mühe, den Anschluß zu halten. Wir laufen den Berg hinunter, auf dem das Camp wie eine Festung errichtet ist, dann durch die Felder der jemenitischen Dörfer und hinein in die Bananenplantagen. Wir laufen auf den Dämmen entlang, die zum Bewässerungssystem der Felder und Plantagen gehören. Sie sind gleichzeitig ein inoffizielles Wegenetz zwischen den Dörfern. „Nehmt bitte Rücksicht auf uns, wir sind durch den Knast völlig herunter, haben eine schlechte Kondition", jammern wir.

Aber sie lachen nur und kümmern sich nicht, treiben uns auch nicht. Zwischendurch wird eisenharte Gymnastik gemacht und weitergelaufen. Jeden Morgen anderthalb Stunden, und wenn wir mit letzter Kraft den Berg zum Camp hochsteigen, brennt die Sonne schon mit an die dreißig Grad. Es ist eine Qual, aber wir werden immer zäher und lassen uns nichts schenken. Auch später, als das offizielle Ausbildungsprogramm beendet ist, bin ich noch mit den Jungs hinausgelaufen in den aufgehenden Tag, in seine ansteigende Hitze und Sonnenhelle. In die Bananenfelder, um ein bißchen zu räubern. Die Ausflüge wurden immer ein wenig länger, schon fast wie kleine Expeditionen, weil die Strenge des Plans uns nicht mehr regierte.

Das Schwinden der Dunkelheit mit dem heraufziehenden, noch kühlen Rot im Schlepp, das die Landschaft und den Himmel in Farbe tauchte, der immer schneller steigende, immer kleiner werdende Sonnenball, der seine Glut zur Erde wirft, und die kühle, feuchte Nachterde in steinharten, rissigen Lehm verwandelt, diese allmorgendlich wiederkehrende stille Dramatik zwischen fünf und sieben Uhr ist eine Zauberstimmung, in die ich gerne hineintauchte. Das Versinken des Tages, wo all diese Dinge in umgekehrter Reihenfolge geschehen, hatte einen ganz anderen Reiz. Erlösend und nicht dramatisch.

Wenn wir ins Camp zurückkommen, steht schon der heiße Tee bereit, aber den ersten Durst löschen wir mit einem

Becher kühlen Wassers aus den zwei tönernen, einen Meter hohen Krügen vor dem Haus. Wir sind jeden Tag erschöpft und warten hungrig auf das Frühstück. Zwei Genossen haben mit dem Jeep frisches Brot aus dem nächsten Dorf geholt. Bevor wir es essen, legen wir es kurz in die Sonne. Das vertreibt die Ameisen, die drin herumkrabbeln. Zweimal in der Woche ist trotz der Vormittagshitze bis Mittag Nahkampfausbildung. Wir üben am Fuß des Berges im Wüstensand, binden uns Tücher um den Kopf und ziehen feste Schuhe an, um dem Staub und der Hitze standzuhalten.

Nabil hat Abdelatif zu Boden geworfen und schlägt ihm unabsichtlich mit dem Gewehrkolben an den Kopf. Niedergestreckt, mit geschlossenen Augen, überwindet Abdelatif stumm den ersten Schmerz, öffnet die Augen und spricht einige Worte zu dem über ihm stehenden, erschrockenen Nabil. Er sagt es in einer seltsam erstaunten, ganz ruhigen Weise, daß ich Rasha frage, was er gesagt hat. Sie übersetzt mir: „Warum schlägst du mich, bist du ein Israeli?“

„Nein“, verbessert Said, der uns zugehört hat, „Abdelatif hat gefragt: Warum schlägst du mich, bin ich ein Israeli?“ Zwei sehr ähnliche Sätze, zwei sehr verschiedene Bewußtseinslagen.

Abdelatif wischt nachdenklich das Blut von seiner Stirn, erhebt sich und stellt sich wieder in Kampfposition. Mit einem explodierenden Schrei springt er seinen „Gegner“ an. Abdelatif ist zäh, still, von asketischer Hagerkeit und strahlt eine philosophische Gelassenheit aus. Alles, was er tut, tut er im Bewußtsein ständiger Vorbereitung auf die große Operation gegen den israelischen Feind, in der er als Märtyrer sterben wird. Er ist im Lager geboren. „Wir werden Palästina befreien, aber ich werde als Märtyrer sterben.“ Er sagt es ganz ohne Pathos. Es war ein gegebenes und notwendiges Schicksal.

Einen halben Tag lang fahren wir durch Dörfer und Wüstengegend. Immer winken die Jemeniten und schreien uns lachend etwas zu. Mit einer Ausrüstung für eine Woche fahren wir ins Feldlager für Nachtübungen mit Leuchtmunition, Training an Schulterraketen und am Maschinengewehr. Ein großes Zelt wird aufgeschlagen. Es gibt eine Wasserstelle und sonst nur Steine, Felsen, ein paar Dornenbüsche und Sonnenglut. Im Zelt können wir es nur nachts zum Schlafen aushalten, am Tage sitzen wir an seiner schattenspendenden Seite oder im spärlichen Schatten der Felsen.

An den Nachtübungen dürfen wir Frauen nicht teilnehmen. Wir sind sauer und verübeln es den Genossen. Ständig müssen wir auf der Hut sein und uns gegen die paternalistische Haltung der Männer verteidigen. Diesmal können wir uns nicht durchsetzen. Wir sitzen vor dem Zelt und horchen auf die Gewehrsalven. Im Zelt liegt Mussah, stöhnt und windet sich, als hätte er die Ruhr. Für ihn ist es auch die erste militärische Ausbildung. Gestern haben wir das Abschießen der Schulterraketen geübt. Als er an die Reihe kam, wurde er plötzlich blaß. Es war alles vorbereitet, er brauchte nur noch den Abzugshahn durchzuziehen. Er zielte und zielte, setzte ab, zielte nochmal, setzte wieder ab, probierte es mehrere Male. Der Schweiß stand ihm auf der Stirn, er zitterte, er konnte nicht schießen. Alle sahen schweigend zu. Der Ausbilder ermunterte ihn zunächst, dann wurde auch er still. Mussah nahm die Rakete von der Schulter und stellte sich wieder zu den Wartenden. Als die Reihe zum zweiten Mal an ihm war, nahm er nochmal beherzt die Waffe und versuchte wieder zu schießen. Er schaffte es nicht. Schweißüberströmt und bebend gab er sie weiter und setzte sich abseits. Als die Genossen bei anbrechender Dunkelheit, beladen mit ihren Waffen, ins Übungsgelände ziehen, sitzen wir Frauen verstimmt vor dem Zelt und sehen ihnen nach. Eine halbe Stunde später kommt Mussah allein zurück, legt sich in seinen Schlafsack und krümmt sich vor Bauchschmerzen. Mussah leidet an einem traumatischen Erlebnis, das er bereits vergessen wähnte. Als Kind hat er einen Angriff der Israelis überlebt. Jetzt ist er unfähig, die Nähe von Schuß- und Explosionsgeräuschen zu ertragen. Er leidet körperliche Qualen dabei. Als ihm und uns allen das klar wird, bricht eine Welt für ihn zusammen. Welche Funktion kann er jetzt überhaupt noch für die Revolution haben? Nie wird er an einer Operation gegen den Feind teilnehmen können, nie als

Held oder Märtyrer in die Geschichte des palästinensischen Volkes eingehen. Es bedurfte vieler Gespräche, ihn zu überzeugen, daß der Befreiungskampf nicht allein an der militärischen Front geführt wird, daß er noch bei vielen anderen Aufgaben gebraucht wird.

Das Camp ist ein festes Haus, im englischen Kolonialstil erbaut. Es hat zwei Stockwerke und jedes hat rundherum einen nichtüberdachten Balkon. Das flache Dach trägt noch einen turmartigen Aufbau, ideal zur Überwachung der ganzen Umgebung. Wir können nach allen Seiten hin weit ins Land schauen.

Gewöhnlich sind in der arabischen Welt die Dächer eine Domäne der Frauen. Im Camp ist es anders. Das Dach ist der zentrale Wachbereich und der Ort, an den sich mancher Genosse zurückzieht, wenn er allein sein will. Wir Frauen müssen uns den selbstverständlichen Zugang erst erstreiten. Nicht daß sie uns zurückweisen, wenn wir dort oben erscheinen, sie ignorieren uns einfach. Sie teilen uns auch nicht zur Wache ein. Obwohl wir gar nicht scharf drauf sind, mitten in der Nacht aufzustehen, um Wache zu halten und um fünf dann den Frühsport anzutreten, diskutieren wir mit ihnen, bis wir die Gleichbehandlung durchgesetzt haben.

An der Rückseite des Hauses hat der Berg noch Platz gelassen für einen schmalen Hof zum Fußballspielen. Dahinter fallen die Felsen steil in die Ebene ab. Auf den Klippen sitzend, schauen wir am Abend dem Treiben im tief unter uns liegenden Dorf zu. Kleine, stabile, strohgedeckte Lehmhäuser, Ställe, Gehege, Gärten, Felder, viele herumtobende Kinder, allerlei Viehzeug bieten sich unserer stillen Betrachtung. Auch dies ist ein von allen respektierter Ort des Rückzugs. Wenn zwei unter sich sein wollen oder jemand allein die Ruhe sucht, werden die Klippen aufgesucht.

Die Zufahrt zum Camp ist steil und felsig. Nahezu senkrecht klettert der Jeep im Berggang auf das Camp zu und ist manchmal gefährlich nahe daran umzustürzen, aber die Männer zwingen dem Fahrzeug eisern und routiniert ihren Willen auf.

Wenn es uns gelingt, Jussef zu überreden, uns mit ins Dorf

zu nehmen, ist das ein aufregender Ausflug in die Fremde und eigentlich nicht erlaubt. Wir verbergen uns dann sorgfältig unter den traditionellen Fedajin-Tüchern und lassen nur die Augen frei. Das ist über die Tarnung hinaus auch eine notwendige Vorsorge gegen den feinen, durchdringenden Wüstensand. Um uns nicht als Europäerinnen zu verraten, bleiben wir im Auto und sprechen nicht. Nur unsere neugierigen Augen folgen dem bewegten Treiben im Dorf, während die Genossen handeln, Waren einladen und den wunderbaren jemenitischen Tee trinken: ein stark gewürztes und gesüßtes Getränk aus schwarzem Tee, Milch, Kardamom und anderen orientalischen Gewürzen. Was für die Menschen dort alltäglich ist, erleben wir als außergewöhnliche, exotische Kulisse. Die Jemeniten sind für das Auge schöne, zierliche Menschen und strahlen ein taktvolles, zurückhaltendes Selbstbewußtsein aus. Den Palästinensern und uns als Verbündeten haben sie reine Freundlichkeit und Gastfreundschaft entgegengebracht. Die politische Verbundenheit beider Völker ist im Befreiungskampf gegen die britischen Kolonialisten geschmiedet worden. Die Palästinenser haben an der Seite der Jemeniten gekämpft, jetzt erfahren sie die politische und praktische Solidarität des Südjemens für ihren eigenen Befreiungskampf.

Trotzdem schaute die jemenitische Regierung den Palästinensern – wenn auch freundschaftlich-verhohlen – auf die Finger. An der Nordseite des Camps stand ein kleines Wachhaus, ständig besetzt von zwei jemenitischen Soldaten. Offiziell hatten sie die Aufgabe, Unbefugte aus den Dörfern vom Camp fernzuhalten. Aber die palästinensischen Genossen waren bemüht, ihnen nicht allzuviel Einblick in die inneren Vorgänge und die jeweilige personelle Zusammensetzung im Camp zu gewähren. Es war ein offenes Geheimnis, daß die Soldaten auch eine sanft kontrollierende Funktion auszuüben hatten.

Nach drei Monaten hatten wir das Campleben bis zum Überdruß satt und drängten ungeduldig zurück in die monströse europäische Zivilisation, ausgerüstet mit neuen revolutionären Illusionen, aber sehr konkreten neuen Plänen.

Berlin als politische und dauerhafte logistische Basis für eine Untergrundorganisation war bereits 1976 erschöpft. Die neugeschaffenen Anti-Terrorgesetze, §88a, §129a, die ausgefeilten Rasterfahndungsmethoden, die psychologische Kriegsführung hatten uns viel Terrain abgegraben, aber mehr noch der durchdringende Verfall revolutionärer Perspektiven in der gesamten linken Bewegung. Die Guerilla war ihr lästig geworden oder bot keine Hoffnung mehr. Einige Leute waren nach Portugal gezogen, wo die Revolution nach dem Sturz der Diktatur viel näher und einfacher schien als in der stabilen, reichen BRD. Viele hatten sich in ihren Projekten etabliert. Ihr Bezug zum bewaffneten Kampf lief jetzt fast ausschließlich über die politischen Gefangenen. Es hatte sich ein starkes humanitäres statt revolutionäres Engagement gegen die repressive Politik des Staates gegenüber den Gefangenen entwickelt. Ein großer Teil der liberalen Intelligenz nahm Partei gegen die Methoden der Isolationsfolter, und ein mögliches Umschlagen dieses humanitären Engagements in eine politische Qualität zur Unterstützung der politischen Gefangenen war für die Regierung ein erhebliches Problem.

Die Guerilla in der Illegalität war für die Linken nur noch ein Mythos. Sie war kein politisches Projekt mehr, dem noch Chancen und Perspektiven eingeräumt wurden. Wir hatten zwar immer noch Sympathisanten, aber wer sich jetzt für den bewaffneten Kampf entschied, entschied sich für ein von der Masse der Linken abgestoßenes Projekt, für einen isolierten Kampf. Das war der Unterschied zu 1969/70.

Die Bewegung 2. Juni, aus der wir kamen und aus der heraus wir die Guerilla-Organisation gegründet und entwickelt hatten, gab es nur noch in den Köpfen zerstreuter Anhänger und vor allem in den Köpfen der Gefangenen, die aus dieser Bewegung kamen. Als praktisch tätige politische Bewegung mit latent revolutionärem Charakter und breiter revolutionärer Militanz war sie bereits weit vor 1975 flüchtig geworden. Die Genossinnen und Genossen, die 1974 zu uns gekommen sind und mit denen wir die Entführung von Peter Lorenz gemacht haben, waren nicht zu uns gekommen, weil ihre Stadtteilgruppen, ihre Basiszusammenhänge sich radikalisiert hatten. Im Gegenteil! Sie wollten dem politischen Verfall, der Verflüchtigung revolutionärer Bedürfnisse und Ziele entkommen. Sie kamen allesamt als übriggebliebene revolutionäre Individuen zur Guerilla, um der sich ausbreitenden Ziellosigkeit und Verschwommenheit, der Zersplitterung und dem Rückzug von revolutionärer Gewalt ihre persönliche Konsequenz entgegenzusetzen. Verzweifelt haben die Berliner Gefangenen der Bewegung 2. Juni in den späten Siebzigern noch an den „Tunix"-Kongreß appelliert, doch wieder an die guten alten Widerstandsformen aus den Anfängen der Bewegung anzuknüpfen, um zu neuem revolutionären Elan zu kommen. Sie haben im Knast dieses Wunschbild von der revolutionären Massenbewegung, aus der heraus ein entschlossener bewaffneter Kern kämpft, derartig idealisiert, daß sie ihre eigenen praktischen Erfahrungen und Entscheidungen während der aktiven Illegalität völlig verdrängt haben. Wir haben sehr wohl schon zwischen 1973 und 1975 gesehen, daß der Verfall revolutionärer Bedürfnisse in der Basisbewegung unaufhaltsam Fortschritte nahm. Wir hatten unser ursprüngliches Konzept zwar immer im Kopf, aber die ganz reale Entwicklung der linken Bewegung trieb uns stets weiter von der Realisierung unseres Konzeptes weg. So konzentrierten wir uns mit unseren Aktionen auf die eigenen Kräfte, die immerhin in diesen Jahren noch kleine Inseln in der Bewegung erreichen und bilden konnten. Deutlich aber sahen wir die linke Massenflucht, weg von revolutionärer Gewalt, hin zu gesicherten Projekten und Freiräumen.

„Eine Bewegung kann nicht einfach aufgelöst werden wie ein Schrebergartenverein", haben Bär und Ronni erzürnt ausgerufen, als sie das hochnotpeinliche „Auflösungspapier" der Bewegung 2. Juni aus dem Untergrund gelesen hatten. Sie hatten vollkommen recht, aber Bewegung kommt von bewegen und wo Stillstand ist, gibt es eben keine Bewegung mehr. Die Bewegung 2. Juni, so verstanden, wie sie die gefangenen Genossen immer noch im Kopf hatten, war lange vor diesem öffentlichen Papier zur Schimäre geworden. „Die Bewegung“ hat außer uns – den Illegalen der ersten und zweiten Stunde – und nach uns nichts Organisiertes, Verbindliches mehr hervorgebracht, weil ihre revolutionären Potenzen sehr bald erloschen waren, absorbiert von einer geschickten sozialdemokratischen Politik und eingeschüchtert von einer rücksichtslosen Verfolgungspolitik. Unsere Kräfte speisten sich noch aus den revolutionären Leidenschaften der Anfänge der 68er-Bewegung, überdauerten aber ihre revolutionäre Existenz, was zwangsläufig und folgerichtig letztendlich auch unsere politische Erschöpfung nach sich zog. Die Bewegung 2. Juni war 1976 nicht mehr wirklich existent, aber uns, die aus ihr entstandene kleine Guerilla-Einheit, uns gab es noch. Und wir dachten noch lange nicht ans Aufgeben. Als wir 1976 aus dem Jemen zurückkamen, hatten wir neue konzeptionelle Überlegungen im Gepäck.

Nach Berlin zurückzugehen, war unsinnig. Mit den Verhaftungen 1975 war die gesamte Logistik und die Unterstützerszene weggebrochen. Nahezu alles technische Material war der Polizei in die Hände gefallen. Wir mußten ganz von vorn anfangen. Außerdem hatten der Fahndungsapparat, der Verfassungsschutz und die Politische Polizei das Berliner Terrain mit den Jahren beträchtlich durchleuchtet.

Wir hatten im Camp stärker über die außenpolitischen Interessen der BRD nachgedacht, ihre Europa-Politik, die Rolle der NATO, die Rolle der BRD in ihr. So fern von Deutschland betrachteten wir das kleine Ungeheuer nun in seinen großen Zusammenhängen und trachteten danach, diese zu stören. Hier spielte auch der Einfluß von Abu Hani eine Rolle. Ganz allgemein veränderte die Verbindung mit dem Befreiungskampf der Palästinenser unseren politischen Blick hin zu globaleren Betrachtungen. Denn die Situation des palästinensischen Volkes war ein explosiv unwürdiges Ergebnis westlicher imperialer Politik.

Die innergesellschaftliche Bewegung wurde uns unwichtiger, da sie uns bedeutungslos und ohne Einfluß auf die verhängnisvollen Weichenstellungen in den strategischen Zentren schien.

Die Linke hatte ihre revolutionären Ziele aufgegeben, sie hatte die Guerilla aufgegeben, jetzt hatten wir die Linke aufgegeben und setzten allein auf uns selbst und das enge Spektrum von Sympathisanten. Ich fühlte mich noch stark genug für jeden Sieg und jede Niederlage.

Jeder Neuanfang in der Illegalität verlangt zuerst die Sicherung der ökonomischen Grundlage. Diesmal wollten wir sie mit der Entführung eines Kapitalbesitzers für lange Zeit sichern. Banküberfälle waren im Verhältnis von Aufwand und Risiko nicht mehr vernünftig. Die Technik und die Sicherheitsmaßnahmen zur Verteidigung des Geldes waren enorm verstärkt und entwickelt worden. Wir wollten auch nicht gleich wieder den Fahndungsapparat der BRD durch eine Geldbeschaffungsaktion auf unsere Spuren setzen. So erschien es mir nicht klug, die Entführung in der BRD zu machen. Sie sollte in einem Land stattfinden, das so eine Aktion nicht gleich zur Prestige-Angelegenheit des Staates macht.

Wien! Wien ist keine Stadt für revolutionäre Aktivitäten. Es ist eine Stadt für Agenten, Ganoven, für Spießbürger und ihre Politiker, gerade richtig für die Entführung eines Industriellen.

Zu diesem Zweck hatten wir zwei Personen ins Auge gefaßt: den Chef von Porsche und den „Wäschekönig" Palmers. Da wir uns nicht allzulange mit dieser Lösegeldaktion aufhalten wollten, entschieden wir uns nach einigen Ausforschungen für den letzteren. Die Bedingungen für eine Entführung schienen uns hier günstiger, vor allem weil uns die Verteilung der Verantwortlichkeiten in der Familie besser bekannt war. Das konnte entscheidend für die Verhandlungen sein.

Wir wollten ja nicht in Wien bleiben, so ging ein Teil der Gruppe nach Italien, um dort einen logistischen Stützpunkt aufzubauen, und sechs, sieben Genossen arbeiteten konzentriert an der Aktion. Die Logistik war ausschließlich für diese eine Entführungsaktion errichtet. Sie mußte einem harten Fahndungsdruck standhalten können, solange wir in der Stadt waren.

In der Wiener Aktion lernte ich Kowalski kennen und schätzen. Es war seine erste große Sache. Wir haben sie präzise und kreativ geplant und durchgeführt. Mit frivolem Spaß, ohne einen Gedanken daran, uns könnte die Sache mißlingen. Aus der Lorenz-Entführung hatten wir die Erfahrung, daß der komplizierteste und entscheidendste Teil die Verhandlungen sind und die Kontrolle über den Austausch.

In Berlin 1975 hatten wir die öffentlichen Medien zum Kommunizieren mit den Entscheidungsträgern genutzt, jetzt kam es darauf an, die Medien und die Polizei soweit wie möglich auszuschalten, um der Familie des Entführten eigene Entscheidungs- und Bewegungsmöglichkeiten zu verschaffen. Das war uns in den wichtigsten Punkten gelungen und so konnte die Geldübergabe mitten in der Stadt in einem Taxi auch reibungslos und unter unserer Kontrolle stattfinden.

Am Tag der Geldübergabe waren drei Familienmitglieder von Palmers zur selben Stunde aus dem Haus des Entführten gegangen, jedes in sein Auto gestiegen und in eine andere Richtung davongefahren. Sie lenkten die Presse und Polizeikräfte auf sich, während ein viertes Mitglied, der Sohn, etwas später mit dem Geldkoffer das Haus verließ und sich ungesehen an den von uns bestimmten Ort begab. Von dort aus leiteten wir ihn zu verschiedenen weiteren Orten und begleiteten ihn dabei. Wien ist wunderbar gebaut für so etwas. Die vielen versteckten Durchgänge unter den Häusern von Gasse zu Gasse, die engen Straßen, die alten Cafés als Orte des entspannten Aufenthalts. An einem bestimmten Ort teilten wir ihm mit, er möge sich jetzt ein Taxi nehmen und ins Hotel soundso fahren. Wir hatten es so eingerichtet, daß er kein anderes als unser eigenes Taxi heranwinken konnte. Ein Genosse saß am Steuer und hatte ein Double des Geldkoffers bei sich, den Palmers Sohn seit einigen Stunden durch Wien trug.

Nach Aufforderung tauschte der überraschte Mann die Koffer, stieg mit dem Double aus und setzte seine Irrfahrt durch die Stadt selbständig fort.

Damit war die Übergabe gelungen und wir setzten das Oberhaupt der Familie und des Konzerns erleichtert im Park ab.

Nachdem wir ihn entführt hatten, waren wir sehr erschrocken gewesen, weil wir plötzlich einen so alten Mann in den Händen hatten. Bei unseren Beobachtungen und auf Bildern war er uns viel jünger erschienen. Wir hatten ein schlechtes Gewissen und sorgten uns sehr um den Alten.

Zum Abschied wollte er Anna seinen wertvollen Brillantring schenken. Sie lehnte ab, er weinte und wollte nicht ablassen von seinem Wunsch. So nahm sie den Ring. Im Park, als für den Alten alles glücklich vorbei war, ließ sie ihn heimlich wieder in seine Tasche gleiten.

Wir machten in Wien viele Fehler. Zwar nicht in der konkreten Aktion, aber im Vorfeld. Es gab in der Wiener politischen Szene eine kleine Schar Sympathisanten des bewaffneten Kampfes, zu der wir Kontakte hatten. Da hat sich Nada in einen Wiener Genossen verliebt und wir haben ihn viel zu ungeprüft, viel zu schnell in die Aktion eingebunden. Zu persönlichen Beziehungen haben wir in der Gruppe ein diskretes und nachsichtiges Verhalten gehabt. Das war oft ein Fehler und wir hatten selbst ein gespaltenes Verhältnis zu unserer Freizügigkeit in diesem Punkt.

Einige Tage nach der Entführung wurde er an der Grenze nach Italien mit einem Teil des Lösegeldes festgenommen. In den Verhören hat er nicht standgehalten, unter den Drohungen einer langen Zuchthausstrafe hat er alles ausgesagt, was er wußte. Er wurde zu einer hohen Zuchthausstrafe verurteilt.

Während wir in Wien mit der Kapitalbeschaffung befaßt waren, arbeitete die RAF an der Entführung des Arbeitgeberpräsidenten Hans-Martin Schleyer, um ihn gegen die politischen Gefangenen auszutauschen. Später traf mich ihr ironisch-verächtliches Urteil: Wir machen in der BRD Politik und ihr vergrabt euch in Wien mit einer Banditen-Aktion.

Einen Teil des Lösegeldes haben wir der palästinensischen Befreiungsorganisation zur Verfügung gestellt, einen geringeren auch der RAF.

Die Schleyer-Entführung überraschte auch uns, obgleich die RAF uns Informationen hatte zukommen lassen, daß sie eine größere Aktion vorbereiten würde und wir bestimmte Räume in der BRD besser meiden sollten. Meine erste Reaktion war Unverständnis: Wie konnten sie so eine Aktion mit vier geplanten Toten beginnen! Andererseits empfand ich auch Bewunderung und war überzeugt, daß Schleyer genau die richtige Person für eine Befreiungsaktion war, als zentrales Beispiel für den bestimmenden Einfluß der Elite des Dritten Reiches auf die BRD und als Austauschperson für die geforderten Gefangenen, als höchster Funktionär der Wirtschaft.

Nach einer Niederlage ist es immer einfacher zu erkennen, was falsch gemacht wurde, und mit wachsendem Abstand wird auch die Kritik immer einfacher und klarer. Aber 1977 stand ich selbstverständlich auf der Seite der angreifenden Guerilla. Mit angehaltenem Atem erlebte ich auch die unerhörte Eskalation durch die Flugzeugentführung mit, allerdings als Zuschauerin. Erst als das palästinensische Kommando vernichtet, die Gefangenen tot und Schleyer erschossen worden war, habe ich schockiert gedacht: Mein Gott, das war eine ganz falsche Aktion, wie konnten sie sich nur so überschätzen.

Auch heute ist meine Kritik an der Aktion die Kritik einer ehemaligen Aktivistin des bewaffneten Kampfes und geht davon aus, was haben wir, in diesem Fall die RAF, grundsätzlich falsch gemacht? Die militärische Lösung aller Probleme innerhalb dieser sehr politischen Operation hat zu den katastrophalen Ergebnissen geführt. Beide Seiten, Staat und RAF, haben ihre Schritte militaristisch bestimmt, aber die RAF hat den tödlichen Reigen eröffnet und mit der Ermordung der vier Leibwächter von Schleyer das Niveau bestimmt. Diese politische Verantwortungslosigkeit wurde bis zum Ende durchgehalten. Sie setzte sich über elf Menschenleben hinweg, ohne Bewußtsein und Bestimmung der moralischen und politischen Folgen. Die ganze Aktion war auf Sieg geplant. Niemand schien ernstlich daran gedacht zu haben, daß Schleyer – Spitzenfunktionär des Wirtschafts-

und Politikerapparates – als Austauschobjekt gegen die Gefangenen nicht funktionieren könnte. Alles war geplant. Seine Ergreifung, die Verhandlungen, der anstehende Austausch etc., aber eine Ablehnung der Forderungen, die nachfolgende Eskalation der Flugzeugentführung und die Reaktionen auf diese Eskalation waren nicht geplant. Die Dinge entwickelten sich ohne Vorausschau und Einschätzung, getrieben und entschieden vom Druck des möglichen Scheiterns. Die Dynamik der Entwicklung war außer Kontrolle und steuerte ins Desaster. Die RAF war auf ihr Hasardieren selbst nicht vorbereitet.

Die Erschießung Schleyers als Antwort auf den Tod der Gefangenen in Stammheim war für uns damals eine folgerichtige Entscheidung. Nach allem, was diesem gnadenlosen Schlußakt vorausgegangen war, konnte kein Raum mehr für andere Empfindungen offen sein. Nur Theoretiker und Unbeteiligte konnten das damals anders sehen.

Es gab keine organisierte linke oder kapitalismuskritische Kraft, die so ein gewalttätiges Niveau der Auseinandersetzung ertragen konnte oder gar unterstützen wollte. Die Linke reagierte auf die nachfolgende Entfaltung staatlicher Verfolgungs-, Einschüchterungs- und Verleumdungspolitik mit Verschreckung, Depression und Entsolidarisierung von der Guerilla.

In dieser politischen Atmosphäre diskutierten wir die Möglichkeit, zwei Genossen aus dem Moabiter Knast herauszuholen. Als Susan und Kowalski mit den ersten Informationen über die Bedingungen der politischen Gefangenen in Berlin zu uns nach Italien kamen, hörten sich ihre Berichte zwar etwas abenteuerlich, aber trotzdem seriös an. Wir entschieden, die beiden sollten die Möglichkeit einer Befreiungsaktion für Andreas und Till soweit ausforschen, bis sie von ihrer Machbarkeit überzeugt wären. Eigentlich wollten wir nicht schon wieder eine Gefangenenbefreiung machen, sondern im europäischen Ausland eine solide Arbeits- und Lebenslogistik schaffen, von der aus wir in Ruhe neue politische Kontakte in der BRD aufbauen konnten. Aber der Schock über den Ausgang der Schleyer-Entführung saß auch bei uns tief. Wir wollten uns von ihm befreien und den Sympathisanten neue Hoffnung geben. Darüber hinaus kam es mir auch sträflich unsolidarisch vor, wenn wir die Chance für eine Befreiung nicht wahrnehmen würden.

Es reizte uns auch, in dieser eskalierten Atmosphäre von Einschüchterung, Verfolgung und politischer Depression der Linken, nach dem Tod der Stammheimer Gefangenen, den direkten Angriff auf das Moabiter Gefängnis zu wagen.

Also forschten Susan und Kowalski in Berlin die Möglichkeiten zur Realisierung einer Befreiung von Andreas und Till aus. Der Rest der Gruppe war in Italien und Belgien fleißig mit der Regenerierung der technisch-materiellen Ausstattung beschäftigt: Dokumente beschaffen, drucken und fälschen, Waffen und Munition besorgen, Depots anlegen, illegale Grenzwege auskundschaften, um ungehindert von einem Land ins andere zu kommen, politische und praktische Informationen über europäische Institutionen etc. sammeln. Und immer wieder ausgedehnte Touren an die französische Mittelmeerküste, um in den Domänen der Reichen das Lösegeld zu wechseln.

Christian, Ingrid und Frau Lauda hatten sich illegalisiert und waren jetzt bei uns. Personell waren dem 2. Juni wieder ganz ansehnliche Flügel gewachsen.

Es lebte sich gut als Illegale in Italien. Viel angenehmer als unter den spießigen, staatshörigen Deutschen. Wir waren nun mal eine Stadtguerilla und lebten nicht in Bergen und Wäldern. So verschmähten wir auch nicht die Bequemlichkeit und Kultur städtischer Vorzüge, wie gute Restaurants und große komfortable Wohnungen, wenn es sich günstig ergab. War die Bequemlichkeit auch kein wichtiges Kriterium, so war sie doch angenehm als genüßliche Beigabe in unserem unruhigen Leben.

Italien ist ja ein Land voller strotzender Extreme, die in den großen Metropolen ineinanderschlagen. Die überschwengliche Architektur der Mailänder Stadtmitte und die öden Vorstadtviertel, die ungeheuer teure Eleganz der Kaufhäuser, Modehäuser, Geschäftsstraßen, das Heraushängen von Überfluß bis an die Straßenkante und die schwache ökonomische Lage des Landes. Die von Schminke überzeichneten Gesichter der Mädchen und Frauen, als spielten sie in einem Film von Fellini, der den Dekadenzprozeß im Untergang des römischen Reiches vorführt. Die extremen politischen Kräfte, die sich miteinander und umeinander bewegten, ohne sich ernsthaft abzustoßen. Die unversöhnlichsten Diskussionen zwischen Kommunisten und alten Mussolini-Anhängern endeten dann doch bei Rotwein, Spaghetti und Familienproblemen. Und Kinder mit dem Emblem der Roten Brigaden an ihren Fahrrädern spielten einträchtig mit anderen, die das Emblem der Faschisten trugen. Die Carabinieri, mit denen eigentlich nicht zu spaßen ist, die aber auch mit einem charmanten Wort, einem blitzenden Lachen von der Kontrolle abzulenken sind.

Nicht weit hinter der österreichischen Grenze fahre ich mit Frau Lauda in eine dieser gefährlichen Mautstationen hinein. Gefährlich, weil die Mautstationen von der Polizei wie eine Grenze genutzt und kontrolliert werden können. So auch diesmal. An jedem Durchlaß steht ein Carabiniere mit Motorrad. Einer winkt uns aus der Spur. Es ist die Hochzeit der Roten Brigaden und die Hochzeit der Fahndung. Wir sind nicht besonders gut dran, haben deutsche Pässe, kommen aus Österreich, mit einem in Mailand gemieteten Auto, das vollgeladen ist mit Umzugsgut. Unter all den Sachen liegen Gewehre und Munition. Die Papiere scheinen zwar korrekt zu sein, doch die Zusammenstellung kommt dem jungen Carabiniere irgendwie seltsam vor. Sein Gesicht verfinstert sich unschlüssig. Soll er uns fahren lassen oder den Wagen umkrempeln? Er starrt auf die vielen Sachen im Fond, die Fotoausrüstung, schlägt nervös unsere Pässe gegen seine Handflächen. Da steigt Frau Lauda aus, blitzt ihn mit ihren grünen Augen an, bittet ihn um die kleine Gefälligkeit von Streichhölzern, verwickelt ihn in ein charmantes Frage- und Antwortspiel, erklärt, wir seien Fotografinnen auf dem Wege, bella Italia zu erobern. Sie sprüht, sie lächelt, sie umspielt ihn. Er strahlt zurück, verwirft allen Verdacht und ergibt sich ganz ihrer Liebenswürdigkeit. Dann wünscht er uns Glück und eine gute Reise. Wir fahren los und sehen ihn im Rückspiegel verwirrt zurückbleiben. Noch fürchten wir, daß er sich an seinen ersten Gedanken erinnern und uns mit dem Motorrad nachkommen wird. Aber er geht zu seinen Kollegen und läßt uns ziehen. In der BRD wäre dies keinen Versuch wert gewesen, und wir wären wohl kaum mit zitternden Knien davongekommen.

Christian konnte sich in der Gruppe nicht durchsetzen, fühlte sich im Kollektiv nicht sicher. Er war mit Ingrid in die Gruppe gekommen und jetzt löste sich still und unaufhaltsam ihre langjährige Beziehung auf. Wie eine nicht faßbare Verflüchtigung. Das machte ihm die Integration noch schwerer. Seine Überlegungen waren bedächtig intellektuell, sein Wesen introvertiert.

Auf eine Interviewfrage nach den Beziehungen in der Guerilla haben Bär, Ronni und Fritz im Moabiter Gefängnis lachend geantwortet: „In der Bewegung 2. Juni unterdrücken die Frauen die Männer und die Arbeiter die Studenten." Es sollte ein Scherz sein. Mit einem Kern Wahrheit, der in allen guten Scherzen versteckt ist. Was hier die Genossen augenzwinkernd mit Unterdrückung bezeichnen, ist die vehemente Entfaltung der Eigenständigkeit von uns Frauen, die umfassende Entwicklung von Fähigkeiten, wie sie die Männer nicht von Frauen gewöhnt waren. Auch das studentische Privileg, sich durch intellektuelle Vorteile Positionen zu verschaffen, war durch die praktische Erfahrung aller im Kampf unwirksam geworden. Das konnte schon diesen oder jenen Genossen einschüchtern, wenn er neu in die Gruppe kam und sich einer Übermacht entscheidungsfreudiger Frauen gegenübersah. Da wurde ihm nirgendwo ein Rollenvorsprung zuerkannt. Ich weiß nicht, ob das für Christian so war, oder ob er sich einfach falsche Vorstellungen vom alltäglichen Leben im Untergrund gemacht hatte und jetzt feststellen mußte, daß sich alles, auch die gefährlichsten Schritte, im Grunde aus kleinen aneinandergereihten banalen Verrichtungen zusammensetzte und aufbaute. Das Romantische ist allein die Überzeugung, daß es einem höheren Ziel dient.

Ich wollte herausfinden, was ihm Schwierigkeiten machte, zögerte aber, weil er es vielleicht selbst noch nicht richtig wußte. Schon nach wenigen Monaten Illegalität wurde er mit Gabriele in der Schweiz verhaftet. Ich hatte ein dumpfes Gefühl, ihn alleingelassen zu haben. Am Abend vorher hatten wir uns noch an einem illegalen Grenzübergang getroffen, um Material zu übernehmen. Die beiden hatten lange auf uns warten müssen, weil wir auf der italienischen Seite einer unvorhergesehenen Streife ausweichen mußten. „Ich wußte, daß du kommst", begrüßte er mich ruhig. Er hatte also Vertrauen und ich nahm mir vor, viel mehr mit ihm direkt zusammen zu machen, wenn er aus der Schweiz zurückkam. Dann mußte er ins Schweizer Zuchthaus. Mit einer ungeklärten Zusammengehörigkeit und einsam.

Der Alltag konnte gefährlicher sein als ein gewagtes Unternehmen. Frau Lauda, Ingrid und ich haben eine neuerworbene Wohnung bezogen. Den ganzen Tag räumen und schaffen wir, gegen Abend nehme ich ein Bad und Frau Lauda steigt gleich mit in die Wanne. Wir sind ausgelassen, albern herum, sind in bester Laune. Italien gefällt uns, die Wohnung gefällt uns, wir gefallen uns, der Kampf geht sowieso voran und morgen kommt Besuch aus Berlin. Das Leben ist schön. Ich richte mich auf, um mich abzutrocknen, und greife, ohne mich umzuschauen, hinter mich zum Frottiertuch. Dabei ziehe ich den Fön von der Ablage und er rutscht in die Wanne. Die Leitung steckt in der Steckdose. Der Strom fährt in das Wasser und verwandelt es in eine eiserne Folterzwinge. Frau Lauda fängt gellend an zu schreien, sie liegt bis zum Kinn unter Wasser, ich stehe nur bis zu den Knien drin und kann die Beine nicht mehr bewegen. Sie sind einbetoniert. Instinktiv greife ich mit beiden Armen ins Wasser, um den Fön herauszuholen, aber jetzt bin ich auch mit den Armen festgemauert. Ich sehe Frau Laudas Augen hervortreten und mir schießen entsetzliche Gedanken durch den Kopf. Mit schier übermenschlicher Anstrengung widerstehe ich dem Druck und ziehe meine Arme aus der eisernen Zwinge. Mit einer wilden Bewegung reiße ich die Schnur aus der Wand.

Es geht um Bruchteile von Sekunden. Ich schreie nach Ingrid. Sie weiß gar nicht, was geschehen ist, sieht nur Frau Lauda wie tot in der Wanne liegen. Auch ich weiß nicht, ob sie es nicht wirklich schon ist. Wir tragen sie ins Bett, sofort springt sie auf, wir erschrecken fast, und rennt herum, schüttelt ihren Körper, biegt und dreht ihn.

„Meine Beine, meine Arme, ich muß sehen, ob noch alles funktioniert." Wir atmen auf, alles ist in Ordnung.

„Noch einen Moment länger, und ich wäre gestorben. Mein Herz wollte gerade aufhören zu schlagen", sagt sie leise. Dann sprechen wir mehrere Stunden kein Wort und machen in völliger Vertiefung irgendwelche unsinnigen Tätigkeiten. Sie putzt sämtliche Schuhe, die sie finden kann, und ich reinige alle Waffen, obwohl sie gar nicht benutzt sind. Nach einigen Stunden löst sich der Schock. Wir gehen noch zu später Stunde in ein Restaurant, um unser neugewonnenes Leben zu begießen. Nicht viele Menschen haben so ein Unglück überlebt.

„Was hast du gedacht in diesen Todessekunden?" frage ich.

„Du wirst es nicht glauben", sagt Frau Lauda. „Ich habe nur gedacht, mein Gott, wo sollen sie mit meiner Leiche hin, wenn ich tot bin, wie kriegen sie mich überhaupt aus der Wohnung?"

„Doch, doch, ich glaube dir." Es waren dieselben Gedanken, die mir durch den Kopf gezuckt waren. Die Illegalität bestimmte schon fast unser Unterbewußtsein.

Die BRD betraten wir nur über grüne Grenzen. Auf unseren Reisen von und nach Berlin umgingen wir alle Grenzkontrollen sorgfältig und legten unsere Reisewege durch die sozialistischen Länder. Das war zwar beschwerlicher, aber sicherer.

Wir haben nun entschieden, Andreas und Till aus dem Moabiter Gefängnis herauszuholen. Ich bin auf dem Weg nach West-Berlin. Mit dem Flugzeug komme ich aus Prag und will schnell die Paßkontrolle in Schönefeld passieren, um dann mit der S-Bahn in den Westteil der Stadt zu fahren.

Bisher waren wir immer unbehelligt durch alle Kontrollen der sozialistischen Länder geglitten. Es war durchaus nicht so, daß wir sie nicht auch fürchteten und sehr darauf achteten, perfekte Dokumente mit uns zu führen, aber es war eher eine undefinierte Unsicherheit vor einer unbekannten Macht, einem unbekannten Staatsverhalten. Wir hatten noch keine Erfahrung gemacht und wußten nicht, was geschehen würde, wenn wir es nach einer Entdeckung mit diesen Staaten zu tun haben würden. Was uns die sozialistischen Grenzen sicherer erscheinen ließ, war der Umstand, daß es dort keinen Zugriff auf die westdeutschen Computer des BKA gab und daß die generellen Kontrollinteressen mehr auf die Dokumente der Bürger aus eigenem Land gerichtet waren.

Heute allerdings soll es nicht so einfach gehen. Der Paßbeamte sagt knapp und kühl: „Bitte warten Sie." Er läßt mein Papier mit undurchdringlichem Gesicht hinter der Kontrollkabine im Ungewissen verschwinden. Ich warte. Als alle Passagiere abgefertigt sind, stehe ich allein und ziemlich besorgt in der Halle. Der Beamte behält mich im Auge. Nervös überlege ich, was ihnen an meinem Paß nicht in Ordnung vorkommen mag. Haben sie die Fälschung des Stempels entdeckt? Das kann ich kaum glauben, ich habe den Paß schon an vielen Grenzen und Flughäfen erprobt. Die Daten sind alle nachprüfbar. Endlich führt ein Beamter mich in ein kleines kahles Zimmer und bedeutet mir wiederum zu warten. Ich versuche abzuschätzen, was sich aus dieser Situation Unangenehmes ergeben könnte.

Mit großem Schwung fliegt die Tür auf: „Guten Tag, Genossin!"

Ich denke schnell: Genossin? Es kann also nicht schlimm kommen. Er heißt Harry, hat einen beträchtlichen Umfang, ist von bäuerlicher Derbheit und von der Staatssicherheit der DDR. Das sagt er zwar nicht direkt, aber das ist auch nicht nötig. Harry ist kumpelhaft, jovial und kennt mich schon lange, sagt er. Ich staune, bin zugeknöpft und vorsichtig, aber sehr neugierig. Er sagt mir triumphierend, wer ich bin. Mir fährt ein gehöriger Schreck in die Glieder. Doch er versichert mir gleich, daß ich nichts zu befürchten hätte. Die DDR würde zwar unsere terroristische Praxis nicht in Ordnung finden, aber es entspräche nicht ihrem kommunistischen Verständnis, uns an den Gegner, der ja auch der ihre wäre, zu verraten.

Wir sprechen etwa zwei Stunden miteinander. Abtastend. Er möchte wissen, ob wir Anarchisten sind, wie wir zur DDR stehen, überhaupt zum sozialistischen Lager, und er möchte zu einer Vereinbarung mit mir kommen. Wir sollen unsere Durchreisen vorher anzeigen, damit an den Grenzstellen keine unvorhergesehenen Dinge passieren können. Aber das möchte ich nicht, weil es reicht, wenn sie mich kennen. Er möchte auch wissen, ob wir in der nächsten Zeit in West-Berlin etwas vorhätten, das größere Fahndungsmaßnahmen zur Folge hätte. Das bestätige ich vage und packe die Gelegenheit beim Schopf, mich der Neutralität der DDR zu versichern, wenn wir über die Ostgrenze aus der Stadt flüchten müßten. Es gibt keine Zusammenarbeit mit dem BRD-Polizeiapparat, die unsere Sicherheit bedrohen würde, verspricht er noch einmal.

In der Wohnung warten die beunruhigten Genossen auf mich. Eine Verspätung ist katastrophenträchtig und die Wartenden werden von Verlustängsten heimgesucht. Alle sind erleichtert. Gott sei Dank, es war nur die DDR-Staatssicherheit. Am Ende sind wir auch sehr zufrieden mit dem, was dabei herausgekommen ist: Wir können jetzt einen sicheren Fluchtweg mit der S-Bahn zur Friedrichstraße planen.

Kapitel XI

Wir verabschieden uns aufgeregt, wünschen uns Glück, umarmen und küssen uns, dann verlassen wir die von allen Spuren gereinigte Wohnung.

Laura, Rasha und Karla zuerst, Susan und Anna folgen nach wenigen Minuten. Niemand sieht die fünf Frauen aus dem Haus gehen. Auf verschiedenen Wegen begeben sie sich in eine bestimmte, von der Wohnung weit genug entfernte Straße und besteigen einen VW-Bus mit geschlossenem Laderaum. Auch dies hat kein fremdes Auge beobachtet. Laura ist die Fahrerin, Rasha setzt sich zu ihr, die anderen steigen in den Laderaum, der zur Fahrerkabine hin offen ist. Es wird nicht mehr gesprochen, alles ist gesagt, geplant, durchgespielt. Nur der Ausgang ist offen. Die Aktion hat begonnen.

Die Konzentration ist so scharf, daß jedes weitere Wort schmerzhaft gewesen wäre. Die Frauen nehmen den kühlen, sonnenklaren Maimorgen wahr. Es wird ein warmer Frühsommertag werden. Laura fährt in Richtung Moabiter Männergefängnis. In einer Seitenstraße setzt sie zuerst Karla und Rasha, in einer anderen Susan und Anna ab. Sie selbst parkt den Bus so, daß sie den Eingang des Gefängnisses beobachten kann, ohne selbst gesehen zu werden.

Laura ist die Jüngste, es ist ihre erste Aktion und sie ahnt noch nicht, welche Erfahrungen ihr mit sich selbst bevorstehen werden. Wir hätten sie beinahe schon in der Vorbereitungsphase verloren. Zur Herstellung der modernen Plastikausweise, mit denen sich die Rechtsanwälte beim Betreten des Knastes zu legitimieren haben, benötigten wir ein spezielles Schweißgerät, welches nicht frei zu erwerben war. Nur Vertretern aus bestimmten Sicherheitsbereichen und dem Bankgewerbe war das Gerät zugänglich.

Mit einer aufwendigen und zunächst aussichtsreichen Legende hatte Laura sich das Gerät vorführen lassen, um es zu kaufen. Sie konnte es nicht gleich mitnehmen. Obwohl alles ganz wunderbar zu klappen schien, sicherten wir vor dem Abholen wenige Tage später noch mal alles ab und stellten fest, daß die Polizei benachrichtigt war und auf Laura wartete. Sie nahm es gelassen, unbekümmert, war ja noch mal gutgegangen. Sie war noch völlig unbeschädigt von dem Reibsand des Schiefgehens, den vielen neuen Versuchen des immer wieder von vorn Beginnens. Suchen wir uns eine andere Lösung, meinte sie; es gibt für jedes Problem eine.

Heute allerdings ist alles anders. Allein im Auto zurückgeblieben, wird sie von Unsicherheit gepackt, beginnt zu zweifeln, ob es wieder gutgehen wird. Sie hat die Verantwortung für das Gelingen der Flucht, wird es dazu überhaupt kommen, werden Susan und Anna überhaupt wieder herauskommen, ist es nicht eher wahrscheinlich, daß sie ihr Grab darin finden werden? Sie ist so aufgeregt, kann nicht mehr in Ruhe ihre Aufgabe durchgehen. Unkonzentriert hasten ihre Gedanken die Punkte ab: Den Eingang nicht aus den Augen lassen, wenn Susan und Anna hineingegangen sind, die abgesteckte Runde fahren, an Rasha und Karla vorbei, vor den Eingang fahren, ersten Gang drin lassen; dann müssen sie auch schon herauskommen. Sie müssen rauskommen! hämmert sie ihre Angst nieder. Sie schaut noch mal in den Laderaum, überprüft zum letzten Mal, ob alles am Platz liegt. Da ist die Tasche für den Kleidertausch und für die Gewehre, da liegen die Dokumente bereit, sie fühlt nach ihrer Pistole. Alles ist, wie es sein muß, aber sie wird nicht ruhiger. Im Rückspiegel sieht sie Anna und Susan sich unterhalten, eine Ewigkeit nun schon, kommt es ihr vor. Solange Anna da ist, kann mir gar nichts passieren, geht es ihr durch den Kopf. Sonst verbot sie sich solche Gedanken, aber jetzt will sie ihre Angst damit bekämpfen.

Warum gehen sie nicht, denkt sie, weil Warten so unerträglich ist wie Unentschiedenheit. Der Anwalt, denkt sie, bestimmt läßt uns der Anwalt sitzen ... Aber jetzt gehen sie doch, ihr Herz macht einen Satz bis unter die Kopfhaut, jetzt sind sie am Eingang, klingeln, gehen hinein.

Laura sieht nichts mehr, ihr Herz klopft so unmöglich und zügellos, daß die Straße vor ihren Augen zu schwimmen beginnt. Ihr Fuß rutscht von der Kupplung, als sie den Gang einlegen will.

Karla und Rasha steigen ungesehen aus dem Auto, ordnen ihre Mäntel und gehen langsam, plaudernd bis zur Straßenecke, wo sie scheinbar im Gespräch vertieft stehenbleiben. Die Straße Alt-Moabit und den Gefängniseingang können sie von dieser Ecke aus vorzüglich überblicken. Sie stehen etwa siebzig Meter entfernt und sind ganz unauffällig. Beide tragen sie lange flotte Sommermäntel, die nicht ahnen lassen, was unter ihnen verborgen ist. Rasha hat eine Maschinenpistole dabei. Sie hat sich trotzdem noch ihre ziemlich große Handtasche umgehängt, von der sie sich einfach nicht trennen wollte. Wir hatten ihr so eine unnötige Behinderung ausreden wollen, aber nein, ohne Handtasche sei sie nicht komplett, befand sie, außerdem wolle sie ihre Wässerchen, Cremes und andere kleine Wichtigkeiten bei sich haben, falls sie in die Kiste fahre. Rasha hatte sich nur schwer zu dieser Aktion entschließen können, sie glaubte wohl von allen am wenigsten an ihr Gelingen. Es waren keine überzeugenden rationalen oder gar politischen Einwände, die sie gegen die Aktion vorbringen konnte oder wollte. Es hatte mit ihr selbst zu tun. Wir kämpfen für eine Schimäre, sagte sie; niemand in Westeuropa will revolutionäre Veränderungen, nur wir Träumer. Wir können nichts bewegen und darum auch nicht als Guerilla überleben. Wir verschwenden uns hier an die Ignoranz der Satten, sagte sie. Ihr Herz war bei den Palästinensern, da wußte sie sich eins mit den Wünschen und dem Widerstand der Menschen; da mußte sie niemandem erklären, warum der Imperialismus der Feind des Menschen ist. Seit Generationen litten und hungerten sie unter seiner Politik, kämpften für Brot und Menschenwürde. Die Deutschen, sagte sie, die Deutschen sind hochentwickelte Knechte ihres Herrschaftswillens, hier wird niemals die Freiheit geboren.

Schließlich aber wollte sie nicht beiseite stehen, wenn zwei Genossen aus der Gefangenschaft befreit werden, denn auch für ihre Befreiung war alles gewagt und gewonnen worden. Sie wußte, daß es auch diesmal gelingen konnte. Und wenn nicht ... inschallah!

So ging Rasha an diesem Morgen in den Kampf, und Anna

hatte sehr wohl einen leisen Geruch von Todesverachtung wahrgenommen. War es schon soweit? Waren sie schon Desperados? Das gefiel ihr nicht. Andererseits kannte sie Rasha gut genug. Eine Entscheidung war eine Entscheidung. Später konnte man weitersehen.

Karla verhüllt unter ihrem Mantel ebenfalls ein Gewehr. In der Hand trägt sie einen Aktenkoffer der Marke Samsonite. Besondere Sicherheit gibt ihr die Waffe nicht. Überhaupt kann sie mit dem Martialischen nicht recht vertraut werden. Ein notwendiges Übel, das sie so gut wie nötig in den Griff nehmen muß, denn schließlich kann sich die Guerilla gegen eine hochgerüstete Polizei nicht mit Knüppeln und Pflastersteinen bewaffnen.

Karla ist ein Kopfmensch, denkt lange nach, manchmal gibt sie das liebenswerte Bild einer zerstreuten Professorin ab. Ein bißchen ärgert sie sich darüber. Sie ist sich doch im Klaren, wie sehr wir auch auf die Entwicklung unserer technisch-praktischen Fähigkeiten angewiesen sind. Als die Illegalen der Bewegung 2. Juni noch zur Hälfte aus Männern bestanden, haben wir Frauen sehr darauf geachtet, daß sich keine typische Rollenverteilung bei den Arbeits-, Aktions- und Lebensabläufen einschlich oder gar fixierte. Und jetzt, da der Entwicklungsverlauf unserer Organisation uns zu einer reinen Frauenguerilla werden ließ, vermißten wir die Gefangenen nicht, weil uns die Männer fehlten, sondern weil wir sie als Genossen brauchten und liebten.

Karla ist mit Till besonders verbunden. Als die Vorbereitungen für die Befreiungsaktion abgeschlossen waren, hatte es eine hitzige Diskussion gegeben, wer Berlin verlassen sollte, um die rückwärtige Basis zu sichern. Eine von den „Alten“ sollte dabei sein, um die Kontinuität der Erfahrungen, die Kontakte und Informationen nicht abbrechen und verlorengehen zu lassen. Die „Alten“, das waren Anna, Karla und Lilli. Natürlich auch Rasha, aber alle ahnten schon, wohin es sie in Zukunft ziehen würde, daß sie uns und Europa verlassen würde. Nun, es endete damit, daß Lilli mit aus Berlin abziehen mußte. Um Anna gab es keine Diskussionen. Die Befreiungsaktion ohne sie durchzuführen, wurde nicht ernsthaft erwogen. Karla konnte sich auch nicht dreinfinden, daß die Aktion, in der es ja auch um Till ging, am Ende ohne sie ablief. Wer hätte das nicht verstanden! Der Entscheidungsprozeß und die letztendlich verbindliche Festlegung, wer in der direkten Operation vor Ort welche Aufgaben übernimmt, ist oft heikel und emotional, jedenfalls war es bei uns immer so. Eventuelle Selbstüberschätzung kommt auf den Tisch, Unsicherheiten, Ängste und Motive der Einzelnen werden abgewogen, aber auch objektive Gesichtspunkte, wie zum Beispiel das Erfahrungsniveau. Nicht selten sprengen diese Entscheidungsprozesse die Strukturen und Verhaltensweisen in der Gruppe und im Einzelnen auf und setzen sie neu zusammen.

Mit dem Aktenkoffer, den Karla bei sich trägt, hat es seine Bewandtnis. Er ist im Inneren mit Stahlstreben verstärkt. Der Eingang des Gefängnisses ist mit einem elektronischen Schleusensystem gesichert, das bei Alarm als letzten Akt ein Stahlgitter vor dem Eingang herunterfahren läßt. Unsere Kofferkonstruktion ist nun so unter das Gitter zu plazieren, daß es beim Herunterrauschen darauf hängen bleibt und Bodenfreiheit zum Hindurchschlüpfen gewährt.

Karla hat die höchst komplizierte Aufgabe, den Koffer im richtigen Moment auf den richtigen Punkt zu stellen, ohne daß er zu früh entdeckt wird.

Rasha und Karla nehmen kaum wahr, was sie miteinander reden. Alle ihre Sinne sind konzentriert auf die Straße gerichtet, die Blicke wandern unablässig zum Eingang und wieder die Straße entlang. Wo bleibt bloß der zweite Rechtsanwalt? Andreas hatte doch signalisiert, daß er an diesem Sonnabend ganz sicher kommen wollte. Becker nervte uns schon einige Wochen lang, mit keiner Geschichte war er bislang zu bewegen gewesen, an seinem heiligen Sonnabend einen Knastbesuch bei einem Mandanten zu machen. Aber diesmal soll und muß es einfach klappen. Aus Sicherheitsgründen können wir die Aktion nicht länger verschieben. Es war nicht einfach für Andreas, den Anwalt von der Notwendigkeit des Besuches zu überzeugen. Becker war kein

Typ, der sich zwingen ließ, mißtrauisch durfte er auch nicht werden. Bei Tills Anwalt war es sehr viel unkomplizierter, der ging auch auf Sonderwünsche ein, ohne groß nach dem Sinnzusammenhang zu fragen.

Zwölf Jahre später erfuhr ich aus dem Mund meines Anwalts, wie das Geschehen damals für ihn abgelaufen war, wobei es ihm nicht gelang, den Vorwurf zu unterdrücken, er sei mißbraucht worden. Ich war überrascht, aber auch höchst amüsiert über seinen Bericht, zumal ich bei meiner Mandatserteilung überhaupt nicht mehr gegenwärtig hatte, daß er der damalige Anwalt von Andreas war, der uns beinahe die Aktion verdorben hätte.

„Das muß er sein“, flüstert Karla, sie starren zu ihm hinüber, beobachten, wie er aussteigt, seinen Wagen abschließt, sich gemütlich zum Eingang bewegt, klingelt und eingelassen wird.

Ihre Blicke schwenken auf die Ecke Alt Moabit-Spenerstraße. Von dort müssen jetzt gleich Susan und Anna kommen, die Straße überqueren und ebenfalls zum Eingang gehen.

„Er kommt wieder raus“, stöhnt Rasha, „Becker kommt zurück!“ So eine Scheiße. In Karlas Kopf gehen Enttäuschung und Erleichterung durcheinander. Verwirrung.

Becker hat offensichtlich nur eine Akte vergessen, holt sie aus dem Wagen, macht sich sofort wieder auf den Weg zur Pforte und wird erneut eingelassen.

Kaum ist Becker drin, öffnet sich die Pforte wieder und ein Sicherheitsbeamter tritt vor die Tür.

„Was nun“, flüstert Rasha, „der ist nicht im Plan, der macht alles kaputt.“

„Warte, laß uns warten, was Anna und Susan tun; er kann uns nicht sehen, wir stehen hier gut.“

Sie starren auf den weiteren Verlauf der Dinge, sprechen nicht mehr, sind verunsichert und fühlen sehr genau, daß sie am liebsten wieder nach Haus gehen würden.

Der Beamte steht einige Minuten vor der Pforte, so als wolle er grad nur einige Atemzüge der frischen Mailuft genießen. Dann geht er wieder hinein. Ihre zwei Augenpaare wandern wieder zur Spenerstraße; was werden die beiden Genossinnen entscheiden? Da ... jetzt kommen sie, gehen tatsächlich auf die Pforte zu, nacheinander, als gehörten sie nicht zusammen. Karla und Rasha halten die Luft in der Lunge fest vor Spannung. „Bleibt um Gottes Willen nicht drinnen", können sie nur noch denken, als sie Anna und Susan wie in Zeitlupe in der Höhle des Löwen verschwinden sehen. Sie schauen sich an. „Es geht los", sagt Rasha entschieden.

In derselben Zeit sind Susan und Anna aus dem Bus gestiegen, gehen die Spenerstraße hinunter, dem Gefängnis entgegen. Die Straße stößt direkt in Front der Eingangspforte auf Alt-Moabit. In sicherer Entfernung bleiben sie stehen, unterhalten sich und behalten unauffällig im Auge, was sich vor dem Gefängnis abspielt. Tills Anwalt ist bereits drinnen, sein Auto steht sichtbar geparkt. Es beginnt auch hier die Zitterpartie mit Becker: kommt er oder kommt er nicht? Heute ist die letzte Chance zur Durchführung der Aktion, da die baulichen Gegebenheiten im Knast in den nächsten Tagen verändert werden sollen. Die beiden Frauen sehen aus wie seriöse junge Frauen; fast einander ähnlich mit den hellen Sommermänteln und den biederen Frisuren. Unter dem Arm kleine Aktenmappen, zwei bürgerliche Juristinnen auf dem Weg zu ihren Mandanten.

„Da kommt der Kerl endlich", sagt Susan leise. Sie fühlt, wie sie blaß wird, und sieht, wie Anna blaß wird.

„Also dann", sagt Anna. „Noch wenige Minuten und wir gehen rein." Sie sehen Becker in der Schleuse verschwinden und während sie sich sammeln, kommt er auch schon wieder heraus.

„Das darf nicht wahr sein, der Kerl ist unmöglich; wieso macht der jetzt nicht den Besuch bei Andreas", stöhnt Susan. „Der macht uns noch fertig, nochmal verschieben, das halt ich nicht aus."

„Bleib ruhig, er hat nur seine Akten vergessen."

Sie starren zu ihm hin, gehen alle seine Bewegungen mit, seine Schritte zur Schleuse, sie drücken zusammen die

Klingel. Gott sei Dank, jetzt ist er wieder drinnen.

Kaum haben sie durchgeatmet, öffnet sich die Pforte erneut und heraus tritt der blau uniformierte Sicherheitsbeamte.

„Ein Blauer, wieso ist am Wochenende ein Blauer da? Das fällt aus dem Plan, samstags sind doch nur die Grünen da." Sie sind verunsichert, lassen keinen Blick von ihm; seelenruhig steht er da, die Hände in die Hosentaschen vergraben, schaut ohne große Wachsamkeit in der Gegend herum. Einige Minuten nur, dann dreht er sich um und geht wieder hinein.

„Hast du eine Waffe gesehen? Ich nicht."

„Nein, hab ich nicht. Was machen wir?"

Susan und Anna sehen sich in die aufgeregten Augen. Daß sie Angst haben, müssen sie nicht voreinander verbergen. Das ist ja klar, schließlich könnte heute ihr letzter Tag unter freiem Himmel sein, oder ihr letzter Tag überhaupt. Keine Angst zu haben, ist gar nicht möglich. Es geht immer nur darum, sich nicht darin zu verlieren, die Orientierung nicht fahren zu lassen, sie zu bändigen, sich nicht von ihr besiegen zu lassen. Auch ich habe dies vor jeder größeren Aktion trainiert. Ich ließ mich völlig in dieses Gefühl, welches wir Angst nennen, hineinfallen, ertastete, durchfühlte, durchmaß es und stellte immer wieder fest, daß es auszuhalten war, wie jedes andere große Gefühl. Erst ihre Unterdrückung macht die Angst unfaßbar, schrecklich und unbezwingbar. Immer wieder waren die beiden Frauen gedanklich durch diese Schleuse und die Gänge zu den Zellen der beiden Genossen gegangen, hatten sich beobachtet, sich belauscht, wie die Angst ihnen wohl mitspielen könnte. So waren sie sich ihrer selbst immer sicherer geworden.

Susan hatte viel früher als alle anderen an dieser Aktion gearbeitet. Sie und Kowalski hatten mit zäher Geduld das Vorfeld aufgebaut und die Konturen der Machbarkeit herausgearbeitet. Mit Kowalski zusammen wollte sie in die Höhle des Löwen gehen, das hatten die beiden sich von Anfang an so vorgestellt; aber als die Gruppe dann nach Berlin kam und die Aktion konkret entschieden wurde, verlor er mehr und mehr die Nerven. Seine Angst ging seltsame Wege. Er war nicht fähig gewesen, vor allem Susan gegenüber zu sagen: Ich pack das nicht, ich kann da nicht reingehen, ich will lieber was anderes tun. Das hätte ihn nicht entwertet, wir hätten das verstanden. Aber seine Rolle als Mann, als einziger auch noch, ließ ihn nicht zu sich selbst kommen. Er ging mit ihr unter, unfähig, sie zu überwinden. Als „Beziehungskiste", dann als politischen Dissens, dann als Bruch mit der Bewegung 2. Juni beendete Kowalski seine Ausweglosigkeit.

Es hatte eine Weile gedauert, bis wir seine Streitereien, seine Launen, seine irrationalen Argumente durchblickten, weil gerade er mit viel Leidenschaft unsere anfängliche Skepsis aufgelöst hatte. Mit soliden Informationen und phantasievollen Ideen hat er uns überzeugt. Je konkreter aber die Durchführung heranrückte, desto verzweifelter wurde Kowalski. Anna nahm ihm die Sache aus der Hand. Die Gruppe trennte sich von ihm einige Wochen vor der Aktion. Leider hat ihn das nicht davor bewahrt, in dieser Sache vor Gericht gestellt und verurteilt zu werden. Über den Prozeß nahm er nun doch noch an der Befreiungsaktion teil und trumpfte sogar mächtig auf. Er distanzierte sich nicht, rettete seine politische und persönliche Integrität.

Susan, verschlossen, still und entschlossen, hatte Kowalskis Rückzug erst mit Erstaunen, dann mit Wut ertragen. Sie wollte die Aktion. Anna auch. Sie wollten unbedingt mit einem gelungenen Angriff auf die Domäne des Staates – das Gefängnis – die Lähmung zerreißen, die sich nach dem Desaster der Schleyer-Entführung und dem Tod der Stammheimer Gefangenen über uns alle gelegt hatte.

Sie fanden das wichtig.

Anna und Susan haben Vertrauen zueinander und fühlen sich miteinander sicher. Jetzt sind sie sich beide unschlüssig. Ist der blaue Sicherheitsbeamte entscheidend?

„Was meinst du, gehen wir? Oder ist es zu leichtsinnig?"

„Weiß nicht", antwortet Anna langsam, und dann: „Komm, laß uns gehen."

Ihre Gesichter werden noch eine Nuance blasser. Sie schauen noch einmal an sich herunter, prüfen ihr Äußeres, lachen sich entschlossen an und überqueren getrennt die Straße. Sie treffen sich wie zufällig an der Pforte und klingeln um Einlaß. Die Schleuse öffnet sich und sie betreten den panzerglasbewehrten Raum. Unhörbar rauscht die Tür hinter ihnen zu.

Die beiden jungen Frauen grüßen den Beamten hinter seinem schußsicheren Schalter und werfen ihre Vollmachten und die Anwaltsausweise in den Schlitz.

Jetzt muß sich zeigen, wieviel die investierte Mühe und Phantasie wert ist. Sie halten den Atem vorsichtig an, als der Beamte nach den Plastikkarten greift, sie betrachtet und seelenruhig seinem Kollegen weiterreicht. Dann öffnet sich die zweite Tür und sie dürfen die Schleuse passieren. Sie glauben es kaum. Wie durch Watte schreiten sie zum nächsten Punkt ihrer Planung. Das ist der Schalter des zweiten Beamten. Alles ist, wie sie es immer wieder durchgespielt haben, und doch völlig anders. Anna hat kein Gefühl mehr für die Zeit; wie lange sind sie schon drin? Der Beamte nimmt sich Zeit, trägt alles ordentlich in seine Bücher ein, vergleicht und prüft. Alles in Ordnung. Die beiden Anwältinnen können zu ihren Mandanten vorgelassen werden. Zwei unverfänglichen kleinen Eierdieb-Gefangenen.

Anna starrt halb erstaunt, halb ungläubig auf den Schalterschlitz, zusammen mit ihren Ausweisen werden zwei Marken zur knastinternen Legitimierung ausgespuckt. Etwas weiter entfernt hört sie Susan sagen: „Kommen Sie, wir können jetzt."

Im Gefängnis wurde gebaut, das wußten sie. Die damit verbundenen Provisorien machten die Durchführung der Operation erst möglich. Um zu den Sprechzellen für „normale" Gefangene zu kommen, müssen Anna und Susan wegen eben dieser Provisorien einen Raum durchqueren, der ihr eigentliches Ziel ist. Es ist der Vorraum zu den Sprechzellen für die politischen Gefangenen. Weil die Zellen während des Anwaltsbesuches unverschlossen bleiben, sitzt ein Beamter im Vorraum und bewacht sie. Auf diesen Beamten sind Anna und Susan vorbereitet.

Sie gehen durch einen sehr schmalen langen Gang, der

offensichtlich durch eine Bretterwand auf diese trampelpfadähnliche Enge gebracht ist. Es gibt keine Fenster, das Halbdunkel und die Enge erzeugen kinoartige Schützengrabenatmosphäre. Die Wege sind viel kürzer als erwartet. Ihre Vorstellung vom Inneren des Knastes hatte sich aus den gesammelten und zusammengesetzten Informationen zu einem Bild geformt, das im Ganzen zwar stimmte, aber in den räumlichen Dimensionen anders war. Sie stehen viel schneller als erwartet vor der massiven Tür zum Vorraum. In Kopfhöhe ist eine kleine Sichtscheibe eingelassen, an die sie zwecks Legitimierung ihre Marken halten müssen. Sie sind hellwach und aufs äußerste gespannt. Nur noch wenige, aber entscheidende Meter trennen sie von den beiden Genossen.

Sie öffnen ihre Mäntel ein wenig, um schnell an die Waffen zu kommen. Susan hat eine 9-mm-Pistole mit Schalldämpfer (Marke 2. Juni) und einen Revolver für Andreas. Anna hat eine kleine handliche MP und eine Makarow für Till.

Schritte nähern sich, Schlüssel klappern, die Tür wird geöffnet. Sie hatten sich ausgerechnet, in welchem Moment sie die Waffen ziehen wollten. Anna tritt zuerst ein; als Susan gerade drinnen ist, wird die Tür wieder von außen geöffnet und ein Sicherheitsbeamter will herein. Es ist derselbe, der draußen vor der Tür gestanden hatte. Susan zieht schnell ihre Waffe und will ihn auffordern, die Hände zu heben. Er stutzt, greift dann blitzschnell an den Schalldämpfer und versucht, ihr die Waffe zu entreißen. Miteinander ringend gehen beide zu Boden. Anna hat im gleichen Moment die MP gezogen und auf den grünen Wärter gerichtet, der die Zellen bewacht: „Nimm die Hände hoch." Ungläubig starrt der auf die Waffe, auf Anna, will die Situation nicht wahrhaben. Er geht auf sie zu mit einem kindischen „He, he, was soll denn das", greift nach der Waffe. Wieder beginnt eine Rangelei. Aus den Augenwinkeln sieht Anna, wie Susan mit dem Sicherheitsbeamten zu Boden geht. Sie denkt plötzlich: Diese Typen nehmen uns nicht ernst, weil wir Frauen sind, sie überrumpeln uns, wir müssen uns Respekt verschaffen. Mit einem entschlossenen Ruck stößt sie den Wärter von sich, hebt den Lauf der Schataia und schießt eine Garbe in die Decke ...

Becker war recht lustlos zu diesem Besuch gegangen, aber sein Mandant hatte es so dringend gemacht, ausgerechnet am Samstag. Nun ist er gekommen und Andreas ist gar nicht bei der Sache, hört nicht zu, ist maulfaul, starrt angestrengt in der Gegend herum. Plötzlich gibt es Lärm vor der Tür und bevor Becker sich noch was erklären kann, ist Andreas schon aufgesprungen und zur Tür rausgerannt ...

Susan geht gerade zu Boden. Sie sieht Anna mit dem Grünen ringen, will schon verzweifeln, da wird die Sprechzelle aufgerissen und Andreas stürmt heraus. Er stürzt sich auf den Sicherheitsbeamten; sie hört Annas MP, eine kurze trockene Salve, Andreas kämpft mit dem Sicherheitsbeamten; der ist ihm körperlich weit überlegen, bekommt Oberhand und hält ihm die Pistole von Susan an den Kopf, drängt ihn in die Zelle zurück und schließt sich mit ihm ein ...

Becker hatte Andreas verblüfft nachgesehen. Ein Rechtsanwalt kennt eigentlich nur dieses Gefühl, gern gesehen zu sein, erwartet und benötigt zu werden. Jetzt rennt ihm sein Mandant einfach ohne ein Wort davon. Verwundert und halb empört will er nachsehen, wo er abgeblieben ist, geht raus und findet sich unversehens im Kampfgetümmel wieder: Zwei Frauen und sein Mandant ringen mit zwei Wärtern, Schüsse peitschen, er sieht eine Maschinenpistole, den wehenden Mantel einer Frau, springt erschreckt in eine Ecke, um sich zu schützen. Es dämmert ihm, daß dies alles ärgerliche Verwicklungen bringen wird ...

Annas unmittelbarer Gegner kommt durch die Schüsse zur Vernunft und ergreift die Flucht. Sie sieht einen weiteren Mann verängstigt durch den Raum irren, die Hände schützend über den Kopf gelegt. Er kauert sich in eine Ecke und ruft verwirrt: „Was soll das alles?“ Anna kümmert sich nicht weiter, das muß ein Anwalt sein, denkt sie und stürmt auf Tills Zelle zu. Sie reißt die Tür auf und da sitzt er. Wie versteinert, regt sich nicht und sagt kein Wort. Sein Anwalt war unter den Tisch gekrochen. Sie wirft Till die Pistole zu, schreit ihn an: „Bist du festgewachsen? Komm gefälligst!" Da reagiert er endlich und sie denkt, über diese Situation wird noch zu reden sein. Jahre später liest Anna in einer Zeitung, daß er von dieser Befreiungsaktion als von „seinem Ausbruch" sprach. Das machte sein ganzes Maulheldentum deutlich, mit dem Anna ihre Probleme hatte, seit sie zusammen in der Bewegung waren.

Susan steht geknickt vor Andreas' Zelle. „Sie sind da drin, wir können nichts mehr machen", sagt sie leise.

„Wir müssen raus, gleich wimmelt es hier von Bewaffneten", drängt Till. Er ist schon an der Tür zum Gang. Sie ist offen.

„Gibt es keine Chance?" fragt Anna.

„Ich hab die Pistole auf den Kopf des Mannes gerichtet", schreit der Beamte aus der Zelle heraus. „Wenn ihr die Tür aufsprengt, überlebt er es nicht."

Sie hören einen Haufen Polizisten heranstürmen, Sirenen heulen, Kommandos werden gerufen. „Los, Susan, renn mit Till zur Schleuse, ich decke euch den Rücken."

Die beiden stürmen durch den engen Gang zurück. Mit einem Feuerstoß aus der MP stoppt Anna die herandrängenden Verfolger und rennt den beiden hinterher.

Susan, Till und Mausolf, der Wärter, mit dem Anna gerungen hatte, stehen vor der geschlossenen Schleuse; die beiden Beamten hinter Panzerglas sind nicht zu sehen, sie sind in Deckung gegangen. Die beiden Genossen haben Mausolf in die Mitte genommen, halten ihn mit ihren Waffen in Schach. In seiner Panik ist der Beamte schon vor ihnen zum Ausgang geflüchtet, um Hilfe zu holen. Jetzt sitzt er mit in der Falle.

„Die wollen die Schleuse nicht öffnen", sagt Susan erregt. „Die Kerle rühren sich einfach nicht unter ihren Tischen."

Anna tritt sofort auf Mausolf zu: „Sag ihnen, sie sollen öffnen, aber schnell!" Mausolf zögert, ein Schuß fällt und trifft seinen Fuß.

Verzweifelt ruft er seinen Kollegen zu: „Macht auf, macht verdammt nochmal auf, es hat keinen Zweck!"

Die erste Tür rauscht auf, aber die Ausgangstür bleibt zu,

auch das Gitter ist heruntergefahren. Bis auf den Boden. Unser Plan mit dem Koffer ist nicht aufgegangen.

Die Beamten wollen die drei „Terroristen“ in die Schleusenfalle locken, doch die stellen sich mit Mausolf in die bereits geöffnete Tür, drohen noch einmal scharf und erzwingen so das Öffnen der Ausgangstür und das Hochfahren des Gitters.

Sie stürmen aus dem dunklen Gefängnis heraus in den strahlenden Maimorgen. Der Bus steht nicht, wo er stehen soll, aber da kommt er schon rückwärts herangerast ...

Was sich draußen abgespielt hat:

Laura fährt langsam ihre Runde ab, stimmt Zeit und Geschwindigkeit miteinander ab. Sie denkt jetzt an gar nichts mehr, läßt die Minuten und Meter vor sich herkriechen. Sie hat Nebel im Kopf, das erschreckt sie. Sie passiert Karla und Rasha, die scheinbar locker zum selben Punkt schlendern. Auf der Höhe des Einganges schwenkt Karla rasch auf die Pforte zu und plaziert den Koffer unter das Gitter. Ein wenig zu rasch, zu hitzig offensichtlich, denn kaum ist sie wieder auf der Straße, rauscht zum Entsetzen der drei Frauen das Gitter herunter und wirft den Koffer einfach um. Er hatte nicht zentrisch darunter gestanden. Jetzt ist geschehen, was sie hatten verhindern wollen. Die Genossen sind eingeschlossen!

Rasha und Karla steigen schnell in den Bus und Laura fährt aus der Sichtweite des Knastes. Sie beraten, was zu tun ist, sind kopflos, wissen nicht, ob sie warten oder flüchten sollen. Wenn drinnen was passiert ist – und das mußte es, sonst wäre das Gitter nicht unten –, wieso ist es draußen noch so ruhig? Sie entscheiden, noch etwas zu warten, und haben das Gefühl, auf ihre Verhaftung zu warten. Jeden Moment muß die Polizei auftauchen. Dann halten sie es nicht mehr aus. „Jetzt können sie nicht mehr kommen, laßt uns abhauen“, drängt Rasha. „Wir können hier nicht stehen bleiben und uns abholen lassen.“ Laura zittert: „Wir können sie doch nicht im Stich lassen, vielleicht kommen sie noch“, aber sie legt schon den Gang ein, will auch weg und kann sich nicht mehr wehren gegen diesen Drang, abhauen zu wollen.

Langsam fährt sie los, jetzt liegt der Knast schon im Rückspiegel. Sie schaut noch einmal verzweifelt zurück. „Sie kommen, da kommen sie doch", schreit sie, haut krachend den Rückwärtsgang rein und rast zum Eingang zurück. Stoppt scharf, Karla und Rasha springen auf die Straße, reißen die Ladetür des Wagens auf und halten die Gewehre im Anschlag, um eventuelle Verfolger unter Feuer zu nehmen. Till und Susan kommen zuerst gerannt. Nach rückwärts sichernd ist auch Anna heran. Sie verschwinden im Innern des Busses. Rasha springt in die Fahrerkabine, dabei rutscht ihr der Riemen der Handtasche von der Schulter und legt sich um den Schalthebel. Sie bemerkt es nicht. Laura kriegt den ersten Gang nicht rein und würgt den Wagen ab. Draußen ist noch alles ruhig, aber im Wagen tobt das Chaos. Alle schreien durcheinander: „Fahr doch endlich, was ist los, mein Gott, jetzt sitzen wir auf der Straße fest, mitten vorm Knast!" Laura schwitzt und würgt.

Till wird frech und brüllt: „Was habt ihr denn da für eine Anfängerin!"

Anna fährt ihn an: „Was fällt dir ein, Typ!" Sie beugt sich in die Fahrerkabine, sieht den vom Riemen blockierten Schalthebel. Ruhig faßt sie Lauras hin- und herwürgenden Arm. „Schau hin", sagt sie, „nimm den Riemen vom Schalthebel. So, jetzt den Leerlauf, Gang einlegen." Der Wagen schießt nach vorn, rammt einen anderen, der in der zweiten Reihe steht, und rast davon.

Nur wenige Minuten und sie haben die U-Bahnstation Lehrter Straße erreicht. Die Zeit reicht, um die Übersicht wieder herzustellen, sich in Windeseile umzuziehen, die Gewehre zu verstauen und die Dokumente an sich zu nehmen.

Geordnet, aber eilig verlassen sie das Auto. Laura fährt es einige Ecken weiter, um es abzustellen.

Auf dem Bahnsteig kommt Bea ihnen entgegen. „Ich kann's kaum glauben", lacht sie glücklich, stutzt dann aber: „Wo ist Andreas?" Zwei, drei Sätze erklären ihr die Lage. Sie verteilt rasch die Fahrkarten, übernimmt die Tasche mit den Gewehren und eilt davon.

Sie springen in die abfahrende S-Bahn.

Anna hat den brennenden Wunsch, Susan und auch sich selbst zu trösten. Die Enttäuschung steht dick im Abteil. Sie hatten sich sehr auf Andreas gefreut, wollen es Till nicht so spüren lassen. Er guckt betreten und bricht das dumpfe Schweigen: „Ja, Scheiße mit Andreas, aber wir können uns trotzdem freuen, daß es noch so gelaufen ist." Susan blickt still geradeaus. In ihr ist kein Platz für Freude, sie ist frustriert, fühlt sich besiegt. Der verlorene Kampf im Innern des Gefängnisses hält sie noch vollkommen gefangen. Sie kann sich noch nicht abfinden. Selbstvorwürfe beengen sie, dazwischen Erschöpfung und Leere. Anna sieht das, fühlt sich ganz ähnlich. Sie nimmt Susan in den Arm. „Quäl dich nicht, wir können es nicht mehr ändern, entspann dich, wir sprechen später darüber."

Die Zollkontrollen an der Friedrichstraße verlaufen ärgerlich. Vier von uns sind problemlos durch, Regina bleibt in der Leibesvisitation hängen. Sie finden die Pistole. Ich bleibe bei ihr, überlege schnell: Nur kein großes Palaver mit den Zollbeamten, kein Zeitverzug, Durchreiseplan einhalten! Sie durchsuchen auch mich und nehmen mir ebenfalls die Waffe ab. Ich verlange den leitenden Offizier, berufe mich auf Harry und bitte um schnelle, diskrete Weiterreise. So geschieht es denn auch. Der Offizier kommt sehr bald zurück, händigt uns die Dokumente und Pistolen aus und wünscht uns gute Reise.

Wir hatten gehofft, unbemerkt durch die DDR huschen zu können, bevor die Befreiungsaktion durch die Medien trompetet würde und bevor das große Trommeln der Fahndung begänne. Das war uns nun nicht geglückt, und uns ist klar: Jetzt reisen wir unter den Augen des MfS. Das hatten wir vermeiden wollen. Besonders verunsichert sind wir trotzdem nicht, weil wir wissen, daß uns in der DDR nichts passiert und daß sie froh sind, wenn wir endlich durch sind. Aber wir wären lieber heimlich durchgereist wie früher auch.

Am Ost-Bahnhof hatten wir unser Reisegepäck deponiert. Hier treffen wir alle wieder zusammen und besteigen den

Zug, der uns durch die DDR, CSSR, Ungarn und Jugoslawien nach Bulgarien bringen soll.

Unsere Stimmung ist immer noch eigenartig zwiespältig: frustriert und erleichtert, ermüdet und gespannt, aber langsam kommt auch die Lockerheit wieder. Wir drängen uns in einem Abteil zusammen, aus Furcht, es könnte noch jemand verlorengehen.

Genau so kommt es leider doch. Diesmal erwischt es mich. Die ungarischen Grenzer wollen mich nicht durchreisen lassen. Ohne Erklärung weisen sie mich energisch zurück zur CSSR-Grenze und bleiben jede Antwort schuldig. Ich stehe ungeheuer genervt mit meinem Koffer vor dem Zug. Wir hatten im Abteil nichts mehr absprechen können. Fünf ratlose Augenpaare sehen zu mir herunter auf den Bahnsteig. Der Zug rollt an, ich schaue ihm ebenso ratlos hinterher und sehe einen Schwarm Unwägbarkeiten auf mich zufliegen. Verdrossen schleppe ich meinen Koffer über die kleine Brükke zu den CSSR-Grenzposten. Ich versuche, ihnen die Unerklärlichkeit meiner Zurückweisung darzulegen. Sie sind ganz gelassen, offensichtlich kennen sie solche Situationen und finden sie nur halb so kompliziert wie ich als Betroffene. In wenigen Stunden würde mein Transit-Visum für die CSSR ablaufen, ich kann es unmöglich nach Prag zurück schaffen und von dort rechtzeitig mit dem Flugzeug wegkommen. Außerdem, wo soll ich mit meiner Waffe hin, wenn ich das Flugzeug nehme?

„Nehmen Sie doch den Bus nach Bratislava, er kommt in drei Stunden. Von dort gehen auch Flüge nach Sofia, spätestens morgen früh sind Sie da." Schöne Aussichten, denke ich, eine Nacht im Transit, das ist in den sozialistischen Ländern wirklich kein Vergnügen. Und wie finde ich die anderen in Bulgarien wieder?

Ich stelle meinen Koffer am Grenzposten ab und mache mich auf die Suche nach einem Versteck für die Waffe. Irgendwann will ich sie mir mal wiederholen. Die Gegend ist total ungeeignet für mein Vorhaben. Nirgendwo kann ich Verpackungsmaterial und einen Gegenstand zum Vergraben kaufen oder finden. Die Landschaft ist baum- und buschkahl.

Nur sanft hügelige, weit ausgedehnte Kollektivfelder, auf denen die Saat zu sprießen beginnt. Weit und breit kein Versteck zu entdecken. Ich wandere an einem Zigeunerlager vorbei und habe Mühe, dem hartnäckigen Interesse der Kinder zu entkommen. Die Zeit verrinnt. Ich muß zurück zum Bus und habe immer noch keinen geeigneten Platz gefunden. Entnervt lege ich die Pistole zuguterletzt in einen rostigen Eimer, der unter einem winzigen Busch am Feldrand liegt. Mag der Himmel wissen, ob ich sie jemals wiederfinden werde.

Tatsächlich lande ich erst am nächsten Tag in Sofia. Auf dem Flughafen laufe ich Regina und Rasha in die ausgebreiteten Arme. Ein glücklicher Zufall! Sie wollten westdeutsche Zeitungen kaufen und sich nach Flügen aus der CSSR erkundigen. Ich bin todmüde, habe drei Nächte nicht geschlafen. Sie haben inzwischen einen Bungalow und ein Auto am Sonnenstrand bei Burgas gemietet. Endlich sind wir alle versammelt.

Unter der heißen Schwarzmeer-Sonne in Bulgarien fühlen wir uns so sicher und weit weg vom imperialistischen Sicherheitsapparat, daß wir eine Reihe von Fehlern begehen, deren Folgen uns nach wenigen Wochen überwältigen sollten ...

Es ist, als hätten wir alle etwas zu verdrängen. Wir gehen der großen Grundsatzdiskussion aus dem Wege, die wir hier in Ruhe führen wollten. Wir schieben sie wie unabsichtlich auf „morgen“. Erstmal akklimatisieren, erholen, Till soll sich den Knast aus dem Kopf treiben. Wir spielen Touristen, toben am Strand, genießen das Meer, streifen durch die Gegend, gehen einkaufen, essen und trinken ausgelassen und bummeln durch Burgas. Ich stelle peinlich berührt fest, daß uns die einheimische Bevölkerung verludert und schamlos um Westgeld anbettelt. Das ist ein Schock und begegnet mir zum ersten Mal. Ist das der sozialistische neue Mensch?

Am Abend sprechen wir vom Tag und regeln Organisatorisches für den nächsten. Morgens und abends hören wir die Nachrichtensendungen und verfolgen die Intervention der NATO in Shaba. Das westliche Diamanten-Business ist bedroht und unter dem Mantel belgischer Elitetruppen stellt die NATO die Ordnung des Profits wieder her. Der Aufstand wird mit ihrer Unterstützung niedergeschlagen. Wir wollen die Wochen hier in Bulgarien nutzen, die neue Linie unserer Politik zu konkretisieren. Die NATO als mächtigstes Instrument zur Aufrechterhaltung und Durchsetzung imperialistischer Dominanz ist darin ein zentrales Moment. Sorgfältig registrieren wir ihre Aktivitäten, aber zur intensiven Diskussion haben wir noch keine richtige Lust, denn sie muß mit einer kritischen Auseinandersetzung über unsere letzte Aktion beginnen. Ich denke jeden Tag daran und dann: Ach, komm, laß es gehen ... Das Bedürfnis, sich mal treiben zu lassen ...

Plötzlich ist es zu spät. Wir haben nicht geredet und finden uns nicht wieder. Krachend schlägt der Krieg zwischen unsere Schwarzmeeridylle und treibt uns auf immer auseinander ...

Heute wird Gudrun aus Berlin kommen. Sie wird uns Geld, einige Dokumente und verschiedene andere Materialien bringen und an der Diskussion teilnehmen. Ella, Till und Angelika wollen sie am Flughafen in Burgas abholen. Nach dem Frühstück ziehen sie in allerschönster Laune los. Am Nachmittag wollen sie zurück sein.

Regina und ich gehen an den Strand, als die drei sich auf den Weg nach Burgas gemacht haben. Rasha bleibt im Haus.

Wir sind ganz allein am Wasser. Braungebrannt und verwegen spielen wir herum. Belastet mit der Zukunft und trotzdem glücklich. Regina legt sich in die Sonne, ich setze mich ans Wasser und überlasse mich dem Augenblick.

Der Wind stöbert ganz leicht und lau im Meer herum. Ihm gelingt kein großes Wellental, kein schäumender, sich überschlagender Wasserkamm, nur weiche, sanfte, friedliche Wiegungen auf der Meeresfläche. Meine Augen wandern über sie hinweg in die unschätzbare Ferne bis dorthin, wo das Wasser den Himmel trägt und wo die zwei Elemente scheinbar die Welt verschließen. Ich verträume mich in der Größe des Meeres und der Ewigkeit des Himmels. Meine

Augen sehen nichts anderes mehr und könnte ich in die Tiefe schauen, sähe ich auch da nur ewige Größe. Ich rücke ab von allem, was mich festhält, und fühle die unumstößliche Ewigkeit, in der ich herumturne, in der ich Gefahr laufe, lächerlich zu wirken mit meinen Anstrengungen, die Welt heilen zu wollen. In dieser Ewigkeit bin ich eine Versagerin. Tröstlich aber: in ihr sind wir es alle. Wir guten und wir schlechten Lebenden. Die Ewigkeit zu fühlen, ist eine hilflose, faszinierende Sache. Darum haben die Menschen ja auch die Zeit erfunden. Die Ewigkeit ist der Rausch, die Zeit meine Wirklichkeit, und in ihr bin ich spürbar durch das, was ich tue.

Eine leere Coca-Cola-Büchse wird an den Strand gespült. Sie scheppert leise beim Überrollen angeschwemmter Muschelteilchen.

Das reißt mich aus meiner Abwesenheit und auch Reginas Arm auf meiner Schulter. Sie hat sich neben mich gesetzt.

„Ich will es dir schon die ganze Zeit erzählen", beginnt sie, „aber du scheinst es nicht hören zu wollen."

„Was ist es, was ich nicht hören will, es bleibt mir ja doch nicht erspart."

„In Berlin vor dem Knast ... Ich war bereit, alles zu verraten ... auch dich. Meine Angst war stärker als alles, ich wollte abhauen."

„Aber du hast es nicht getan." Ich will sie beruhigen. Sie trägt es seit Tagen mit sich herum, wie eine versteckte Wunde. „Außerdem, ihr hattet zu dritt beschlossen loszufahren."

„Ja", sagt sie leise, „aber das ist unwichtig, *ich* wollte weg, *mir* war alles egal in den Minuten."

Sie weint. „Ich wollte euch im Stich lassen."

Ich hätte sie fragen müssen: Willst du dich neu entscheiden, sollen wir eine andere Lösung suchen, willst du aufhören? Ich tue es nicht, ich will, daß sie bleibt, und tröste sie mit Halbwahrheiten, die ihr nur vorübergehende, oberflächliche Ruhe und Sicherheit geben.

„Komm", sage ich, „du dramatisierst, ich kenne dieses Gefühl auch, wegzuwollen in Situationen, die bedrohlich sind. Dir fehlt nur die Erfahrung, du wirst lernen, damit umzugehen.“

Sie bleibt still.

Nur einmal noch, Wochen später in Bagdad, versucht sie mir zu sagen, daß sie nicht weiterkämpfen will.

Am Nachmittag gehen wir zum Haus zurück und wundern uns, warum wir Rasha allein antreffen.

„Wo sind die anderen?“

„Keine Ahnung, bestimmt hocken sie noch in einem Café. Sie werden gleich kommen.“

Es wird Abend. Wir geraten in einen unruhigen, ungläubigen Zustand. Noch suchen und finden wir Erklärungen: Vielleicht hat das Flugzeug enorme Verspätung? Wir rufen am Flughafen an. Das Flugzeug ist pünktlich gelandet. Vielleicht haben sie sich festgeschwatzt, vielleicht was getrunken ...

Sie kommen nicht. Wir sitzen um das Radio herum, suchen die deutschen Sender ab. Um 22 Uhr hören wir die schreckliche unausweichliche Tatsache: Eine Anti-Terror-einheit der deutschen Polizei hat vier deutsche Terroristen in Bulgarien auf dem Flughafen von Burgas überwältigt. Unter den Verhafteten ist der vor vier Wochen aus dem Berliner Gefängnis befreite Till Meyer.

Rasha und ich haben bereits mehrere Verhaftungen von Genossen erlebt. Wir beginnen fast automatisch, die nötigen Dinge zu tun. Der Schmerz wird abgewürgt. Jetzt ist es mehr als Schmerz, ein Desaster, ein inneres Chaos. Wir analysieren unsere Lage, die Chancen zu entkommen. So sieht es aus: Die bulgarische Regierung hat der imperialistischen BRD auf dem Hoheitsgebiet der Warschauer Vertragsstaaten Polizeigewalt eingeräumt. Ein einmaliger, ungeheurer Vorgang. Gründe und Preis sind jetzt nicht wichtig. Aber warum nur die vier am Flughafen, warum nicht auch wir? Die bulgarischen Behörden wissen, es sind sieben, wir sind in dem Haus gemeldet, alle unsere Pässe liegen in der Rezeption des Tourismus-Centers, also in den Händen der bulgarischen Polizei. Werden sie in der Nacht kommen? Wie sollen wir uns verhalten? Eine Schießerei in einem sozialistischen Land kommt nicht in Frage. Wir verpacken alle Waffen und wollen sie, wenn es hell wird und wir noch Gelegenheit dazu haben, vergraben. Wenn wir aus diesem Land wieder rauskommen, dann nur ohne sie.

Jede Stunde neue Nachrichten: Brandt hatte mit Abbruch aller Tourismusverträge gedroht, falls die bulgarischen Sicherheitsbehörden nicht kooperiert hätten. Er hat mit einem Millionen-Kredit für den Ausbau des Tourismus die Landerechte der GSG 9 gekauft. Till soll von einem deutschen Urlauber aus dem Justizbereich am Strand erkannt worden sein usw.

Wir starren in die Nacht, lauschen auf jedes Geräusch, umrunden das Haus, um zu erkunden, ob wir umstellt, bewacht sind. Nichts ist zu sehen und zu hören. Als es dämmert, haben wir alles gepackt, das Haus gereinigt und folgenden Entschluß gefaßt: Ohne Einreisestempel können wir nicht ausreisen. Die Pässe sind in den Händen der Polizei. Sie haben einen halben Tag und eine Nacht Zeit gehabt, uns zu verhaften und auch auszuliefern. Sie haben es nicht getan, sie wollen uns ausreisen lassen.

Wir vergraben jetzt alles, was noch Anlaß geben könnte, uns wegen Verletzung der Landesgesetze zu verhaften.

Beim Vergraben kommen wir uns lächerlich vor. Wir hören Geräusche, das Laub und die Büsche um uns herum scheinen zu leben. Wir werden beobachtet, das ist uns klar, aber wir können die Sachen auch nicht einfach im Haus liegen lassen.

Dann fahren wir ins Polizeipräsidium, um unsere Pässe zu holen. Wir zittern wie die Tiere vor der Schlachtbank. Im Büro des Offiziers für Ausländerfragen sagen wir die Namen, unter denen wir eingereist sind. Der Offizier ordert die Pässe in sein Büro, fragt nichts. Während des Wartens geht er ans Fenster, kehrt uns den Rücken zu und sagt: „Es tut mir sehr leid, was geschehen ist. Unser Land ist arm, die sozialistischen Kräfte schwach und zerrissen. Ich wünschte, wir würden eines Tages stark genug sein, so etwas nicht mehr zulassen zu müssen. Schwäche macht käuflich."

Mehr wird nicht gesprochen, benannt, gefragt, erklärt. Wir haben das Gefühl, das ungeheure Geschehen am gestrigen

Tag ist auch für ihn eine Niederlage. Beim Aushändigen der Pässe sagt er noch: „Sie können abreisen oder bleiben. Solange Sie noch auf bulgarischem Boden sind, haben Sie nichts mehr zu befürchten."

Wir verstehen, was er sagt. Keinen Schritt mehr ohne Beschattung von Sicherheitsleuten. Aber das heißt auch: keine Chance mehr für die deutschen Jäger.

Wir gehen davon aus, daß noch eine Menge BKA-Fahnder in Zivil im Land sind und uns suchen, den Flughafen beobachten. Wir beschließen, mit dem gemieteten Auto quer durch Bulgarien nach Sofia zu fahren, um von dort mit dem Flugzeug über Prag nach Bagdad zu kommen. Ein Flug direkt von Sofia nach Bagdad wäre zu leicht zu verfolgen gewesen.

Wir sind fast eine Woche unterwegs, übernachten in Motels, überqueren Pässe, durchfahren Täler, Ebenen, Wälder, immer begleitet von einem Auto der bulgarischen Staatssicherheit, das uns mit einigem Abstand folgt. Von dieser Reise durch das Bulgarische Land habe ich keine Bilder im Kopf, nur den dumpfen leeren Zustand, mit dem ich es durchquerte.

Als wir die Pässe haben und auf der Route sind, breitet sich der Schock in uns aus. Regina und ich wechseln uns ab beim Fahren. Ich fahre wie ferngesteuert durch ein graues Nichts. Es gibt nur die Straße und das gleichbleibend ferne Auto im Rückspiegel. Vergangenheit und Zukunft sind abwesend. Zusammen abgestürzt auf nimmer Wiedersehen. Die Gegenwart ist lächerlich zusammengedrückt, ist nur noch Schalten und Lenken auf den Asphaltkilometern. Ich kann nicht reden, nicht lachen, nicht heulen.

Am dritten Abend im Hotel sagt Rasha: „Wir müssen aus dem Loch raus. Kommt mit runter, wir gehen in die Disco." Rasha hat eine zähe Kraft, Niederlagen von sich zu stoßen, einfach liegenzulassen. Wir essen, trinken, tanzen, und ich bin mir ziemlich sicher, daß wir auch mit dem bulgarischen Geheimdienst tanzen. Es ist grotesk, unser Verhalten ist grotesk, es erinnert mich an einen italienischen Film: Eine Mutter und ihre zwölfjährige Tochter sind auf der

Landstraße von deutschen Soldaten vergewaltigt, geschlagen, ungeheuer gedemütigt worden. Sie müssen weiter, halten einen Lastwagen an, der sie mitnimmt. Der Fahrer ist ein Italiener, ein Landsmann, aber ein Mann. Er sieht ihre Verstörtheit, ihre Wunden, fragt, was los sei. „Deutsche Soldaten“, sagt die Mutter. Er versteht und sieht sie mit geilem Blick von der Seite an. Er stimmt ein Lied an, ein blödsinniges Landserlied. Er fordert sie auf mitzusingen. Sie ist in einer ausweglosen, erbärmlichen und ausgelieferten Situation, sie singt mit, bis ihr die Stimme vor Verzweiflung stirbt.

In Sofia bringen wir das Auto weg und besorgen uns Tickets, wir wollen erst im letzten Moment zum Check-in, uns nicht so lange auf dem Flughafen aufhalten. Wir wissen nicht, was uns dort erwartet. Vielleicht schlagen sie doch noch zu, vielleicht hat die BRD nochmal Druck gemacht und ganz bequem und still fangen sie uns bei der Zollkontrolle ab, stecken uns in die nächste Lufthansa-Maschine. Wir rechnen mit allem, aber wir müssen durch. Aneinandergedrängt gehen wir zum Check-in, dann zur Zollkontrolle, der Schweiß steht uns im Gesicht. Sie tasten uns ab ... Dann sind wir durch und besteigen den Zubringerbus. Neben mir auf der Plattform stehen zwei Männer, ich drehe mich zu ihnen. Zum ersten Mal sehen wir uns offen ins Gesicht, lange und stumm. Ich weiß, das sind sie. Rasha, Regina und ich besteigen die Gangway, die beiden Männer fahren mit dem Bus zurück.

Im Flugzeug besprechen wir unter Höchstspannung den nächsten Schritt. Es ist noch nicht vorbei. Uns ist klar, die Bulgaren haben uns angekündigt, in Prag wird uns der CSSR-Geheimdienst empfangen. Werden sie uns nur beschatten und weiterreisen lassen? Oder werden sie uns festnehmen? Wir sind nicht mehr in der Lage, es einzuschätzen, und vereinbaren, daß ich die Verhandlung führe, falls das Schlimmere eintreten sollte. Es tritt ein. Wir kommen ins Gefängnis.

Drei Tage lang werden wir verhört. Sie wollen rauskriegen, ob wir uns an den sozialistischen Ländern rächen wollen. „Das ist Unsinn“, sage ich ihnen. Sie versuchen, unsere Strukturen und Verbindungen zu erforschen. Vor allem Italien interessiert sie, unsere Beziehung zu den Roten Brigaden, was wir über die Entführung Aldo Moros wissen. Sie sind korrekt, nicht respektlos, wollen aber aus unserer prekären Situation Nutzen ziehen. Es ist für mich ungleich schwerer, mit der sozialistischen Polizei umzugehen als mit unseren eindeutigen Gegnern. Wir wollen sie nicht in Schwierigkeiten bringen, sie sind keine Feinde, aber auch keine Freunde. Es geht sie nichts an, was wir machen, so sehr es sie auch interessieren mag.

Es sind keine Frage-Verhöre, wir diskutieren. Sie wollen unser politisches Weltbild kennenlernen, unsere Einschätzung zur Politik der sozialistischen Staaten, wie stark der Antikommunismus bei den westdeutschen Linken ist. Zwischendurch immer wieder: Was wollen Sie in Bagdad, welche Palästinenser kennen Sie usw. Ich wäge jedes Wort ab, messe die Bedeutung und Tragweite jedes Satzes.

Abends führen sie mich wieder in die Zelle. Von Regina und Rasha weiß ich nichts. Am Ende des Zellentraktes ist ein überlebensgroßes Wandgemälde mit einem Porträt von Lenin. Ich gehe direkt drauf zu, wenn ich durch den Gang geführt werde. Das ist Blasphemie, denke ich. Aber es ist noch nicht meine Angelegenheit.

Am dritten Tag sage ich gleich zu Beginn der Gespräche: „Es ist in Ordnung, liefern Sie uns aus, aber an das sozialistische Deutschland.“ Sie sind verblüfft, werden vorsichtiger, freundlicher, fragen, wie sie das machen sollen, an wen sie sich wenden sollen, ob wir nicht wüßten, daß die Warschauer Vertragsstaaten die Anti-Terrorismus-Konvention unterschrieben hätten und verpflichtet seien, uns festzunehmen. „Wir sind keine Terroristen“, sage ich. „Wenden Sie sich an die entsprechenden Stellen in der DDR und fragen Sie nach Möglichkeiten zur Realisierung meines Ersuchens. Mein Name ist Inge Viett.“

Am Abend werden wir von drei Männern der DDR-Staatssicherheit aus dem Gefängnis geholt. Harry mit seiner dicken Cognac-Nase ist auch dabei. „Na, na, Mädel, ihr macht ja Sachen“, brummelt er im Auto. „Aber jetzt seid ihr in Sicherheit.“

Es ist dunkel, als wir irgendwo ankommen. Das Schild am Ortseingang war zugehängt. Uns interessiert es auch nicht sehr, wo wir uns befinden. Es ist in der Obhut der DDR-Staatssicherheit, das ist klar. Darüber hinaus ist unsere Neugier nicht gereizt. Vierzehn Tage lang werden wir bestens bedient, gehen in die Sauna, schwimmen und machen Fitness.

An manchen Nachmittagen quäle ich mich durch die Gespräche mit Harry. Er ist wie anfangs väterlich, jovial und bäuerlich derb. Dahinter versteckt er seine Informationsbegierden. Er möchte so gern alles über uns wissen, und ich möchte ihm so ungern etwas sagen. Ich fühle mich nicht wohl in meiner Haut. Auch sozialistische Geheimdienste sind mir unheimlich, auch sie sind undurchschaubar und unberechenbar. Nicht, daß ich mich direkt fürchte, aber dies ist ein Boden, den ich nicht kenne und bisher auch nicht kennen mußte.

Was mich interessiert, sind die Verhaftungen in Bulgarien, wie konnte es dazu kommen? Was wissen sie darüber, und wie stellen sich die anderen sozialistischen Staaten dazu? Aber da ist Harry einsilbig, sagt nur, es hätte eine Konferenz der sozialistischen Staaten gegeben, in der Bulgariens Zusammenarbeit mit den Sicherheitskräften der BRD verurteilt worden sei. Ich bedanke mich für die Hilfe der DDR, dränge aber darauf, uns bald weiterreisen zu lassen. Harry gibt acht, uns nicht das Gefühl zu geben, sie würden unsere momentan hilflose, abhängige Situation ausnützen. Er wirbt um Vertrauen für langfristige Beziehungen.

Mein Problem ist die unklare Situation: Wo bin ich noch Subjekt und wo werde ich zum Objekt? Wir wissen zum Beispiel, daß wir in der Wohnung abgehört werden, sogar im Schlafzimmer. „Na klar“, sagen wir uns, „das ist ein Geheimdienst.“ Wir empören uns nicht naiv. Sie kennen uns nicht, mißtrauen uns. Wenn Harry dann aber überzeugen will: „Genossinnen, wir kämpfen doch auf derselben Seite“, dann gebe ich ihm zwar recht, weiß aber nicht, ob er das wirklich so sieht und begreift, oder ob ich nur das Objekt seiner Informationsbeschaffung bin.

Nach vierzehn Tagen werden wir unter hohen Sicherheitsvorkehrungen ins Flugzeug nach Bagdad gebracht. Im Kopf einen Code, für eine spätere Wiederaufnahme des Kontaktes bei Bedarf.

Wir sind wie erlöst, als der Vogel sich über den Schönefelder Flughafen erhebt. Schon nach einigen Stunden Flug durch die Wolken haben wir den Code wieder vergessen.

Kapitel XII

Bei den palästinensischen Genossen heißen wir jetzt Rasha, Samira und Intissar.

Samira und Intissar breiten auf dem Dach ihres Hauses das Schlaflager aus, zünden die Rauchspiralen zum Vertreiben der Moskitos an und schauen in die Nacht. Eine Nacht, so schön, faszinierend und fremd, wie nur der Süden sie zeigen kann. Die Luft ist durchströmt von Wärme und kühlender Frische, von sinnlichen orientalischen Düften, vom süßen Geruch erntereifer Datteln, von leisen schmelzenden Klängen arabischer Musik, vom fernen Bellen der durch die Straßen jagenden Hunderudel. Hinter den Palmenkronen hängt die schmale Sichel des Mondes und leuchtet messerscharf. Die Palmen stehen wie Scherenschnitte gegen den Himmel.

„Es ist wie auf einer Kitschpostkarte oder wie ein schöner Traum", flüstert Samira. „Ich möchte nicht mehr zurück nach Europa, laß uns hier bleiben."

„Dieser Moment ist nicht die Realität, er ist die Ausnahme, die Schönheit. Wenn du hier lebst, wird sie vergehen. In den Häusern ist das banale Leben wie überall. Nur wird es niemals deine Banalität werden, und du wirst nichts gegen sie tun können. Ich will zurück, sobald es geht." Das ist Intissars Antwort.

Ich bin ungeduldig und nervös vom Herumhängen in der Hitze, die zur Mittagszeit auf 50 Grad Celsius klettert. Es ist eine trockene, harte Hitze und die Sonne strahlt Tag für Tag ein erbarmungsloses Feuer vom Himmel. Alles, selbst das Warten auf sein Verlöschen am Abend, ist klebrig anstrengend. Die einzigen Tätigkeiten sind schwitzen, duschen, Wasser trinken und den Sonnenuntergang herbeiwarten. Endlich, nach drei Monaten, bringt uns Biene neue Dokumente und Geld, damit wir die Rückreise organisieren können. Mich drängt es wieder zurück nach Europa. Einen Wurf Katzen habe ich in dem kleinen versteckten Haus in Bagdad großgezogen, der Ramadan zog vorbei, Limonen und Datteln sind gereift. Jetzt ist es genug. Genug der orientalischen Geruhsamkeit und der palästinensischen Gastfreundschaft. Ich will in geschmähte, aber heimische Gefilde. Rasha will nicht wieder zurück, sie hat mit Europa abgeschlossen.

„Die bewaffnete Politik kleiner Einheiten kann in Europa nichts bewegen, sie ist zur Niederlage verurteilt", sagt sie. Aber ich kann mir nichts anderes mehr vorstellen und meine, daß der massenhafte Anti-Atomkraft-Widerstand und die vehemente Ablehnung der Atomraketenaufrüstung neue Chancen für eine fundamentale und militante Oppositionsbewegung bieten.

„Erst wenn wir aufgeben, sind wir besiegt, nicht wenn unsere Angriffe mißlingen", sage ich.

Frau Lauda sagt gar nichts. Sie reist mit mir und Biene zurück nach Paris, wo wir uns niederlassen und neu beginnen.

Fast alle in der jetzt verbliebenen Gruppe waren völlig unerfahren und hatten keine innovativen Impulse mitgebracht. Und schlimmer noch, sie hatten sich aus ihren legalen Strukturen gelöst und nichts hinterlassen, auf das wir als illegale Organisation zurückgreifen konnten. Nicht personell, nicht inhaltlich und nicht logistisch. Ihre Illegalisierung hatte mehr Probleme als Verstärkung gebracht, wie sich im nachhinein herausstellte.

Biene blieb in politischen und praktischen Fragen bei ihrer konstanten Unentschiedenheit. Sie konnte sich nur unter Druck entscheiden, selbst in kleinen belanglosen Dingen. Zum Schluß hatte sie immer das Gefühl, sich falsch entschieden zu haben. Als käme sie in letzter Sekunde auf den Bahnsteig und spränge in den abfahrenden Zug, um sich dann bis zum Ziel zu fragen, ob sie nicht doch besser den nächsten genommen hätte. Sie hatte ihre Schränke voller Klamotten, weil sie im Geschäft ihr Problem einfach löste, indem sie alles in verschiedenen Variationen kaufte. Was im Alltag als Marotte übersehen werden konnte, führte bei existenziellen Entscheidungen zu existenziellen Unsicherheiten. Biene überließ ihre Entscheidung im allerletzten Moment dem Druck der Notwendigkeit, sich nun mal entscheiden zu müssen, oder sie überließ sich der Stärke der Umstände. Sie hatte all die Jahre die tiefste Anti-RAF-Haltung und nichts konnte sie bewegen, an einer Diskussion mit der RAF teilzunehmen. Im Moment ihrer stärksten Verunsicherung aber hat sie sich umstandslos in die stark und sicher auftretende RAF begeben. Zur Hilfe kam ihr allerdings auch die Liebe. Sie hatte sich in Christian verliebt.

Die Zeit in Paris war wieder ausgefüllt mit alltäglichen Aktivitäten, die zum Leben in der Illegalität gehören: Sicherung der Wohnsituation, Depots anlegen und überwachen, Materialien beschaffen, Techniken weiterentwickeln, Dokumente herstellen, grüne Grenzen ausfindig machen. Aber all diese subversiven Aktivitäten hatten unmerklich so etwas wie einen Selbstlauf bekommen. Sie waren ziellos geworden. Ich verbrachte Wochen in der Bibliothek des Centre Pompidou und durchforstete sie nach bestimmten Informationen zur NATO. Wenn ich an ihre praktische Verwertung dachte, beschlich mich mehr und mehr ein Gefühl der Unvorstellbarkeit, überhaupt nochmal einen Angriff organisieren zu können. Ich verbot mir diese aufkommende Mutlosigkeit und sprach nicht darüber.

Wir pendelten zwischen Paris und der BRD. Es war unglaublich schwer, dort überhaupt wieder logistisch Fuß zu fassen. Der Massenwiderstand auf der Straße hatte sein klares begrenztes Ziel: Keine Atomkraftwerke, keine Atomraketen-Aufrüstung. Er bedurfte nicht des bewaffneten Kampfes, er entwickelte sich ganz und gar ohne uns und die RAF. Die Politik von unten und der militante Widerstand von unten gingen an uns vorbei. Jetzt liefen wir ihm hinterher.

Wir interessierten uns für bestimmte NATO-Zentren, Institutionen, Personen. Wir rackerten uns ab, um in der BRD Fuß zu fassen, schliefen in Zügen und Gott weiß was für unsicheren Buden. Aber nicht dies waren die wirklichen Probleme. Eine stabile Überzeugung entfaltet in komplizierten Phasen angemessen hohe Energien, um sie zu meistern. Ich war nicht mehr stabil. Mein Vertrauen war weg. Ein

Stück war in Bulgarien geblieben, hatten Angelika und Gabi mit ins Gefängnis genommen. Ein Stück war bei Rasha in Bagdad geblieben, ein weiteres hatte der allgemeine Rückzug der Linken von revolutionären Zielen verzehrt, der Rest welkte in den Alltagsnotwendigkeiten einer Untergrundorganisation dahin wie das Gras unterm Stein. Ich hatte kein Vertrauen mehr in die kollektive Kraft der Gruppe und darum auch keins mehr in meine eigene Stärke. Ja, es war, als würde die Schwäche und Perspektivlosigkeit jedes Einzelnen sich auf mich häufen und die meinige potenzieren. Ich war die Älteste, Erfahrenste und das hatte eine zentrale Funktion in der Gruppe. Ich verkörperte auch die Kontinuität der Bewegung 2. Juni. Die Genossen erwarteten von mir alles, was sie nicht mehr oder noch nicht hatten. Orientierung, Erfahrung, Sicherheit, Überzeugung. Ich hatte aber nur noch Sympathie und Sorge für sie, und wo keine Orientierung mehr ist, macht auch Erfahrung keinen Sinn mehr. Alles begann mich zusehends zu überfordern. Ein Zustand, den ich zuvor nicht gekannt hatte.

Es hatte sich so etwas wie eine illegale Lebensweise eingeschlichen. Der Alltag war einerseits geprägt von ziellosen subversiven Tätigkeiten, die sich auf keine Perspektive mehr bezogen, andererseits von so natürlichen und vergnüglichen Beschäftigungen wie Restaurant-, Kino-, Konzertbesuchen, Spaziergängen, Stadtbummel, Einkaufen. Einfach lässiges Pariser Leben. Ich hätte die Gruppe vielleicht in eine Aktion hineintreiben können, sie vertrauten mir. Aber das wäre verantwortungslos gewesen, ich wußte auch selbst nicht mehr wofür. Ihr Wille zu kämpfen war abstrakt. Meiner war erschüttert, er konnte sich nicht mehr am Kollektiv aufrichten, und ich hätte mich in keine Kampfsituation mehr mit ihnen gewagt. Selbst wenn wir in der aufgeheizten Situation um den NATO-Doppelbeschluß eine militärische Intervention machen würden, ähnlich vielleicht wie der Anschlag auf NATO-General Haig, was würde dies an der allgemeinen Isolation ändern, in die der bewaffnete Kampf geraten war?

Wie die unsichtbare Drift von Nebelschwaden bei Windstille nahmen unsere Wünsche und Bedürfnisse unmerklich

Partei für den Status quo. Mir entging das nicht. Mit stillem Entsetzen registrierte ich, wie meine einstmalige seelische und mentale Kampfkraft von Tag zu Tag mehr aus mir herausgewaschen wurde. Sie war die Kraft der Überzeugung gewesen, daß meine Methode, gegen die zerstörerischen kapitalistischen Strukturen zu kämpfen, am durchgreifendsten, am konsequentesten, am richtigsten war, daß sie Wege und Ausblicke öffnete auf das tatsächliche Ende einer destruktiven Entwicklung. Nun, nach zehn Jahren, war alles eng und düster geworden. Die Guerilla war nur noch für verlorene Wenige ein Licht.

Paris, das ist eine Stadt, in der es sich illegal wunderbar leben läßt, wenn die Wohn- und Finanzverhältnisse gesichert sind. Die Stadt der revolutionären historischen Mythen. Die Metropole der großen Kämpfe, Siege und der noch größeren Niederlagen der Volksmassen. Die Stadt des beispiellosen konzentrierten Betrugs der Bourgeoisie an den unterprivilegierten Massen, die mit bloßen Steinen, Knüppeln, Sensen und Hacken bewaffnet auf den Barrikaden den Sieg über die Herrschaft des Feudalismus erkämpft und erstorben hatten. Die Stadt der zweiundsiebzig Tage Volksherrschaft der Pariser Commune und die Stadt des Niedermähens zigtausender Revolutionäre durch die Bourgeoisie, die durch das preußische Heer wieder zur Herrschaft gelangt war. Es war auch die Stadt, in der unser Aufstand gegen die unterdrückende Allmacht des korrupten, pervertierten Kapitalsystems im Mai 68 am heftigsten ausbrach. Als wollten die Urenkel und Enkel Robespierres und Blanquis' noch einmal gegen die Strukturen und Institutionen der Potentaten von Habgier und Eigennutz anstürmen.

Aber das Paris von 1979/80 war eine europäische Wohlstandsmetropole, die alle Erinnerung verbarg. Und so machte sich die Stadt ganz langsam mit ihren unverbindlichen Genüssen, Ablenkungen und Zerstreuungen über uns her, die wir ja eigentlich hier waren, um strenge revolutionäre Grundsatzarbeiten durchzuführen. Dies taten wir natürlich auch. Jeden Tag waren wir unterwegs in Sachen Revolution, aber niemand sah noch irgendwelche Chancen und niemand sprach die Zweifel aus. Wir müssen kämpfen, einfach weiterkämpfen, war die verinnerlichte Parole.

Manchmal fühlte ich mich tief in der Wüste. Nicht verirrt, aber ohne Wasser, ausgezehrt und in unverhohlener Furcht, meine Kräfte könnten schon vor der nächsten Oase verbraucht sein.

Ich wünschte mir kein anderes Leben als das, welches ich führte. Oder besser: ich wünschte mir keine Alternative, die mit Versöhnung und Akzeptanz des alten Lebens zusammenging. Ich war zu Hause in meiner Zugehörigkeit zu den weltweit kämpfenden antiimperialistischen Kräften. Ich war auch zu Hause im Untergrund mit allen seinen Beschränkungen und allen seinen Freiheiten. Ich wollte nirgendwohin zurück, aber ich konnte kaum noch vorwärts, weil die Machtlosigkeit, die Zersplitterung, die Isoliertheit unserer Aktivitäten mich überfiel.

Das war die Situation, als wir die Gespräche mit der RAF begannen. Und, hol's der Teufel, sie haben es sofort gemerkt. Sie hatten gerade eine lange Diskussionsphase hinter sich, in der es um genau dieselben Probleme für fast die Hälfte ihrer Mitglieder gegangen war. Mit der Trennung von dieser Hälfte hatten sie die Diskussionen beendet. Erfahren und entschlossen, den Schnitt noch tiefer anzusetzen, begannen sie nun den Prozeß mit uns. Mit einer entschiedenen, von Verfall und Zweifel gereinigten Gruppe wollte die RAF eine neue Anti-NATO-Eskalation entwickeln. Wer dazu nicht in der Lage war, mußte den aktiven Untergrund verlassen.

Das Wohnzimmer in unserer Clichy-Wohnung hatte einen großen Hängeboden. Wir nutzten ihn als Schlaf- und Leseraum. Hier unterm Dach führten wir monatelang quälende, erbarmungslose Diskussionen mit der RAF. Der Raum war niedrig, nicht fürs Aufrichten geeignet. Irgendwie passend für den ganzen Prozeß, der hier stattfand und die Zukunft jeder einzelnen Genossin festlegte.

„Die Guerilla ist die vorderste Front. Ein Etappenbewußtsein hat hier nichts verloren, ist nicht die Politik der RAF. RAF heißt Offensive, heißt Angriff. Wer das nicht will, ist nicht RAF."

Es ist ja kein Geheimnis, daß die RAF alle Aktionen der Bewegung 2. Juni politisch als defensiv und ihr massenorientiertes Konzept als opportunistisch klassifizierte. Natürlich hatten wir uns praktisch von diesem Konzept entfernt. Nicht aus Überzeugung, sondern weil hinter und um uns herum keine Massen waren, deren Veränderungsbedürfnis unserem noch ähnlich war. Im Herzen hingen wir – und besonders wohl ich – an unserer 2. Juni-Geschichte und -Herkunft. Ich hatte mit ganzer Seele in jeder Aktion dringesteckt. Es war mir unmöglich, sie mit den Augen, mit dem Bewußtsein der RAF zu sehen. Ich verkörperte die Geschichte der Bewegung 2. Juni, und für die Genossen von der RAF war ich die Ikone, die gestürzt werden mußte. Es konnte nur eine zukünftige Gemeinsamkeit geben, wenn ich die Fähigkeit zur grundsätzlichen Kritik aufbrachte.

Ich wollte nicht aufhören zu kämpfen. Das jedenfalls redete ich mir unaufhörlich ein und verteidigte es verbissen gegenüber der RAF.

Meinen kriselnden inneren Zustand versteckte ich sorgfältig. War es nicht ganz normal, nach so vielen Jahren Kampf mal den Mut zu verlieren? Krisen sind keine Untergänge, sondern vorübergehende labile Zustände. Kein Grund, alles in Frage zu stellen, alles hinzuschmeißen und aufzugeben. So erklärte ich mir mich selbst und ließ niemanden in mich hineinschauen.

Henning ist der Jüngste der RAF. Er kommt zu jeder Diskussion. Es scheint ihm Spaß zu machen. Er hat alle Standards drauf: subjektives Wollen, vierundzwanzig Stunden Kampf, permanente revolutionäre Selbstkritik ... Mit messerscharfen Worten zerrt er an der Verunsicherung von Regina und Karin herum. Sie sind wortkarg. Wenn ich verteidigend eingreife, putzt er mich runter: „Es geht darum, glasklar die Widersprüche aufzudecken. Es geht um Kritik an euren kollektiven Strukturen, sie sind nicht revolutionär, sondern familiär.“ Ich staune über den zwanzigjährigen Jungen, der fast gar keine Erfahrungen hat. Er profiliert sich andauernd mit seinem Super-RAF-Bewußtsein. Wenn er spricht, schneiden seine Worte Kerben in die verrauchte

Luft und seine grünen Augen klirren. Die Augen seiner Genossinnen und Genossen ruhen wohlwollend auf ihm: Ein Robespierre! Von Kopf bis Fuß jeder Zoll: RAF.

Henning ist eine Unverschämtheit, eine verborgene Katastrophe, finde ich und wundere mich, daß niemand anders es so sieht. Er drängelt sich nach Aufgaben, die selbst einem erfahrenen Kämpfer schwerfallen würden. Das ist nicht gesund, das ist ungestilltes Anerkennungsbedürfnis und Positionskampf. Hinter seinem Auftrumpfen ist so überdeutlich sein aufgeblähtes Selbstbewußtsein und chaotisches politisches Bewußtsein ohne jede Eigenständigkeit zu erkennen, daß es mir unerklärlich ist, wie es der RAF verborgen bleiben kann. Ich spreche es vorsichtig an. Erstaunt fragen mich die Genossen, wieso ich Henning angreife, es ginge in der Diskussion doch nicht um ihn, sondern um uns. Das sind die Momente, in denen ich Lust habe, es Bär nachzumachen: In den frühen Diskussionen Anfang der siebziger Jahre hatte er, an solchem Punkt angelangt, sich in einer Ecke die Wolldecke über den Kopf gezogen und nicht mehr geredet.

Am Ende des Diskussionsprozesses muß ich mich entscheiden: Bleibe ich mit meiner Gruppe zusammen und höre auf mit dem Guerillakampf, oder integriere ich mich in die RAF. Biene ist schon mit Sack und Pack zu den neuen Genossen gezogen. Auch das hat mich ziemlich erschüttert. Als wir die Gespräche über die Vereinigung vom 2. Juni und der RAF begonnen haben, ahnte ich nicht, daß sie so ausgehen würden. Ich verfluche es, daß wir überhaupt damit begonnen haben. Mir ist auch klar, daß ein Prozeß immer offen ist, wenn die eigene Kraft, ihn zu steuern, nur schwach ist. Im Grunde hat die Situation mir gar keine andere Wahl gelassen, als mich auf die Vereinigung einzulassen.

Die Trennung von der Gruppe heißt Trennung von Regina. Wenn ich in ihr Gesicht schaue, brennen darin zwei verlassene Augen, die schon wissen, daß unsere gemeinsame Zeit vor dem Ende steht. In unserem revolutionären Anspruch ist nichts verwerflicher, als sich für das persönliche kleine Glück zu entscheiden. Aber nichts ist härter, als es freiwillig aufzugeben, weil du dich größeren Aufgaben verpflichtet fühlst.

Ich pendle hin und her, wohne mal bei den alten Genossinnen, mal bei den neuen. Ein zerrissener, unakzeptabler Zustand. Manchmal renne ich stundenlang durch die langen, schnurgeraden Pariser Straßen, die wie begradigte Ströme aus den Vorstädten dem Zentrum zustreben. Mit zusammengebissenen Zähnen und nach innen gekehrtem Blick folge ich ihnen ziellos. Unfähig, mich aus dem Zwiespalt der Entscheidungslosigkeit zu reißen. Ich will nichts verlieren, nichts aufgeben, fürchte mich vor der Fremde. Der Schritt in die RAF ist ein Schritt in die Fremde. Zu keinem aus der RAF habe ich ein spontanes Gefühl der Offenheit, der Zuneigung und des Vertrauens. Ich fühle mich nicht mehr frei in ihrer Gegenwart, sondern begutachtet, beobachtet, vor allem allein und bindungslos.

„Du hast ein Warenverhältnis zum Kampf", werfen sie mir vor. „Du willst Erfolge sehen und mit ihnen für dein Tun bezahlt werden. Der Erfolg ist keine revolutionäre Kategorie. Wir kämpfen, weil es der einzig richtige Ausdruck gegen die ganze Scheiße des Systems ist. Der Angriff allein ist die Selbstbehauptung." Ich bin tief verunsichert. Es gibt also keinen Sieg und keine Niederlage? Nur Kampf als Selbstverwirklichung? Ist meine Vorstellung von Revolution vielleicht orientiert an bürgerlichen Politikvorstellungen? Nehme ich die Isolierung, die Entkoppelung der Guerilla von den anderen progressiven gesellschaftlichen Kräften vielleicht nur als Vorwand, weil ich im Grunde einfach nur persönlich an der Grenze meiner Kräfte bin und ausruhen will? Woher kommt diese Übereinstimmung der RAF mit sich, wenn doch selbst die Menschen, die unsere Ideale teilen, immer weniger mit unserem Kampf übereinstimmen? All diese Gedanken stecken wie ein harter Klumpen, der sich nicht mehr auflösen will, in mir drin.

Die Verhaftung von Regina, Karin, Ingrid, Carola und Sieglinde im Mai 1980 kommt wie ein Schlag aus heiterem Himmel.

Sie brechen in die Wohnung ein, als Sieglinde einen Telefonkontakt mit palästinensischen Genossen wahrnehmen will. Später erklärt sich dies mit der Information, ein arabischer Verräter hätte der Polizei die Nummer zugespielt. Damit ist meine Unentschiedenheit beendet. Ich gehe zur RAF. Eine Alternative sehe ich nicht. Biene und ich sind die einzigen, die im Untergrund diesen Schritt gemacht haben.

Jetzt bin ich in der RAF und strenge mich an zurechtzukommen, mich zu integrieren, ohne ständig neue Probleme aufzuwerfen. Über meine „Vergangenheit“, meine ehemalige Gruppe und den Verlust der Genossinnen spreche ich nicht mehr, obwohl er mir bittere Schmerzen bereitet.

Ich fürchte auch um sie. Vollkommen desorientiert und zurückgestoßen sind sie der Polizei in die Hände gefallen. Wie würden sie die Isolation im Gefängnis überstehen? Was würden sie in den Mühlen der Justiz und in der Einsamkeit von unserem gemeinsamen Weg festhalten können? Würden sie alles verraten, weil sie alles nur noch als Irrtum wahrnehmen können? Und wie immer, wenn ich ungeklärte Verhältnisse hinterlassen habe, fühle ich mich schuldig.

In der gemeinsamen praktischen Arbeit werden wir uns näherkommen, uns besser verstehen und vertrauen lernen, denke ich, denken die Genossen. Als ich zu ihnen ziehe, ist Brigitte nicht mehr da. Sie hat noch die Diskussionen um die Auflösung des 2. Juni mitgeführt. Auf meine Fragen kommen ausweichende Antworten. Sofort wächst wieder Mißtrauen bei mir und das Gefühl, nicht wirklich akzeptiert zu sein. Warum sprechen sie nie offen über sich selbst? Erst viel später weiß ich dann, daß auch Brigitte in einer existenziellen Krise war und sich in den Jemen zurückgezogen hat, um über sich und ihre Zukunft nachzudenken.

Fremd und verspannt ist auch das Verhältnis zwischen Biene und mir geworden. Sie ist in eine Liebesbeziehung und in die RAF hineingeschlüpft. Von dort her schaut sie jetzt auf meine Schwierigkeiten. Halb ratlos, halb triumphierend. Während der psycho-politischen Diskussionen um meine Position und mein Verhalten in der Bewegung 2. Juni (die RAF nannte es subtil autoritär) hat die RAF die Beziehung zwischen Biene und mir einmal als Konkurrenzbeziehung charakterisiert, in der Biene als zweite Führungskraft von mir unterdrückt würde. Diese Einschätzung hatte mich total verblüfft, weil sie ganz daneben lag, im Gegensatz zu vielem anderen, was sie durchaus richtig sahen. Biene war immer viel zu unentschieden und phlegmatisch gegenüber der Verantwortung, der Gruppe Orientierung zu geben. Die Charakterisierung als Konkurrenzverhältnis war grundfalsch, aber Biene dementierte nicht, sie ließ es stehen. Vielleicht weil es ihr schmeichelte. Ich nahm ihr diese Unaufrichtigkeit sehr übel. Sie konnte sie nur auf Grund meiner großen Verunsicherung durchziehen und dafür begann ich sie leise zu verachten.

Biene und ich fahren zusammen nach Italien, um unser Geld aus dem Depot zu holen. Kowalski und sie hatten es vor einem Jahr dort vergraben. Es ist eine große Menge Geld, nach der bereits zwei andere Genossen erfolglos gesucht haben. Uns war schon der Verdacht gekommen, Kowalski hätte heimlich das Geld geholt, nachdem er der Bewegung 2. Juni den Rücken gekehrt hatte.

Die Reise verläuft schweigsam. Wir sitzen uns gegenüber ohne Lust, miteinander zu sprechen oder sonstwas miteinander anzufangen. Alle Unbefangenheit von früher ist verloren wie abgestoßene Geschichte.

Wir beide sollen die Auflösungsgeschichte der Bewegung 2. Juni schreiben, um der Öffentlichkeit und den Gefangenen die neue Situation zu vermitteln.

Nun ist das Formulieren nie Bienes Sache gewesen und so drängt sie mich. Eine offensive Selbstkritik an der Politik der Bewegung 2. Juni, die Verantwortung für die bisherige Spaltung der Guerilla, die Vereinigung der bewaffneten Kräfte als Ausdruck der Stärke, ein offensives Vertreten der Politik der RAF, das alles soll im Papier enthalten sein. Unmöglich! Ich brachte es nicht fertig. Der ganze unwürdige Prozeß der Auflösung, die Verhaftung der Genossinnen, die verzagten acht Leute, die sich von der RAF getrennt hatten und jetzt blind in die Zukunft schauten, meine eigene

Schwäche, das alles war Ausdruck einer tiefen Krise der bewaffneten Politik. Ich konnte das unmöglich als Stärke und Schritt in die Offensive erkennen und auch nicht aus propagandistischen Gründen als solche vermitteln. Ich ließ es sein. Als ich dann viel später das von Biene und der RAF geschriebene „Auflösungspapier" las, stieg mir die Schamröte ins Gesicht. Was für Phrasen der Selbstverleugnung!

Es ist ein heißer Frühsommertag. Biene und ich sind mit unseren Rucksäcken auf dem Weg zum Depot. Es liegt in der Nähe von Ventimiglia in einer unbesiedelten hügeligen Gegend. Wir haben die Skizze, Spaten und speziell genähte Leibgürtel für den Transport der Million dabei. Biene findet nach einigem Suchen den Platz, eine trockene Einöde aus steinharter Lehmerde. Ich fürchte, wir kommen gar nicht in die Erde ohne Spitzhacken. Auf einer kleinen Anhöhe steht der einzige Baum weit und breit. Halbwüchsig, mit einer dichtbegrünten Krone steht er da wie ein Wächter über den braunen dürren Boden. Wo seine Wurzeln enden, beginnen wir zu graben. Wo genau das Depot sich verbirgt, weiß Biene nicht mehr. Es ist jetzt Vormittag, wir haben den Nachtzug Frankreich-Italien genommen, zurück wollen wir illegal durch die Berge. Stundenlang wühlen wir den knochentrockenen Boden durch. In der Hitze haben wir die Kleider abgelegt und graben mit schwitzenden, eingestaubten nackten Oberkörpern. Die Kuppe des Hügels ist schon einen dreiviertel Meter tief durchwühlt. Nichts.

„Du hast es vergraben, du mußt dich doch erinnern, denk nach, laß uns nicht einfach wild drauflos graben", sage ich zu Biene.

„Es muß hier sein, es muß hier irgendwo sein", antwortet sie. Wir buddeln weiter. Als ich mich aufrichte, schaue ich geradewegs in die Augen einer Schlange. Ihr armdicker, schwarzglänzender Körper hängt mit beeindruckender Länge senkrecht aus der Krone herunter. Das Ende des Körpers verbirgt sich im dichten Geäst. Nur der Kopf ist aufgerichtet und starrt mich unbewegt an. Mir zwingt sich eine biblische Assoziation auf: Die Botin des Unglücks, die Vertreibung aus dem Paradies. In völliger Ruhe hängt sie da schillernd in der Sonne und beobachtet uns. Wir bleiben in respektvoller Distanz, sie ist uns nicht geheuer. Irgendwann zieht sie sich in die Blätterhöhle zurück. Irgendwann erfaßt auch uns die Resignation. Wir haben den ganzen Hügel verunstaltet und nichts gefunden. Die letzten Stunden haben wir schon ohne Hoffnung nur noch stur im Boden herumgestochert. Es wird Zeit, an den Rückweg zu denken. Erschöpft und verstaubt sitzen wir in der aufgeworfenen Erde, überzeugt, daß lange vor uns jemand das Geld geholt haben muß.

In einem Anfall früherer Ausgelassenheit nimmt Biene eine kleine verdorrte Astgabel und wünschelrutet albern umher. Schlägt auf die Erde und sagt: „Hier liegt es." Aus Spaß, unsere Rucksäcke sind schon gepackt, mache ich zwei Spatenstiche – und stoße auf die Million. Das war Biene: im Bund mit dem Zufall, dem glücklichen und dem unglücklichen.

Sie ging bald darauf mit einem Teil der Gruppe nach Westdeutschland. Ich blieb in Paris.

Das größte akute Problem waren die „Fehler". Da saßen acht Leute und wußten nicht, welche Entscheidungen der Gruppe sie in welche Zukunft führen würden. Ihr kollektives Verständnis hatte sie nicht aus der Gruppendisziplin entlassen und ihnen individuelle Lösungen gestattet. Sie verließen sich ganz auf die aktiven Genossen, die versuchten, ihnen eine Möglichkeit für ein neues Leben außerhalb Europas zu organisieren.

„Warum nennt ihr sie Fehler?" fragte ich.

„Es war von Anfang an falsch, sie in die Gruppe aufzunehmen. Sie sind unsere Fehler und wir sind für sie verantwortlich."

Einige Wochen zuvor war Peter Jürgen Boock aus der RAF geflüchtet. Er wollte sich nicht ihrer Disziplin unterwerfen und plante seinen eigenen Ausstieg. Zu den acht anderen aber hatten die Aktiven der RAF Vertrauen. Es gab die gemeinsame Vorstellung, in den jungen, vom Kolonialismus befreiten afrikanischen Ländern einen Platz zu finden, der eine sinnvolle Zukunft möglich machte. Niemand wollte den demütigenden Weg des Verrats gehen. Kontakte zu Otelo de Carvalho hatten die Aussicht eröffnet, vielleicht in Mosambique oder Guinea-Bissau neu zu beginnen. Aber dann waren die Pässe, mit denen die acht Leute reisen sollten, in den unübersichtlichen internationalen Beziehungskanälen verlorengegangen und die Kontakte abgestürzt. Wohin mit den „Fehlern“, war jetzt wieder die große Frage. Sie mußte gelöst werden, bevor die Offensive, die mit dem verunglückten Attentat auf Haig begonnen hatte und mit Angriffen auf militärstrategische Ziele in der BRD fortgesetzt werden sollte, in die heiße Phase der Vorbereitung und Ausführung ging. Mit dieser Offensive wollte die RAF vor allem verlorenes politisches Terrain in den Basisbewegungen wiedergewinnen und die Hegemonie über die politische Richtung der Straßenkämpfe erlangen. Das antiimperialistische Front-Konzept war in Vorbereitung.

Die DDR war von uns immer nur als Teil des sozialistischen Lagers wahrgenommen worden. Nie als eigenes oder gar uns verwandtes Land. Jetzt rückte sie uns plötzlich ganz konkret ins Blickfeld. Ob sie uns nicht helfen könnte, die „Fehler“ sicher unterzubringen? Meine Begegnung 1978 mit der DDR-Staatssicherheit bekam jetzt ihre Wichtigkeit und mögliche Nützlichkeit.

Ich bin auch schon ein heimlicher „Fehler“ und ein offenes Problem. Jede Gelegenheit ist mir recht, mich zu separieren. In Diskussionen schweige ich und selbst Alltägliches drücke ich nur wortkarg aus. Hin und wieder und zunehmend schärfer wird darüber zu Rate gesessen.

„Jetzt sag mal, was mit dir los ist, warum bringst du nichts ins Kollektiv ein? Was willst du eigentlich, willst du überhaupt noch was?“ Diese Diskussionen machen mich innerlich aggressiv, setzen mich unter Druck. Sie laufen fast rituell ab. Im Grunde will ich, daß sie mich zufrieden lassen, bis ich selbst den Weg zu ihnen finde oder klar erkenne, daß ich nicht mehr will. Ihre Art und Weise, mit mir zu reden, stößt mich immer weiter fort. Nach jedem kleinen gemeinsamen Akt nehmen sie mein Verhalten auseinander und kritisieren mich, wie ich es nicht mal mit einer Anfängerin machen würde. Das macht mich lächerlich und unfrei. Ich versuche zu denken, was sie jetzt denken könnten, und entfremde mich langsam mir selbst.

Wir mißtrauen uns auf eine unklare Weise. Aber jetzt ist die Situation so, daß ausgerechnet ich die RAF in der DDR vertreten muß. Nur ich bin dazu in der Lage, weil ich an meine Vorgeschichte mit dem MfS anknüpfen kann. Früher bin ich nicht gern allein unterwegs gewesen. Eine Erfahrung, ein Erlebnis im Moment des Geschehens zu teilen, ist viel reicher und intensiver. Ich war auch viel allein in meinem Leben, das ließ sich nicht ändern, aber das Leben, das bei mir selbst endete, das ich nicht teilen konnte, habe ich immer als unzureichend und auch als Verschwendung empfunden. Jetzt allerdings bin ich froh, mich allein auf die Reise in die DDR machen zu können.

Befreit vom Gruppendruck überlasse ich mich, wie früher oft, meiner Intuition bei der Wiederbelebung des Kontaktes.

Die Codes, die Harry uns damals mit auf den Flug nach Bagdad gegeben hat, sind längst in meinem Gedächtnis verlorengegangen. So rufe ich in Ostberlin schnurstracks die öffentliche Telefonnummer des Ministeriums für Staatssicherheit an und bitte um die Vermittlung eines kompetenten Offiziers, der sich in der westdeutschen linken Bewegung auskennt. Ich würde da und da stehen, Erkennungszeichen „Spiegel". Sehr simpel und es funktionierte sofort.

Groß, elegant und zuvorkommend stellt sich ein Mann als Vertreter des Ministeriums des Innern vor und lädt mich ins Restaurant ein. Bei Essen und Wein versichere ich mich seiner Kompetenzen, soweit ich sie einzuschätzen vermag, und bitte um eine Verbindung zur Abteilung, die sich mit linksradikaler und bewaffneter Politik in der BRD befaßt. Mir macht das Gespräch Spaß. Ganz locker und unterhaltsam tasten wir uns ab, bis jeder ausreichende Sicherheit hat. Nach dem Kaffee geht er telefonieren und verabschiedet sich anschließend in aller Höflichkeit: „Sie werden gleich abgeholt, ich wünsche Ihnen alles Gute."

Harry begrüßt mich, als hätte ich ihn gestern erst verlassen: „Na, mein Mädel, wo hast du denn die ganze Zeit gesteckt? So, so, du bist jetzt also in der RAF ... Ja, ja, die Erklärung haben wir gelesen. War nicht sehr klug, Mädchen, war nicht sehr klug ... Der Klassenfeind muß doch nicht alles wissen ... Na, wie gefällt es dir denn in der RAF, paßte da überhaupt rein?"

Wir trinken zur Begrüßung ein paar Cognac. Dann lege ich ihm die Situation dar und die Bitte ans Herz, uns bei dem Problem zu helfen.

„So, so, acht Leute ... hm, hm, ist ja kein Pappenstiel, na, da wolln wir doch mal sehen ... Solidarität ist doch unsere erste Pflicht ... Hm, hm ... Ja, wer sind wir denn, wenn wir das nicht in den Griff kriegen würden!" Er klopft sich auf die Knie und mir kräftig auf die Schulter, schenkt die Gläser wieder voll, daß mir ganz mulmig wird. „Prost, Genossin, das kriegen wir hin, das wäre doch gelacht ..."

Am nächsten Tag lerne ich Helmut kennen, den Mann für Daten und Fakten. Ein Geheimdienstarbeiter mit Ehrgeiz und Ausdauer, der immer ein Stück über das hinausfragt, was ich ihm mitzuteilen bereit bin. Wenig später kommt noch Günter hinzu, der Diplomat und Politiker, der Mann fürs Große und Ganze. Mit ihm spreche ich über die politische Situation in den jungen afrikanischen Staaten. Er weiß sehr gut Bescheid und zeigt Probleme auf, mit denen acht Europäer zu rechnen haben, wenn sie in einem grad unabhängig gewordenen Land leben wollen: Die gesamten Verhältnisse dort sind labil, die konterrevolutionären Kräfte noch stark und aktiv, die westlichen Geheimdienste arbeiten dort mit höchster Intensität und halten an ihrem Einfluß auf allen Ebenen fest. Acht Weiße werden früher oder später ihre Aufmerksamkeit erregen.

„Es wird für die Leute keine dauerhafte Sicherheit in Schwarzafrika geben." Und nach einer Pause: „Habt ihr nicht mal daran gedacht, die demobilisierten Kämpfer zu uns zu bringen?"

Ich bin überrascht, nein, daran hatten wir nicht gedacht.

Ich finde die Idee sofort gut und mir scheint, so eine Lösung würde alle Probleme minimieren.

Zehn Tage etwa bleibe ich in der DDR, aufmerksam und respektvoll behandelt wie ein Staatsgast. Als ich zurückfahre, ist der Grundstein für eine Beziehung gelegt, von der noch niemand weiß, wie sie sich entwickeln und welche Bedeutung sie gewinnen wird.

Ich lerne die acht Leute kennen. Silke heult ständig, sie kann sich nicht damit abfinden, ein „Fehler“ zu sein. Es ist seltsam, ich komme nicht auf die Idee, meine Situation könnte ihrer schon sehr ähnlich sein. Es kommt mir auch nicht in den Sinn, darüber nachzudenken, ob mir die DDR gefallen könnte. Der Kampf gegen dieses unsere Welt so totalitär deformierende System ist mein Lebensinhalt. Der einzige Inhalt, für den es sich zu leben und zu sterben lohnt. Wir haben ja dem Guerilla-Kampf die höchsten Weihen gegeben. Sich für ihn zu entscheiden, war die höchste Stufe moralischen und politischen Bewußtseins, der schärfste und endgültige Bruch mit den Interessen einer pervertierten Gesellschaft. Der Gedanke, wieder in sie zurückzukehren, war so entsetzlich, daß er gar nicht erst aufkam. Seit gut einem Jahrzehnt befinde ich mich in der absoluten Gewißheit, den einzig richtigen Platz eingenommen zu haben, an der vordersten Front der jahrhundertealten Befreiungsgeschichte. Sie hat keinen erinnerbaren Anfang, sie hat auch kein Ende. Sie ist der Gegenstrom zur herrschenden Geschichte. Sie ist der Teil der Menschheit, der an die Befreiung und Entwicklung der Humanität glaubt, nicht an die Befreiung und Entwicklung der archaischen Gewalten. Sie hört nicht auf, es sei denn, die Menschheit hörte auf zu sein. Darum hört auch der Kampf nicht auf, darum kann ich nicht aufhören und einfach irgendwas anderes tun.

An all dem halte ich mich fest und schaue nicht hin, wenn die Wirkungen des konkreten Alltags sich nicht um meine Gewißheiten kümmern, sondern diese mehr und mehr auflösen. Ich kann nicht hinschauen und darüber wirklich nachdenken. Davor steht die tiefe Furcht vor Entwurzelung und Verstoßenwerden aus einer großen Zugehörigkeit. Die Furcht vor dem Rückfall in die Leere und Sinnlosigkeit eines früheren Lebens. Ich sehe für mich nicht den Schimmer einer Alternative, die mich drängen könnte, die Beklommenheit meiner Situation aufzulösen.

1980 ist in Westdeutschland ein Wahljahr. Die DDR ist

an der Wiederwahl der sozial-liberalen Regierung unter Helmut Schmidt interessiert. In allen Diskussionen, die sich seit meinem ersten Besuch entwickelt haben, versuchen sie, mäßigend auf die Aktivitäten der RAF einzuwirken. Die „friedliche Koexistenz" und „der Wettbewerb der zwei Systeme" sind die politischen Begriffe für einen Status quo, in dem sich die DDR für die Eingrenzung und den Abbau des politischen und ökonomischen Drucks Spielräume zu verschaffen glaubt. Spielräume trotz der erhöhten internationalen Spannung wegen des NATO-Doppelbeschlusses zur Stationierung der atomaren Mittelstreckenraketen in Europa und des darauffolgenden Einmarsches der UdSSR in Afghanistan.

Die ersten Hoffnungen des MfS, sofern sie tatsächlich in dieser Weise so deutlich vorhanden waren, die Politik der RAF zu kontrollieren und eventuell gezielt für eigene Interessen zu nutzen, wichen sehr bald der Erkenntnis, daß nicht viel mehr als Berechenbarkeit und der punktuelle Austausch von Informationen erreichbar sein würden. In jeder Diskussion prallten zwei grundsätzlich verschiedene Bewußtseinsebenen aufeinander. Auf der einen Seite das von Selbstbewußtsein und Anmaßung strotzende Verständnis, welches allein dem Guerillakampf einen maßgeblichen Stellenwert einräumte – nicht allein als militärisch-politische Komponente, sondern als Emanzipationsfeld, auf dem die Revolutionierung des kämpfenden Subjekts kollektiv erkämpft und gelebt werden konnte. Auf der anderen Seite der Glaube an die in Parteibeschlüsse gepreßte, aus der Geschichte der Großmachtkämpfe um internationale Balance entwickelte Strategie, die als Einheit, als fester Block den Gegner in Schach zu halten suchte und in der jedes autonome rebellische Nest eine potentielle Störung des ausgehandelten Gleichgewichts bedeutete. Die ökonomische und damit auch politische Schwäche des sozialistischen Lagers ließ jede Labilisierung des Status quo befürchten. Beiden Seiten war diese tiefe Verschiedenheit der politischen Auffassungen bewußt, die einzig im gemeinsamen Gegner eine Brücke hatten.

Die bedingungslose Aufnahme und Eingliederung der

acht Leute hat uns vollen Respekt abgenötigt. Als ich in Prag die zukünftigen DDR-Staatsbürger verabschiedet hatte, nahm ich selbst das nächste Flugzeug nach Karatschi und flog von dort über Moskau in den Südjemen, um fern von der Gruppe meine eigene Situation zu überdenken.

Zweimal in der Woche kommt der Scheiße-Wagen und ergießt einen Tank voll Gülle in unseren Garten. Wir haben sie mit kleinen Dämmen in einer Art Bewässerungssystem verteilt. Es wachsen dank unserer Pflege tropische Früchte in diesem Garten aus Wüstensand. Aber leider muß ich feststellen, daß die leuchtend gelben, herrlich saftigen Ambas nach Scheiße schmecken.

Wenn die Sonne über die Verandabrüstung auf meine offene Schlafstelle fällt, brennt sie mich in fünf Minuten wach. Manchmal ziehe ich die Matratze noch in den Schatten, aber schnell und unerbittlich rückt die Glut nach. So gehe ich unter die Dusche, mache mir Frühstück und setze mich auf die Mauer, um zu essen. Sie liegt noch im kühlen Schatten auf der Westseite des Gartens. Da bleibe ich sitzen und träume oder lese solange in den Tag hinein, bis die heiße Sonne auch diesen Schattenrest forträumt und mich ins Haus treibt.

Am Tag lasse ich alle Türen und Fenster offen, damit die Hitze sich nirgendwo festbeißen kann. So bleibt es erträglich in der leisen Zugluft der Räume. An den meisten Tagen bin ich allein. Von Zeit zu Zeit kommt ein palästinensischer Genosse vorbei und bringt frische Nahrungsmittel. Abu Salem bestellt am späten Nachmittag für zwei, drei Stunden den Garten und erntet auch. Wir können nicht miteinander sprechen und verständigen uns mit Zeichensprache. Abu Salem ist Jemenit und hat bereits den englischen Kolonialherren den Garten bestellt. Er ist listig und manchmal muß ich aufpassen, daß er nicht alles aus dem Garten, was eßbar ist, auf den Markt trägt. Manchmal bringt er mir kleine jemenitische Delikatessen von seiner Frau mit. Ich darf sie auf keinen Fall ablehnen. Wir trinken Tee zusammen und er erzählt mir von seinen Kindern, aber ich verstehe nichts. Abu Salem ist ein Schlitzohr und versucht, mir ans Knie zu fassen.

Danach betet er ein bißchen länger und wir vergessen die Angelegenheit.

Die Tage vergehen, wer weiß wohin. Am Abend frage ich mich: Was hast du gemacht? Allerlei nichts. Hast du über dich nachgedacht? Nein. Es war zu heiß.

Ich fahre ein paar Wochen ins Camp und treffe dort drei palästinensische Genossen, die ich noch von früher kenne. Seit Abu Hanis Tod zerfällt der internationale Flügel in verschiedene politische Richtungen. Perspektivlosigkeit und Langeweile haben sich auch hier unter den Genossen ausgebreitet. Sie haben sich einen Spielgefährten in die Einsamkeit des Camps geholt: Samir, einen ausgewachsenen, unberechenbaren Pavian. Es gibt Tage, da bin ich allein mit dem Affen. Sein Platz ist die überdachte Veranda hinterm Haus. Sie ist jetzt voller angebissener Äpfel, Bananen, Gemüse, Brot, Spielsachen und Affenscheiße. Samir und ich freunden uns nur langsam an. Wenn er schlechte Laune hat, beißt er plötzlich zu, und ich versuche herauszufinden, woran ich seine Laune erkennen kann. Seine lange Kette gibt ihm einen großen Bewegungsradius. Ich setze mich so, daß er mich nur erreichen kann, wenn ich ihm die Hände hinstrecke. Eine Zeitlang ignoriert er mich in voller Absicht. Ich sehe es an seinem blitzschnellen Blick, mit dem er sich vergewissert, ob ich noch da bin. Dann überwältigt ihn seine Neugier und er kommt heranstolziert. Zuerst füttere ich ihn und wir beobachten uns gegenseitig mit größtem Interesse. Seine Augen irritieren mich. Es sind keine Tieraugen. Sie sind klug und ich habe das Gefühl, es mit einem intelligenten Wesen zu tun zu haben, das mich gleich austricksen wird. Es stört ihn, wenn ich allzulange in seinen Augen forsche, und er dreht mir den Rücken zu. „Samir, komm mal her", spreche ich ihn an und halte ihm meine Hand hin. Er kommt, greift schnell zu und untersucht sie gründlich, schnuppert dran. Intensiv und mit mehr und mehr zärtlicher Hingabe durchforstet er den leichten Flaum auf meinem Arm. Er hält mir seinen Kopf hin, ich rücke, beglückt über sein Vertrauen, etwas näher heran und durchsuche sein Fell mit ebensolcher Hingabe. Das ist unser erster gegenseitiger Freundschaftsakt. Sein zweiter bringt mir allerdings mein Mißtrauen zurück.

Blitzschnell greift er nach meiner Sandale, die lose über meinem wippenden Fuß hängt, und macht sich mit ihr davon. Dann spielt er ausdauernd und mit großer Hinterlist mit meinen Anstrengungen, den Schuh wiederzukriegen, bevor er zerlegt ist. Natürlich kann ich mich auf keinen Kampf mit ihm einlassen, ich muß ihn locken, ihn sein Liebesobjekt vergessen machen, aber er durchschaut alle meine Tricks und scheint sich halbtot zu lachen. Ich bekomme eine Wut auf ihn, wie auf einen Menschen. Er behält die Sandale und am nächsten Tag sind nur noch Bestandteile von ihr übrig. Nach einiger Zeit traue ich mich, einen Spaziergang mit ihm an der Kette zu machen. Zuvor haben wir schon viele Zärtlichkeiten und soziale Reinigungsakte ausgetauscht. Täglich hat er meine Haare durchsucht, mit mir gegessen und sich wollüstig das Fell durchforsten lassen.

„Wenn du mit ihm spazieren gehst, paß bloß auf, daß er sich nicht losreißt", hatten mich die Genossen gewarnt. Ich habe noch nicht mal die Kette fest in die Hände genommen, da springt er mich schon an, daß ich sie erschreckt fahren lasse. Mit riesigen ausgelassenen Sätzen springt er davon, den Berg hinunter und meinen verzweifelten Rufen antwortet er mit triumphalem Geheul. Die Genossen sind nach Aden unterwegs. Ich weiß nicht, was ich machen kann, und renne hinters Haus zu den Klippen, um ins Dorf hinunterzuschauen, denn natürlich ist Samir in seiner Neugier genau dort hinuntergestürmt, um etwas zu erleben. Es dauert nicht lange und ich sehe ihn Chaos stiftend durch die Häuser und Ställe toben. Ein wüstes Geschrei, Eselsgewieher, Hühnerpalaver, ein großes Durcheinander bricht los. Von oben sehe ich den Pavian wie einen kleinen Derwisch in die friedliche Stimmung brechen. Mir wird angst und bange. Ich kann nur hoffen, daß die Leute ihn schnell aus dem Dorf treiben oder einfangen, bevor er unübersehbaren Schaden angerichtet hat.

Am Abend kommen die Genossen aus der Stadt zurück und machen sich auf, das Biest wieder einzufangen. Chalil greift sich die Kalaschnikow.

„Jetzt erschieß ich den Bastard", knurrt er wütend.

Stunden später toben sie wieder auf der Veranda herum.

Im Camp ist das Klima etwas erträglicher, aber es ist noch einsamer als im großen Haus in Aden. Da habe ich jedenfalls noch den Garten. Hier gibt es nur ganz wenige Bücher, die ich bald alle ausgelesen habe. So sehe ich zu, wieder zurück in Stadtnähe zu kommen.

Es vergehen sechs Wochen. Ich komme zu keinem Entschluß. Meine Gedanken drehen sich um die Frage, was ich mache, wenn ich die RAF verlasse. Ob ich woanders noch einmal anfangen könnte, vielleicht hier mit den Palästinensern, wie Rasha es gemacht hat. Den Kern, ob und warum ich überhaupt weitermachen will, lasse ich unberührt wie ein Tabu.

Ohne einen Schritt weitergekommen zu sein, fliege ich zurück nach Europa mit dem halbherzigen Plan, es noch einmal zu versuchen. Ich habe nichts geklärt, nichts für mich gelöst. Ich bin nur etwas ausgedörrter von der Hitze und der Isolation, aber so unfrei und beladen wie zuvor, als ich zurückkomme.

Bei einem Treffen hatte die RAF vorsichtig ausgelotet, ob das MfS bereit wäre, sie finanziell und materiell zu unterstützen. Diesen Wünschen wichen die MfS-Leute aus und offerierten uns stattdessen eine militärische Ausbildung für vier Leute. Iris, Hans, Georg und ich fuhren in den ersten Frühlingstagen in die DDR. Meine Teilnahme war schwer diskutiert, aber dann doch positiv entschieden worden. Dem MfS sollten auf keinen Fall weitere Widersprüche innerhalb der Gruppe deutlich werden. Das hätte vielleicht die Vertrauenswürdigkeit beeinträchtigt. Die RAF wollte als stabiles, seriöses Kollektiv dastehen. Es hätte zu viele Fragen gegeben, wenn ich nicht dabeigewesen wäre. Außerdem war es wieder eine Möglichkeit, vielleicht doch noch zusammenzuwachsen.

Wir hatten alle vier schon die eine oder andere Ausbildung in den palästinensischen Camps hinter uns, aber die Professionalität in der DDR war außerordentlich attraktiv. Alles war durchorganisiert, trotzdem locker, guerillamäßig, kein militärischer Drill, kein autoritäres Vermitteln. Norbert hätte uns liebend gern um 5.30 Uhr mit der Trillerpfeife geweckt und hat es auch einmal als Test versucht. Unsere schlichte Ignoranz brachte ihn kein zweites Mal auf diese lächerliche und unnötige Disziplinierungsidee.

Die politische Bildung war kein offizielles Programm, und die inoffiziellen Ansätze verkümmerten schnell an unserer Langeweile. Mit dem Marxismus-Leninismus der Kreis- oder Bezirksparteischule war bei uns kein Blumentopf zu gewinnen. Da waren Helmuts Weinabende viel interessanter. Er wußte allerlei Fundiertes und Amüsantes aus der Geschichte des DDR-Weinanbaus zu bieten. Und natürlich jede Menge Genüsse.

An einem Wochenende sind wir nach Buchenwald gefahren. Der Abend war als kleine Feier mit Übernachtung in einer historischen Burg nahe Weimar geplant.

Mit stummem Entsetzen sind wir durch das ehemalige KZ gegangen. Die Stätte des Grauens hat uns die Sprache genommen. Die Zeugnisse systematischer Menschenvernichtung und Menschenverwertung krümmte uns zusammen vor Haß, und wir fanden keinen anderen Ausdruck als atemloses Schweigen vor diesen Ungeheuerlichkeiten der Generation, die uns großgezogen hat, ohne jemals ihre Verbrechen einzugestehen, ohne jemals das Stadium ihrer Entmenschlichung überhaupt begreifen und aus ihm herauskommen zu wollen. Eine Generation, die den Widerstand gegen diese Systematik des Mordens und Quälens ausgemerzt und selbst im nachhinein, als längst die Ausmaße der barbarischen Verbrechen zutage getreten waren, noch denunziert, geschmäht hat und die in ihren Reihen noch heute diesen Vernichtungsgeist wärmt, nährt und weiterpflanzt. Buchenwald, ein Resultat deutschen Größenwahns, eines blutigen, tödlichen Chauvinismus.

Ich sehe Unfaßliches. Berge menschlicher Haare, Gebisse, Brillen. Rückstände eliminierten Menschenlebens, berechnet zur Weiterverwertung, den noch Lebenden oder schon Toten entrissen. Und ich denke, was ist das für ein Volk, mit welchem Kadavergehorsam hat es zugesehen, wie

Millionen Menschen in den Tod getrieben wurden, hat es sich selbst in ungeheurer Verblendung verheizen lassen, teilgenommen am Morden, Ausplündern, Foltern und Versklaven, ohne selbst an diesem Tun zugrunde zu gehen, ohne selbst nach dem Krieg den Wunsch nach moralischer Reinigung, nach Sühne und grundsätzlicher Veränderung aller Verhältnisse zu haben, die sie in diese menschlichen Niederungen geführt hatten.

Mit welcher Feigheit und Täuschung hat diese Generation im westlichen Teil Deutschlands ihren Morast mit dem vulkanischen Konsumausbruch nach dem Krieg bedeckt und alles unter dem erneuten Streben nach Macht, Geld und Einfluß begraben! Und wie hat sie versucht, ihre Verkommenheit, ihren bedingungslosen Gehorsam auf die nun verordneten demokratischen Verhältnisse zu übertragen und an uns – ihre Kinder – weiterzugeben. Und wie hat sie ihren Haß, ihre Energien gegen diesen vom Kapitalismus abtrünnigen Teil Deutschlands gerichtet. Und auch dies: auf welchem Boden war hier in der DDR versucht worden, eine sozialistische Kultur anzupflanzen.

Dieses vom Faschismus bestellte Bewußtsein mußte zu Recht bezwungen und besiegt werden. Dazu hatten die wenigen Überlebenden, der Verfolgung Entkommenen jedes Recht. Daran hatte ich keinen Zweifel. Hier hatte nichts von unten wachsen können, hier war die Humanität entmündigt gewesen und ersetzt worden durch den Wahn des deutschen Herrentums, dem Unterwerfung und Vernichtung nach Gutdünken zusteht. Hier wurde versucht, gesellschaftliche Neugestaltung und alle humanistischen Ideale von oben zu erzwingen, zu erklären und anzuerziehen, in der Hoffnung, den vom Nationalsozialismus verunstalteten Geist der Bevölkerung langsam zu verdrängen und zu besiegen.

Ein alter Genosse, selbst ehemaliger Häftling, hatte uns durch die Hölle zigtausender Gefangener geführt. In unsere Erschütterung hinein sagte er beim Abschied schlicht und tröstend: Im Sozialismus wird es nie wieder Faschismus geben, wir suchen nach dem Glück der Menschen.

Die Feier am Abend fiel aus. Wir sind gleich auf unsere

Zimmer gegangen, jeder für sich, und ließen drei konsternierte Genossen sitzen. Sie verstanden nicht, daß das Erlebte uns aufwühlte und keinen Platz für Lockerheit ließ. Aber sie waren auch nicht in der Nachfolgegesellschaft dieser Verbrecher großgeworden. Sie lebten in einer anderen Geschichte. Uns hat die Kontinuität der Ursachen, die diese systematische Menschenvernichtung hervorgebracht und von ihr profitiert hat, niemals losgelassen, sondern auf die eine oder andere Weise unser Leben und unsere Entscheidung zum bewaffneten Kampf bestimmt.

Für mich war das Gefühl, eine antiimperialistische Macht so ganz konkret und nicht nur als objektive Größe in strategischen Überlegungen im Rücken zu haben, sehr stark. Es brachte mich atmosphärisch wieder in die Tradition von Kontinuität der Klassenkampfgeschichte zurück, in der ich unseren Kampf im Westen auch immer gesehen habe. Aber im Westen ist diese Kontinuität immer weniger sinnlich erfahrbar. Zuletzt nur noch in der Selbstbespiegelung der Guerilla.

Dieses Gefühl dämpfte das Empfinden unserer allgemeinen politischen Isolation. Auch meine ganz persönliche Drift in die Losgelöstheit. Im Kapitalismus bin ich immer auf lückenlos besetztem Gebiet. Ideologie, Moral, Kultur, Ökonomie, Politik, egal welches Feld, ich bleibe überall und immer Partisan im Denken und Handeln. Es gibt nur das illegale revolutionäre Kollektiv als selbstbestimmten Platz, aber dies funktionierte jetzt als Ort der Selbstbestimmung nicht mehr für mich. Vielleicht war ich reif für die Etappe. Die DDR bereitete mir das angenehme Gefühl, auf befreitem Gebiet zu sein. Natürlich, hier wurde noch nicht gedacht und gelebt, wie ich es mir für eine freie Gesellschaft wünschte, aber hier war die gesamte Weltsicht und der Blick auf den Menschen und seine Zukunft einfach anders als in der kapitalistischen Welt. Hier war das Bedürfnis und das Streben nach sozialer Gerechtigkeit gegenwärtig, das Aufspüren und die Entwicklung solidarischer Lebenskräfte.

Ich hätte gar nichts dagegen gehabt, als Guerillaeinheit mit der DDR als sozialistischer Region im Hintergrund Partisanenaktionen gegen den Westen zu unternehmen. Allerdings hütete ich mich, solche Gedanken laut werden zu lassen. Sie waren auch mehr als Gefühl da, weil mir der Hintergrund in der BRD verlorengegangen war und ich so ganz ohne konkreten Bezug auch verlorenzugehen drohte. Ich konnte auf die Dauer nicht ohne soziale und politische Einbettung weiterkämpfen.

Wenn die MfS-Leute über gemeinsame militante Wunschvorstellungen sprachen, richtete sich ihr Interesse immer auf die alt- und neofaschistischen Organisationen und Personen. Sie haben den Faschismus nie als latente Bedrohung aus den Augen gelassen und versuchten uns von der Notwendigkeit seiner Bekämpfung zu überzeugen. Wir haben dies als Trauma abgetan. Der Faschismus in seinen alten – auf das Dritte Reich bezogenen – Werten und Formen, wie sie von der NPD und den neofaschistischen Organisationen getragen wurden, war für uns ein zu vernachlässigendes gesellschaftliches Relikt aus der Vergangenheit. Ohne Bedeutung und Wirkung für entscheidende politische Vorgänge und zukünftige Entwicklungen in der BRD. Wir wußten natürlich, daß das MfS von Antifaschisten und Kommunisten aufgebaut worden war, die durch die Folterkammern, Zuchthäuser und KZs der Nazis gegangen waren und diese überlebt hatten! Ihr Verständnis war von diesen Erfahrungen geprägt und sie haben diese Erfahrungen an die nachwachsende Generation, mit der wir nun in Kommunikation standen, weitergegeben. Wir haben mit überheblicher Nachsicht und Desinteresse auf ihren, unserer Meinung nach überholten, Faschismusbegriff und ihre Furcht reagiert. Der Fortgang der Geschichte hat mich inzwischen korrigiert und ihren nichtverstummenden Warnungen Recht gegeben.

Es verbesserte sich nichts in meinem Verhältnis zu den drei anderen Genossen. Der Tagesrhythmus hielt uns zusammen, die durch die Ausbildung bestimmten Gemeinsamkeiten. Eine innere Übereinstimmung entwickelte sich nicht. Am Abend spielte ich lieber Schach mit einem unserer Ausbilder, als mit ihnen zusammenzusitzen.

Es ist mir heute ganz unmöglich, die letzten zwei Jahre im

Untergrund noch zu verstehen, sie in Einzelheiten, in Phasen zu zerlegen. Sie sind ein einziger, dumpf und formlos zusammengepreßter Block, aus dem nur die Ausbildungszeit in der DDR und die Ereignisse in Paris wie scharfe Kanten hervortreten. Es waren die miesesten und unfähigsten Jahre in meinem Guerilladasein. Zurückgefallen in totale Unfreiheit, Entscheidungslosigkeit, unwürdigen Anpassungsdrang, Willen- und Orientierungslosigkeit, in Krankheit, Vereinsamung und Lebensunlust. Zurückgefallen in die Kindheit. Wie hatte das geschehen können?

Was war jetzt los, nachdem ich all die Jahre nicht gezweifelt hatte, in einem ewigen Sommer, einer ewigen Wahrheit unterwegs gewesen war? Nichts war imstande gewesen, meinem Sisyphustun Nutzlosigkeit zu unterstellen. Was war jetzt so unbeantwortbar fragwürdig geworden? Revolutionäre Gewalt als sinnvolles politisches Mittel, also der hiesige Guerillakampf? Oder die RAF in der maßlosen Gewißheit ihrer Politik und ihrer selbst, der ich nichts als Regression entgegenzusetzen hatte? War meine Regression ein Teil oder ein Ergebnis des gesamtlinken Abschieds von revolutionären Perspektiven? Oder war ich einfach nur fertig, ausgebrannt, unfähig zur Regeneration?

Wenn dreihunderttausend Menschen in Bonn gegen die Stationierung der atomaren Mittelstreckenraketen auf die Straße gehen, warum sind sie nicht bereit, einfach das Verteidigungsministerium zu überrennen, nicht einmal, die Bannmeile zu durchbrechen? Was hält sie davon ab durchzusetzen, was sie fordern, direkt und im Moment ihrer größten Stärke? Die Angst vor der Polizei, der sie doch hundertfach überlegen sind? Die Angst vor der abstrakten Staatsautorität? Untertanenbewußtsein? Die Angst vor Chaos? Oder war es diese schreckliche, grundlegende Übereinstimmung mit dem System, in dem sie lebten? Waren nicht gerade diese massenhaften friedlichen Demonstrationen der klarste Ausdruck von Ablehnung einer weitergehenden revolutionären Politik, wie wir sie anstrebten? Wer von diesen dreihunderttausend Menschen denkt auf dem Protestmarsch überhaupt an die Guerilla im Untergrund als einen Hoffnungsschimmer für politische Veränderungen? Oder als revolutionäres Kollektiv, als Keimzelle einer neuen Gesellschaft? Sind wir nicht auf einem Weg, auf dem uns im Grunde kaum jemand folgen will und auf dem uns jede militärische Aktion weiter aus der gesellschaftlichen Realität drängt?

„Du suchst den Mief der Massen", wirft mir die RAF vor. „Allein dein Bewußtsein ist entscheidend, aus ihm heraus mußt du kämpfen, du bist das revolutionäre Subjekt."

Wir haben nur hauchdünne Verbindungen zu den Geschehnissen und Bewegungen auf den legalen politischen Feldern und vegetieren mit unserer politischen Analyse und den daraus entwickelten Strategien dahin, von nichts und niemandem korrigiert, kritisiert und befruchtet als dem eigenen Bewußtsein, die „Einheitsfront der westeuropäischen Guerilla", eigentlich ein potemkinscher Bewußtseinsakt, errichtet gegen die militärische Macht des Imperialismus.

In allen Diskussionen um dieses Konzept falle ich in tiefes Schweigen.

Ich finde keine Argumente dafür, auch keine dagegen. Prinzipiell finde ich die geplanten Anschläge auf Krösen, Heidelberger US-Militäreinrichtungen und Ramstein gut, aber ich verbinde mit ihnen nicht mehr den Aufschwung revolutionärer Kämpfe, nicht mehr die Schärfung politischen Bewußtseins und Willens in der Linken, geschweige denn in den liberalen Schichten ... Es werden Angriffe zum Zweck der Selbstverwirklichung und Selbstbestätigung sein. Bewaffneter Kampf als Selbstverwirklichung, als Lebensalternative, als Nischenpolitik, als Existenzform, nicht mehr als eine Müsli-Kommune, nur gefährlicher und spektakulärer. Es geht nicht mehr darum, die Revolution zu machen, was ja nur mit der Masse, der Klasse möglich wird, es geht nur noch um das „RAF-Sein".

„Ich glaube, die Bullen sind an uns dran", sagen die zwei bei ihrem Eintreffen und erklären hastig die suspekten, zweideutigen Begebenheiten, von denen sie sich gerade abgesetzt haben. Es wird beschlossen, sich in die Wälder zu schlagen, da wir uns in einer ländlichen Umgebung befinden.

Wir hetzen los. Jeder hat etwas Gepäck bei sich. Wir sind zu viert. Von Waldstück zu Waldstück durchs Dickicht, gebückt über Wald- und Feldwege. Nach allen Seiten sichernd überqueren wir die Chaussee. Alle sind erhitzt, verschwitzt, voller Kletten und Laubreste in den Haaren und Kleidern, bis zum äußersten gespannt und auf der Lauer. Begegnet uns ein Auto, beginnen die Umwege und Manöver erneut. Ich habe total die Schnauze voll, aber ich renne mit und sage nichts. Ich werde genug kritisiert, mir fehle das Gefahrenbewußtsein, ich würde ihre Beobachtungen nicht ernst nehmen usw. Tatsächlich sehe ich oft Übertreibungen, die mir überflüssig und beeinträchtigend erscheinen. Nie habe ich ein Verfolgungsgefühl gekannt, Gejagtsein, Angst vor den Bullen. Auch jetzt nicht, die ganze Zeit denke ich: „Hier hat sich eine verdammte, handfeste Paranoia ausgebreitet." Ich komme mir deplaziert und lächerlich vor, kafkaesk beim

Durchschleichen des Unterholzes. Eigentlich möchte ich stehenbleiben und sagen: Niemand in dieser Einöde verfolgt uns, aber um mich herum ist nur in sich gekehrtes Vorwärtshetzen. Seit Stunden nun schon. Erst die Erschöpfung löst diesen Drang, einen unsichtbaren Gegner abzuschütteln.

In nahezu allen gemeinsamen Situationen liege ich auf einer anderen Wellenlänge.

Wir haben jetzt ein Haus in Namur. Eine stabile Rückzugsbasis, in der alle Etappenarbeiten abgewickelt werden und von wo aus nach zähen Diskussionen in die BRD gestartet wird.

Ich bleibe in dem Haus und entfliehe wieder der Nähe der Gruppe. Allein im Haus organisiere ich lustlos mein eigenes Programm. Es sind noch Depots aus der Bewegung 2. Juni aufzulösen, zu sichten, umzuorganisieren, Dokumente zu bearbeiten, technische Neuerungen zu versuchen, man muß sich nach Materialien umsehen ... Ich hänge fürchterlich durch und bin trotzdem froh, allein zu sein. Tagelang rede ich mit niemandem. Ich denke auch nicht mehr nach, sondern treibe von einer praktischen Arbeit in die nächste. Es gibt Tage, da renne ich nur durch Feld und Wald ohne Ziel, ohne Ergebnis. Nur auf der Suche nach Erleichterung und Ablenkung von meiner Zukunftslosigkeit. Ich werde krank und krieche mühselig zum Telefon, als der Kontaktanruf kommt.

„Alles in Ordnung?“

„Ja, alles in Ordnung“, antworte ich. Daß bloß keiner kommt, ich will niemanden von ihnen sehen. Manchmal fahre ich nach Amsterdam und wechsle deutsche Tausender-Scheine. Mal bin ich in Brüssel, mal in Paris, um dies und das zu besorgen.

Auf den Champs-Élysées in Paris bin ich vom Rumrennen so erschöpft und von meiner Bandscheibe gepeinigt, daß ich schnurstracks in den nächsten Laden gehe und mir eine kleine Suzuki kaufe. Das ist leichtsinnig, denn ich habe keine Versicherungspapiere dafür und kann mich bei einer Verkehrskontrolle nicht kontrollieren lassen. Aber ich setze mich gleich drauf und fahre mit der Maschine.

Ich nenne ihn Marcel, weil er Franzose ist. Der Name paßt eigentlich nicht zu ihm und seinen 83 Jahren, aber er nennt mich Susanne und das paßt ebensowenig. Marcel ist eine lebende Legende des spanischen Bürgerkriegs. Sein Name hat Geschichte und sein Leben ist bis heute mit dem revolutionären Kampf verbunden. Es hat nicht aufgehört, klandestine Züge zu tragen. Er weiß, wer ich bin, und sagt nur: „Natürlich kannst du bei mir wohnen, solange du es für nötig hältst." Die Wohnung ist ziemlich groß, düster, die Vorhänge sind Tag und Nacht zugezogen. Eine etwas verwahrloste Symbiose aus Heimstätte, Buchladen und Agitpropbetrieb. Große Stapel frischgedruckter Bücher, Broschüren, Flugblätter besetzen nicht nur die Nebenkammern, Flure und Ecken, auch Wohn- und Schlafzimmer. Manche schon seit Jahren veraltet und verstaubt, als wären sie vergessen oder vor Hausdurchsuchungen hierher gerettet und liegengelassen worden. Ich belasse alles, wie es ist, verbanne nur Trotzki von der Couch, die mir nun als Schlafstelle dient. Ohnehin komme ich nur zum Schlafen hierher. Wir treffen uns nicht oft. Der alte – schon gebrechliche – Kämpfer ist immer unterwegs. Wenn es sich ergibt, bereite ich ihm das Abendessen zu. Wir sitzen dann in dem Durcheinander der Küche auf zwei freigeräumten Stühlen und speisen schweigsam. Er spricht kein Deutsch, kein Englisch und ich kaum Französisch und kein Spanisch. Alles Wichtige klären wir mit Zeichensprache.

Und dann nahm in der Nähe vom Place de Terneau die Geschichte ihren Anfang, für die ich elf Jahre später im August 1992 wegen Mordversuchs zu dreizehn Jahren Gefängnis verurteilt wurde.

Es ist schönster Augustsommer. Ich fahre im T-Shirt und ohne Helm. Das ist verboten, was ich dummerweise nicht weiß. Die Ampel ist rot, ich stoppe an einer breiten Kreuzung. Zwei Verkehrspolizisten pfeifen mich von der anderen Seite der Kreuzung an. Ich denke: Nicht hingucken, so tun, als wärst du nicht gemeint. Die müssen erstmal über die breite Straße, bis dahin ist grün und du bist weg. Das Pfeifen wird schriller und ich nervöser. Meine Hände drehen am Gashebel, und ich rase bei Rot davon. An der nächsten Querstraße fahre ich aus der Sicht der mir wild nachpfeifenden Bullen. Damit halte ich die Angelegenheit für ausgestanden, aber als ich mich nach wenigen Minuten umschaue, sehe ich sie hinter mir. Alle beide. Und sie kommen immer näher. Die Suzuki fährt nicht schneller als 65 km/h, und ich fluche in mich hinein, warm ich sie nicht gleich nach dem Kauf entdrosselt habe. Ich bin in einer dieser schnurgeraden, endlos langen Straßenschluchten, ohne Ausweichmöglichkeit rechts und links. Nichts als geschlossene Häuserfronten zu beiden Seiten, hinter mir die aufholenden Bullen mit ihren lächerlichen Mofas, vor mir eine elendige Gerade, die sich erst am Boulevard Raspail öffnet. Bis dahin haben sie mich längst eingeholt, denke ich und drossel die Fahrt, um sie herankommen zu lassen. An meiner Seite fahrend befiehlt mir der Polizist anzuhalten, aber ich trete gegen sein Mofa, so daß er umfällt. Ich schaffe es bis zum Boulevard Raspail. Inzwischen ist es mit meiner Übersicht vorbei und ich fahre ohne Überlegung auf den Raspail. Sekunden später sehe ich mich in der Mitte des vierspurig strömenden Gegenverkehrs. Ich war in die falsche Richtung gehetzt. Ein tosendes Hupen beginnt, mir schießt der Gedanke durch den Kopf: das überlebst du nicht. Welch ein banales Ende, jetzt stirbst du genau wie Biene im Schrott auf der Straße. Aber irgendwie komme ich im wilden Slalom an den heranpreschenden Autos vorbei und gerate über den Bürgersteig rasend in eine Nebengasse. Ich drehe mich um und denke, jetzt bin ich sie los, auf diesem Todesritt kann mir niemand folgen. Aber wieder täusche ich mich. Mit Staunen und Entsetzen sehe ich einen der beiden Polizisten mit ähnlich gefährlichen Manövern über den Raspail heranrasen. Was für ein Jäger ist das?

Wofür jagt er eine Frau durch die ganze Stadt, nur weil sie nicht auf sein Pfeifen reagiert hat? Schließlich kann er nicht wissen, wer sein Wild ist, wer ich bin. Fieberhaft und vollkommen in Panik versuche ich jetzt zu Fuß davonzukommen. Das Motorrad bringt mich nicht fort. Ich springe ab und lasse es liegen, vielleicht kann ich zu Fuß irgendwo reinschlüpfen, mich verstecken. Und tatsächlich, schon ermüdet vom Laufen, sehe ich eine Tiefgarage, laufe hinunter in der Hoffnung, einen zweiten Ausgang zu finden. Es gibt keinen. Um Gottes Willen, ich bin in der Falle und will wieder raus. Da sehe ich ihn vor der Ausfahrt auf der Straße stehen, das Mofa zwischen den Knien. Er ruft in sein Sprechfunkgerät. Was soll ich tun? Hinter einem Auto versteckt, im Halbdunkel der Garage, beobachte ich ihn. Dann ziehe ich meine Waffe und trete hervor, richte sie auf ihn und sage: „Jetzt verschwinde." Ungläubig, dümmlich ist sein Blick. Sekundenlang, dann greift er langsam zu seiner Waffe in ungeheuerlicher Verkennung der Situation. Ich starre versteinert auf ihn, er wird kleiner und kleiner, seine langsame Bewegung zur Pistole wischt wie ein Schatten über meine Augen. Dann fällt der Schuß. Ich habe geschossen.

Marcel hat am Abend die Nachrichten gehört. Ich habe den Polizisten schwer verletzt. Die Fahndung läuft. Er sieht, ich habe meinen Rucksack schon gepackt. „Du mußt nicht fort, du bist hier sicher", macht er mir klar. Aber ich will ihn nicht in Komplikationen verwickeln und gehe über die grüne Grenze ins Haus zurück.

Aktionen sind geplante Geschehnisse, die überlegt ausgeführt werden und in allen ihren Schritten und Folgen verantwortet werden. Zu solchen Aktionen entwickle ich eine starke Beziehung und Verantwortung. Geschehnisse aber, die ohne eigenen Willen passieren, sind in besonderer Weise geeignet, sehr schnell und fast rückstandslos verdrängt zu werden. Sie sind wie ein heftiger unvorhersehbarer Stoß, in seinem überraschenden Auftreffen kaum fühlbar, der momentane Schmerz vibriert kaum nach.

Obwohl selbst beteiligt, läßt die Dynamik eines solchen Geschehnisses keinen Platz und keine Zeit zu selbstbestimmten Entscheidungen. Darum verweigert das Bewußtsein auch die Verantwortung für dieses Geschehen. Verweigert überhaupt eine emotionale Beziehung dazu. Ich habe all die Jahre nicht das geringste Bedauern für den niedergeschossenen Polizisten empfinden können. Er war keine konkrete Person, nicht mal der konkrete Feind. Er ist nur einen Moment lang als Verhängnis in meinem Leben aufgetaucht, und dieses Verhängnis wurde von der Situation, die im Wesentlichen ein Ergebnis seiner Entscheidungen war, als seines bestimmt. Eine winzige Verschiebung im Ablauf und es hätte ebenso meines sein können.

Erst zehn Jahre später, als ich mich auf diesen Prozeß wegen Mordversuchs vorbereitete und alle Ermittlungsakten studierte, wurde der Mann für mich zu einem realen Menschen, einer Person aus Fleisch und Blut mit einer Lebensgeschichte, die in dem kurzen Moment unseres Zusammentreffens durch mich zu einer Existenz im Rollstuhl verdammt worden ist und nun täglich das Leben neu erringen muß. Erst da konnte ich tiefes Mitleid fühlen, weil ich mir sein Schicksal als gelähmter und abhängiger Mensch nahekommen ließ.

Was mich nach diesem Tag in Paris anging, so hatte mich die totale Unsicherheit erfaßt. Ich war zwar entkommen, aber um welchen Preis! Es gab auch keinen Zweifel, ich hatte während des Ablaufs jede Übersicht verloren und mich nur noch panisch auf einen katastrophalen Ausgang zutreiben lassen. Bereits im Vorfeld hatte ich mich wie ein Privatier verhalten. Es war nicht zu verkennen: Hier hatte ich das praktische Ergebnis meines desolaten inneren Zustands, den deutlichen Ausdruck meiner planlos dahintreibenden Unentschlossenheit, die jetzt in Unverantwortlichkeit umgekippt war. Ich war bis zu den Haarspitzen voll Scham. Was war aus mir geworden? Es war ja noch nicht so lange her, da war ich Mittelpunkt des Vertrauens, der Orientierung. Jetzt lag ich wie ein Käfer hilflos strampelnd auf dem Rücken und kriegte nichts mehr zu fassen als Leere. Mein Image war längst zertrümmert, verzweifelt klammerte ich mich an die Trümmerteile. Ich konnte so nicht weiterkämpfen, aber ich wollte auch nichts aufgeben, konnte mir nichts anderes vorstellen, als Untergrundkämpferin zu sein.

Verdruckst saß ich noch einige Zeit im Haus herum, mir selbst eine Last, ein Fragezeichen für die Genossen. Sie waren in Westdeutschland und griffen die amerikanischen Einrichtungen an.

Noch einmal ziehe ich mich viele Monate in den Jemen zurück, um zu mir selbst zu finden.

Ich sitze in Bombay fest. Im Sheraton werden mir, der englischen Lady, aus kostbaren Kristallschalen erlesene indische Früchte gereicht. Vor der Tür schlagen sich hungernde Kinderscharen um Abfallreste und liegen im Staub der Straße. Die Lumpenmenschen in der Stadt scheinen selbst Lebensabfall zu sein. Die verschwenderischen europäischen Hotels sind Inseln einer unnahbaren, verruchten Welt. Wie Festungen und auch wie Leuchttürme des Reichtums erbaut. Sie ersparen ihren Gästen den Blick in die Welt von Bitterkeit, Hunger und Krankheit. Sie bieten jedem Europäer den geordneten Komfort und die heimatliche Kultur ihres Landes. Den Franzosen das Bistro, den Engländern ihren Pub, den Deutschen ihren österreichischen Wienerwald, den Italienern ihr Ristorante, und für alle wird indische Exotik als Genuß geboten. Für jedes Bedürfnis wird gesorgt, niemand muß die Biotope der Ersten Welt verlassen und sich erschrecken lassen vom Elend der Dritten Welt.

Niedergeschlagen, desperat und erwartungslos verlasse ich in Aden das Flugzeug. Die nasse heiße Luft durchdringt in fünf Minuten meine Kleidung und ich fühle Schweißrinnsale über meinen Körper laufen. Im Nu ist alles durchnäßt. Über dem bunten Treiben in der Ankunftshalle drehen sich ein paar müde Ventilatoren und wälzen die dicke heiße Luft hin und her. Und wie schon so oft begrüßen mich wieder die Plakate einer strahlenden selbstbewußten Frauenbrigade der sozialistischen jemenitischen Armee. Ein Genosse holt mich ab und fährt mich ins „große Haus“. Nach dem Tee verabschiedet er sich. Jetzt bin ich wieder mit mir allein und beginne erneut mit dem Eremitenleben.

Die PLO hat in Beirut ihr Hauptquartier. Der Libanon ist ein Pulverfaß, an dem die Lunte bereits brennt. Die differierenden palästinensischen Organisationen gruppieren sich um das Für und Wider zu Arafats Politik der politischen Anerkennung durch die USA. Den radikalen Kräften gilt er als Verräter, der sich dem Doppelspiel der Amerikaner in der Hoffnung ergeben hat, sie würden mäßigend auf die militärischen Absichten der Israelis einwirken. Israel fliegt immer wieder Bombenangriffe auf die palästinensischen Viertel in Beirut, um die Guerilla zu vernichten oder aus dem Land zu treiben. Dies ist durchaus im Sinne der amerikanischen Politik, die sich ebenfalls eine Befriedung des Libanon durch die Vertreibung des politischen und militärischen Hauptquartiers aus Beirut erhofft. Ein neuer Krieg ist in Vorbereitung mit dem Ziel, einen vernichtenden Schlag gegen die Führung und Stellungen der Palästinenser im Libanon zu führen. Er wird mit seinen gnadenlosen Bombenangriffen auf die Beiruter Zivilbevölkerung und den Massakern der Falange in den Lagern Sabra und Shatila unter den Augen der israelischen Soldaten ein grausamer Höhepunkt im Krieg gegen das palästinensische Volk sein.

Die Basis in Aden ist verwaist. Sie hat schon bald nach Abu Hanis Tod ihre Bedeutung für Ausbildung und Organisierung verloren. Der internationale Flügel hat sich aufgerieben, die einzelnen Teile haben sich neu orientiert, manche haben sich wieder der Politik der PFLP angeschlossen. Die Politik wird jetzt in Beirut entschieden und Aden fungiert nur als Rückzugs- und Regenerationsgebiet. Als solches stand die Basis auch uns, den Verbündeten aus Europa, offen.

Ich nehme das Haus in Besitz. Inspiziere es von oben bis unten. Nichts hat sich verändert. Der Genosse hat mir den Schlüssel für den Waffenraum dagelassen. Die politische Lage ist unsicher, selbst im Jemen fühlen sich die Palästinenser nicht völlig sicher vor israelischen Überfällen. „Nimm dir eine Waffe, damit du nicht schutzlos bist“, rät er mir. Ich suche mir eine Kalaschnikow heraus. Sie ist verstaubt und ich bringe sie in Ordnung. Am Abend lege ich sie neben meine Schlafstätte, das gibt mir Sicherheit. Einen israelischen Angriff in Aden kann ich mir nur schwer vorstellen, aber das Haus ist für jeden entschlossenen Eindringling leicht zugänglich. Ich möchte nicht schutzlos sein.

Wieder schmelzen die Tage, Wochen, Monate in der Hitze dahin, versickern spurlos zwischen Erwachen und Ermüden. Ich gebe ihnen einen Rhythmus, der die Zeit systematisiert, damit ich sie ohne Langeweile und Schwermut vom Morgen bis zum Abend aushalten kann. Ich vertreibe die Zeit ohne genaue Bestimmung. Etwas, was ich im Gefängnis niemals tue. Da ist jede Minute kostbar, die sich davonmacht, da habe ich keine Zeit mehr übrig, die ich vertreiben könnte, da will jedes Stückchen, das ich der Zwangsbestimmung entreißen kann, gelebt und gefüllt sein. Aber da in dem Haus, unter dem ewig blauen ziellosen Himmel, ist auch meine Zeit ziel- und haltlos. Jeder Tag verfällt am Abend der Nacht, jede Nacht wird verbrannt vom heraufziehenden Feuerball. In ununterbrochener Wiederkehr. Dazwischen verrichte ich mein Leben. Ich säe, ernte und ernähre mich. Lerne Joghurt und Quark herstellen, Brot backen und Kaffee rösten. Verzehre nach und nach die Nahrungsmittel aus den Soli-Sendungen der DDR, Dosenwurst und seltsamerweise auch Tee-Säcke „Made in GDR". Ich verjage Skorpione und Schlangen, lese verschiedene Bücher und trinke Tee mit Abu Salem. Manchmal singe ich laut durchs ganze Haus, damit ich das Sprechen nicht verlerne. Manchmal kommt auch ein Genosse zu Besuch und versucht, seine Gesellschaft auf die Nacht auszudehnen, aber so großzügig bin ich nur einmal. Abends höre ich mit meinem kleinen Weltempfänger die Nachrichten der Deutschen Welle und BBC. Danach sehe ich mir die hochdramatischen arabischen Liebes- und Schicksalsfilme aus den Kairoer Fernsehstudios an. Sie sind ein unübertrefflicher Kitsch. Bevor ich mich auf der Veranda im ersten Stock zum Schlafen lege, entzünde ich die Anti-Moskito-Spiralen rund um mein Lager. Mein letzter Blick verbindet sich mit den kühlen fernen Sternen.

Ich bin so beschäftigt mit all diesen täglichen Wiederholungen, daß ich nicht zum Nachdenken komme. Ich weiß gar nicht mehr, wie das Nachdenken vor sich gehen könnte. Meine Versuche beginnen mit der Frage: Will ich aufhören mit dem bewaffneten Kampf und wenn ja, wofür? Für welches Leben? Und enden mit dem blinden: Weiß nicht. Eines allerdings wurde mir in der Zeit doch klar: Die Einordnung in die arabische, extrem patriarchalische Gesellschaft, die einige europäische Genossinnen und auch Rasha gewählt hatten, würde mir nicht gelingen. Das konnte ich als Alternative vergessen. Immerhin bedeutete diese Gewißheit meine Rückkehr nach Europa und leitete die Entscheidung ein, in die DDR zu gehen.

Ich will die RAF nicht für meine Ratlosigkeit verantwortlich machen. Ratlos war ich schon vorher. Das hatte seinen Grund in der Stagnation der revolutionären Hoffnungen und Perspektiven der gesamten Linken, wie es in der zweiten Hälfte der siebziger Jahre, besonders nach '77 deutlich wurde. Wir erreichten mit der bewaffneten Politik selbst in der Linken nur noch marginalisierte Bereiche. Die neuen militanten Massenkämpfe bezogen sich nicht auf die Guerilla-Konzepte, sondern auf konkrete politische Projekte mit eigener Dynamik. Der bewaffnete Kampf hatte keine Perspektive und damit hatte ich auch keine. So wie wir objektiv immer weiter in die Isolation trieben, so geriet ich selbst in einen Dschungel von Haltlosigkeit, weil die RAF eine Gruppe war, die diesen Mangel an politischer und organisatorischer Verankerung weder vermißte noch irgendwie gelten ließ. Das war undiskutierbar und wurde zum individuellen Problem gemacht. Der Kampf an sich, der militärische Angriff, war die einzig wahre revolutionäre Politik im Bewußtsein der RAF, ungeachtet seiner stetig schwindenden emanzipativen Wirkungen in den gesamtgesellschaftlichen Auseinandersetzungen. Eine kollektive Neuorientierung war völlig undenkbar. Für den Einzelnen bedeutete eine Infragestellung, eine Verunsicherung, ein Suchen das Aussteigeurteil.

Der Weggang von neun Leuten, nahezu der Hälfte der Gruppe, war zu keinem Zeitpunkt Anlaß, grundsätzlich über das bewaffnete Konzept nachzudenken. Ein Aussteigen war persönlich, aber nicht politisch legitim. Und es war verbunden mit der Aberkennung des revolutionären Willens überhaupt.

In dieser Klammer zappelte ich zwei Jahre herum: Nicht aussteigen zu wollen, aber auch nicht fähig zu sein, der harten intellektuellen Dominanz der RAF eine innovative politische Kritik entgegenzusetzen. Daran mußte ich meine Persönlichkeit zugrunde richten. Erst als ich ganz unten war, bin ich gegangen.

Kapitel XV

Daß ich im kapitalistischen Deutschland geboren und aufgewachsen bin, kann ich weder bedauern noch gutheißen, aber es ist ein kaum zu beschreibendes Glück, daß der Verlauf meiner Geschichte meine Unwissenheit über das andere Deutschland korrigierte, über das Leben dort im ständigen Widerspruch zwischen Verwirklichung und Verkümmerung sozialistischer Ziele, Ansprüchen und Lebensweise, über die Anstrengungen, die Ideale, Fähigkeiten und Unfähigkeiten, die Wahrheiten und Irrtümer, die diesem Widerspruch entsprungen und von ihm gezeichnet sind. Nur wer dort gelebt hat, kann begreifen, was zerstört wurde.

Die Linken im Westen haben keinen Begriff davon, wie schwer ihr Mangel an Erfahrung mit der sozialistischen Realität wiegt. Die Geschichte wird ihnen keine neue Gelegenheit bieten. Sie denken in ihrem Hochmut sogar, daß sie es sich leisten können, dies gar nicht als Mangel erkennen zu müssen. Der reale Sozialismus ihrer Zeit, vor ihrer Tür, in der DDR, war für sie die einzige Chance, jemals zu erfahren, wie die *Idee* vom Sozialismus, also das *Ideal,* real gesellschaftlich wirksam werden kann und wie nicht. Sie zogen es aber vor, sich von diesem geschichtlichen Prozeß zurückzuziehen, ihn aus der Ferne zu benörgeln, zu bemängeln, zu belächeln. Sie zogen es vor, mit ihren sozialistischen Theorien die imperialistische Wirklichkeit einschließlich sich selbst zu kultivieren. Sie kämpfen immer mit der existenziellen Nabelschnur am Kapitalismus und kennen nichts anderes.

Die bürgerlichen Linken waren sich immer zu fein für die Arbeit der Veränderung, sie blieben lieber bei der Interpretation der Verhältnisse, wohl wissend, daß revolutionäre Veränderung auf Schmutz, auf fremden und eigenen Schmerz, auf Statik, Widerstand und Unberechenbarkeit stößt. Wie ist dem beizukommen, ohne die Hygiene der reinen Idee und auch ohne sich vielleicht selbst zu beschädigen? Sie haben die Chance verpaßt, diesen großen historischen Versuch, aus der Kapitalgeschichte wieder Menschengeschichte werden zu lassen, sinnlich und politisch zu begreifen.

Ich weiß, die meisten sehen es nicht als verpaßte Chance. Sie sagen aus ihrer autistischen Wahrnehmung heraus: „Igitt, ich hätte da nicht leben mögen." Womit sie sagen, daß sie lieber in der imperialistischen Wirklichkeit leben als im Kampf und in der Dürftigkeit dagegen. Dies ist eben das Problem: Teilhaben zu wollen an den kapitalistischen, materiellen Mächtigkeiten und Möglichkeiten mit dem Wissen, daß sie Resultat räuberischer Beziehungen sind. Die bürgerlichen Linken haben eine intellektuelle Hehlermentalität. Mit unglaublicher Häme haben sie sich auf die zusammenbrechende DDR gestürzt, mit befreiender Lust ihre Hehlerexistenz an der Entwertung der sozialistischen Geschichte aufgewertet. Sie interessieren sich nur für die fehlgelaufenen, steckengebliebenen Prozesse, die Eiterschwären, die dunklen Ecken, in die Mißratenes geschoben wurde. Absurdes spüren sie auf als Zeugnis ihrer Beweisführung, daß böse Menschen 40 Jahre zu Werke gingen, ihre schönen Ideen zu verhunzen. Am realen Sozialismus hat sie einzig das Nicht-Sein von Sozialismus interessiert, und mit diesem Interesse bestreiten sie fortwährend die Möglichkeit eines sozialistischen Daseins überhaupt. Jede positive Erfahrung wurde ihrer Entwertung unterworfen.

Was für eine intellektuelle Hochmütigkeit! Was für eine beschränkte und ebenso vermessene Wahrnehmung! Welch ordinäre Heuchelei, welch primitive Lust zur Erniedrigung haben sie den Menschen in der DDR entgegengeschleudert. Wie protzten sie aus allen Feuilletons staatsnaher Medien: Wir waren die Fundamentalopposition im Westen, es steht uns zu, euch zu verachten. Ich habe niemand von diesen Schwätzern in unseren Reihen gesehen!

Meine acht Jahre in der DDR waren zu kurz, auch nur einen Tag Langeweile zu haben, zu kurz, der Widersprüche überdrüssig zu werden, zu kurz auch, den Optimismus für eine Weiterentwicklung zu verlieren und ein derartig desaströses Unterliegen zu erwarten. Aber sie waren lang genug, Verbundenheit zu schaffen und mitverantwortlich zu sein für alle Höhen und Abgründe, für Mißlungenes und Gelungenes im geschichtlich einzigartigen Kampf für und um die Alternative zur kapitalistischen Gesellschaft. Die Verwertung und Vernichtung der DDR, die Auslöschung sozialistischer Existenz, ihrer Inhalte, Strukturen, sozialer Sicherheiten, der tiefe Sturz der Menschen in die soziale und politische Unwürdigkeit, in die existenzielle Desorientierung, in Erniedrigung und Brutalisierung ist viel gemeiner und quälender als die Vernichtung meiner persönlichen Freiheit, die damit zusammenhängt.

Ich bin parteilich, subjektiv und emotional. Nur auf diese Weise hab ich mir eh und je die Welt erschlossen, mich den Menschen zugewandt und haben sich die Menschen mir zugewandt. Ich sehe keinen Grund, den historischen Verlauf der Geschichte und meine eigene darin eingebettete Lebenszeit mit den Augen der derzeitigen Triumphatoren zu betrachten. Es sind die Augen von Betrügern, Dieben und Räubern, deren kollektives System davon lebt, sich über das Schwächere herzumachen.

Fehler und Irrtümer zu erkennen, bedarf weder der Distanzierung noch des Konvertitentums, das sind Unterwerfungsrituale, sie beschädigen die Würde und die Wahrheit. Nicht grundsätzlich, aber dort, wo das Erkennen sich als Machtverhältnis vollzieht.

Wenn die erste Welle kapitalistischer Zumutungen überstanden ist, werden sich die Erinnerungen melden, die Erfahrungen sich auf sich selbst berufen, und die tausendmal gesagten Denunziationen werden ihre Wirkungen verlieren. Die Menschen werden das zerstörte gesellschaftliche Fundament gerechter und humaner nennen, sie werden es als solches wieder mit Sozialismus identifizieren, und sie werden vom Kapitalismus erfahren haben, daß ein sozialistisches gesellschaftliches Fundament menschlicher und nötiger ist, weil es die Menschen davon abhält, sich gegenseitig niederzuringen, auszubeuten und zu erniedrigen.

Wir waren zu dritt nach Berlin zu einem Treffen mit dem MfS angereist, Iris, Hans und ich. Die Begrüßung verlief wie immer: herzlich, in etwas angestrengter Lockerheit. Für uns

Frauen ein Küßchen links und rechts, für die Männer Schulterklopfen. Eine Tasse Kaffee, einen Cognac und den zweiten, weil man auf einem Bein nicht stehen kann, und in den dritten hinein sagte ich: „Ich bleibe hier."

Maßlose Überraschung bei Wolfgang und Werner, in den Augen von Iris und Hans Erleichterung. Dies war unser letzter Augenblick, wir machten den Abstand zwischen uns endgültig und unwiderruflich, befreiten uns voneinander ohne Bedauern und ohne Haß. „Wie, du bleibst hier", fragte Wolfgang, „bist du mit großem Koffer gekommen?"

„Ja." Ich stellte das Glas auf den Tisch und ging hinaus. Im Nebenzimmer brach ich auseinander, heulte, daß es mich schüttelte, ich konnte mich nicht mehr zusammenreißen. Ein Überdruck verschaffte sich Raum, ohne nach Scham und Peinlichkeit zu fragen. Die letzten zwei Jahre hatte ich mich wie einen Bogen gekrümmt, gezerrt und gespannt von zwei Polen: Ich will nicht ins System zurück. Niemals! Und: Ich kann auch nicht weiter. Politische und persönliche Sackgasse. Jetzt war ich endlich durchgebrochen, nicht freiwillig, mehr aus Verzweiflung, aber unumkehrbar.

Wolfgang kam herein, setzte sich zu mir und fragte ein bißchen hilflos: „Ist es denn so schlimm, hierzubleiben?"

„Wieso, das kann ich doch gar nicht wissen, darum heule ich nicht." Er schwieg, drängte mich nicht. Als ich zur Ruhe kam und meine Beherrschung wiederfand, fragte er mich, ob ich hier weg wollte. „Ja, sofort, ich will sie nicht mehr sehen."

Es ging dann ganz schnell. Er brachte mich in das Haus am See, es war mir schon gut bekannt. Ich hatte hier viele Gespräche geführt in eigenartiger Atmosphäre. Ein Gemisch aus Diplomatie, Freundschaft, Vorsicht, Mißtrauen, Gemeinsamkeit, Distanz und Neugier. Es war immer schwierig, oft entnervend und manchmal haben wir uns danach zur Entspannung besoffen.

Das Haus lag in einem Waldgebiet mit hohen alten Kiefern. Sie würzten in diesen Tagen die Luft mit einem betörenden Harzgeruch. Der See war verführerisch idyllisch, als wäre Frieden.

Ich begann über meine neue Lage nachzudenken und stellte fest, daß dies im Moment völlig überflüssig war, denn es gab vorübergehend nichts zu entscheiden und zu regeln. Ich war in Händen. Für alles würde gesorgt werden. Das war ungewohnt für mich, aber nicht unangenehm. Ein „Nichtzustand". Ich wußte, er würde einige Monate dauern und er war notwendig. Ich mußte inneren Abstand nehmen von dem, was ich verlassen hatte, und Nähe gewinnen zu dem, was mein künftiges Leben nun sein würde.

Auf meinen ausgedehnten Streifzügen durch die Wälder, Wiesen und Dörfer der Umgebung, beim Herumsuchen in der Kaufhalle, in den ersten vorsichtigen Begegnungen und belanglosen Gesprächen des Alltags, der für mich freilich noch nicht alltäglich war, begann sich ein ganz merkwürdiges neues Gefühl zu entwickeln. So ganz allmählich und leise meldete es sich aus den untersten Schichten, und ich nahm es wahr als angenehme Gemütslage, aber ich befragte es erst viel später. Hier begann ich schon meine Zugehörigkeit zur anderen deutschen Geschichte zu empfinden. Ja, ich begann bereits, Besitz von ihr zu nehmen, als hätte ich sie mitgeschaffen.

Meine bisherigen Besuche in der DDR waren zielgerichtet, offiziell und ohne Interesse für Land, Leute und ihr gesellschaftliches Leben gewesen. Ein bißchen kannte ich das Leben der Offiziellen, die in ihrer ganzen Bewußtheit, ihrem Lebensinhalt und Habitus geprägt und ausgefüllt waren von ihrer besonderen Funktion im Staat. Die DDR war bisher von mir als politische Beziehung wahrgenommen worden, die eine Funktion in meinen Vorstellungen und Anstrengungen bezüglich der BRD hatte. Dies Verhältnis änderte sich jetzt.

Ich war so gründlich fertig mit dem Imperialismus, war so gründlich gescheitert mit meinen eigenen Versuchen, ihm die Stirn zu bieten, hatte mit Getöse den Guerillakampf begonnen und ihn so kläglich als untauglich erkennen müssen, ich hatte den variationsreichen, aber endgültigen Rückzug meiner Generation von revolutionären Perspektiven durchlebt, daß ich dem nahezu vierzigjährigen Beharren der DDR einen fast zärtlichen Respekt entgegenbrachte. Ohne Umschweife war ich bereit für Verantwortung und Verteidigung, ohne Umschweife ergriff ich Partei für den sozialistischen Staat als letzte reale Alternative. Seine Behauptung schien mir ein Rest greifbarer Widerstand zu sein, gegen das System, aus dem ich kam und das sich mit seiner hohlen Perfektion unaufhaltsam durch die Welt und die Zeit frißt, wie die Fäulnis durch den Apfel.

Jetzt spazierte ich plötzlich hinter der Barrikade herum, die sich dieser Unaufhaltsamkeit seit 40 Jahren versperrte. Ich wurde ungeheuer neugierig, wie das gegangen war von dieser Seite aus, all die Jahre der Druck, die Kämpfe von außen und innen, wie die Leute das gemacht hatten und wie sie dabei anders geworden sind als die im Westen. Mir wurde jeden Tag deutlicher, daß wir aus dem Westen keine Ahnung hatten, was hier seit dem Krieg eigentlich vorgegangen war. Auch wir nicht, die wir den Kapitalismus bis aufs Messer bekämpften und für uns beanspruchten, ein politisch brüderliches Verhältnis zur DDR zu haben. In Wirklichkeit haben wir uns nie bemüht herauszufinden, wie es tatsächlich funktioniert mit dem Sozialismus im Innern, wie die Jahrhundertidee als realer Organismus lebte. Unser Bild von der DDR war ein verschwommenes Mosaik aus eigenen politischen Interessen und aus linkslibertär vorgeprägten Abneigungen, die sich speisten oder lösten aus West- und Ostoffiziellem, aus Vorgetragenem und Vorgezeigtem. Es ist auch uns aus borniertem Desinteresse verborgen geblieben, wie das originäre Leben sich hier organisierte und atmete.

Es ist schon merkwürdig, daß wir gegen die kapitalistischen Inhalte und Strukturen kämpften und nicht auf die Idee kamen, erfahren zu wollen, wie es in den bestehenden sozialistischen zugeht. Wie die Menschen darin wirkten und lebten, die nach '45 etwas anderes angefangen hatten als wir. Freiwillig, bewußt, aber ohne Erfahrung, oder auch unfreiwillig, passiv, feindlich und zerfressen von Sehnsucht nach dem Westen.

In den ersten Wochen entspannte ich mich, badete, ruderte auf dem See und genoß das hinreißende Abendgold der Spätsommertage. Ich war mir selbst überlassen und hatte Zeit, mich zu finden und bereitzumachen, die neue Welt kennenzulernen.

Sie tat mir wohl in ihrer Schlichtheit. Keine Schnörkel, kein Lack. Das Wesentliche war ungeschönt sichtbar. Mir gefielen auch die Losungen. Wahrlich keine phantasievollen Schöpfungen, aber deshalb nicht falsch. Sie begegneten mir oft ganz unerwartet. Am Ende einer Landstraßenkurve nach Berlin: Ich bin Arbeiter, wer ist mehr? An der verlassenen Ruine eines Sägewerks: Den Sozialismus aufbauen! Vorwärts zum 8. Parteitag der SED. An der Dorfeiche: Mach mit, schöner unsere Dörfer, unsere Städte. An der Schule: Wir lernen für den Frieden. Immer riefen sie auf, appellierten mit schlichter Wiederkehr an die Aufmerksamkeit der Bürger, an ihre Initiative, ihre Loyalität für die sozialistische Gesellschaft. Eine rührende Werbung, nicht erfunden für Saisonrenner und Marktneuheiten, nicht für Ex- und Hopp-Produkte, nicht für den Genuß des Augenblicks. Ihre Losungen und Sprüche forderten, versprachen und behaupteten die Anstrengung und Hingabe für eine bessere Zukunft. In ihnen steckte die Mühsal und nicht selten die Vergeblichkeit beim Beschreiten neuer Wege, beim Ringen um neue Lebenswerte. Oft waren sie verwittert, verblichen, als wollten sie sich langsam unsichtbar machen, sich zurückziehen vor der Realität, die sie oft genug Lügen strafte.

Nein, ich fand sie nicht lächerlich, pathetisch manchmal, ja. Auch altmodisch. Aber sie konnten niemals so falsch und zynisch sein wie der Kitekat-Werbeslogan in einer Welt, in der jährlich 14 Millionen Kinder an Hunger und Seuchen sterben: „Das Beste für unsere Katze“. Niemals entleerter als der tägliche Radiospruch: „Bildzeitung – was braucht man mehr?“ Und auch niemals dümmer und hohler als: „Alles Müller oder was?“ Ich kann heute nur noch müde lächeln, wenn ich die beliebte Formel westlicher Ansichten und Markierungen höre oder lese: „Die allgegenwärtige ideologische Propaganda und Indoktrination in der DDR“. Welch eine Abstumpfung und Verödung ihrer Wahrnehmungsfähigkeit gegenüber der eigenen Umwelt! Sie sind aufgegangen in der Warengesellschaft und spüren nicht mehr, wie sie 24 Stunden am Tag von ihr bestimmt und belästigt werden. Wohin du in der kapitalistischen Gesellschaft den Blick auch wendest, die Schritte lenkst, die Sinne richtest, stößt du an ihre Propaganda. Sie verfolgt dich überall hin, vom Erwachen bis zum Schlafengehen. Die Straßen, die Häuser, die Lüfte, alle Körper, alle Flächen, die offenen und geheimen Wünsche und Träume der Kinder, Frauen und Männer, ihre Haut, ihre Haare, ihre Kleidung, ihre Zähne, die Kunst, die Bildung, Wissenschaft und Kultur, alles, alles ist Werbefläche, Werbeobjekt, Werbeträger für das kapitalistische Gesellschaftssystem. *Das* nenne ich allgegenwärtig und die Freiheit *davon* war für mich ein wohltuender Gewinn an Lebensqualität.

Die Propaganda in der DDR war ungeheuer simpel, klar und durchschaubar, von allen Menschen als solche zu erkennen. Damit hat sie jedem die Freiheit gelassen, sich vor ihr zu verschließen, sich zu distanzieren. Die psychologisch und ästhetisch ausgeklügelte, differenzierte Propaganda des Kapitals erlaubt dies nicht mehr, sie hat alle inneren und äußeren Lebensbereiche durchdrungen, sie steuert die Bedürfnisse und Lebensentwürfe, ohne mehr wahrgenommen zu werden. Sie ist gefährlich und dort, wo sie deutlich sichtbar ist, eine impertinente Plage.

Von Zeit zu Zeit kommt Werner vorbei. Wir gehen zusammen spazieren, essen zusammen, diskutieren oder plaudern auch nur. Er prüft mich unauffällig (denkt er), will meine Eindrücke wissen und wie ich mich fühle. Er fragt nicht direkt, er will es über Bilder herauskriegen.

„Ich war gerade im Supermarkt."

„Kaufhalle", sagt er geduldig zum wiederholten Mal. Wir lachen.

„Ich bin immer überrascht", erzähle ich. „Irgendwie dachte ich, es mangelt euch an allem. Das denken wir alle drüben."

„Das ist natürlich Quatsch, aber wenn du länger hier bist,

wirst du merken, wo es fehlt und hakt. Vom Supermarkt sind wir noch weit entfernt."

„Gott sei Dank", sage ich.

Wenn er geht, sagt er: „Sobald du dich in der Lage fühlst, fangen wir an zu arbeiten. Deine Legende, dein Beruf, deine neuen Verhältnisse, es wird nicht einfach, mach dir schon mal Gedanken."

Ich suche eine Bibliothek auf, ich will die DDR-Sprache lernen. Jedes Gespräch verrät mich als „die aus dem Westen" und stürzt anfängliche Unbefangenheit in Befangenheit. In Österreich bin ich von älteren Leuten oft gefragt worden: „Kommen's aus'm Reich?" Da steckte so eine selbstverständliche Komplizenschaft in der Frage, die mich abstieß. Ich verneinte immer. Aber jetzt war Mißtrauen und Unsicherheit in der Frage: „Sie kommen aus der BRD?"

In der Bibliothek betrete ich aufregendes Neuland: DDR-Literatur, sozialistische Geschichte, sozialistische Ökonomie, DDR-Kunst, Poesie, jedes Buch würde mir die DDR näherbringen, das ethische Verständnis des sozialistischen Teils der Welt samt seiner Materialisierung lag vor mir. Ohne bürgerliche Filterung und Interpretierung. Mit einem Packen Bücher über ökonomische, politische Strukturen, gesellschaftliche Organisationen etc., der *Aula* von Hermann Kant und einem Russisch-Kurs komme ich in die Wohnung zurück und lerne zu allererst die gebräuchlichsten Abkürzungen: EOS, POS, NSW, SW, AWG, KWV …

Selbst nach einem halben Jahr Vorbereitung konnte ich unmöglich als DDR-Bürgerin durchgehen, mir fehlte die Alltagssprache, und meine westlichen Sprachgewohnheiten konnte ich nicht so schnell abstellen. Also entschieden wir uns für eine Legende als Übersiedlerin. Das gab mir auch einen freieren Kommunikationsraum. Ich war ausgehungert nach sozialen Kontakten, Geselligkeit und Kommunikation. Das halbe Jahr in Berlin war ich vom Alltag getrennt, stand nur in Beziehung zu den Genossen vom MfS. Aber auch die letzten zwei Jahre in der Illegalität waren sehr einsam und losgelöst gewesen. Das lange Alleinsein bedrohte schon meine Lebenslust.

Gleichwohl war uns auch klar, daß ich von vielen Leuten mit Mißtrauen und Unverständnis betrachtet werden würde. Aber ich traute mir zu, das aufzulösen, und wollte es lieber in Kauf nehmen als zu strenge Zurückhaltung und Unsichtbarkeit. Außerdem bin ich zu spontan und zu eitel, um eine allzustarke Disziplinierung und Reduzierung meiner Persönlichkeit durchzuhalten.

Es wurde dann aber doch schwerer, als ich es mir vorgestellt hatte. Das Unverständnis, wieso ich vom Westen in den Osten gekommen war, machte mich oft so wütend und verunsicherte mich. Die ersten Jahre in Dresden fühlte ich mich manchmal recht ungemütlich. Der Westen ist nicht beschreibbar. Die Diskussionen in meinem Arbeitskollektiv endeten in der Regel mit Vergleichen äußerer Erscheinungen: Trabi gegen Audi, Rügen gegen Mallorca, Westberlin gegen Ostberlin, da ging die DDR natürlich immer nach Punkten k.o. Wie erkläre ich Verdinglichung, Warenbeziehungen, soziale Kälte, Entsolidarisierung, wie erkläre ich, was die Warengesellschaft aus den Menschen macht? Ja, heute, nach den Jahren der Betroffenheit und Erfahrung in und mit den kapitalistischen Werten und Wirkungen würde ich nicht mehr auf diesen abwehrenden, ungläubigen Blick stoßen, der mich damals verstummen und oft genug verzweifeln ließ.

Wolfgang war der Stratege, seine Überlegungen erfaßten weitere Räume, waren großzügige Entwürfe, er forderte Alternativen zu seinen eigenen Gedanken. Er strebte Lösungen an, keine Entscheidungen, nur weil er die Macht gehabt hätte, sie zu treffen. Hinter seiner konventionellen äußeren Erscheinung verbarg sich der Geheimdienstmann von Welt und Kultur, von beider Seiten Welt und Kultur. Er war mir angenehm, sein Blick war frei von Kleinlichkeit und Provinzialität. Die Lust am Rituellen aber teilte er mit allen anderen männlichen Funktionären: einen Toast oder eine kleine Tischrede zu einem besonderen Anlaß, die offiziöse Gestaltung von Jahrestagen oder Ereignissen, ein politisches Statement zur Unterstreichung der Wichtigkeit eines Vorganges usw.

Werner war der Praktiker, der Arbeiter am Detail, der schlaue Fuchs, der seine Karten nie offenlegte. Er war ein fabelhafter Kombinierer, ein unbekümmerter Doppel- und Taschenspieler. Es war mir peinlich, wenn er nicht merkte, daß ich ihn durchschaute. Er rührte stets viele Seiten gleichzeitig an, um zu vertuschen, auf welche es ihm ankam. Manchmal spielte ich das Spiel mit, um besser zu sein, aber es gefiel mir nicht. Es waren die Momente, in denen ich spürte, er nimmt mich nicht ernst, er will meinen Willen umgehen. Ich bin sein Objekt, nicht seine Genossin. Aber er war auch ein liebenswerter Gesellschafter, mit ausgeprägter Freude für Gastlichkeit und Wohlbefinden.

Auch in den gemütlichsten, freundschaftlichsten Momenten vergaß ich nicht, daß die Männer meine „Betreuer“ mit staatlichem Auftrag waren. Der Schritt, in die DDR zu gehen, hieß gleichzeitig, mich in ihre Abhängigkeit zu begeben. Ich fürchtete diese Abhängigkeit nicht, ich wußte, sie würde nicht mißbraucht werden.

„Was willst du machen bei uns, welcher Beruf würde dir Spaß machen, in welcher Stadt möchtest du leben und wie möchtest du heißen? Mal sehen, ob wir alle Wünsche zu einer Geschichte machen können.“

„Repro-Technik“, damit hatte ich aus dem Untergrund einige Erfahrung, „und bloß nicht in die Provinz, wenn Berlin wegen der Sicherheit schon nicht in Frage kommt, dann wenigstens in die zweit- oder drittgrößte Stadt.“

Nach einem halben Jahr Vorbereitung reiste ich nach Dresden. Im Gepäck viel Neugier, viel Banges, viel Spannung.

„Denk nur nicht, du triffst auf lauter Kommunisten, weil du im sozialistischen Staat bist. Wir wären schon froh, wenn nur die Hälfte aller Parteimitglieder wirkliche Kommunisten wären. Erwarte kein politisches Bewußtsein, wie du es hast, und wie du es gewohnt warst von den westlichen Linken. Du wirst auf ein sehr unterschiedliches gesellschaftliches Bewußtsein und gesellschaftliche Verantwortung treffen. Erwarte keine Wunder. Vierzig Jahre sind nicht viel, aber lang genug für viele Fehler, die Menschen sind zäh, und die BRD hockt auf uns drauf, schwer wie Blei. Du wirst dich fremd fühlen zuerst, stell dich drauf ein. Wenn du nicht weiter weißt, ruf an, komm her."

So Wolfgang und Werner.

6.45 Uhr. Die Normalschicht beginnt. Der Abteilungsleiter führt mich durch die Photoabteilung, zeigt mir meinen Arbeitsplatz, stellt mich vor. Ich bin befangen, aufgeregt, aber äußerlich bin ich ganz cool, da spielt meine lange trainierte Gelassenheit ihre Rolle. Ich drücke die Hände meiner künftigen Arbeitskollegen, höre Namen, sage meinen eigenen: Eva-Maria Sommer.

Es wird Kaffee gekocht. Der Abteilungsleiter ist gegangen, alle setzen sich in den Pausenraum. Sie holen mir einen Stuhl heran und die Brigadeleiterin stellt mir einen Kaffee hin. Weiter nimmt niemand Notiz von mir. Scheinbar nicht. Es sind fünf Frauen und zwei Männer. Sie bereden die wichtigsten Aufträge, stöhnen über die viele Arbeit, schimpfen über die Spätschicht, sie hat wiedermal die Gläser nicht gespült. Sie lachen und scherzen. Hin und wieder trifft mich ein neugieriger Blick.

Ich war total verkrampft und wollte nach der Arbeit nicht gleich nach Hause. Es war ohnehin nur ein karges Zimmer im Bauarbeiter-Wohnheim. Niemand kannte mich dort, niemand wartete auf mich. So ging ich ins Zentrum, fand ein Café am Alten Markt und bestellte Kaffee und Cognac. Ich wollte entspannen und die Eindrücke meines ersten Arbeitstages reflektieren.

„Cognac?" fragte die Kellnerin ungläubig, als wollte ich sie verarschen, „haben wir nicht."

„Was haben Sie denn?"

„Na, Weinbrand", kommt es spitz aus ihrem Mund. Jeder DDR-Bürger wußte, daß es Cognac höchstens in der Palast-Hotel-Klasse und im Intershop gab.

Der zweite Weinbrand löste meine Verspannungen. Ich fühlte mich heiterer und fand, daß der Tag gar nicht so schlecht gelaufen war. Jedenfalls nicht schwieriger als erwartet. Sie hatten mich mit freundlicher Distanziertheit aufgenommen, hatten keine Fragen gestellt, obwohl sie total neugierig auf mich waren. Nicht wo ich herkam, nicht warum ich gekommen war. Das blieb sehr lange so. Das war ungewöhnlich.

Ich war keine x-beliebige Neue, ich war in erster Linie eine „Andere". Das mußte ich erstmal akzeptieren, darauf hatte ich mich eingestellt. Mir war auch klar, daß meinem Kommen diffuse Informationen vorausgegangen waren: da kommt eine aus dem Westen, und daß diese Information alle weiteren Fragen offengelassen hatte. Ein äußerst undurchsichtiges Geschehen für Leute, die es gewöhnt waren, die Verhältnisse ihrer Kolleginnen fast so gut und selbstverständlich zu kennen wie die ihrer Familienmitglieder.

Wer übersiedelt schon vom Westen in die DDR! Eine Ost-West-Heirat wäre noch ein plausibler Grund gewesen, aber eine Single-Frau Anfang 40? Da mußte was dahinterstecken. Womit sie ja nicht im Unrecht waren.

Dennoch hatten sie sich freundlich um mich gekümmert, mir ausgiebig den Aufgabenbereich der Abteilung erläutert, mich in die Technik der Kameras eingeführt und geduldig die ersten Aufnahmen mit mir geprobt.

Nach der langen Zeit in sozialer Isolation hatte die Bereitschaft, alles positiv aufzunehmen, sich in meinem Innern ausgebreitet wie der fliegende Albatros seine Schwingen. Nichts wollte ich in Bezug setzen zu dem, was ich aus der BRD kannte. Ich wollte alles neu und aus dem neuen Zusammenhang heraus betrachten und verstehen.

Dann war ich aber doch überrascht, daß ich erschrocken war über den äußeren Eindruck der materiell-technischen Ausrüstung in der Photo-Abteilung: chemiezernagte Becken und Schalen, ausgetretene Fußböden, schäbige Möbel, der schmucklose Pausenraum. Ich schluckte und dachte: „Kann ich mich hier wohlfühlen?"

Sehr bald sollte ich feststellen, daß dieser erste Eindruck sich völlig auflöste, daß die äußere Glanzlosigkeit nichts anderes als die Geschichte einer langen, vertrauten Nutzbarkeit war. Mein Blick auf meine Umgebung wurde familiär und beziehungsreich, das ästhetische Bedürfnis richtete sich wie von selbst auf den inneren Wert und machte die

Betrachtung des Äußeren überflüssig. Als ich später an meinen ersten Eindruck dachte, konnte ich ihn nicht mehr nachempfinden.

Ich habe mich äußerst wohl gefühlt in unserer alten Photographie. Sie hatte etwas Anarchohaftes an sich, gegenüber der hochmodernen Scannerproduktion ein Stockwerk über uns, die das Hätschelkind der Betriebsleitung war. Eine moderne, elektronische Oase in der sonst bescheidenen Automatisierung. Wir waren mit unserem Sammelsurium an uralten mechanischen und neuen halbautomatischen Zweiraumkameras die „Freaks“ unter den Photographen, bei denen es öfter mal chaotisch zuging. Uns gefiel das. Wir waren „der Haufen da unten“, mit dem kein Staat zu machen und kein Wettbewerb zu gewinnen war. Zu uns kam nur selten der Meister und noch seltener der Abteilungsleiter. Wir benötigten sie einfach nicht. Wir kriegten unsere Aufträge und die Termine. Dazwischen regelten wir alles selbst. Selbst Renate, unsere Brigadeleiterin, war eigentlich überflüssig, aber sie gehörte nun mal zu unserem Biotop.

Außer einer relativ modernen, leistungsfähigen Import-Kamera für Offset war unsere Technik aus der DDR. Die Kameras waren robust, zweckmäßig und nicht sehr reparaturanfällig, dafür die Entwicklungsmaschinen umso mehr. Wenn die Entwicklungsmaschinen versagten, kam die Produktion aller Betriebszeitungen ins Stocken, für die wir u.a. täglich die Fotos reproduzierten. Die Maschinen waren unser Augapfel und dieser Umstand zwang uns zu einem kollektiven Liebesleben mit den zwei Betriebshandwerkern. Der eine war ein Schwätzer, der andere ein Säufer, aber sie verstanden was von ihrer Arbeit. Die Handwerker waren die Könige der DDR, im ganzen Land. Wolfgang und Willi, die zwei Experten, kamen zu jeder Kaffeepause und waren eine feste Größe bei jedem Geburtstags-, Einstands-, Ausstands-, Prämien- oder anders begründeten Umtrunk. Jeder von uns war mal dran, sich ihrer Stimmungen anzunehmen und Komplimente zu verteilen. So sicherten wir uns ihre Bereitschaft zur sofortigen Unterstützung, wenn es Probleme mit den Maschinen gab.

Über die Arbeit wuchs die Vertrautheit miteinander.

Ich hatte im Untergrund zum Fälschen und Herstellen von Dokumenten schon viel in dem Metier herumexperimentiert. Eigentlich brauchte ich nur noch zu lernen, wie Farbauszüge gemacht werden. Ich wurde sehr schnell selbständig in allen Arbeitsabläufen und machte meinen Facharbeiterabschluß.

In der BRD ist Arbeit etwas anderes als in der DDR. „Zeit ist Geld", sagt der Kapitalismus. In ihm ist meine Arbeitskraft eine käufliche Ware, die allein der Profitmaximierung dient. Ich, der Mensch, bin die Ware, und an mir ist nur wichtig, welchen Gewinn ich dem Arbeitgeber einbringe. Ist sein Profit nicht mehr gesichert, spiele ich keine Rolle mehr. Nicht mehr als Arbeitskraft und schon gar nicht als Mensch. Dann bin ich sozialer Ballast und habe keine Existenzberechtigung mehr. Dann hänge ich strampelnd im „sozialen Netz" oder falle da durch oder suche zu überleben im Schatten des Legalen, im Trüben der Gesellschaft, oder bin nutzlos und arm. Wer will das schon? Darum muß ich um meinen Arbeitsplatz kämpfen, muß besser sein als die anderen, die natürlich auch besser sein wollen. Die Konkurrenz treibt uns voran und regiert uns. Sie stellt uns gegeneinander und ist eine zuverlässige Barrikade gegen die Entwicklung freier, solidarischer Verhältnisse. Das ist die effizienteste Ausbeutung des Individuums und beruht auf der Ausschaltung verbindender zwischenmenschlicher Beziehungen.

„Zeit ist Leben", sagt der Sozialismus. Arbeitszeit ist Lebenszeit. Nahezu die Hälfte seines Lebens verbringt der Mensch auf seinem Arbeitsplatz und sie darf ihm nicht gestohlen werden, nicht getrennt werden von den Bedürfnissen, Problemen, Wünschen, Erfordernissen seines Gesamtlebens. Soziales Verhalten, soziale Beziehungen, Gesundheit, Kultur, Bildung, Geselligkeit sind elementare menschliche Bedürfnisse, die während der Arbeitszeit nicht ausgeschaltet werden dürfen. Die Arbeitskraft ist nicht vom Menschen zu trennen. Sie ist kein käuflicher Teil, keine Ware, sondern ein Wert, der als kollektives Vermögen zur Lösung gesamtgesellschaftlicher Anliegen eingesetzt werden muß.

Das ist die Philosophie des Sozialismus: Aufhebung der entfremdeten Arbeit. Aber wie so vieles ist auch dieser Prozeß in der Unreife der Verhältnisse, in der Abhängigkeit vom Weltmarkt und im schwachen sozialistischen Bewußtsein steckengeblieben, verkam unbegriffen zum berühmten „sozialistischen Schlendrian". Dennoch drückte sich dieser Ansatz zur Aufhebung der Trennung von Leben und Arbeit als neue soziale Qualität in den Beziehungen der Leute aus. Sie waren vom Prinzip her konkurrenzfrei und offen zueinander. Natürlich gab es auch Neid und Konkurrenz, aber als privater Ausdruck, nicht als fremder, objektiver Druck, dem die Menschen nicht entweichen können. Arbeit war Existenzsicherheit, gesellschaftliche Integration, Geselligkeit. Sie hatte einen zentralen moralischen Wert und das Ansehen im Kollektiv war nicht zuletzt davon abhängig, wie verantwortlich man mit der Arbeit und den gesetzten Zielen umging. Die Herabsetzung bzw. die Zurückweisung einer Kollegin lief immer zuerst über die Herabsetzung der Arbeitsleistung. Sie bestimmte auch die tatsächliche Position im Kollektiv, nicht die Qualifikation oder die gesellschaftliche Funktion.

Da war Schnuffi, unser Parteisekretär. Er war Arbeiter in der Beschichtungsabteilung, schüchtern, nicht redegewandt und völlig überfordert mit seiner Funktion. Das störte ihn nicht. Er war stolz auf sie und hingebungsvoller Anhänger der Partei. Schnuffi hatte gerade für seine fünfköpfige Familie eine blitzneue Vier-Zimmer-Wohnung im Neubaugebiet Gohlis bezogen, in dem es noch nichts gab, keine Straßen, keine Gestaltung, keine Geschäfte, nur die Straßenbahn. Und jeden Morgen um halb sechs stapfte er durch den Lehm zur Haltestelle. Wenn er von der Arbeit kam, trommelte er die Neueingezogenen zusammen und begann, Sträucher und Bäume zu pflanzen. Schnuffi ließ nichts auf die Partei kommen und nichts auf das Wohnungsbauprogramm.

Aber Schnuffi wurde nicht für voll genommen und nur mit Spott bedacht. Ich mochte ihn ganz gern. Ich habe einen Schutzinstinkt für ungelenke Menschen, an denen sich gerne die Gemeinschaft ergötzt. „Was habt ihr gegen ihn", fragte ich Rita, die ihre Funktion in der Gewerkschaft auch ernst nahm. „Ach, Schnuffi, der kann noch nicht mal richtig Platten beschichten", sagte sie. Was nicht stimmte, er konnte es so gut oder schlecht wie jeder andere. „Außerdem hat er uns verpetzt, weil wir in der Spätschicht manchmal Wein trinken." Aha! Schnuffi als Partei, mutterseelenallein, im Kampf um die Auslastung der Arbeitszeit.

Die Arbeit hatte in der DDR einen ethisch-moralischen Wert. Die Atmosphäre am Arbeitsplatz war kooperativ, entspannt, familiär bzw. von subjektiven Beziehungen zueinander bestimmt. Der Umgang miteinander, auch mit dem Meister, Abteilungsleiter usw., war hierarchiefrei und nicht autoritär.

Die Abschaffung entfremdeter Arbeit, die Aufhebung der Trennung von Arbeit und Leben war eine Kernforderung der revolutionären Linken in den sechziger und siebziger Jahren. Wir haben das in der Illegalität praktisch gelebt und auch in der DDR war diese Spaltung des Seins schon sehr weit aufgehoben. Ich habe das deutlich als gesellschaftliche Weiterentwicklung empfunden, aber für die DDR-Leute war das Normalzustand, dem sie keine besondere Qualität beimaßen.

Sie hatten eine starke Beziehung zu ihrer Arbeit und zu dem, was sie kollektiv geschaffen haben. So gesehen empfanden sie sich durchaus selbstbewußt als Produzenten. In Berlin traf ich zwei junge Männer, die mich angeheitert nach der Kaufhalle fragten. Ich wußte nicht, wo sie war, und der eine junge Kerl sagte: „Weeste, ick bin extra mit meinem Kumpel, der ist nämlich aus Leipzig, weeste, also ick bin extra mit ihm hieraus jeloofen, um ihm die Kaufhalle zu zeigen, die ick jebaut hab, icke selbst, und jetzt muß ick se ooch finden, meene Kaufhalle." Er war nicht der Architekt, er war Bauarbeiter.

Wir waren alle in der Gewerkschaft. Wer nicht in der Gewerkschaft gewesen wäre, wäre gesellschaftlich verwaist. Die Gewerkschaft war für alle sozialen Belange, Wünsche, Ausnahmefälle zuständig. Freilich standen ihre Aktivitäten nicht dem Programm der SED entgegen, aber sie hat in Problem- oder Konfliktfällen die Interessen der Werktätigen gegen die staatliche Leitung durchgesetzt.

Karin, die den Mischa heiratete, hatte das Parteibuch. Mischa, drei Jahre freiwillig bei der NVA gewesen, war Kandidat der Partei. Rita hätte auch gern den Mischa geheiratet, aber Karin war eben zielstrebiger gewesen. Rita war in der Partei und in der AGL. Sie war ein freundlicher, ausgeglichener Mensch, aber sie schwieg unentschieden, wenn es um politische Fragen und allgemein unbefriedigende Zustände ging. Sie faßte zuerst Vertrauen zu mir und einmal fragte ich sie: „Warum bist du eigentlich in der AGL und in der Partei, wenn du doch nichts vertrittst, wo's drauf ankommt?"

„Und warum erzählst du kaum was aus dem Westen?" konterte sie.

„Weil ihr alles, was ich zu drüben sage, mit miesen Beispielen von hier auslöscht. Ich hab es satt, gegen eure Vorstellung vom Konsumparadies anzureden. Sie ist ja unerschütterlich. Ihr wollt ja gar nichts hören, denkt doch nur an den Intershop."

„Nein, das stimmt nicht. Ich möcht ja auch nicht tauschen, nicht wirklich, aber ich möchte es gern selbst kennenlernen und erfahren." Ja, das hatte ich ihr voraus. Die Nichterfahrung von Kapitalismus machte die Leute unentschieden, ob sie den Sozialismus wollten oder nicht. Ein Verhängnis, das Folgen hatte.

Es waren noch viele andere gesellschaftliche Funktionen im Kollektiv verteilt: gewerkschaftliche wie Kinderkommission, Kulturkommission, Ferienkommission, Kassierung oder DSF, FDJ usw. Sie wurden untereinander verschoben, weil es eine monatliche Zulage, je nach Einordnung bis zu 70 Mark, für sie gab. Dies schien eine stillschweigende Übereinkunft in unserer Abteilung zu sein, die ich sehr lange nicht bemerkte. Das war später in Magdeburg anders. Da haben wir vorher diskutiert, wer sich für die jeweilige Funktion eignet oder nicht, und dann haben wir gewählt.

Die gesellschaftliche Funktion hat zunächst überhaupt nichts über das politische Bewußtsein ausgesagt. Leider nicht. Auch das Parteibuch nicht. Aus Mischa wurde ich auch nicht schlau. Er trug selbstredend bei jeder Demonstration die Fahne und war eine feste Größe bei jeder Friedens-

und Extraschicht. Immer zuverlässig, hilfreich, fachlich kompetent und intelligent. Der nette Junge, den Jungen und Mädchen gern zum Freund hätten, der junge Typ Facharbeiter, den die Partei suchte, dem sich die politische Zukunft fast wie von selbst ebnete, sofern er sich nicht bewußt entzog, um einen anderen Weg zu gehen. Wenn aber Max, der alte Faschist, vom Leder zog, und das tat er bei allen sich bietenden Gelegenheiten, dann sagte Mischa auch nur: „Ach, Max, reg dich doch nicht auf." Er hockte in jeder Spätschicht mit Max zusammen, und ich wunderte mich, wie das zusammenpaßte, denn Max war ein hinterhältiger Intrigant, ein biedermännischer Hetzer und Sozialismushasser, aber ein feiger, der nach oben beflissen servil war und hernach Großmäuligkeit ausspuckte. Ein dickbäuchiger Stammtischbruder übelster Sorte. Ich konnte ihn nicht aussstehen und er mich nicht. Aber Mischa und Rita verstanden sich ausgezeichnet mit Max und kungelten dieses und jenes mit ihm aus. Mischa war Kandidat, ich habe nichts davon gemerkt, daß er auch Kommunist war.

Thomas kommt als Lehrling zu uns. Sein Vater ist hoher Funktionär bei der Bezirks-Staatssicherheit. Niemanden interessiert das. Viel interessanter ist sein Punk: Ausgefallene Klamotten, die er sich selber näht, schöne gestylte Haare, nachdrückliches Beharren auf seiner Individualität. Thomas' politisches Interesse geht über die Erfüllung des Volkswirtschaftsplanes hinaus. Wenn nicht viel zu tun ist, hockt er in der Dunkelkammer und liest. Wir diskutieren über die Entwicklung in Polen und er ist ausgezeichnet informiert über die gemeinsame Rolle des Vatikans und der CIA zur Unterstützung der Solidarnosc. Er ist achtzehn, steht auf Phil Collins und Grönemeyer und macht sich leidenschaftliche Sorgen um den Kommunismus. Ich bringe ihm ein Buch von Plechanow mit. Plechanow gibt es in der DDR nicht. Ich hatte es im Gepäck gehabt. „Wenn das mein Alter sieht", sagt er.

Chaled stammt aus Ramallah. In den besetzten Gebieten hatte die Intifada begonnen und in seiner Heimatstadt toben heftige Kämpfe. Den ganzen Tag läuft das Radio. Er will keine Information verpassen. Er ist nahe dran, seine Ausbildung hinzuschmeißen, um ins Kampfgebiet zu gehen. Wir verstehen uns auf Anhieb. Er leidet auch ein bißchen unter der für uns unpolitischen Gewöhnlichkeit des Arbeitsalltags. Chaled hat eine hohe Achtung vor der Politik der DDR und ihrer Solidarität. Das entspricht seiner Erfahrung als ausländischer Bürger. „Aber die Partei wird nicht richtig respektiert“, sagt er. „Das ist in der SU ganz anders, dort hat sie eine starke Autorität.“ Sein Bruder studiert in Kiew.

Chaled fängt auf dem Betriebsfest eine Schlägerei mit Wolf an. Der hat einen Ausreiseantrag laufen und weil das immer sehr lange geht, haben sich alle daran gewöhnt und ihre anfängliche Befangenheit, Ablehnung, Unsicherheit oder heimliche Bewunderung im täglichen Umgang wieder vergessen. Nur Chaled läßt keine Gelegenheit aus, ihm seine Verachtung zu zeigen. Nach ein paar Schnäpsen ruft er ihm „Demark-Herzchen“ und „Verräter“ zu. Es droht ein „politisches Vorkommnis“, worauf keiner Lust hat. Die Berichte! Wir trennen die beiden und müssen Chaled den Rest des Abends in Schach halten.

Wolf ist der typische Wirtschaftsflüchtling. Seine Gespräche laufen alle auf verächtliche Hinweise hinaus, was es alles in der DDR nicht gibt. Er hat gerade seinen Trabi bekommen, auf den er mehr als zehn Jahre gewartet hatte. Jetzt rast er wie ein Verfolgter mit höchster Drehzahl durch die Straßen und bremst nur mit quietschenden Reifen. An dem „Scheißtrabi“ soll nichts mehr zu gebrauchen sein, wenn er rübergeht. Am liebsten würde er die ganze DDR kurz und klein machen. Die BRD, das ist Freiheit. Freiheit ist, in Läden zu gehen und zu kaufen, was er haben will. Ihm ist nicht zu helfen, er soll gehen.

Wolf war der einzige, den ich getroffen habe, der die DDR wirklich zum Teufel wünschte. So manche kokettierten mit dem Westen, aber er war ihnen nicht geheuer, und seine Verlockungen waren die Verlockungen des Lasters, das wohl süß, aber am Ende nicht kalkulierbar war. Selbst Max, der alte Faschist, sagte, als ich ihm genüßlich die Lieblingsparole der Antikommunisten aus der BRD „Dann geh doch nach drüben“ zuwarf: „Ach, nö, hier hab ich doch alles: meinen Betrieb, meine Familie, meine Arbeit, meinen Garten, meine Wohnung…“ Aus eben dieser Sicherheit heraus konnte er über alles, was DDR war, herziehen. Vor allem die Schokolade! Die Schokolade und der Kakao aus der DDR waren das Letzte! Ich kann nichts dafür, aber mir hat auch die Schokolade aus der DDR geschmeckt.

Veronika, unsere FDJ-Sekretärin, ist Lithographin. Sie kommt nach der Schicht herunter und wir beide entwickeln eine Unmenge der schönsten Che-Guevara-Fotos. Sie will sie zum zentralen FDJ-Treffen in Berlin mitnehmen. Wir diskutieren über den Guerillakampf. „Er war ein politischer Abenteurer“, sagt die gestrenge Partei aus ihr.

„Aha“, sage ich, „und warum entwickeln wir hier einen Haufen Fotos von ihm und nicht von Ernst Thälmann?“

„Trotzdem“, beharrt sie, „objektiv war sein Kampf falsch.“ Objektiv, das sind in der DDR immer die Beschlüsse der Partei. Aber die Begeisterung verbindet sich auch in der DDR lieber mit revolutionären Außenseitern. Über Tamara Bunke wird deshalb nicht offiziell gesprochen. Über mich schweige ich selbstverständlich auch.

Veronika hat, mangels anderer Kandidaten, Jochen zum FDJler des Monats auserkoren. Sein Bild und ein kleiner Artikel erscheinen in der Betriebszeitung. Jochen ist der Sohn von Konrad und Lehrling bei uns. Konrad ist Abteilungsleiter der gesamten Photographie, zeigt sich aber selten bei uns unten. Sein Sohn ist so ungewöhnlich, daß mein Beschützerinstinkt geweckt ist. Der achtzehnjährige Jochen ist von angreifbarer Bereitwilligkeit, Gutherzigkeit. Er öffnet jeder und jedem die Tür, trägt die Taschen, gibt seinen Stuhl her, stellt sich immer hintenan und gibt seinen Platz in der Warteschlange ab, springt für jeden ein und auf, ist allem und allen positiv zugewandt, ist tief christlich (seine Familie gehört zur adventistischen Religionsgemeinschaft). Jochen lächelt bei schlechten Witzen, raucht nicht, trinkt nicht, ißt, was auf den Tisch kommt, ist nie zornig, meckert nie, arbeitet doppelt soviel wie andere, erforscht und probiert Neuerungen. Er scheint ein Engel zu sein. Ein intelligenter dazu, mit freiem Blick aus großen blauen Augen. Er hat es nicht leicht, er wird belächelt, ungerecht verspottet. Über seine Wißbegierde und Experimentierfreude vergißt er manchmal seine Tagesarbeit, dann gibt es Grund, ihn anzumachen. Sie bemühen sich, ihn nicht ernst zu nehmen, aber das ist nicht ehrlich. Es ist auch Neid, Verwunderung darin versteckt. Ich achte auf Jochen. Es fasziniert mich, wie vollkommen ungeschützt und unberechnend er sich ausliefert. Ich nehme ihn ernst, das spürt er, das ist meine Hilfe für ihn.

Nun ist er FDJler des Monats, der Träumer, der Streber nach dem Guten und Besten, der kleine unbewußte Jesus.

„Warum Jochen", frage ich Veronika, „er ist doch völlig unpolitisch."

„Das ist doch egal", sagt sie, „er ist so schön positiv, und unser Motto ist doch: Jeden erreichen, keinen zurücklassen. Bestimmt können wir ihn noch agitieren."

Ich hoffe, es ist ihnen nicht gelungen. Er benötigte keine Ideologie zur Entwicklung seiner sozialen Kräfte. Er hatte alles überreich in sich.

Während meiner Ausbildung zur Facharbeiterin gab es natürlich auch Staatsbürgerkunde. Mein Stabü-Lehrer war überzeugter Marxist-Leninist, so mein Eindruck. Er ließ mich nur eine Arbeit schreiben, dann sagte er: „Du brauchst nicht mehr zum Unterricht zu kommen, du weißt ja mehr als ich." Da staunte ich, mein Wissen über marxistische Theorie war wirklich nicht sehr ausladend. Ein Jahr später sah ich ihn im Blaumann in der Kantine sitzen. Er war in die Produktion versetzt worden, nachdem er einen Ausreiseantrag gestellt hatte. Seine Tochter hatte illegal das Land verlassen. Er hatte sie alleinerziehend großgezogen. Nun wollte er zu ihr, nachdem er ein Jahr lang versucht hatte, sie zu vergessen. Das verstand wirklich jeder, auch der Parteisekretär, aber die Überlegenheit des Sozialismus über den Kapitalismus konnte er nun weiß Gott nicht mehr unbefangen lehren.

Monika und Renate schaffen zusammen an einer Kamera. Sie sind typische DDR-Frauen: qualifiziert, verheiratet, ein Kind, doppelt belastet, sie arbeiten verkürzt, um ihre Töchter um ein Uhr aus der Schule zu holen. Lange sind sie sehr skeptisch mir gegenüber, und ich fühle mich befangen in ihrer kühlen Nähe. Später lerne ich Renate etwas besser kennen und stelle fest, daß die Zurückhaltung in ihrer Natur liegt und nur wenig mit mir zu tun hat. Sie hätte gern meine Freundschaft gewonnen und ich die ihre, aber ich fühlte mich noch viel zu unsicher für Genauigkeit und Offenheit, wußte noch zu wenig vom DDR-Leben, um Verhaltens- und Ausdrucksweisen richtig zu deuten, einschätzen und einordnen zu können. So hielt ich lieber eine künstliche Distanz aufrecht.

Das war in den dreieinhalb Jahren in Dresden mein bestimmendes Verhältnis zu den Leuten, mit denen ich täglich zusammen kam: diese freundliche Distanz zur einzelnen Person, als Schutz vor allzu großem Interesse, und eine allgemeine aufgeschlossene Aktivität im Kollektiv. Letzteres ist mir natürlich, aber ersteres war kontrollierte Gestaltung. Gegenüber Männern klappt das vorzüglich, Frauen, wenn die Konkurrenz nicht zwischen ihnen steht, suchen Vertrautheit, Solidarität, Nähe zueinander. Das konnte ich nicht in Anspruch nehmen und habe es oft genug bitter vermißt. Denn immerhin war ich in dieser Hinsicht von meinem Leben im Untergrund verwöhnt.

Endlich habe ich eine eigene Wohnung. Sie ist schrecklich klein, wenn ich nicht allein in ihr bin. Ein Zimmer, Küche, Bad. Sie kostet 36 Mark. 36 Mark für 34 Quadratmeter! Ich verdiene jetzt achthundert Mark. Mir gegenüber wohnt eine geschwätzige, boshafte Witwe. Ich versuche, ihr aus dem Weg zu gehen, aber sie lauert mir auf und schwätzt mich verrückt mit ihrer Neugier. Sie hat mit allen Streit und will sich mit mir verbünden, bevor es die anderen vielleicht tun. Sie ist aufdringlich wie eine durstige Mücke. Ich bin zu nachgiebig und denke über einen rabiateren Befreiungsschlag nach. Sie ist kein netter Mensch, sie ist eine Plage. Dann kommt mich Halim öfter besuchen, ein schöner, großer irakischer Mann. Sie sieht ihn abends kommen und morgens gehen, ab da will sie nichts mehr mit mir zu tun haben. Ab da habe ich Ruhe.

Um Punkt sechs steige ich jeden Morgen in die Straßenbahn vor meinem Wohnblock. Sie hat erst zwei Stationen hinter sich und ist schon proppe voll. Prohlis ist ein Neubauviertel mit etwa 17.000 Bewohnern, viel zu wenigen Kaufhallen und viel zu wenigen Straßenbahnlinien.

Die dreiviertel Stunde Fahrt kostet 15 Pfennige. So wenig, daß die Leute das Schwarzfahren unanständig finden. Wenn sie in die Straßenbahn einsteigen, halten sie ihre Monatskarte kurz hoch. Wenn sie eingezwängt in der Mitte stehen und keine Monatskarte haben, geben sie ihren Fahrschein von einer Person zur nächsten, und wer dem Entwerter am nächsten steht, der entwertet ihn und der Fahrschein wandert auf demselben Weg wieder zurück. Wer keinen hat, fragt seine Mitfahrer. Ich bin manchmal schwarzgefahren, aus reiner Vergeßlichkeit, mit schlechtem Gewissen. In der BRD bin ich aus reinem Protest gegen die hohen Fahrpreise nur schwarzgefahren. In der Illegalität mußte ich aus Vorsicht natürlich immer einen Fahrschein haben.

Wer zu spät zur Arbeit kommt, entschuldigt sich: „Die Straßenbahn ...“ Sie ist die glaubwürdigste, obgleich die alltäglichste aller Erklärungen, denn jeder weiß: Unser öffentliches Verkehrswesen ist abenteuerlich und unberechenbar.

Nach etwa einem halben Jahr Dresden bin ich zu einem Auto gekommen. Ich hatte für vieles noch nicht das richtige Gefühl und mit dem Besitz eines Ladas hatte ich mich über meine Mitmenschen erhoben, ganz ohne Absicht. Ich konnte noch nicht wissen, daß der Lada in der DDR so etwas wie die Mercedes-SL-Klasse in der BRD war. Nach meinen Nochwestmaßstäben war das ein bescheidenes durchschnittliches Auto.

„Du mit deinem dicken Lada“, hörte ich sie dann öfters sagen, und das war genauso, wie ich früher „der mit dem dicken Mercedes“ gesagt hatte. Etwas proletarische Verachtung, etwas spießbürgerlicher Neid. Langsam kriegte ich das Gefühl, mich für das Auto entschuldigen, es erklären zu müssen, und versuchte, den Blick darauf zu entschärfen. Ich sozialisierte es, wo immer sich Gelegenheit dazu bot.

Jedenfalls tauschte ich nach einer Zeit den Wagen gegen einen kleineren. Zum Trabi allerdings konnte ich keinerlei Zuneigung entwickeln. Ich blieb bei meiner Meinung: Die Entwicklungsingenieure haben allesamt die Prügelstrafe verdient.

Dann errege ich die Aufmerksamkeit meines Parteisekretärs: „Du liest immer das *ND* und die *Einheit.* Willst du nicht in die Partei eintreten?“

„Das reicht?“ frage ich. „Ich will doch nur wissen, wie die Partei Probleme sieht. Aber die kommen gedruckt ja gar nicht vor.“

„Warum auch, die kennen doch eh alle. Es ist wichtig, die positiven Seiten und Beispiele zu verbreiten.“

Das *ND* ist ein tägliches Ärgernis. Einmal, weil es so großseitig ist, daß ich es in der Straßenbahn nicht lesen kann, ohne den Kopf der vor mir sitzenden Person zu bedecken. Zum anderen, weil die Suche nach Informationen zwischen den Zeilen selten erfolgreich und daher frustrierend ist. Ich erfahre im *ND*, wer mit welcher Funktion wo gerade hingefahren ist und sich mit wem gerade in brüderlichem Einverständnis ausgetauscht hat. Worüber? Dazu finde ich nichts. Von einem Treffen der Generalsekretäre aller ost- und westeuropäischen kommunistischen Parteien, zwei Spalten je vierzig Zeilen lang, erfahre ich nicht mehr als deren Namen und daß es stattgefunden hat. Kein Inhalt, keine Analyse. Die Redaktion ist nicht bei Trost oder unverschämt. Den innenpolitischen Teil überblättere ich gleich, er ist eigentlich auch gar nicht da. In der DDR gibt es ja keine Innenpolitik. Es gibt nur den gemeinsamen Kampf für die Erfüllung des Volkswirtschaftsplanes und den gemeinsamen Kampf um die Durchsetzung der Beschlüsse der Partei. Das ist im Grunde beides dasselbe. Im nichtvorhandenen innenpolitischen Teil treten die positiven Menschen und Zustände aus ihrem problembehafteten Alltag und verlangen die Überzeugung des guten Beispiels. Das ist rührend bis kitschig, vor allem aber falsch. Vielleicht noch als pädagogisches Konzept für die Kinderkrippe geeignet. Die Leute in der DDR sind aufgeklärt, sie wollen ernstgenommen werden, wollen, daß über

Verantwortlichkeit (auch ihre eigene) und Realität geredet wird. Trotzdem war ich in der DDR nicht schlechter informiert. Anders, gewiß, und ich mußte mich mehr kümmern.

Wenn ich in Berlin war, ging ich als erstes in die Rathauspassage am Alex und kaufte alle Zeitungen und Periodika, die ich in der Provinz (die Dresdener mögen mir verzeihen) nicht bekam: *Granma* (Cuba), *Prisma* (Lateinamerika), *Herald Tribune, L'Humanité, Morning Star* etc ... Ich fand, die Leute in der DDR waren besser und richtiger über die Welt (wenn ich mal die BRD aus der Welt lasse) informiert als die bundesrepublikanischen. Oder könnte eine Arbeiterin von Siemens mir etwas über die Eremitage in Leningrad erzählen? Wüßte sie, wer Mandela, wer Daniel Ortega ist? Weiß ein Handwerker aus Peine etwas über die Entwicklung in Vietnam? Wenn es ungewöhnlicherweise doch der Fall wäre, hätte es gewiß nichts mit den Tatsachen, sondern mit den Geschichten der *Bild-Zeitung* zu tun.

Hingegen wußte natürlich auch kein gewöhnlicher DDR-Mensch etwas über den Diskussionsstand in der feministischen Bewegung oder über die aktuellen Diskursthemen der westlichen Intelligenz- und Kulturschicht. Allerdings: Wer außerhalb dieser Schicht wußte sonst schon davon?

Ich lebe hier im Gefängnis mit Frauen zusammen, durchschnittlich intelligenten Frauen, die wissen nicht, wer der Bundeskanzler ist. Undenkbar sowas in der DDR. Die bessere, im Sinne von richtigere, Informiertheit der DDR-Gesellschaft hat natürlich mit der Kollektivität in der DDR zu tun. Kollektivität ist menschliche Kommunikation.

Im Westen kommen die Leute außer am Stammtisch kaum noch zusammen. Die Vereinzelung und Individualisierung ihres Arbeits- und Lebensstils macht die Kommunikation und die Diskussion mit mehreren Menschen zur Ausnahme. In der DDR war die kollektive Kommunikation das Übliche. Jede Nachricht, jede Neuheit wurde verbreitet, begutachtet, hin und her gewendet, ausgebaut und bekam ihre Wertbestimmung zwischen wichtig und unwichtig, richtig und falsch.

Nach der Spätschicht fahre ich zu Ruth. Sie ist natürlich betrunken. Ich weiß nicht, warum ich wieder und wieder zu ihr fahre, obgleich ich sie stets im selben Zustand vorfinde, der mich ekelt. Ich will nicht akzeptieren, daß die Sucht sich einfach einen Menschen schnappt und ihn zur Kreatur macht. Sie mag die DDR nicht, das ganze Leben mag sie nicht. Ihre Wohnung sieht genau so aus. Trostlos. Ich will, daß sie die DDR liebgewinnt und auch das Leben. Durch mich.

Dann wacht sie auf, nach langem Kampf mit dem Alkohol, und zeigt mir die schönsten Ecken von dem kleinen Land. Das Bilatal, die sächsische Schweiz, die uralten Kiefern der Boddenlandschaften im Norden, den einsamen melancholischen Darß, und an der Stubbenkammer stellen wir Caspar David Friedrichs Gemälde der Kreidefelsen photographisch nach. Hiddensee im Novembersturm, als alle Bäume, Sträucher und Menschen dem jagenden Wind vom Meer nur in Schräglage standhalten.

Die tiefgrünen mecklenburgischen Wälder, in denen wir uns verlaufen und nächtigen müssen, die ruhigen freien Seen mit ihren Mücken, Fröschen und leisen Wellen, von keiner Touristikindustrie belästigt, von keinen Nobelvillen und Privatgeländen verstellt. Es ist *unser aller* Land. Keine Frage. Wir fahren immer drauf los. Im durchorganisierten FDGB-Ferienland durchaus ein Abenteuer. Die DDR hat erst-, zweit- und drittklassige Ferienheime, aber die Jugendherbergen sind immer große Klasse. Manchmal schlafen wir eben auch im Auto.

Ruth geht nicht los ohne ihr Fernglas. Sie steigt den Tieren und Vögeln nach, lauscht, guckt und staunt, bis sie sich davonmachen. Sie vergißt sogar mich, ist plötzlich verschwunden, und ich weiß nicht, wo sie abgeblieben ist. Wir streifen durch die Lande und fühlen uns überall zu Hause. Der Schnaps hatte sie fast schon zerstört, jetzt ist sie eine Frau mit Persönlichkeit, mit entfalteten Interessen ... Entpuppung aus einem dunklen Kokon. Sie steuert direkt auf jemanden zu, wenn sie etwas möchte, unvermittelt und laut. Mir ist das peinlich, ich bin zurückhaltend, warte auf günstige Gelegenheiten, Atmosphären ... Sie ist unberechenbar, elementar und rückhaltlos in ihren Bedürfnissen und Forderungen. Unverschämt und unvernünftig wie ein Kind. Beansprucht alles für sich. Sie übernimmt keine Verantwortung, dafür bin ich da. Sie ist vollkommen unpolitisch. Die Welt bin ich.

Ich kann ihr meine Vergangenheit nicht zumuten. Sie ist nicht fähig, damit umzugehen, und wird sie als Pfand gegen mich verwenden, wenn sie sich verlassen glaubt. „Die Frau ist nichts für dich", sagen die Genossen aus Berlin. „Was lädst du dir da auf?"

„Ich weiß, ich weiß", sage ich.

Wir sind auf Rügen, auf diesem mit weichen Hügeln bedeckten Zipfel, der wie ein tastender Finger in den Greifswalder Bodden hineinfühlt. Ein warmer, farbenglühender Herbst hat uns eingeladen. Die Insel ist nahezu frei von Urlaubern und breitet sich hingebungsvoll und schön vor uns aus. Wer Rügen kennt, versteht, wovon ich rede.

Wir schnuppern. In der Luft hängt Räucherduft und zarter Seegeruch. Wir sehen das Lotsenboot im kleinen Tissower Hafen liegen. Auf dem Bootssteg steht eine Räuchertonne, die drei zum Boot gehörenden Männer stehen und sitzen drumherum. Ungeniert tritt Ruth auf sie zu, schaut sich die im Tonnenofen hängenden Fische an und wundert sich laut, daß es Forellen sind. Die Männer laden uns ein, mit ihnen zu essen und zu trinken. Es sind zwei Ingenieure und der Lotse. Sie erzählen uns, daß der Greifswalder Bodden halb See- und halb Brackwasser hat und für die Forellenzucht geeignet ist. Gerade waren in einer Zuchtanlage die Netze gerissen und zwanzigtausend Tonnen Forellen hatten das Weite gesucht. Eine ansehnlich große Schüssel voll steht nun frisch geräuchert auf dem Tisch in der Kajüte. Wir trinken Bier und später Wein dazu. Die Männer zeigen uns ihr Schiff. Es ist klein, aber hochseetüchtig und steckt voll modernster Technik, worauf sie enorm stolz sind und behaupten, kein Lotsenboot in der DDR sei besser ausgerüstet als das ihre …

„Dies ist ein amerikanischer Computer. Er ist teurer als das ganze Schiff", sagt Heiner. Sie haben sich gleich mit Vornamen bekanntgemacht. „Wann können wir sowas endlich selbst entwickeln? Die Kosten, so ein Gerät hinter dem Rücken der Cocom-Liste zu kriegen, sind eigentlich nicht mehr akzeptabel."

„Warum können wir nicht einfach so ein Gerät auseinanderbauen, analysieren und nachbauen?" frage ich.

„Schön wär's", sagen sie, „aber das geht nicht. Wenn wir die Chips analysieren wollten, würden sie sich selbst zerstören. Die amerikanischen Hersteller haben diesen Selbstzerstörungsmechanismus mit eingebaut."

Wir essen, trinken, diskutieren, bis die Nacht herangedunkelt ist. Wir reden miteinander nicht, wie Fremde es tun, sondern wie alte Bekannte oder Kollegen mit gemeinsamen Problemen und gemeinsamen Vorlieben. Es ist die DDR, die uns verbindet. Wir freuen, grämen, wundern und ärgern uns über sie. Das hat sie verdient, auch den Spott und die Achtung, die wir im ständigen Wechsel über sie ausschütten.

Halim sagte mir mal: „Wenn die arabischen Männer zusammenkommen, reden sie über Frauen oder Politik, wenn zwei Westdeutsche zusammenkommen geht es um Essen und Geld." Ich füge hinzu: „Wenn zwei DDR-Menschen zusammenkommen, reden sie über die Arbeit und die DDR." Die DDR ist wie ein großes Projekt, an dem sich alle zu schaffen machen. Positiv oder negativ.

Als wir das Schiff verlassen, weht eine zartkühle, mitternächtlich frische Brise vom Bodden. Ich habe das glückliche Gefühl, daß alle sozialistischen Menschen Schwestern und Brüder sind und Rügens Schönheit ewig und unverkäuflich ist. Ja, ich bin ziemlich berauscht und der Boden unter mir schwankt, als tanze noch das Meer unter mir. Auch wenn ich es schon vorher wußte, hat dann der Einzug schlechter Geschichte gezeigt, daß nichts ewig ist, und der Kapitalismus, daß nichts unverkäuflich ist.

Meine alltäglichen Grundversorgungen wie Essen, Wohnen, Kleiden usw. gingen früher im Untergrund recht flüchtig, spontan und planlos vor sich. Sie liefen allgemein unbeachtet, so nebenher ab, waren in der Regel von Notwendigkeit und Zweckmäßigkeit bestimmt. Mobilität und Mimikry widersprachen jeder Besitzanhäufung und allen unabänderlichen Vorlieben. Was in der Illegalität Sinn hatte, konnte ich als Gewohnheit, als Stil auch in der DDR, im Land der großen sozialistischen Planung, nicht ablegen. Obwohl ich mit meiner privaten Planlosigkeit immer wieder auf die Nase fiel.

Christa kommt aufgeräumt aus der Pause zurück. „Kinder, ich war auf Nahrungssuche und was finde ich? Frottee-Tücher!“ Sie legt einen Stapel der erworbenen Handtücher auf den Tisch. „Wer geht noch mal und holt für alle?“ Es wird eine Liste gemacht, wieviele jeder will. Ich sage: „Für mich nicht, ich brauche jetzt keine.“ Alle gucken mich verwundert an: „Na und?“

Dem System ist einfach nicht beizukommen: Wenn es etwas gibt, rennen alle hin und kaufen es in Mengen. Egal, ob sie es grad brauchen oder nicht. In kürzester Zeit ist die Ware wieder aus allen Regalen der Stadt verschwunden. Wenn ich etwas brauche, gehe ich los und suche danach bis zur Entnervung. Ohne Erfolg.

„Siehst du“, sagen dann die Kollegen. „Du mußt kaufen, wenn es da ist, nicht wenn du es benötigst.“ Dem habe ich mich aber bis zuletzt widersetzt. Auch wenn es mich manchmal viel Zeit gekostet hat. Es war auch eine geheime Weigerung, die Tatsache anzuerkennen, daß es nach vierzig Jahren Planwirtschaft noch nicht möglich war, z.B. einen Bohrer Nr. 3 zu kaufen, wenn ich ihn brauchte, sondern das ganze Land offensichtlich in einer geheimen Verschwörung gegen mich zur selben Zeit und über Monate hin mir nur den Bohrer Nr. 5 anbot. Oder daß ich Wollsocken eben nur im Sommer kriegte und nicht wenn es kalt war.

Das Einkaufen war für die DDR-Leute ja oft eine frustrierende Plage. Aber die andere Seite war auch sehr bemerkenswert: Die unerwartete Überraschung und Befriedigung, wenn Langersehntes und Gesuchtes endlich und plötzlich zu finden war. Eine Entspannung und ein Genießen war da. Die tägliche Versorgung und die Befriedigung des Konsumreizes hat in der DDR einen großen Teil an Energie, Interesse und Zeit absorbiert, ohne daß der Konsum allerdings dieser konzentrierte, unlimitierte Lebensinhalt wie im Westen war.

Politische Mobilisierung heißt in der DDR: erhöhte Anstrengung bei der Erfüllung des Volkswirtschaftsplanes oder der Friedensschicht. Seit Tagen agitiert die Partei für eine Extra-Schicht für den Frieden. Nach dem Motto: Dein Arbeitsplatz, dein Kampfplatz für den Frieden. Wiederum nach dem Motto: Ist die sozialistische Wirtschaft stark, ist der Sozialismus stark, ein starker Sozialismus sichert den Frieden. Das versteht jeder. Wer kommt, tut das freiwillig, ins Gebet wird keiner genommen. Nur: Unser Filmmaterial ist knapp kontingentiert. Wenn wir eine Schicht mehr fahren, wird uns am Monatsende das Material für eine Schicht fehlen. Nun denken wir: Na gut, in Wolfen wird ja auch eine Friedensschicht gemacht und bei allen anderen Zulieferbetrieben auch, dann müßte auch überall mehr produziert und geliefert werden.

Es funktioniert aber nicht. Leider. Am Monatsende drükken wir uns dann mit Kaffeetrinken durch die Schicht. Wir haben kein Material mehr. Und der Frieden ist auch nicht sicherer. Aber die FDJ, die Partei und die Gewerkschaft rechnen „eine große gesellschaftliche Zustimmung zur Friedenspolitik des Sozialismus“ ab und sind zufrieden.

Ein „großer Erfolg“ sind auch immer die Subotniktage. Ein oder zwei im Jahr. Eine richtige kollektive Wühlerei allerorten. Damit es sich auch richtig lohnt, haben wir schon einige Wochen vorher angefangen, alles verwildern zu lassen.

Kollektive Einsätze für gesellschaftliche Ziele über die normale Arbeitszeit hinaus sind natürlich kein Zwang. Wer sich daran beteiligt, und das sind immer außerordentlich viele, tut das mit einer bestimmten Befriedigung und dem Verständnis, etwas Richtiges und Notwendiges zu tun. Ich habe daran nur auszusetzen, daß dieses Verständnis sich mit organisierten Höhepunkten zufrieden gibt und nicht weit genug in die alltägliche Praxis reicht. Das sozialistische Bewußtsein ist gesamtgesellschaftlich beileibe nicht reif in der DDR, aber es ist da. Ich kann es überall fühlen. Der Westen kennt keine Kollektivität, er verabscheut sie als potentiellen Hort von Subversion und Selbstorganisierung. Eine seiner gründlichsten und ersten Aktivitäten nach der Machtübernahme bestand darin, dieses noch unausgereifte Bewußtsein zu denunzieren, lächerlich zu machen oder einfach für nicht vorhanden zu erklären.

Wir sind eine kleine GST-Delegation aus verschiedenen Orten des Bezirkes Dresden. Die polnische Schwester-Organisation hat uns zu einem Freundschaftswettkampf eingeladen. Maria, unsere Delegationsleiterin, Ruth und ich besteigen in Dresden den Zug, nach und nach kommen Lohmann und Groter, die zwei LPG-Bauern aus Niesky, hinzu, Kallman, der Kraftwerksingenieur, Petra, die FDJ-Sekretärin, und Maike, die Ökonomin. Maria ist laut, herzlich, überschwenglich. Sie begrüßt uns alle mit einem Schnaps aus ihrem Reiseset. Alle kennen sie, und sie kennt alle. Maria hat Geschichte. In den fünfziger und sechziger Jahren war sie eine berühmte Fünfkämpferin in der DDR-Nationalmannschaft und hat Medaillen errungen. Dann stürzte sie vom Pferd und ihre Sportkarriere war beendet. Seitdem ist sie GST-Funktionärin. Beliebt und bekannt als stand- und trinkfeste Frohnatur mit den größten Erfahrungen und besten Beziehungen zu den Schwester-Gesellschaften in den anderen sozialistischen Staaten. Maria ist um die fünfzig, von gehöriger Fülle und temperamentvollem Aussehen und Auftreten. Sie ist direkt bis zur Derbheit, aber nicht unbedacht oder willentlich verletzend. Sie ist klug, sieht und erkennt schnell einen falschen Zug, eine versteckte Lüge, ein verborgenes Problem. Sie ist Kommunistin, das macht sie mir noch sympathischer.

Bevor wir die Grenze passieren, sagt sie: „Wehe, ihr meckert in Polen über das Essen oder sonstige Dürftigkeiten. Grund genug werdet ihr dazu reichlich finden, aber ich erwarte von euch Höflichkeit und Takt gegenüber unseren polnischen Freunden. Der Sozialismus ist schließlich auch bei uns nicht, was er sein sollte."

„Was denkst du denn von uns“, grinst Lohmann aus Niesky, „wir sind doch keine Bauern.“

Die Grenze ist so martialisch gesichert, als fürchteten die Polen immer noch einen Überfall vom westlichen Nachbarn. „Vor 1980 war das hier einfacher, viel freundschaftlicher. Aber seit den Aufständen der Solidarnosc in Polen ist sie wieder dichtgemacht und die Visa-Pflicht wieder eingeführt worden. Eine gegenseitige Abschottung aus Angst vor dem unkontrollierten Hin- und Herfluten staatsfeindlicher Elemente“, erklärt Maria.

Die weiten, wohlbestellten Agrarflächen der DDR haben wir hinter uns gelassen. Jetzt rollt der Zug bedächtig durch die polnische Landschaft. „Schaut euch das an“, sagt Groter kopfschüttelnd, „Kleinbäuerei wie vor hundert Jahren.“ Auf den kleinen Parzellen sehen wir die Familie vom Kind bis zu den Großeltern wirtschaften. Ein Pferd zieht mit dem Pflug die Furchen.

„Das ist die katholische Kirche, sie hält die Bauern in ihren alten Traditionen fest und verschließt sie gegen kollektive Bewirtschaftung. Sie bekämpft den Sozialismus. Darum produzieren die Bauern auch nur soviel, daß gerade ihre Sippe genug hat und ein kleiner Überschuß zu unerhört teuren Preisen in die Stadt getragen werden kann. So sind die Städte natürlich nicht satt zu kriegen. Die billigen staatlichen Läden sind leer und auf dem Markt gibt es schwindelerregende Preise. Wenn der Staat die Macht der Kirche nicht bricht, wird Polen immer ein rückständiges Land bleiben.“ Groter ist ein überzeugter Genossenschaftsbauer, welche Schwierigkeiten es auch immer in der LPG geben mag. Die grundsätzliche Vernünftigkeit von Kollektivwirtschaft wird von solchen Problemen nicht in Frage gestellt. Ich hab ihm erstaunt zugehört und freue mich heimlich. Mit solchen Leuten ist der Sozialismus noch nicht verloren. Da sitzt er mit seinen groben Kordhosen, dem gestärkten Hemd unter der biederen Strickweste, in der einen Hand den kleinen Schnapsbecher, in der anderen die Klappstulle, das rote Gesicht auf die vorbeiziehende Landschaft gerichtet, nachdenklich spricht er mit klarem Durchblick gegen die trüb-schmutzige Scheibe des Abteils.

Wir sind eine offizielle Delegation und bestimmt haben sich die polnischen Genossen bemüht, uns dementsprechend zu bewirten. Niemand verliert auch nur ein Wort der Unzufriedenheit oder Kritik, aber ich bin kraß überrascht, soviel Mangel und grelle Widersprüche vorzufinden. Im Hotel fallen die Türklinken heraus, die Gardinen von den Fenstern, die Toilettenspülung funktioniert nicht, Frühstück, Mittag- und Abendessen sind so armselig und knapp, daß wir nicht satt werden. Aber wir sind tapfer, es gibt schließlich größere Not. Gott sei Dank läßt sich der schlechte Zustand immer mit einem noch schlechteren vergleichen. Vom Sozialismus reden wir aber nicht mehr.

Einen Nachmittag verbringen wir im Stadtzentrum mit dem architektonisch wunderschönen Marktplatz. Kleine Textil- und Lederwarengeschäfte, elegant und sündhaft teuer wie westliche Boutiquen, daneben nahezu leere Regale in den Fleischer- und Lebensmittelläden. Wir suchen etwas zu essen, ein Pfirsich kostet 10 Mark, die Restaurants sind leer und bieten uns nur Kaffee. Ich trinke den schlechtesten Kaffee meines Lebens. Aber es ist mehr die Atmosphäre, die Summe aller kleinen Dinge: Gleichgültigkeit und Rückzug. Abweisung aller Verantwortung.

Den Wettkampf hatten die polnischen Schwestern und Brüder gewonnen. Weil aber im Sozialismus – auch im polnischen – niemand leer ausgehen soll und die Völkerfreundschaft so wichtig ist und Medaillen nun wirklich immer genug vorhanden sind, kriegten auch wir alle eine. Auf der Rückreise sagt Petra: „Wißt ihr was? Ich habe den Verdacht, daß wir nur nach Polen geschickt worden sind, damit wir unsere gute alte DDR schätzen lernen.“

An der GST will die BRD ja gerne die Durchmilitarisierung der DDR-Gesellschaft beweisen. Auch das ist grundfalsch. Nirgendwo ist mir so ein militaristischer, chauvinistischer Geist begegnet, wie er in jedem Schützenverein, jeder Korporation und schlagenden Verbindung von Kufstein bis Flensburg zu finden ist.

Dann, nach dreieinhalb Jahren Dresden, fährt Beate, die mich kennt und mich undurchsichtig findet, in die Bundesrepublik. Nachts steht sie gelangweilt auf einem Großbahnhof und wartet auf den Anschlußzug. Sie betrachtet müde die vielen Reklameschilder. Zwischen ihnen hängt ein großes Fahndungsplakat gesuchter Terroristen. Sie studiert es und ist plötzlich hellwach. In dem Foto der gesuchten Inge Viett erkennt sie die ihr gut bekannte Eva-Maria Sommer aus Dresden.

Als sie zurückkommt, ißt sie bei uns zu Abend. Sie sagt nichts, aber ich spüre ihre Blicke öfter und in gezwungener Unauffälligkeit auf meinem Gesicht und meinen Händen. Sie sucht die Narbe, die als besonderes Merkmal auf dem Fahndungsplakat ausgewiesen ist. Meine Beobachtungen sind undeutlich, vielleicht nur eine Projektion, denke ich, nachdem sie gegangen ist. Beate wartet ein paar Tage, dann erzählt sie es Ruth. „Damit du weißt, mit wem du es zu tun hast."

Mir ist sofort klar, was das bedeutet: Dresden vergessen, alles vergessen, was jetzt ist, verschwinden. Ich ringe um einen Entschluß. Soll ich die Situation vor dem MfS verheimlichen, einfach so tun, als wenn nichts wäre? Ich möchte es. Ich will nicht weg aus Dresden, ich fühle mich wohl, habe Wurzeln geschlagen im Betrieb, in der Stadt, privat. Jetzt bin ich gerade sicher geworden, freier, beweglicher und unabhängiger. Es ist verdammt schwer gewesen, mich einzuleben und Nähe zu entwickeln. Nein, es geht nicht! Ich habe mich verpflichtet, alles für meine Sicherheit und Geheimhaltung zu tun. Das ist eine politische Entscheidung. Ein Fehler kann unübersehbaren politischen Schaden für die DDR bedeuten. Ich weiß schon jetzt nicht mehr, wie viele bereits von meinem gefährlichen Geheimnis wissen. Ich kann mich nicht in ihre Hand begeben. So rufe ich in Berlin an und erkläre die Lage.

Ich muß tolle Geschichten erzählen, warum und wohin ich gehe. Niemand darf meine Spur verfolgen können, ich muß aus dem Kreis der mir liebgewordenen Menschen verschwinden und möglichst schnell mein Bild, die Erinnerung an mich zum Verlöschen bringen.

Es fällt mir unsagbar schwer. Es gibt Momente, in denen ich glaube, daß ich nicht noch einmal – zum wievielten Male nun schon? – von vorn anfangen kann, es emotional nicht mehr schaffe. Ich lebe immer intensiv, gehe oft verschwenderisch mit meinen körperlichen und seelischen Energien um, bin emotional schwerfällig. Verhältnisse, Beziehungen, die ich bewußt aufbaue und entwickle, gehen tief. Entsprechend schmerzhaft sind die Brüche.

Im Häusermeer von Berlin-Marzahn versuche ich, mich mit der Situation abzufinden. Es wird jedesmal schwerer und fast erliege ich der Furcht, daß mein Leben jetzt ein ewiges Provisorium sein wird. In der Illegalität waren immer nur die äußeren Bedingungen provisorisch gewesen. Die innere Stabilität und Energie waren nicht berührt von einem Wohnungswechsel, einer Ortsveränderung, einem Landeswechsel. Das gehörte zum Wesen der Illegalität und zerriß nicht die Beziehungen in der Gruppe und nicht das gemeinsame Handeln. Jetzt aber mußte ich jede Bindung und Verbindung durchschneiden, Gefühle und Sehnsüchte abtöten, Menschen aus meinem Leben streichen, als wäre ihr Auftauchen darin nur ein Versehen gewesen.

Ich bin ganz in die Abhängigkeit des MfS zurückgeworfen und muß ganz neu beginnen, um wieder selbständig zu werden.

Es dauert fast ein halbes Jahr, bis ich das verzweifelte Gefühl der Verlassenheit und Überforderung bezwungen habe. Wieder und wieder ermuntert von den Genossen: „Du mußt darüber hinwegkommen, du kannst neu anfangen." Irgendwann ist meine Lebensfreude und Lebensneugier auch wieder da und wir machen uns an die Arbeit für eine neue Legende für die neue Zukunft.

Diesmal sollte es Magdeburg sein. Lustlos, widerstrebend hatte ich akzeptiert. Es war nicht einfach gewesen, eine angemessene Arbeit für mich zu finden. Meine Voraussetzungen waren jetzt zwar besser, weil ich fähig war, als DDR-Bürgerin aufzutreten, aber: eine DDR-Bürgerin in meinem Alter, mit meiner Selbständigkeit, meinem Habitus und gesellschaftlichem Denken hat in der Regel eine zumindest mittlere Karriere in Beruf und Gesellschaft gemacht, hat studiert, hat Leitungsfunktionen. Nun hatte ich gerade auf dieser Ebene noch keine Ahnung von der DDR. Das staatliche und parteiliche Innenleben, die Mechanismen von Leitung und Funktion waren mir noch unbekannt.

Am Ende brachten wir doch alles zu einer schönen runden Legende zusammen: untere Leitungsebene mit einem Ökonomiestudium, zuvor mit Ehemann dessen elterlichen Familienbetrieb geführt. Nach Tod des Mannes nun eine Neuorientierung jenseits der Familienenge.

In dieser Geschichte war ganz wunderbar meine bisherige gesellschaftlich-politische Abstinenz aufgehoben. Nun mußte nur noch ein Arbeitsbereich für mich gefunden werden, in dem nicht gerade meine unzureichenden Kenntnisse über die sozialistische Ökonomie als erstes gefragt waren, sondern das, was ich wirklich einzusetzen hatte: Organisationsfreude, Gespür und Gelenkigkeit im Umgang mit Menschen und Beziehungen.

Ich war also in der Provinz gelandet. Immerhin war ich jetzt in einem riesigen Kombinat und dies schien mir größer und unübersichtlicher als die ganze Stadt Magdeburg. Auch nach drei Jahren war es mir nicht gelungen, alle Betriebsteile und Strukturen kennenzulernen, bei weitem nicht! Im VEB Schwermaschinenbau „Karl Liebknecht“ wurden Dieselmotoren und Industrieanlagen gebaut. Es war Arbeits- und Lebensbezug für 9.000 Menschen. Im Magdeburger Stammbetrieb für etwa 6.000. Auf dem Betriebsgelände habe ich mich in den ersten Monaten nur verlaufen.

Die Betriebe und besonders die Kombinate in der DDR

waren für alle oder doch fast alle Bedürfnisse der Beschäftigten und ihrer Familien zuständig: für eine umfassende Gesundheitsversorgung, für das soziale und kulturelle Leben, für die Aus- und Weiterbildung, für Wohnungsbeschaffung, für die Betreuung der Kinder, für die Bereitstellung von Urlaubsplätzen, für soziale Unterstützung, für die Betreuung der Rentner und manches mehr. Z.B. hatte der Bereich Sozialwesen einen jährlichen Kultur- und Sozialfonds von 12 Millionen Mark. Das war allein der betriebliche Anteil. Die Betriebsgewerkschaft wirtschaftete aus eigenen Fonds. Sie hatte übrigens Kontrollautorität über die sozialen Leistungen. Ohne Gewerkschaft lief gar nichts. Als gewerkschaftliche Vertrauensfrau hatte ich keine Interessenkonflikte mit meiner gleichzeitigen Funktion als staatliche Leiterin. Die gewerkschaftlichen Belange hatten Priorität. Wir fragten uns manchmal, wer eigentlich mehr zu sagen hatte im Betrieb, der Betriebsparteiorganisator oder der Betriebsgewerkschaftsleiter. Das wurde durchaus in jedem Konfliktfall neu entschieden. Nun sind ja generell gegeneinanderstehende Interessen in der DDR nicht durch Konfrontation, sondern durch Ausbalancierung gelöst worden. Das entsprach der Politik der einheitlichen Linie und dem grundsätzlichen sozialistischen Verständnis von kooperativer Gemeinsamkeit.

Nein, am Geld hat es nie gelegen, wir konnten Gelder mit vollen Händen ausgeben. Nie habe ich soviele gesellschaftliche Gelder in Belegschaftshänden gesehen. Die Entscheidungsfreiheit bei der Verwendung war enorm. In meinem Arbeitsbereich – Kinderferienaustausch, Kinderferienlager – verfügte ich über mehr als eine Million pro Jahr. Ich war nicht sehr selbstherrlich, aber ich hätte durchaus recht selbstherrlich mit manchen Summen umgehen können. Und das konnte fast jede Sachbearbeiterin im entsprechenden Arbeitsbereich.

Die staatliche Politik der „Einheit von Wirtschafts- und Sozialpolitik“ hat die Gewerkschaft und das betriebliche Sozialwesen mit großer ideologischer Autorität zur Durchsetzung ihrer Pläne ausgestattet. Manchmal packte ich mit heimlichem Vergnügen diese Autorität aus. Wenn mir die

Bauabteilung zum dritten Mal das Material für die Instandsetzung der Ferienlager verweigerte, weil sie hinten und vorne nicht mit ihren knappen Kontingenten zurechtkam und deshalb andere Prioritäten setzte, kam ich dem zuständigen Leiter zuguterletzt mit dem strengen Spruch: „Hast du nun die Politik der Partei zur Einheit von Wirtschafts- und Sozialpolitik mit unterschrieben oder nicht, Genosse?“ Also, meistens half das.

Kommandowirtschaft ist ein politischer Begriff, der nichts anderes klarmacht, als die Verachtung der Bourgeoisie für eine vernünftige Idee. Nämlich, der Wirtschaft ihren anarchischen, profitorientierten Selbstlauf-Charakter zu nehmen und sie den sozialen, kulturellen und gesellschaftlichen Bedürfnissen anzupassen. Diese Idee ist wirklich nicht sehr vollkommen in der DDR realisiert worden und dafür gibt es viele gute und schlechte Gründe. Ganz abgesehen davon, daß umwälzende Ideen ganze Epochen zum praktischen Reifen brauchen, da das Experimentieren und Erkennen einer Generation dazu nicht ausreicht.

Ein Plan ist ja kein Kommando. Er kann falsch, mangelhaft, unrealistisch oder was weiß ich alles sein. Seine Realisierung an der Basis war überhaupt nur möglich durch die Entwicklung und Mobilisierung von Beziehungen, Überzeugungen, Kontakten, Interaktionen. Dies war unsere tägliche Wirklichkeit, mit der wir unsere Verantwortlichkeiten und Aufgaben wahrnahmen. Ein Abenteuer, weil es eben gerade *nicht* möglich war, etwas anzuordnen, zu befehlen oder anzufordern. Das konnte man natürlich machen aufgrund der Leitungskompetenzen, aber damit funktionierte nichts. Man mußte sich immer mit den Leuten auseinandersetzen. Zusammenkommen, in Beziehung treten, die Interessen austauschen. Das ist spannend und menschlich, das Ergebnis meist offen. Kategorien wie ökonomisch-zeitlich uneffektiv passen hier überhaupt nicht hin. Sie sind aus einem anderen Lebensverständnis, in dem Lebensqualität nur noch mit Geld identifizierbar ist. Der Kapitalismus tötet die direkte Kommunikation zwischen den Menschen. Da wird durch die Maschine, durch die Technik kommuniziert. In der

DDR waren alle für alle Probleme zuständig. Ihre Regelung erforderte das ständige Miteinander.

Wenn die Gemüse-LPG mich anruft und nach Ferienplätzen für ihre Kinder fragt, diskutiere ich erstmal die Probleme der Frischgemüseversorgung in den Ferienlagern. Wir treffen uns, wir lernen uns kennen, wir verhandeln. Ich bekomme Gemüselieferungen fürs Ferienlager, sie bekommen ihre Plätze.

Ich teile mein Büro mit Steffi, Petra und Siegrid. Sie haben mich unfreundlich empfangen und wollen mir gleich zeigen, daß sie keine neue Chefin brauchen. Dabei bin ich bis oben voll mit Bereitschaft, alles gemeinsam anzupacken. Selbstverständlich übertrage ich mein Verständnis vom kollektiven Kampf auf meinen praktischen Alltag. Sie lassen mich glatt damit sitzen. Ich trage etwas Unkonventionelles in ihren bequemen sozialistischen Gang hinein. Das begucken sie mißtrauisch. Ich soll alles so machen, wie sie es immer gemacht haben und wie es immer recht und schlecht geklappt hat. Eifersüchtig wachen sie über ihre Beziehungen im Betrieb, ohne die ich nichts in Bewegung bringen kann. Besonders Petra. Schon viele Jahre im Betrieb, will sie mich nicht reinschauen lassen und ihre Kenntnisse nicht teilen. Sie dreht die Dinge nach ihrem Belieben und ihren Interessen. Sie ist schlau, korrupt, wendig und nimmt alle Vorteile wahr. Sie ist an keiner Veränderung interessiert, dies würde nur ihr System durcheinanderbringen. Sie lebt im und vom Betrieb wie die Made im Speck.

Mein Schreibtisch wackelt und zieht Fäden an meiner Hose. Sie haben mir den ältesten und kleinsten hingerückt. Ich sage nichts. Wieso sollte ihn auch jemand anders bekommen, ich wollte schließlich keine Chefin sein. Auf meine Fragen schieben sie mir in den ersten Tagen immer nur einen Stoß Aktenordner hin und sagen: „Da steht alles drin." Es gibt zwei Telefone. Sie haben sie aus meiner Reichweite plaziert und lassen mich jedesmal um eines bitten. Nach einer Woche haben sie mich soweit: Total geladen herrsche ich sie an, was hier vorgeht, was los ist! Sie tun so, als wüßten sie nicht, wovon ich rede. Wahrscheinlich bin ich in einer Schlangengrube gelandet, denke ich. Aber, immerhin tröstlich, in einer sozialistischen. Es dauert eine Zeit, bis ich mich mit meinem Weg durchgesetzt habe.

Wir haben im Harz und in der Altmark ein Ferienlager. Ein drittes als Austauschobjekt an der Ostsee. Insgesamt ca. 1.000 Ferienplätze für den Sommer, einschließlich Austauschplätze für Polen und die damalige CSSR.

Die Betriebsberufschule, die Hochschulen des Bezirks, die FDJ, die Gewerkschaft des Betriebs, des Kreises, des Bezirks, die Versorgungseinrichtungen der Kommunen, die Bürgermeister, die Bezirkshygieneämter, das Jugendamt, die Reichsbahn, die medizinische Abteilung, die Bauabteilung, das Kulturhaus, die Graphik- und Agit-Prop-Abteilung im Betrieb, die Betriebszeitung, die Kinderkommission, die Transportabteilung usw., sie alle sind eingebunden in die Vorbereitung und Durchführung des Kinderferiensommers, der in meinem Büro organisiert wird. Tatsächlich: Um jedem Kind drei Wochen nahezu kostenlose Ferien anzubieten, stehen die halbe Republik einen Sommer lang und ich das ganze Jahr im Streß. Der gesamte Feriensommer ist etwa zehn Wochen lang.

Sozialwesen und Bildung waren Direktorenbereiche. Es waren die ideologisiertesten Bereiche. Als 1989 die Unruhen im Betrieb begannen, wurde als erster dieser Direktor von der Belegschaft angegriffen und dann gestürzt.

Die Leute in der DDR haben eine starke Identifikation mit ihrem Betrieb gezeigt. Alles ist ziemlich unbewußt und selbstverständlich. Eine ähnliche Identifikation wie zwischen zwei lange miteinander lebenden, voneinander abhängigen und füreinander verantwortlichen Personen. Sie kennen ihre schlechten und guten Seiten, sie haben ihre Unzufriedenheiten, aber sie trennen sich nicht. In der DDR kündigt selten jemand und noch seltener wird jemandem gekündigt. Ein neuer Betrieb bedeutet immer auch gleich ein neuer Lebensbereich, und den muten sich die Menschen nicht gerne zu. Beziehungen sind von langer Dauer und geben dem Leben Sicherheit und Sinn.

Im Kombinat kriege ich langsam Erfahrung mit der Hierarchie und dem, was ich in der DDR als autoritär identifiziert habe. Das unterscheidet sich gewaltig von dem, was der Westen meint, wenn er die DDR pauschal als autoritär kennzeichnet.

Die DDR hat in ihrem Versuch, den Sozialismus zu praktizieren und zu behaupten, unter vielen Merkwürdigkeiten auch diese hervorgebracht: die unwirkliche Ebene des Autoritären und die wirkliche Ebene des Antiautoritären. Die Hierarchie im Betrieb hatte ihren offiziellen Ritus, ihren Orderstrang von oben nach unten, und der wurde auch ernsthaft rituell eingehalten, aber die persönlichen Verbindungen der Leute im Betrieb machten die Hierarchie unwirksam, neutral, oft überflüssig. Diese Beziehungen verhinderten die Übertragung der autoritären Strukturen auf die zwischenmenschlichen Beziehungen. In der DDR hatte kein Lehrling Angst vor seinem Meister und wir nicht vor Achim, unserem Abteilungsleiter. Eher schon umgekehrt. Und privat hatte Frau Doktor ihren Garten neben dem Elektriker, Herr Direktor ist befreundet mit dem Gewerkschaftsleiter, der wiederum Brigadier ist. Und Christel, als ökonomische Sachbearbeiterin, hat, wenn sie als Delegationsleiterin die Kinder nach Polen ins Ferienlager begleitet, plötzlich die Autorität, als Vertreterin des SKL und der DDR allgemein aufzutreten und zu wirken.

Meine erste Parteiversammlung war ein verblüffendes Erlebnis. Ich hatte als Vertreterin der staatlichen Leitung daran teilzunehmen, da die FDJ-Arbeit in unserem Bereich und der Vorbereitungsstand des Feriensommers Thema der Versammlung waren. Der Direktor eröffnet, umreißt knapp die Probleme und fordert ebenso knapp Lösungsvorschläge. An seiner Seite sitzt der Parteisekretär. Das muß so sein. Detlef, der Parteisekretär, kann ohne Unterbrechung eine Rede ohne jeglichen Inhalt vortragen. Das tut er auch diesmal und alle schweigen. Er ist allerdings auch Abteilungsleiter und hat nach seiner Ansprache über seine Arbeit zu reden. Der Direktor schneidet ihm seine Rede kurz und bündig ab. Er will konkrete Fakten. Die Stimmung ist gespannt und hochoffiziell, als würde sich niemand hier kennen. Vor der Versammlungstür hatten alle ihre Persönlichkeit an den Haken gehängt.

Margrit, AGLerin, ist in der Partei und Ökonomin in der Hauptabteilung. Und außerdem schläft sie, wie ich weiß, mit dem Direktor, was nur insofern interessant ist, weil der Direktor ihr keinen Wimpernschlag lang Wohlwollen zollt. Sie trägt ihren routinierten Bericht vor. Berichte müssen unbedingt von zwei Dingen handeln: von den Mängeln und von den großartigen Anstrengungen zu ihrer Bewältigung. Margrits Bericht wird mit scharfen Worten als zu routiniert und innovationslos abgekanzelt. Nicht besser ergeht es allen weiteren Vortragenden. Dann ist Steffi dran, die frischgekürte FDJ-Sekretärin. Wir haben lange an dem Bericht herumgedoktert, weil es nichts zu schreiben gab.

Die FDJ-Arbeit liegt in unserem Bereich am Boden. Die Jugend hat kein Interesse daran. Steffi ist ganz unpolitisch und hat nicht viel mit der Partei am Hut. Eher das Gegenteil. Aber als sie gefragt wurde, ob sie die Funktion als FDJ-Sekretärin übernehmen wollte, sagte sie gleich zu. Verwundert wollte ich von ihr wissen, warum. „Ach, warum denn nicht“, sagte sie nur, und ich dachte mir, daß es wohl das gesellschaftliche Ansehen ist, das mit einer solchen Funktion verbunden ist. Steffi ist die einzige, die vom Direktor für ihren Vortrag gehätschelt wird. Als junges FDJ-Pflänzchen wird ihr Kredit eingeräumt. Alle anderen werden hart kritisiert und bekommen undiskutierte Maßnahmen mit strikten Terminfestlegungen angeordnet. Es gibt überhaupt keine Diskussionen. Das macht einfach keiner in der Versammlung. Und da sitzen kompetente, eloquente Leute am Tisch, eben vor der Tür noch locker und souverän, jetzt stumm, gebannt, ergeben.

Als Leiterin auf unterster Stufe habe ich wohl die meiste Freiheit, den größten Spielraum in der Realisierung meiner Aufgaben. Aber bei Achim, meinem Abteilungsleiter, geht es schon los. Wenn ich ein Protokoll schreibe, steht da genau drin, was war und was nicht war. Achim schreibt es dann um. Schwächt hier ein bißchen ab, neutralisiert da ein bißchen. Er bringt es auch in die offiziellen Sprachstanzen. Ich kann ihn nicht davon überzeugen, daß die völlig unnötig sind. Dann kriegt es der Hauptabteilungsleiter. Der „verbessert" dann hier und da nochmal ein wenig und der Direktor hat ein Papier auf dem Tisch, in dem kein brisantes Problem mehr drinsteht.

Um dreißig Kinder für drei Wochen in die CSSR zu schicken, muß ich einen Maßnahmeplan, einen Personalplan, ein inhaltliches Programm, jeden Monat einen Zwischenbericht zum Stand der Realisierung schreiben, eine Schulung für die Delegationsmitglieder, mehrere Versammlungen mit der Betriebs-, Kreis- und Bezirksgewerkschaft organisieren, müssen siebenfache Kaderbögen, Devisenformulare ausgefüllt werden usw. Für die Kindergruppe nach Polen wird ebenfalls ein Maßnahmeplan, ein Programm usw. gemacht. Für die beiden Ferienlager selbstverständlich auch noch einmal. Das Berichts- und Dokumentierwesen war in der DDR geradezu terroristisch und hat fünfzig Prozent der produktiven Zeit aufgesogen. Als alle Abteilungen aufgerufen waren, Software für ihren Bereich zu entwickeln, haben Steffi und ich als erstes an ein Maßnahmeplan-Programm gedacht.

Ich war ja nicht in der Partei, mußte mich nicht ihrer unmittelbaren Autorität unterwerfen und mich auch nicht mit ihren Ritualen auseinandersetzen. Aber ich konnte ihre Autorität nutzen. Wenn ich alle eigenen Möglichkeiten ausgeschöpft hatte und es nicht erreichte, daß der Produktionsdirektor die Leute zur Begleitung der Kindertransporte freistellte, dann ging ich zu Egon, dem Parteileiter des Bereiches, und sagte: „Wer bitteschön übernimmt die Verantwortung, wenn die Ferientransporte nicht gesichert werden können?" Und weil ich wußte, daß die Partei letztendlich für alles zuständig war, hängte sich Egon ans Telefon und nahm den Genossen Direktor in die Pflicht.

Es reizte mich schon, ich wäre gern in die Partei gegangen. Schon weil so viele drin waren, die ich gern rausgeschmissen hätte, weil sie die Partei mit Opportunismus, Inkompetenz, Autoritätshörigkeit und Stillstand mästeten. Aber ich durfte nicht. „Das geht nicht", sagten die Genossen aus der Hauptstadt. „Vor der Partei können wir deine

Legende nicht verbergen, vor der Partei müssen wir die Hosen runterlassen."

Magdeburg hat ein immer ausverkauftes Kabarett und ich habe beste Beziehungen zum Kabarett. So etwas ist Gold wert. Zur Erfüllung unseres Kulturplanes gehen wir jetzt immer ins Kabarett. Einmal geht auch der Direktor mit, weil er nicht ahnen konnte, was er da auszuhalten hat. Das Programm fällt scharf und geistreich über die Agitationsphrasen und primitive Argumentationslogik in der Parteiliteratur her. Wir schlagen uns vor Vergnügen auf die Schenkel, das übrige Publikum ebenfalls. Unser Direktor verläßt empört die Vorstellung. Er erträgt die Wirklichkeit der DDR nicht mehr, sobald sie in Frage gestellt ist.

Als die DDR zusammenbricht, gehe ich zu ihm und frage ihn, was in meiner Kaderakte steht. Er weiß, auf welche Weise ich in den Betrieb eingegliedert wurde, jetzt will ich wissen, was die Kaderakte davon an Informationen enthält. Es ist nicht abzusehen, in wessen Hände die Kaderakten fallen werden.

„Ihre Akte ist völlig normal und unauffällig", sagt er, während ich sie durchblättere. Als ich gehe, setzt er resigniert hinzu: „Das haben wir alles Gorbatschow zu verdanken."

Es fällt mir schwer, den allgemeinen ökonomischen und kulturellen Stillstand in der DDR zu erkennen. Ich finde mangelhafte Zustände vor, aber ich habe ihre Prozesse bis zu diesem Tag nicht begleitet, weiß kaum etwas über sie. Ich erfahre den Zustand als neu und darum auch als veränderbar. Das unterscheidet mich von fast allen DDR-Leuten.

Als Hanna weiß, daß ich aus dem Westen komme, fragt sie mich: „Wie findest du die DDR?" Ich denke lange nach, welche Beschreibung zu meinem Empfinden paßt. „Wie im Pionierstadium", antworte ich. Für mich beginnt der sozialistische Aufbau nicht 1945, sondern 1982. Ich halte alles noch für machbar. Die vierzig Jahre Anstrengung lasten nicht auf meinem Buckel. Ich finde, daß vierzig Jahre erst ein Anfang sein können für den epochalen Versuch, die Menschheit vom Kapitalismus zu befreien. Und ich finde, in der DDR ist schon allerhand geschehen. So ist meine grundsätzliche

Haltung zu allen Erscheinungen positiv, unbenommen aller Kritik und meiner Wut über manches. Aber was hatte der Fortschritt dem Kapitalismus denn besseres als die DDR entrissen? Es gab keine weiterreichende, weiterentwickelte Alternative als diese Republik. Alles, was sich innerhalb des kapitalistischen Systems sozialistisch nennt, ist verbunden und gefangen mit diesem. Ist immer nur gedachte, unerprobte und machtlose Utopie.

„Du redest, als kämest du frisch von der Parteischule", sagt Hanna lachend und es klingt, als würde sie sagen: Du bist voller Illusionen über die DDR. Aber ich finde nur, daß alles, was der Sozialismus will, besser ist und mehr Zukunft hat als das, was der Westen will. Hanna ist Direktorin einer POS. Ihr Vater war Fabrikarbeiter und wurde als Soldat im ersten und zweiten Weltkrieg verheizt. Ihre Mutter war Fabrikarbeiterin und erlebte die berufliche Entwicklung ihrer Tochter als ungewöhnliches Glück. Im Westen wäre Hanna wohl auch Fabrikarbeiterin, Verkäuferin oder Friseuse geworden. Hanna ist eines der vielen Beispiele für den kollektiven Aufstieg der Arbeiterklasse in der DDR. Sie findet: die DDR hat sich gelohnt, mein Leben hat sich gelohnt.

Mein Direktor muß der Belegschaft an jedem Ersten des Monats Rechenschaft über den Stand der Planerfüllung ablegen. Abteilungen, die durchhängen, müssen sich erklären und bekommen Sonderauflagen. Der Direktor ist nicht beliebt. Er führt autoritär und arbeitet bis in den späten Abend in seinem Büro. Er erwartet von seinen Mitarbeitern die gleiche Disziplin und Hingabe an den Betrieb und den Sozialismus.

Mit Macht und unbedingt will die DDR ihren hoffnungslosen Rückstand in der Computerentwicklung aufholen. Alle Abteilungen sollen plötzlich Softwareprogramme entwickeln für ihre Arbeitsabläufe. Schwungweise werden wir zu Lehrgängen in die Betriebsakademie delegiert. Eine große Hektik, ein großes Durcheinander an Aktivitäten bricht aus. Lausmann aus der Versorgung reist durch die Republik auf der Suche nach Programmen, Achim sitzt den ganzen Tag vor dem einzigen Computer in der Hauptabteilung und vergißt alle anderen Termine. Steffi und ich brüten über eigenen Programmen. Wir schütteln den Kopf, unsere Arbeit ist nicht zu programmieren, sie hängt an Personen und Beziehungen. Es gibt ständig Sondersitzungen in Sachen Cad-Cam. Alle sind konfus und unter Druck. Dieses Fieber ist nach einer entsprechenden Direktive der Regierung überall in der Republik ausgebrochen. Als dann das Fluchtfieber beginnt, erlischt das Cad-Cam-Fieber. Die Leute verharren jetzt gebannt und warten auf irgendetwas Wichtigeres.

In einer Diskussion mit den Genossen von der Staatssicherheit beklage ich das niedrige Niveau politischer Analysen in der Parteipresse und anderen Publikationen. Hans bringt mir daraufhin Literatur von der Parteischule mit. Nach zehn Minuten schlafe ich darüber ein. In der Republik wird nicht mehr nachgedacht, da wird nur noch abgeschrieben. Die tagespolitischen Formulierungen ersetzen die theoretisch-geistige Auseinandersetzung. Ich fürchte um die Köpfe der Menschen. Wir können ja den Kapitalismus nicht materiell besiegen, das wird jeden Tag deutlicher. Aber die DDR vernachlässigt auch die Entwicklung der geistigen Waffen gegen ihn. In der Grundsatzerklärung von SED und SPD hat der Sozialismus nur noch hängende Ohren und einen wedelnden Schwanz. Die ökonomischen Zwänge reißen alle Abgrenzungen zur Sozialdemokratie nieder. Dagegen kann sich kein geistiger Widerstand entwickeln, denn es gibt keine kritische Diskussion darüber. Die Partei will die Menschen nicht mehr vom Kommunismus überzeugen, sondern nur noch von sich selbst. Sie hat immer recht.

Der Drang an die kapitalistischen Fleischtöpfe ergreift die Leute. Mit angehaltenem Atem starren die im Land Bleibenden auf das ungarische Szenario. Was wird die DDR-Regierung machen? Die Regierung macht gar nichts, die Partei schweigt. Die Dinge werden sich selbst überlassen. Unser Ferienlager wird im Sommer 1989 von ersten Auflösungserscheinungen gekennzeichnet. Von einem zum anderen Tag verschwinden die Freundschaftsleiter, DDR-Kinder rotten sich gegen die BRD-Kinder zusammen und ziehen durchs Lager: „Bundis raus, Bundis raus." Jugendliche aus der Umgebung verwüsten das Gelände. Im Lager wird gesoffen, die ärztliche Versorgung bricht zusammen, der Arzt ist auch auf dem Weg nach Ungarn. Eltern holen die Kinder aus den Ferien und reisen gen Westen. Jeden Tag bekomme ich ein Vorkommnis auf den Tisch. Es ist schon rührend, aber alles wird zur Normalität herunterberichtet. Krise? Es gibt keine Krise.

Ich bin heilfroh, als der Feriensommer vorüber ist und die Kinder wieder in der Verantwortung der Eltern sind. „Paß auf", sagt Sigmar, „in den nächsten Jahren werden unsere Kinder auf der Straße herumhängen und in der Pfütze spielen, wie im Westen." Genauso ist es.

Jetzt sind es schon Zigtausende, die in den Westen ziehen. Im Betrieb fehlen überall Leute. Die Leiter schauen auf die Partei, die Partei ist sprachlos. In der Belegschaft zeigen sich öffentlich noch keine oppositionellen Bewegungen, aber die Belegschaftsversammlungen verlaufen in angespannter, abweisender Ruhe. Es ist zu spüren, alle warten auf ein Zeichen, eine Gelegenheit, in den heraufziehenden Aufstand gegen die Verhältnisse einzuhaken.

Was in Leipzig die Montags-Demos, sind in Magdeburg die Montagsgebete im Dom. Hanna und ich gehen hin. Es ist brechend voll. Das düstere Dominnere ist mit Kerzen erhellt. Wir drängeln uns durch die Katakombenatmosphäre bis zum Podium. Ein Redner nach dem anderen ergreift das Mikrophon. Es sind tatsächlich nur die Männer. Der Applaus ist frenetisch, wenn die Partei und der Sicherheitsapparat angegriffen werden. Überhaupt wird ständig geklatscht. Die Reden sind aggressiv, sie machen Stimmung. Ein Mann steht stumm unterm Kirchenbogen und hält am Stab ein Plakat über die Köpfe: SED = Verbrecherpartei. Ein Typ im 68er Outfit mit Baskenmütze erobert das Mikrophon. Er geißelt den Sozialismus, das Bildungswesen, stellt sich als Opfer von Parteipolitik und Staatssicherheit dar, ruft die gängigen Parolen: SED raus, Stasi raus, wir sind das Volk ... Die Menge trampelt. „Schau an, den kenn ich doch", sagt Hanna. „Der ist Lehrer, eine pädagogische Null, ein Faulpelz, nichts ist von dem jemals gekommen! Wenn unsere Zukunft jetzt von solchen Charakteren abhängt …“ Hier spielt er das Opfer. „Wir sind ein Volk“ wird skandiert und über die Mikrophone erschallt eine tragende, halb singende Stimme. Sie trägt ein Gebet in den aufgeheizten Lärm.

„Komm, laß uns gehen“, flüstere ich. „18. Jahrhundert, hier sind wir die Ketzer.“ Wir drängeln zurück, die unnatürliche Stimme erfüllt den Dom bis in den letzten Winkel und treibt uns dem Ausgang zu.

„Beten wir für die friedliche Vereinigung mit unseren Schwestern und Brüdern in der Bundesrepublik …“ Eine Gruppe schwarzberockter Kirchenmänner verstellt uns den Weg nach draußen. Ich will mich wütend hindurchzwängen, sie pressen einfach ihre Bäuche aneinander und halten mich so in ihrer Mitte fest, dabei schauen sie an mir vorbei, als wäre nichts.

„Zwingt mich nicht in euren Mummenschanz“, zische ich in ihre anonymen Gesichter und bin schon bereit, mir den Weg mit den Fäusten freizuschlagen. Hanna beruhigt mich. Endlich sind wir durch und draußen. Vor der Tür werden faschistische Flugblätter verteilt. Der himmlisch-dramatische Singsang wird mit Lautsprechern auf den Domplatz übertragen, er verfolgt uns noch eine Weile bis in die Stadt hinein. Genauso stelle ich mir die Konterrevolution vor.

Als Erich Honecker abgesetzt wird, geht es auch im Betrieb offen los. Alle neuen politischen Gruppen sind da. Demokratischer Aufbruch, Demokratie Jetzt, Vereinigte Linke, Sozialdemokratische Partei. Das Neue Forum gewinnt die Meinungsherrschaft. Absetzungen von Direktoren und Funktionären wird gefordert, Entpolitisierung des Betriebs, die SED bzw. was von ihr noch übrig ist und die Gewerkschaft werden massiv angegriffen, Teile der Belegschaft legen die Arbeit nieder und ziehen vors Hauptgebäude. Der Generaldirektor rudert angestrengt zwischen den stürmischen Druckwellen und Forderungen umher, gibt hier nach, rettet dort und behält im Ganzen das Heft in der Hand. In den Leitungsetagen sind Angst und Unsicherheit ausgebrochen, wessen Kopf wird als nächster gefordert? Es gibt irrationale

Anwürfe, wilde anonyme und offene Denunziationen, Mobverhalten. Die Betriebszeitung ist Forum für Vernunft und Unvernunft. Mich regt alles so auf, daß ich meine öffentliche Zurückhaltung in politischen Fragen aufgebe und mich einschalte. Die Illusion, die Sorglosigkeit, mit der alles über Bord gekippt wird, ohne überhaupt einen Begriff davon zu haben, was an seine Stelle treten wird, das lockt mich aus der Reserve, denn ich weiß nur zu gut, was kommen wird. Ich habe auch nichts mehr zu verlieren, denn es gibt keinen Zweifel mehr für mich, daß in wenigen Monaten alle Macht wieder dem Kapitalismus gehören wird.

Für die Betriebszeitung *Motor* des Karl-Liebknecht-Kombinats schreibe ich folgenden Artikel:

„Nach vorn denken ist gefragt!

Kollegin Schnell, Abteilung Sozialwesen, parteilos

Im letzten *Motor* waren vier Beiträge vom Neuen Forum zu lesen, und da hab' ich den Brief von Peter Schumacher gleich mitgezählt. Ich muß sagen, ‚sie kotzen mich an', um mal mit den Worten des Kollegen Killinger zu sprechen. Daß ihr keine Antworten auf die brennenden Probleme unseres Landes, ja nicht mal unseres Betriebes habt, ist bekannt. Bei eurem politischen ‚Weitblick', der nicht weiter als bis zur nächsten Kreisstelle des ehemaligen MfS reicht, bei eurer beschränkten und verbissenen Anti-SED-PDS-Politik, wundert dies auch keinen denkenden Bürger.

Kollege Killinger, ich möchte behaupten, daß du mit offenen Augen schläfst, wenn du die Möglichkeit eines neuen Schnitzlers, einer Nasi, Stasi etc. heraufbeschwörst. Schau dich mal um, vielleicht bemerkst du, auf welchem Stand die rasante Entwicklung zur Verflechtung mit der BRD bereits jetzt schon ist. Und dies ist erst der Anfang einer nicht mehr umkehrbaren Entwicklung. Einer Entwicklung, die bewältigt werden muß mit gesellschaftlichen Kräften unseres Landes, die in der Lage sind, die damit verbundene Instabilität und das Anwachsen der irrationalen Elemente in Grenzen zu halten. Wenn dies nicht gelingt, dann gibt es in diesem Land bald nichts mehr zu erneuern.

Ich möchte dich in diesem Zusammenhang auf den Artikel in der *Volksstimme* vom 18. Januar 1990 aufmerksam machen: „... Die Gewalttätigkeiten in der DDR haben nach Worten des ehemaligen hochrangigen USA-Diplomaten George Kennan einen solchen Grad erreicht, daß sich die vier Mächte auf die Notwendigkeit der Etablierung einer Übergangsregierung einrichten sollten ... Eine Möglichkeit, Gefahren zu bannen, bestünde darin, daß die vier Mächte USA, UdSSR, Großbritannien und Frankreich die Ordnung in der DDR aufrechterhalten. Die BRD sollte daran beteiligt werden ...'

Liebe Kollegen Killinger, Kelch und Weigelt, ich möchte euch angesichts dieser Möglichkeiten raten, eure Stasi-, Nasi- und Verfassungsschutzschubladen zu erweitern um CIA, FBI, BND, Staatsschutz und wie sie alle heißen mögen. Sicherlich werden unsere Bürger dies bald dringender brauchen. Eure kleinkarierte, dümmliche ‚Politik der Ausnutzung des Volkszorns' für Ziele, die keinem richtig deutlich werden, geht an den Problemen der gesellschaftlichen Erneuerung völlig vorbei!

Die Gewerkschaftsfrage, ein brennendes Problem, das in der Zukunft mit der Existenzfrage der Werktätigen verknüpft sein wird!

Es sind Wahlen, und die Werktätigen gehen nicht hin. Was ist los mit unseren Werktätigen, haben sie plötzlich den Verstand verloren? Wir gehen mit Meilenstiefeln auf die freie Marktwirtschaft zu. Deutlich: auf den Kapitalismus! Wie wollen sich die Werktätigen ohne gewerkschaftliche Organisation gegen das Kapital behaupten? Es ist abzusehen, daß unsere Betriebe nicht mehr von einem GD geleitet werden, der durch die sozialistische Schule gegangen ist und in seinem Herzen noch einen Zipfel vom Bestreben der Einheit von Wirtschafts- und Sozialpolitik trägt, sondern von einem knallharten Management, in dem Begriffe wie Kosteneinsparung, Gewinnerwirtschaftung, Profittransfer im Zentrum des Handelns stehen.

Streik heißt auf der Arbeitgeberseite: Aussperrung, Kündigung, Lohnabzug. Keine Gewerkschaft, keine Beiträge, keine Streikkasse. Was habt ihr in diesen Fragen zur Orientierung der Werktätigen beigetragen?

Einen Bärendienst allerdings hat in dieser Frage Peter Schumacher geleistet. Mitten in der Wahl einem mißliebigen Kandidaten für die BGL noch schnell die Beine weggehauen! Bravo! Eine Glanzleistung der Desorientierung und Vergiftung! Die Uniform der Betriebskampfgruppen getragen zu haben, ist nichts Ehrenrühriges, oder willst du Hunderttausende Arbeiter gleich mit diskreditieren? Da kann ich als Vertrauensfrau nur froh sein, daß du ein *ehemaliger* Gewerkschaftsfunktionär bist.

Und was das grüne Bändchen angeht: Dahinter steckt lange nicht immer ein Erneuerer. Ich hab' im Dom und danach auf der Straße massenhaft Träger des grünen Bändchens gehört und gesehen, die sehr gut wußten, wie uralte antimenschliche Triebe wie Lynch- und Henkergelüste zu schüren sind. Der Begriff Chaot wäre da noch eine Liebeserklärung.

Es geht doch darum: nach vorn zu denken, sich auf eine neue Zukunft vorzubereiten, die jedem Bürger die Existenz sichert!

Unsere U- und S-Bahnhöfe sind nicht dergestalt, daß Arbeits- und Wohnungslose dort nächtigen könnten. Und ich möchte auch nicht die Peinlichkeit erleben, vor unseren Kaufhäusern (oder wem sie dann auch gehören mögen) von einem Mitbürger um 'ne Mark angebettelt zu werden.

Ich bitte alle politisch Interessierten, darin mitzuwirken, daß Emotionen, die sich nach jahrelanger Frustration und Enttäuschung entladen, wieder in konstruktive, zukunftsorientierte Bahnen kommen. Alles andere ist verantwortungslos und verspielt die Chance, eine wirklich demokratische, humanistische, soziale und antifaschistische Gesellschaft aufzubauen."

„Mach dich auf was gefaßt", flüstert Jörg mir am Morgen der Zeitungsausgabe ins Ohr. Er ist viele Jahre der Redakteur und wird es nicht mehr lange bleiben. Seit Monaten ist der *Motor* das Sprachrohr der neuen politischen Richtungen. Mein

Artikel schlägt zu meiner Verblüffung wie eine Bombe ein. Die Zeitung ist um sieben Uhr in den Abteilungen. Es vergeht nur die Lesedauer der zwei Spalten und mein Telefon beginnt zu schrillen. Den ganzen Tag lang. Unglaubliche Gemeinheiten und Schimpfworte werden in mein Ohr gebrüllt: „Kommunistensau, SED-Hure, Stasispitzel!“ und haßerfüllte Drohungen: „Warte nur, wir erwischen dich … Wir hängen dich an den Baum …“

Zuerst bin ich nur überrascht, kann es gar nicht fassen, dann packt mich die kalte Wut. Keiner sagt seinen Namen, es sind alles nur Männer. „Kommt nur her“, brülle ich zurück, „zeigt euch mal, ihr hinterhältigen Typen.“ Ich knalle den Hörer auf. „Feiges Gesindel, Faschistenpack, das vierzig Jahre nichts zu melden hatte und jetzt Morgenluft wittert.“ Ich bin in Rage, und käme einer dieser Typen jetzt ins Büro, würden wir ihm alle zusammen den Mund stopfen.

Meine Kolleginnen stehen aufgeregt hinter mir. „Du gehst heute nicht allein aus dem Betrieb, wir gehen alle zusammen und nehmen dich in die Mitte.“

„Ach was“, beruhige ich sie, „das sind nur feige Maulhelden, die rotten sich nur in der Masse zusammen.“

Aber nicht nur die haben sich gemeldet, viel mehr noch wollten sich bedanken für den Mut, den es, wie sie meinten, kostet, diesen kleinen Artikel zu veröffentlichen. Das hat mich deprimiert. Die Leute hatten schon aufgegeben und Furcht, sich dem brutalen Sog der niederstürzenden Verhältnisse entgegenzustemmen.

In unserem Büro wird nur noch mechanisch gearbeitet. Wir wissen nicht mehr, welchen Sinn es hat und was morgen noch gültig sein wird. Unser Direktor ist Zielscheibe von Kritik und Hetze. Sein Kopf wird gefordert, es finden sich kaum Verteidiger. Der Generaldirektor will ihn nicht ohne Gegenwehr opfern und beraumt eine große Aussprache für alle Leute aus dem Bereich Bildung und Sozialwesen an. Am Ende sollen die Vertrauensleute für ihr Kollektiv das Votum und die Begründungen bekanntgeben.

Es wird ein schreckliches Tribunal gegen den Direktor, Hauptanklage ist sein diktatorischer Führungsstil und natürlich seine Funktion als Ideologieträger der SED. Die Anklage ist richtig, trotzdem hasse ich das Kesseltreiben, bei dem am lautesten von den vorherigen Bucklern und Wasserträgern gelärmt und geheizt wird. Ich bin Vertrauensfrau und muß für meine Abteilung den Daumen nach unten halten. In dem Votum liegt etwas Richtiges und Notwendiges, aber auch etwas Gemeines, Mobhaftes, und letzteres bringt mich dazu, deutlich zu machen, daß es nicht mein persönliches Votum ist.

Die Hetze der Bonner Politik, der Einbruch der Westwaren und der unbeschreiblich geschlossene Angriff der westdeutschen Medien auf das Innenleben der DDR machen die Leute kopf- und atemlos. Die Partei hat sang- und klanglos alle ihre Positionen im Betrieb geräumt, der FDGB ist in Auflösung begriffen, Betriebsräte nach westdeutschem Muster werden gewählt, die Betriebskampfgruppe ist aufgelöst. Damit hat die Arbeiterklasse alle ihre Organisationen aufgegeben und liefert sich nahezu schutz- und kraftlos den Organisatoren der Profitwirtschaft aus.

Ich hoffe jeden Tag, daß hier und da Bastionen erhalten bleiben. Die Modrow-Regierung macht mir ein paar Wochen Illusionen, aber schnell zeigt sich, daß Bonn fest entschlossen ist, die Herrschaft in der DDR zu übernehmen, und auf keinen Fall eine DDR-eigene Entwicklung zulassen wird. Also keine Unterstützung für die Erneuerung der DDR, sondern letzte Schlacht im 45-jährigen Kampf um die Macht. Die DDR wird kurzerhand für bankrott erklärt. Die Westmedien sind bereits die Sieger in der Republik. Sie haben die absolute Meinungsherrschaft. Von allen Seiten wird den DDR-Leuten jetzt klargemacht, daß ihr verschwenderischer Sozialstaat eigentlich schon seit zehn Jahren pleite ist, aber nun in wenigen Tagen wegen Zahlungsunfähigkeit zusammenbrechen wird. Also keine Experimente mehr, Währungsunion und schneller Anschluß als Rettung vor dem drohenden Kollaps, sagt Kohl. Bloß keine demokratische Alternative DDR. Fahrplan und Ziel der DDR-Politik heißt: Abriß, Vernichtung, Auslöschung der DDR. Den Leuten in der DDR darf keine Zeit mehr zum Nachdenken und für autonome Versuche eingeräumt werden. Sie werden jeden Tag mit neuen Enthüllungen, Skandalen und Stasi-Diskussionen beladen, sie und ihr bisheriges Leben werden mit der Macht eines abgebrühten Siegerbewußtseins in den Schlamm gezerrt und unkenntlich gemacht: Es gibt euch nicht, es hat euch nie gegeben. Es hat den Sozialismus nicht gegeben. Ihr wart von Anfang an ein Irrtum der Geschichte. Ihr habt nicht gelebt. Ihr habt umsonst gelebt. Ihr seid betrogen worden, sagen die Sprachrohre des Kapitalismus, aber jetzt kommt das Geld, jetzt kommen die Autos, die Videos. Jetzt kommen die Freiheit und der Wohlstand. Jetzt kommt das Leben. Wer es besser wußte, verstummte in Ohnmacht, aber wohl die Hälfte der Bevölkerung berauschte sich wie an Heroin mit diesen Versprechungen. Sie wählte die „Allianz für Deutschland".

Ich bringe am 18. März die Wahl in meinem Wohngebiet mit über die Bühne. Meine so nette Frau Nachbarin hat mich gebeten, als Wahlhelferin tätig zu sein. Drei Monate später wird sie mich als die gesuchte Terroristin Inge Viett der Polizei melden. Aus Gesetzestreue, wie sie versichern wird. Aus Gesetzestreue wird sie auch vom BKA mein Kopfgeld, 50.000 D-Mark, einfordern.

Am Ausgang der Wahl ist für mich nur interessant, wieviele Leute noch Kommunisten bleiben wollen.

Bevor ich furchtbar enttäuscht, illusionslos, was die weitere Entwicklung bringen wird, in der Nacht vom 18. März 1990 die Augen schließe, rädert zum ersten Mal die konkrete Frage durch meinen Kopf: Wie lange werden sie wohl noch brauchen bis zu meiner Haustür? Was ist noch zu regeln bis dahin?

Einerseits der Rausch, in dem die halbe Republik auf die DM zutaumelt, andererseits die ersten Wellen existenzieller Einbrüche. Im Betrieb beginnen die Entlassungen. Frauen, Alte und Schwache zuerst, wie auf dem sinkenden Schiff.

Achim und ich sollen einen Rationalisierungsplan für unsere Abteilung erstellen. Ziel: Personalabbau. Rosi ist 55, jeder weiß, was das bedeutet. „Das können die doch nicht machen, mich einfach rausschmeißen, wenn ich nicht freiwillig geh. Mein halbes Leben hab ich für den Betrieb geschuftet.

Nein, Achim wird mich auf keinen Fall rauswerfen." Sie ist konfus, sie hat die Entwicklung mit herbeigewählt.

Siegrid macht Halbtagsarbeit in meinem Büro. Sie betreut die Betriebsveteranen. „Ob sie mich rauswerfen? Bestimmt wird mein Arbeitsplatz wegrationalisiert, wen interessieren jetzt noch die Alten? Aber die können mich doch nicht arbeitslos machen." Sie ist in Panik, nimmt täglich Beruhigungstabletten.

Achim leidet, er bringt es nicht übers Herz zu sagen: du, du oder du mußt gehen. Ich kann und will nicht in Kategorien von Effektivität und Profit denken. Was sollen wir tun? Wir tun gar nichts und schieben den Plan in den Schreibtisch. Wer weiß, was morgen mit dem SKL und mit unserer ganzen Abteilung ist?

Eine Tochtergesellschaft von Krupp will das SKL haben. Joint-Venture ist die neue Zauberformel. Sie erscheint wie ein Schwarm Kometen am Himmel der Restauration, um ebenso schnell wieder zu verlöschen unter den Schleiern von Umschreibungen für die weitere Entwicklung: Abwicklung, Rücküberführung, Warteschleife, Freisetzung ... Im Betrieb sollen alle unrentablen Abteilungen aufgelöst werden. Am unrentabelsten sind natürlich die sozialen und kulturellen Einrichtungen. Die Kinderferienlager sollen als erstes abgestoßen und verkauft werden, unser Kulturhaus wird privatisiert und entleert sich mit seinem neuen Namen auch jeden Inhalts. Es heißt jetzt „AMO". Am Markt Orientiert. Eine Spitzen-Wende-Leistung.

In diesem Auflösungszustand organisieren wir trotzdem den nächsten Feriensommer, ohne zu wissen, welche kommunalen Einrichtungen noch arbeiten werden, wer noch Verträge einhalten wird, was morgen noch gültig sein wird.

Die Geräusche des Lebens kriegen unaufhaltsam einen anderen Klang. Überall ist jetzt das Schrillen von Verwirrung und das dumpfe Stöhnen der Ohnmacht. Überall der dröhnende Triumph der Sieger, da, wo sich das neue Uralte über das Zusammenbrechende, Schwindende wälzt. Die DDR wird untergepflügt und die kapitalistischen Kulturen breiten sich aus wie Unkraut.

Hanna soll als Direktorin abgesetzt werden. Sie ist „systemnah“. Sie kämpft nicht mehr um ihre Funktion, da macht sie sich keine Hoffnung auf das Kommende. Die Verwaltung des Bildungswesens ist bereits in Händen der CDU. Rigoros werden sozialistische Inhalte getilgt und durch konservativbürgerliche ersetzt.

Flucht ist für mich keine Alternative, obwohl ich sicher bin, daß sich sehr bald die Mündungen von MPs auf mich richten werden und jemand schreien wird: „Keine Bewegung, Sie sind verhaftet!“ Mir ist, als ginge ein Zeitalter unter, zu dem ich gehöre. Diesem Untergang kann ich nicht entfliehen. Wohin auch? Und wofür noch? Der Kapitalismus ist überall. Eine Flucht vor dem drohenden Gefängnis wäre eine Flucht in die völlige Zusammenhanglosigkeit. Ins politische, geschichtliche und persönliche Niemandsland. Illegalität hat nur einen Sinn als politische Position, als Fluchtort vor der Justiz ist sie schlimmer als das Gefängnis, weil sie mich als politische Person auslöscht und mir ein Leben aufzwingt, in dem es nichts mehr zu tun gibt, als für die Nicht-Entdeckung meiner Person zu sorgen. Nein, eine zukünftige Fluchtexistenz kommt für mich nicht in Frage, lieber stelle ich mich der unaufhaltsam näherrückenden Verhaftung. Aber ich bin auch viel zu sehr beschäftigt mit den Prozessen meiner Umwelt, um mich innerlich richtig darauf vorbereiten zu können. Ich laße es auf mich zukommen.

Dann trifft es zuerst Susanne Albrecht. Die Medien toben und verkochen ihre Entdeckung als sensationellen Beweis für das „verbrecherische Wirken“ des MfS. Die Hetze ist unbeschreiblich. Die Leute kommen mit der *Bildzeitung* in mein Büro: „Stell dir das mal vor, sogar Terroristen haben bei uns gelebt.“

Am Abend bin ich bei einer Bekannten. Mein Fahndungsfoto erscheint groß in den Nachrichten. Ich verschütte vor Schreck die Milch und lenke hastig vom Fernseher ab.

Der Countdown läuft. Wir fahren sehr spät nach Haus. Hanna ist bei mir. Auf dem Weg zur Wohnung wird eine alte Sensibilität in mir wach. Nur als Ahnung, die nicht voll ins Bewußtsein dringt. Dort, wo wir den Stadtring verlassen und in mein Wohngebiet fahren, überholt uns ein mit jungen Männern vollbesetzter Lada. Ich nehme ihn wahr mit dem Hauch eines Beschattungsgefühls. Es ist gleich wieder weg, nur das Aufblitzen einer fast verlorenen Erinnerung aus früherer Zeit. Langsam suche ich den Parkplatz nach einer Lücke ab. Es ist alles besetzt, aber dann rollt ein Wagen aus der Reihe und fährt davon. Wieder zieht ein Atemzug lang diese Ahnung durch meinen Kopf, aber ich freue mich, daß ein Platz frei wird, parke ein. Wir gehen ins Haus, Hanna eine Treppe tiefer, um den Fahrstuhl zu holen, ich will noch schnell den Briefkasten leeren. Dann sind sie da! Vor dem Fahrstuhl Getrampel und Getöse, etwas klirrt zu Boden, es ist Hannas Brille. Ich höre sie schreien: „Hilfe, Polizei, Überfall!“ und „Was fällt Ihnen ein!“. Bevor ich mich umsehen kann, fühle ich die Mündung der Maschinenpistole an meinem Kopf. „Rühren Sie sich nicht! Sie sind verhaftet!“

Es ist der 12. Juni 1990.

Noch gab es die DDR und darum kämpfte ich tapfer wie Don Quichotte gegen eine Auslieferung in die Bundesrepublik. Die DDR-Staatsanwältin lächelte schwach über mein Beharren auf der Souveränität der DDR. Die Marionettenregierung unter de Maizière regelte gerade die Auslieferung von 17 Millionen DDR-Bürgern an Bonn, was hatte ich da noch zu erwarten? Der DDR-Richter zuckte müde die Schultern, als ich um die Erläuterung der Paragraphen aus dem BRD-Haftbefehl bat. Er kannte sie nicht. Es waren die Strafgesetze der Bundesrepublik.

„Sie haben keine gesetzliche Grundlage, mich auszuliefern“, sagte ich empört. „Ich bin Bürgerin der DDR.“ Er stimmte mir zu. Aber das bedeutete schon nichts mehr. Seine Kompetenzen waren nur noch die einer Schreibkraft. Inoffiziell war die DDR schon seit dem Wahlsieg der „Allianz für Deutschland“ abgeschafft.

Weil ich nicht freiwillig in den Westen wollte, traten nach vier Wochen DDR-Inhaftierung fünf schwerbewaffnete Männer um sieben Uhr früh in meine Zelle und erzwangen meinen Transport nach Westdeutschland.

Vom Hubschrauber aus schaute ich in die wolkenlose Tiefe und nahm Abschied von den weiten Kollektivfeldern. Nun verschwand ich doch noch eher, als sie verschwinden würden. Es war für viele Jahre mein letzter Blick auf ein reifendes Kornfeld.

Ich war ausgepumpt, leer und nahm in angespannter Gleichgültigkeit und harter innerer Distanz den ganzen neurotischen Terrorismus-Rummel hin. Er hatte sich mit einem sinn- und grundlosen Aufwand, einer Routine auf mich geworfen, daß ich mich in eine andere Zeit katapultiert fühlte. Diese funktionierende Maschine, das war für mich die BRD. Jetzt hatte ich sie wieder auf dem Hals. Tag und Nacht, ohne ihr entrinnen zu können.

Sie hatten mich mit institutionell vorbereiteter Feindseligkeit in Westdeutschland empfangen. Stahltore, Stahltüren öffneten und schlossen sich. Hautnahe Bewachung klebte an jedem meiner Schritte. Keine Bewegung meines Körpers blieb unbemerkt.

Ich wartete darauf, endlich in eine Zelle gebracht zu werden, um den Troß feindlicher, fremder Körper von mir abtrennen zu können. Zwei Wärterinnen standen vor mir. Ausdruckslos die eine, herausfordernd die andere. Leise auf den Fersen wippend, schlug sie mit leichten drohenden Schlägen den Gummiknüppel in ihre linke Handfläche, starrte mich an mit der provokanten Sicherheit staatlicher Überlegenheit. Ich wandte ihr den Rücken zu, verzichtete darauf, ihr zu sagen, wie lächerlich ihre Aufrüstung gegen mich war. Ich beschloß, daß eine Verständigung mit diesen angesammelten Vorstellungen von mir als Terroristin ungemein viel emotionale Disziplin kosten, aber unerläßlich sein würde, um diese irrationale Atmosphäre gegen mich einzugrenzen. Wir waren Welten voneinander entfernt. Ihre war mir bekannt, das war ein Vorteil, von meiner hatten sie nur einen kriminellen Begriff. Die Ordnung ihrer Welt und ihrer Vorstellungen würde sich jetzt für viele Jahre über mich stülpen, würde mich entprivatisieren und meine eigenen Lebensangelegenheiten als Unordentlichkeit bekämpfen. All mein Persönliches würde sie stören, es würde zwischen diesen

Mauern immer illegal sein. Trotzdem würde ich mein Leben für mich organisieren müssen in diesem Apparat, würde mir kleine Oasen als eigenen Raum schaffen müssen. Dies dachte ich, während ich entkleidet, durchsucht und mit der Gefängnishabe beladen wurde. Eine Schüssel, eine Kanne, ein Löffel, eine Tasse ... usw. Die Zumessung des Unpersönlichen.

Endlich war ich allein in der Zelle und betrachtete prüfend meine neue Gesellschaft. Tisch, Stuhl, Schrank und Bett schauten mich kühl, aber nicht unfreundlich an. Das Fenster, so groß wie in noch keinem Gefängnis, umarmte mich gleich tröstend, obwohl es nicht mehr als die Tristesse einer grauen Mauer mit Stacheldraht zu geben hatte. Immerhin ließ es die Sonne herein und möblierte den Raum mit den Schatten der Gitter. Weil es sowieso sein mußte, nahm ich entschieden und schnell die Zelle in meinen Besitz. Ich wollte versuchen, diesen kleinen Raum zu meiner Burg und auch zu meinem Schneckenhaus zu machen.

Epilog

Im Gefängnis ist die Zeit ein kreisförmig schnellfließender Zustand, eine ewig erscheinende Rotation systematischer Gleichförmigkeit. In diesem Zustand war ich festgehalten und sah die Außenzeit an mir vorüberhasten. Sie drang in Ausschnitten zu mir: bei Besuchen, in Briefen und – als Zustand oft – durch die Medien. Die Außenzeit gehörte mir nicht mehr, in ihr war ich nicht mehr existent.

An jedem Abend blickte ich dem Tag hinterher, ohne eine nennenswerte Spur festhalten zu können. Nach einer Woche, einem Monat, einem Jahr stellte ich fest, wie im Rückblick die Zeit zusammenschrumpfte auf ein paar dürre Ereignisse, die greifbar blieben: diese und jene außergewöhnliche Situation, eine aus den „Normal-Charakteren" hervorragende Mitgefangene, Besuche, der Prozeß, Krankheit. Dazwischen Leere, die in der Rückschau von der Erinnerung nicht mehr erfaßt wird, sie fällt einfach weg. Das ruft ein Gefühl extremer Kürze der vergangenen Zeit hervor. Ein Zeitschluckerphänomen. Erinnerungen machen sich ja nur an Geschehnissen fest, und aneinandergereiht füllen diese wenigen Geschehnisse nur eine ganz kurze Strecke Lebenszeit, obwohl ich objektiv eine lange Etappe verlebt habe. Die Differenz hat mir das Gefängnis gestohlen, auch wenn ich nie aufgehört habe, um jeden Anteil meiner Zeit zu kämpfen.

Wie hastig ziehende Wolken zogen die ersten vier Jahre Gefangenschaft vorbei, gehetzt, aufgewühlt, auf emotional labilem Boden, oft im Wechselbad von aufbäumender Kampfeslust und völliger Resignation, wandernd zwischen drei geistig-kulturellen Ebenen oder vielleicht Zeiten. Einmal war es die Zeit, in der ich die Erschöpfung, Preisgabe, Verleugnung antikapitalistischer und revolutionärer Geschichte, die tiefe Niederlage des Sozialismus mit ansehen mußte in meiner absoluten Ohnmachtslage, und gleichzeitig das weltweite Auftrumpfen des Imperialismus ertragen mußte: den Golfkrieg, das Auseinandertreiben Jugoslawiens, die mafiöse Politik und Wirtschaft des Westens zur Befestigung und Expansion neuer Machtsphären, die Entfesselung der Barbarei in Ost und West.

Die Eroberer in Waffen hinterlassen schwarze Spuren, wenn sie erobertes Land durchziehen: verbrannte Dörfer, zerbombte Städte, verbrannte Wälder, geschändete Menschen. Die Sieger des kalten Krieges verheerten die Vergangenheit und die Zukunft der Menschen, sperrten sie ohne sinnvollen Rück- und Ausblick in die angstvolle Gegenwart und stießen sie ins philosophische Elend.

Sie machten sich daran, alles um diese Menschen herum auszuradieren, womit sie bisher ihr Leben verbanden: die Werte, die Gewohnheiten, die Strukturen, die Sicherheiten ... und sie drücken auf allen Ebenen etwas anderes hinein: Für Werte – die Ware, für Gewohnheiten – Fremdheit, für Sicherheit – Unsicherheit. Sie werden vollständig enteignet. Dieser Zustand der Enteignung hat ein riesiges Heer von Überläufern produziert, und dieses Überlaufen in Ost und West hat mich schier krankgemacht in den ersten Jahren im Knast. Meine eigene, konkrete Situation war gekennzeichnet vom Überlaufen: Nahezu alle in der DDR verhafteten Ehemaligen aus der RAF gaben ihre Geschichte preis, verrieten und taten der anderen Seite Abbitte, viele MfS-Offiziere hatten ausgesagt und sich den West-Sicherheitsdiensten angedient, ich selbst stand von verschiedenen Seiten unter Druck, doch endlich auch aufzugeben, und ich habe immer wieder darum kämpfen müssen, nicht umzufallen und mich dem saugenden Zug der Zeit nicht zu ergeben.

Zum zweiten war es die Zeitebene der Vorbereitung auf mein Verfahren, die Arbeit an der Erinnerung der alten Geschichte und auch meiner Kindheit; die Überlegungen, wie ich alles zusammenbringe, schütze und verteidige, was ich aufgeben und preisgeben muß, welche Verantwortung der Prozeß mir gibt, oder ob ich gar keine Verantwortung mehr will, alles vergessen will, Kronzeugin werden will. Kronzeugin, um mich für den Rest meines Lebens davonzuschleichen vor meinem Wissen und Gewissen um die Dinge in der Welt.

Mein Prozeß hatte für den Staat zwei Funktionen: die Geschichte der Stadtguerilla juristisch und denunziatorisch abzuwickeln und die DDR durch Kriminalisierung des MfS zu diskreditieren. Die zweite Funktion hatte ich zunächst nicht so deutlich erkannt, und als sie mir deutlich wurde, habe ich sie nicht klar genug zurückgewiesen. Ich habe diesen Prozeß aus der äußersten Defensive geführt. Am Ende war ich erleichtert, nicht noch geknickter herausgekommen zu sein und nicht auf ein Leben zurückblicken zu müssen, das Teil des geschichtlichen Müllbergs ist, aufgetürmt von Überläufern und Verrätern, die ihren Kampf um eine menschlichere Zukunft dorthin getragen haben, weil er im Licht der Sieger plötzlich „verkehrtes" oder „sinnloses" oder „aufgezwungenes" Leben war.

Als der Prozeß vorbei war, hörte meine innere Unsicherheit auf, diese Angst zusammenzubrechen, Auge in Auge mit der Perspektivlosigkeit, und ich begann meine Überlebensstrategie für die kommenden Jahre in Gefangenschaft zu organisieren.

Das Gefängnisleben ist nun die dritte Ebene und zu ihr gab es kaum eine Vermittlung der anderen Welten. In meiner alltäglichen Situation mit den gefangenen Frauen gab es kaum etwas jenseits ihrer eigenen Lebensbewältigung, kein Wissen und Verständnis von Zusammenhängen außerhalb ihrer Bedürfnisse und Interessen.

Ich war am Ende des Ganges eines kleinen Sicherheitstraktes untergebracht. Wenn ich meine Zelle verließ, war dieser Gang die Schleuse zur Welt der Gefangenen, an der mir erlaubt war teilzunehmen. Den Gefangenen hingegen war es verboten, meine Zelle zu betreten. Es war der ständige administrative Versuch, sie nicht mit meiner Welt vertraut werden zu lassen und unsere Begegnungen unter Kontrolle zu halten.

Der Kampf der politischen Gefangenen um bessere Haftbedingungen hatte immer zwei Linien: Zusammenlegung oder Integration in den Normalvollzug. Die Bewegung 2. Juni hat bis Mitte der siebziger Jahre für die Integration gekämpft, auch ich war dafür. Allerdings hatte ich dabei stets ähnliche

Voraussetzungen wie im Berliner Lehrter-Knast in den siebziger Jahren vor Augen: *zusammen* mit anderen politischen Gefangenen integriert zu sein.

Meine Haftzeit im Zweibrücker Gruppenvollzug war für mich eine sechseinhalbjährige geistige Isolation, die mir enorme Energien abgefordert hat, um mein politisches Denken und meine gesellschaftlichen Interessen nicht zu verlieren. Die unausweichliche und ständige Beschäftigung mit den sozialen und psychischen Problemen der Frauen ließ kaum noch Platz für Konzentration auf mich selbst. Ich war immerzu von der Auslöschung eines Teils meines Ichs bedroht, denn zeitlich und sinnlich ist das Gefängnisleben mit 15 anderen Frauen – alle in unfreiwilliger Gemeinschaft – so dominant, daß die eigene Welt sich nur mit größter Anstrengung behaupten läßt. Einen politischen Menschen allein in den Gruppenvollzug mit sozialen Gefangenen zu stecken, ist langfristig die aussichtsreichste Methode, ihn zu entpolitisieren und zu neutralisieren. Dieser Gefahr hatte ich zu widerstehen. Am 17. Januar 1994 schrieb ich in mein Tagebuch: „Besuch von dir, die Emotionen ziehen durch alle Nervenspitzen. Die Sinne stürzen und steigen wie schwere See im Sturm. Die anderthalb Stunden ermüdeten mich wie eine schlaflose Nacht oder zehn Stunden Arbeit. Ich liebe nichts und niemanden hier im Knast, meine Gefühle sind stillgelegte Gleise, überwuchert von steter Abwehr und Verteidigung. Nur auf der Strecke Ohnmacht und Empörung rauscht es noch hin und her … Wenn du dann da bist, ein Teil aus meiner Welt, ein Teil von mir … und wieder gehst, rausgetrieben von der Ordnung … wenn ich dann zurückgeführt werde in meine Box … mich auf's Bett knalle … dann schließ ich alles ab, die Augen, Ohren, die Lippen, jede Pore … und schlafe, bis der Frust-Scheiß sich nicht mehr rührt. Ich sehne mich nach Ruhe, dieses Leben hier streßt mich ungeheuerlich. Manchmal höre ich ein Flüstern: Laß doch mal alles los, entspann dich, gib nach … Niemals! Nicht hier. Dies ist kein Platz zum Entspannen."

All diese Jahre
all diese Kleinheit
hat mich gebogen und gedrückt
wie soll ich
meine Gestalt wiederfinden
im freien dunklen Raum?
Jede Pflanze reckt sich zum Licht
was zieht mein Leben nun vorwärts
wenn ich raustrete
in den Supermarkt?

Abu Hani: eigentlich *Wadi'a Haddad*, Mitbegründer und Führungsmitglied der PFLP (Volksfront zur Befreiung Palästinas); war beteiligt bei der Organisierung mehrerer spektakulärer Flugzeugentführungen durch PFLP-Kommandos in den siebziger Jahren.

Abu Hassan: eigentlich *Ali Hassan Salameh*, wird beschuldigt, die Kommandoaktion des *Schwarzen September* gegen die Olympiamannschaft in München 1972 mit organisiert zu haben; Mitglied der Fatah-Führung und des PLO-Sicherheitsdienstes, überlebte mehrere Attentatsversuche, bis er im Januar 1979 von der israelischen Agentin Erika M. Chambers ermordet wurde.

Abu Iyad: eigentlich *Salah Chalaf*, gründete zusammen mit Yassir Arafat die Al Fatah, war Leiter des Sicherheits- und Nachrichtendienstes der PLO und wurde von westlichen Geheimdiensten beschuldigt, verantwortlicher Organisator des *Schwarzen September* gewesen zu sein. Abu Iyad bestritt bis zuletzt seine Beteiligung an der Planung der Kommandoaktion in München 1972. Im Januar 1991 wurde Abu Iyad von einem Mitglied der Abu-Nidal-Gruppe („*Fatah-Revolutionsrat*“) im PLO-Hauptquartier in Tunis ermordet.

AGL: „Abteilungsgewerkschaftsleitung“ innerhalb der Betriebsgewerkschaftsorganisation in der DDR

AWG: „Arbeiterwohnungsbaugenossenschaft“ in der DDR

BGL: „Betriebsgewerkschaftsleitung“ in der DDR

Tamara *Bunke*: „Tamara la Guerrillera“, als Tochter kommunistischer deutscher Emigranten in Argentinien 1937 geboren, ging in den fünfziger Jahren in die DDR, dann 1961 nach Kuba. Auf Wunsch Che Guevaras beteiligte sie sich am Aufbau der Guerilla in Bolivien und wurde im August 1967 erschossen, als ihre Guerilla-Einheit in einen Hinterhalt geriet.

Cad-Cam: Computer aided design / Computer aided manufacturing

Otelo de *Carvalho*: gehörte im Frühjahr 1974 zu den führenden Offizieren der „Bewegung der Streitkräfte“ (MFA), die die Revolution in Portugal und den Sturz des Salazar-Regimes auslösten. Carvalho, ehemaliger Kolonialoffizier, war Kommandeur der Eliteeinheit COPCON und bis 1975 Kommandeur der Militärregion Lissabon, wurde zu einer populären Führungsfigur der radikalen Linken. Mehrfach wegen angeblicher Putschversuche und Unterstützung „terroristischer Vereinigungen" verhaftet und verurteilt, war 1976 und 1980 Präsidentschaftskandidat der radikalen Linken.

Cocom-Liste: Der „Koordinierungsausschuß für den Ost-West-Handel" (COCOM), dem außer Island alle NATO-Staaten sowie Japan angehörten, legte in einer Liste fest, welche Technologien nicht in die Ostblockstaaten geliefert werden durften. Im „zweiten" Kalten Krieg, Anfang der achtziger Jahre, erzwangen die USA eine drastische Erweiterung dieser Liste, um neben dem ‚Totrüsten' des Ostblocks auch dessen technologischen Rückstand zu vergrößern. Die erweiterte COCOM-Liste trat 1984 in Kraft.

***Dschumblatt*, Kamal** (Vater) und **Walid** (Sohn): Führer der drusischen *Sozialistischen Fortschrittspartei* im Libanon; Kamal Dschumblatt war als Politiker und linker Theoretiker der „libanesischen Nation" eine der Schlüsselfiguren der libanesischen Linken.

DSF: „Gesellschaft für deutsch-sowjetische Freundschaft", Massenorganisation in der DDR

Einheit: Theoretisches Organ (Zeitschrift) der SED in der DDR

EOS: „Erweiterte Oberschule" in der DDR

Falange (al Kataeb): Rechtsradikale Partei im Libanon, in den dreißiger Jahren von Pierre Gemayel nach dem Vorbild der faschistischen und nationalsozialistischen Bewegungen gegründet, vertritt einen militant-christlichen libanesischen Nationalismus – gegen die panarabischen Bewegungen, aber auch gegen den linken libanesischen Nationalismus. Die Milizen der Falange waren die stärkste Kraft im Kampf gegen die libanesische Linke und die palästinensischen Organisationen im Libanon und verübten – in Absprache mit der israelischen Armee – Massaker an palästinensischen Flüchtlingen, wie in Tel Zataar, später in Shatila und Sabra.

Al *Fatah*: arabische Abkürzung für „Bewegung für die Befreiung Palästinas", 1959 von einer kleinen Gruppe palästinensischer Aktivisten gegründet: Yassir Arafat, Abu Iyad, Abu Jihad, Abu Lutf, die bis heute oder bis zu ihrem Tode führend in Fatah und PLO geblieben sind. *Fatah* begründete den bewaffneten Kampf gegen Israel, ihre Bedeutung verdankt sie aber insbesondere einer frühen Hinwendung zur palästinensischen „Nation" – in Abgrenzung zum panarabischen Nationalismus (dem die radikale palästinensische Linke, wie PFLP und DFLP, länger verbunden blieb). *Fatah* übernahm nach dem Junikrieg 1967 mit Arafat die Führung der PLO, die bis dahin eher ein Büro der arabischen Staaten war. Das politische Spektrum innerhalb der *Fatah* ist äußerst differenziert und reicht von der bürgerlich-nationalen Mehrheitsströmung bis hin zu radikalen, revolutionären Kräften. Die Führung der *Fatah* war immer von dem Bemühen um eine auf Palästina beschränkte, aber mit den arabischen Staaten und – im Schaukelkurs zwischen Sowjetunion und USA – Weltmächten abgestimmte Politik geprägt.
FDGB: „Freier Deutscher Gewerkschaftsbund", Gewerkschaftsdachverband in der DDR
FDJ: „Freie Deutsche Jugend", Jugend-Massenorganisation der SED in der DDR
Gauche prolétarienne (GP): „Proletarische Linke", aus den Mai-Bewegungen und Fabrikkämpfen im Herbst 1968 in Frankreich entstandene linksradikale Organisation mit eher „undogmatisch" maoistischer Orientierung. Die *GP* organisierte populäre direkte Aktionen, so Entführungen und „Einsperrungen" von Chefs, aber auch zugunsten von Kleinhändlern in Stadtteilen. Ihr Versuch, mit „volksnaher" Propaganda der Tat zu einer Radikalisierung der Mai-Bewegungen beizutragen, wurde mit starker Repression beantwortet. Im Mai 1970 wurde die *GP* von der Regierung offiziell „aufgelöst".
GD: „Generaldirektor"
GST: „Gesellschaft für Sport und Technik", DDR-Massen-Sportverband. Neben Sportarten wie Motorsport, Modellbau, Wassersport u.a. gab es in der *GST* auch wehrübungsähnli-

che Sportveranstaltungen (im Wehrkampf- und militärischen Mehrfachkampfverband). Vom Westen und von DDR-Oppositionellen immer wieder als Instrument der Militarisierung und als paramilitärische Organisation kritisiert, wurde die *GST* im Frühjahr 1990 kurzzeitig umgewandelt in die „Vereinigung technischer Sportverbände" – unter Ausschluß der militärähnlichen oder -nahen Sportarten.

IM: „Informeller Mitarbeiter", Bezeichnung für nicht-hauptamtliche Mitarbeiter des Ministeriums für Staatssicherheit (MfS, „Stasi"). In der Regel vereinbarte das MfS mit Einzelpersonen vertraglich die nachrichtendienstliche Mitarbeit, in einzelnen Fällen wurden aber auch *IM*s ohne Wissen der entsprechenden Personen und ohne reguläre Vereinbarung geführt. Hauptsächlich handelte es sich bei der „informellen Mitarbeit" um Spitzeldienste und das Verfassen von Berichten über politische Stimmungen in der Bevölkerung.

17. *Juni* 1953: Niederschlagung der Streik- und Aufstandsbewegung in der DDR durch Truppen der Roten Armee und damit Ende der schwersten innenpolitischen Krise der DDR, die mit spontanen Arbeiterstreiks (gegen Normerhöhungen) begonnen hatte, dann aber schnell von rechts-nationalistischen Kreisen und der BRD instrumentalisiert wurde. Bis zum Ende der DDR Nationalfeiertag der BRD („Tag der Deutschen Einheit") und Symbol antikommunistischer Propaganda.

Krösen*-Attentat, *Heidelberger US-Einrichtungen: Anschlag der RAF auf den US-General Frederick Krösen am 15. September 1981 in Heidelberg

KWV: „Kommunale Wohnungsverwaltung" in der DDR

MfS: Ministerium für Staatssicherheit der DDR („Stasi"), zuständig u.a. für Inlands- und Auslandsnachrichtendienst. Langjähriger Minister war Erich Mielke, Leiter des Auslandsgeheimdienstes („Hauptabteilung Aufklärung") war Markus Wolf.

NASI: Spottname für das kurzzeitige „Amt für Nationale Sicherheit", das im November 1989 als Nachfolgeorganisation des MfS („Stasi") unter der Regierung Modrow und Minister Wolfgang Schwanitz eingerichtet wurde.

ND: „Neues Deutschland", Tageszeitung, Zentralorgan der SED, heute PDS-nahe sozialistische Tageszeitung
NSW: „Nichtsozialistisches Wirtschaftsgebiet". DDR-Terminologie für kapitalistische Länder und die meisten Staaten der Dritten Welt
PFLP: „Volksfront zur Befreiung Palästinas", 1967/1968 gegründete Organisation der arabisch-palästinensischen Linken; verstand sich selber als national-demokratische, revolutionäre Partei mit marxistisch-leninistischer Orientierung. Im Unterschied zur Al Fatah propagierte die *PFLP* nicht nur die palästinensische, sondern eine gesamt-arabische Revolution. In den siebziger Jahren trat sie vor allem mit Flugzeugentführungen hervor. Bis Ende der achtziger Jahre repräsentierte die *PFLP* die militante Opposition gegen eine Teilstaat- bzw. Zweistaaten-Lösung. Mitbegründer und bis heute wichtigste Führungsperson ist George Habash. Heute ist die *PFLP* immer noch die stärkste politische Kraft der palästinensischen Linken innerhalb der PLO.
POS: „Polytechnische Oberschule" in der DDR
***Ramstein*-Anschlag**: Sprengstoffanschlag der RAF gegen den US-Militärflughafen Ramstein am 31. August 1981
Rote Brigaden: *„Brigate Rosse" (BR)*, Organisation des bewaffneten Kampfes in Italien, Anfang der siebziger Jahre aus den radikalen Fabrikkämpfen entstanden. Mit dem Abflauen der militanten Arbeiterkämpfe orientierten sich die *BR* auf den bewaffneten Kampf gegen den Staat. In schweren Repressionswellen, die die gesamte radikale Linke angriffen, antwortete der Staat in einer Allparteienkoalition, unter maßgeblicher Beteiligung der Kommunistischen Partei. Höhepunkt war die Entführung und Ermordung des christdemokratischen Parteiführers Aldo Moro 1978. Durch Verhaftungswellen, politische Spaltungen und etliche „Kronzeugen" vor Gericht (die sogenannten *Pentiti*) wurden die *BR* als einheitliche Organisation mehr oder weniger aufgerieben.
Roter Halbmond: Medizinisch-soziale Hilfsorganisation in islamischen Ländern, entspricht dem Internationalen Roten Kreuz, mit dem die Organisationen des *Roten Halbmond*s international kooperieren.

Schleyer-Entführung: Entführung des Arbeitgeberpräsidenten Hanns-Martin Schleyer durch die RAF am 5. September 1977, der am Ende von der RAF ermordet wurde, nachdem der Bonner „Krisenstab“, von Regierung und allen Parteien gebildet, der Forderung nach Freilassung politischer Gefangener nicht nachkam. Tod von Andreas Baader, Jan-Carl Raspe und Gudrun Ensslin im Gefängnis Stuttgart-Stammheim unter immer noch ungeklärten Umständen. Beginn einer breiten Repressionswelle („Deutscher Herbst“) gegen Linke in der BRD und erheblicher Verschärfungen von Strafgesetzen zur Kriminalisierung linker Opposition.
SDS: „Sozialistischer Deutscher Studentenbund“, nach dem zweiten Weltkrieg ursprünglich Hochschulorganisation der SPD, die sich aber Anfang der sechziger Jahre vom *SDS* trennte und als Konkurrenz den SHB („Sozialdemokratischer Hochschulbund“) gründete. Der *SDS* wurde seit Mitte der sechziger Jahre zur Kerngruppe der Studentenbewegung. In dieser Zeit gewann durch den Beitritt undogmatischer Linker – um Rudi Dutschke in Berlin – die „antiautoritäre“ Richtung die Mehrheit im *SDS*. Der *SDS* war in den Jahren zwischen 1967 und 1969 Zentrum und Kristallisationspunkt der radikalen „Neuen Linken“. Nach dem Höhepunkt der Studentenbewegung löste sich der *SDS* 1970 auf, nachdem bereits eine Reihe neuer Richtungen und Organisationen – sowohl dogmatisch marxistisch-leninistischer wie undogmatisch antiautoritärer Orientierung – aus ihm hervorgegangen waren.
SKL: Kombinat „Schwermaschinenbau Karl Liebknecht“ in Magdeburg
Solidarnosc: Unabhängige oppositionelle Gewerkschaftsbewegung in der Volksrepublik Polen, die nach einer Massenstreikbewegung 1980 eine umfassende Reformvereinbarung mit der Regierung erzwang („Danziger Abkommen“). Mit dem Militärputsch im Dezember 1981 wurde die *Solidarnosc* verboten. *Solidarnosc* war gleichzeitig Gewerkschaft und politische Vertretung der Opposition, nach der „Wende“ in Polen auch parlamentarische Vertretung, die sich allerdings in verschiedene Fraktionen und Richtungen auflöste. Prominenter Führer und Sprecher der Gewerkschaftsbewegung war

der spätere Staatspräsident Lech Walesa. Die *Solidarnosc*-Führung unterhielt immer einen sehr engen Kontakt zur katholischen Kirche.
SW: „Sozialistisches Wirtschaftsgebiet"
***Tunix*-Kongreß**: Kongreß von Spontis, Alternativbewegung, Stadtindianern und autonomen Gruppen in Westberlin Ende Januar 1978. Dem eher unspektakulären Aufruf folgten unerwartet 15.000 Menschen. Von den einen als „programmloses Gedränge" kritisiert, sahen andere darin optimistisch das Wiedererstehen einer „zweiten Kultur" und einer neuen antiautoritären Bewegung.

Die Namen der politischen Aktivisten sind, soweit es durch die Staatsanwaltschaft nicht aufgeklärte Aktionen betrifft, bewußt als Vornamen, Kosenamen oder Decknamen belassen.